国家社会科学基金青年资助项目
"布鲁姆斯伯里集团美学伦理研究"结项成果
山西大学外国语言文学研究文库

布鲁姆斯伯里集团
美学伦理研究

郝琳◎著

中国社会科学出版社

图书在版编目(CIP)数据

布鲁姆斯伯里集团美学伦理研究 / 郝琳著. —北京：中国社会科学出版社，2022.5
ISBN 978-7-5203-9949-4

Ⅰ.①布⋯　Ⅱ.①郝⋯　Ⅲ.①文艺理论—研究—英国—现代　Ⅳ.①I0

中国版本图书馆 CIP 数据核字（2022）第 046198 号

出 版 人	赵剑英
责任编辑	慈明亮
责任校对	夏慧萍
责任印制	戴　宽

出　　版	中国社会科学出版社
社　　址	北京鼓楼西大街甲 158 号
邮　　编	100720
网　　址	http://www.csspw.cn
发 行 部	010-84083685
门 市 部	010-84029450
经　　销	新华书店及其他书店

印　　刷	北京明恒达印务有限公司
装　　订	廊坊市广阳区广增装订厂
版　　次	2022 年 5 月第 1 版
印　　次	2022 年 5 月第 1 次印刷

开　　本	710×1000　1/16
印　　张	17.75
插　　页	2
字　　数	283 千字
定　　价	99.00 元

凡购买中国社会科学出版社图书，如有质量问题请与本社营销中心联系调换
电话：010-84083683
版权所有　侵权必究

目　录

绪论　"布鲁姆斯伯里"的谱系 ………………………………（1）
　　（一）成员构成与圈外关系 ………………………………（2）
　　（二）历史渊源 ……………………………………………（7）
　　（三）发展脉络 ……………………………………………（10）

第一章　布鲁姆斯伯里集团接受史 ………………………（19）
　　一　研究综述 ………………………………………………（19）
　　二　思路框架 ………………………………………………（102）

第二章　美学伦理理论 ……………………………………（106）
　　一　伦理学 …………………………………………………（107）
　　二　友情伦理 ………………………………………………（123）
　　三　形式美学 ………………………………………………（133）
　　四　文明论 …………………………………………………（148）

第三章　作为实践的美学伦理 ……………………………（167）
　　一　时间与空间 ……………………………………………（167）
　　二　团体与事件 ……………………………………………（183）
　　三　实务与生活 ……………………………………………（190）

第四章　作为评判标准的美学伦理 ………………………（198）
　　一　自恋与反思 ……………………………………………（198）
　　二　共鸣与分歧 ……………………………………………（204）
　　三　贬毁与痛斥 ……………………………………………（209）

结语　"美丽新世界"："布鲁姆斯伯里"的遗产 ………（228）

附录　布鲁姆斯伯里集团年表 ……………………………（235）

参考文献 ……………………………………………………（252）

后　记 ………………………………………………………（280）

绪 论

"布鲁姆斯伯里"的谱系

"布鲁姆斯伯里集团"（The Bloomsbury Group/Set，又译布鲁姆斯伯里文化圈、布鲁姆斯伯里团体、布卢姆斯伯里小圈子、布鲁姆兹伯里小组、布卢姆茨伯里派，等等）[1]，一个基于友情、爱情、家庭、婚姻的紧密的亲友圈，一个无正式纲领、成文宣言、行为准则、领袖人物、成员名单、公认身份以及"小杂志"（little magazine）的松散的智识精英群落，同时却是英国20世纪上半叶最为声名显赫、影响深远的文学、艺术、思想和文化团体。

作为一个兼具叛逆与怀旧、前卫与权威、创新与保守、思辨与务实、（学术研究领域）严肃与（大众市场现象）时尚、高雅与怪异、包容与势利、才华与丑闻等多重双面性的现代精神符号与文化景观，集团"为英国的后印象派绘画、现代主义文学、宏观经济学以及公众的艺术新品味做出了巨大贡献"[2]，"已成为先锋艺术、形式主义美学、性解放、激进思想、理性哲学、反帝国主义和女性主义等进步政治、'一战'时良心拒服兵役与1930年代反法西斯主义的代名词"[3]，甚至成为

---

[1] 根据 S. P. 罗森鲍姆（Stanford Patrick Rosenbaum）的观点，"由于集团并非作家、艺术家和知识分子流派，因此，用 circle 和 set 两词指称集团显然太过严格限定，特别是后者一般常用于社会关系。相比之下，意义较为宽松的 group 一词反而似乎更为准确"（*Victorian Bloomsbury*: Vol. 1: *The Early Literary History of the Bloomsbury Group*, London: Palgrave MacMillan, 1987, p. 3）。因此，本书采信 The Bloomsbury Group 的表述方式，译为"布鲁姆斯伯里集团"，并为免烦琐，除引文、书名、篇名和语境不清的情况之外，一般简称为"集团"。

[2] Victoria Rosner, "Introduction", in *The Cambridge Companion to the Bloomsbury Group*, ed. Victoria Rosner, Cambridge: Cambridge University Press, 2014, pp. 1–16.

[3] Jane Goldman, *The Cambridge Introduction to Virginia Woolf*, Cambridge University Press, 2012, p. 32.

"一种存在状态，一种生活方式"①。作为"一种顽强而笨重的文化现象"②，集团在文化上的突破与冒险、在艺术和生活中的激烈实验③，对"欲望和性欲""艺术表现""社会和家庭道德习俗"乃至政治和法律等种种新自由的践行④，深刻塑造了 20 世纪的英美文化。⑤

成员自视为"一群朋友"而外界常称作小团体或小圈子（coterie/clique/cénacle）的集团，本质上是"一种对立文化和一种波西米亚事业"⑥，是上层阶级中一个以"文明个体"（civilized individual）自居并致力于人类文明化的小群体。集团尽管以进步、先锋乃至激进的美学形式、批判话语和公共介入，"发出谴责，要求改革，但却是在其所属阶级的制度框架之内……远未达到要求彻底瓦解政治与经济秩序的程度"⑦，仅止步于"吁求文明个体的最高价值，文明个体的多元化，即越来越多的文明个体，是它唯一可接受的社会方向"⑧。换言之，作为英国的"智库"，集团服务于统治阶级，而非反对集团——"'布鲁姆斯伯里'更为审慎。其成员是改革者而非革命者"⑨。

（一）成员构成与圈外关系

跻身集团"众狮之屋"⑩的是一群才华横溢、出身上层的作家、画

---

① Regina Marler, *Bloomsbury Pie: The Making of the Bloomsbury Boom*, London: Virago Press, 1997, p. 5.

② Regina Marler, *Bloomsbury Pie: The Making of the Bloomsbury Boom*, p. 6.

③ Regina Marler, "Bloomsbury's Afterlife", in *The Cambridge Companion to the Bloomsbury Group*, pp. 215-230.

④ Gabrielle McIntire, "Modernism and Bloomsbury Aesthetics", in *Virginia Woolf*, ed. James Acheson, London: Palgrave, Macmillan education, 2017, pp. 60-73.

⑤ Victoria Rosner, "Introduction".

⑥ Sara Blair, "Local Modernity, Global Modernity: Bloomsbury and the Places of the Literary", in *ELH* 71, No. 3 (Fall, 2004), pp. 813-838.

⑦ Silke Greskamp, "Friendship as 'A View of Life': The Bloomsbury Group and the Field of Cultural Production", in *Modernist Group Dynamics: The Politics and Poetics of Friendship*, eds. Fabio A. Durão and Dominic Williams, Newcastle upon Tyne: Cambridge Scholars Publishing, 2008, pp. 71-94.

⑧ Raymond Williams, "The Bloomsbury Fraction", in *Culture and Materialism: Selected Essays*, London & New York: Verso, 2005, pp. 148-169.

⑨ Michael Holroyd, "Bloomsbury and the Fabians", in *Virginia Woolf and Bloomsbury: A Centenary Celebration*, ed. Jane Marcus, London: The Macmillan Press Ltd., 1987, pp. 39-51.

⑩ lion 在英语中常喻指"有影响力、有魅力的重要人物，受人钦敬的名人、名（转下页）

家、批评家、美学家、经济学家、政治学家、历史学家和心理学家。其中最为耀眼者有现代主义小说家、散文家、文学批评家弗吉尼亚·伍尔夫（Virginia Woolf，1882—1941）与爱德华·摩根·福斯特（Edward Morgan Forster，1879—1970），发起现代经济学领域变革并奠定当今世界经济秩序基础的"宏观经济学之父"约翰·梅纳德·凯恩斯（John Maynard Keynes，1883—1946），罗斯金之后对英国美学品味最具影响力的艺术批评家罗杰·弗莱（Roger Fry，1866—1934），英国传记传统的集大成者与现代传记文学的开山大师利顿·斯特雷奇（Lytton Strachey，1880—1932），以及弗吉尼亚[①]的丈夫伦纳德·伍尔夫（Leonard Woolf，1880—1969，政论家、社会活动家、作家、出版家、联合国前身"国际联盟"[League of Nations]的创立者之一），弗吉尼亚的姐姐凡尼莎·贝尔（Vanessa Bell，1879—1961，画家）与姐夫克莱夫·贝尔（Clive Bell，1881—1964，艺术批评家），利顿的表弟邓肯·格兰特（Duncan Grant，1885—1978，画家）等。集团成员大多大器晚成，除年长的弗莱和成名较早的福斯特外，日后鼎鼎盛名的弗吉尼亚、凯恩斯、利顿、克莱夫等人，于集团初创之期，无不寂寂无闻。

集团确切的成员名单与起止时间，版本众多，言人人殊。目前，集团普遍公认的核心成员，根据伦纳德[②]晚年时开列出的名单，除前述九

（接上页）士"。弗吉尼亚·伍尔夫在1920年12月23日写给Barbara Bagenal的信中将集团成员聚居的布鲁姆斯伯里区戈登广场比喻为"动物园中的狮屋"（lions house at the Zoo），将聚居于此的集团成员比喻为"危险、相互猜疑、充满吸引力和神秘感"的"狮子"（"Letters"，in *The Bloomsbury Group*: *A Collection of Memoirs and Commentary*, rev. edition, ed. S. P. Rosenbaum, Toronto: University of Toronto Press, 1995, pp. 62—65）。里昂·埃德尔（Leon Edel）在其《布鲁姆斯伯里：众狮之屋》（*Bloomsbury*: *A House of Lions*, Philadelphia: J. B. Lippincott Company, 1979）一书中借用了这两个意象。

① 因集团成员以及与集团有关的圈外人士相互之间多有亲缘或姻亲关系，故同姓者众多。为求简洁，文中出现频率最高的集团十一位核心成员，首次提及后，无同姓者，单称其姓，如弗莱、格兰特和福斯特。有同姓者，或仅称其名，如弗吉尼亚·伍尔夫不按学界惯例称其伍尔夫而称弗吉尼亚，以免与伦纳德·伍尔夫混淆；或单称其姓，如凯恩斯，虽后文会提及其弟杰弗里·凯恩斯，但因中文中一般不称其约翰或梅纳德，故尽管有同姓者，依然称其姓氏。同时，以免混淆，除语境清晰和出现频率较高的情况之外，其他人名，有同姓者，始终采用全称；无同姓者，按惯例，或全称，或单称姓或名。最后，出现于引文、书名、篇名中的人名以原文为准。

② Leonard Woolf, *Beginning Again*: *An Autobiography of the Years*, *1911-1918*, London: Hogarth Press, 1964, p. 22.

位成员，早期还包括德斯蒙德·麦卡锡（Desmond MacCarthy，1877—1952，文学批评家）与妻子玛丽（莫莉）·麦卡锡（Mary［Molly］MacCarthy，1882—1953，作家）、萨克森·西德尼-特纳（Saxon Sydney-Turner，政府公务员）、弗吉尼亚的弟弟阿德里安·斯蒂芬（Adrian Stephen，精神分析师）四人，其中，福斯特和麦卡锡夫妇自认为并不属于集团。"一战"后，西德尼-特纳和斯蒂芬夫妇退出核心圈，戴维（"邦尼"）·加尼特（David［Bunny］Garnett，1892—1981，小说家、出版商）①、弗朗西斯·比勒尔（Francis Birrell，作家、书商）、雷蒙德·莫蒂默（Raymond Mortimer，1895—1980，作家、批评家、文学编辑，毕业于牛津）、拉尔夫·帕特里奇（Ralph Partridge，作家，毕业于牛津）与之后成为其妻子的弗朗西丝·帕特里奇（Frances Partridge，1900—2004，作家）、斯蒂芬·汤姆林（Stephen Tomlin，雕塑家，毕业于牛津）②、杰拉德·布雷南（Gerald Brenan，作家）、威廉·普洛默（William Plomer，作家，编辑，曾编辑出版伊恩·弗莱明［Ian Fleming］的《007》系列）等年轻成员（或友人）开始活跃。③ 三四十年代，随着

---

① 戴维·加尼特可能是 1915 年通过"新异教徒"开始与集团建立起长期亲密关系的。最初，戴维在集团中的地位并不突出，但之后他与集团各位成员的密切交往或许成了"新异教主义"（Neo-Paganism）对集团最持久的一种影响（S. P. Rosenbaum, *Georgian Bloomsbury: The Early Literary History of the Bloomsbury Group, 1910-1914, Vol. 3*, London: Palgrave MacMillan, 2003, p. 6）。

② 斯蒂芬·汤姆林的代表作是 1931 年完成的弗吉尼亚胸像，现安放在查尔斯顿农舍的工作室内。这座石膏胸像曾被多次浇铸复制，一座现安放在僧舍的花园里，一座现收藏于伦敦国家肖像馆（National Portrait Gallery, London），另一座于 2005 年 6 月 26 日由"大不列颠弗吉尼亚·伍尔夫协会"（Virginia Woolf Society of Great Britain）安放在 1924—1939 弗吉尼亚长期居住的塔维斯托克广场（Jane Goldman, *The Cambridge Introduction to Virginia Woolf*, p. 22）。但弗吉尼亚自己并不喜欢这座胸像，因为被雕塑的过程"让她感觉自己只是一个形象，一个东西：她憎恶这种感觉，甚至甚于被画成画像"，尽管现在陈列在查尔斯顿工作室的这座胸像事实上极富表现力，令人印象深刻（Hermione Lee, *Virginia Woolf*, New York: Alfred A. Knopf, 1997, p. 622）。除弗吉尼亚之外，汤姆林还曾为利顿、格兰特和戴维·加尼特等集团重要人物雕塑胸像。

③ 早期被视作集团成员（严格意义上，应是早期友人）的还有：杰拉德·舍夫（Gerald Shove）、H. T. J. 诺顿（H. T. J. Norton）、安格斯与道格拉斯·戴维森兄弟（Angus and Douglas Davidson）、塞巴斯蒂安·斯珀特（Sebastian Sprott）、F. L. 卢卡斯（F. L. Lucas）、西德尼·瓦特罗（Sydney Waterlow）、贺拉斯·科尔（Horace Cole）、马杰里·斯诺登（Margery Snowden）、J. T. 谢泼德（J. T. Sheppard）、以及乔治（"达迪耶"）·赖兰兹（George W. R.［ "Dadie" ］Rylands，戏剧导演）、圣约翰（玛丽）·哈钦森（St. John［Mary］Hutchinson，克莱夫的情人）、查尔斯·丁尼生（Charles Tennyson，诗人丁尼生的孙子），等等。

利顿（1932）、弗莱（1934）、弗吉尼亚（1941）[1]、凯恩斯（1946）等老一代成员的相继离世，凡尼莎与克莱夫的长子朱利安·贝尔（Julian Bell, 1908—1937，诗人，1937年死于西班牙内战）、次子昆汀·贝尔（Quentin Bell, 1910—1996，艺术史家、作家）、凡尼莎与格兰特的女儿安吉莉卡·贝尔（Angelica Bell, 1918—2012，画家、作家，后与戴维·加尼特结婚离婚）、利顿的侄女茱莉亚·斯特雷奇（Julia Strachey, 作家，后与斯蒂芬·汤姆林结婚离婚）等新一代成员陆续加入，为日渐凋落、满怀哀伤、"几乎已不再是焦点中心"[2]的集团注入了新生的凝聚性力量。其他游离于集团边缘、出现在不同名单中的外围成员，更是庞杂而混乱，其中，出现频率较高的有凯恩斯的妻子莉迪亚·罗珀科娃（Lydia Lopokova，俄罗斯芭蕾舞蹈家）、利顿的弟弟詹姆斯·斯特雷奇与弟媳艾莉克丝·斯特雷奇（James Strachey and Alix Strachey，精神分析师、历时21年完成24卷《弗洛伊德作品全集》标准英译本的译者与编者）、阿德里安的妻子卡琳·斯蒂芬（Karin Stephen，精神分析师）、利顿的妹妹玛乔丽·斯特雷奇（Marjorie Strachey，作家）、利顿的姐姐多萝西·布西（Dorothy Bussy，作家、翻译家）与姐夫西蒙·布西（Simon Bussy，法国画家），等等。

集团才俊云集，同时交游广泛，与G.E.摩尔（George Edward Moore，哲学家），罗素（Bertrand Russell，哲学家），维特根斯坦（Ludwig Wittgenstein，哲学家），怀特海（Alfred North Whitehead，数学家、哲学家），高尔斯华绥·洛斯·迪金森（Goldsworthy Lowes Dickinson，政治学家、哲学家），麦克塔格特（J. M. E. McTaggart，哲学家）；T. S. 艾略特（Thomas Stearns Eliot，诗人、剧作家、文学批评家），凯瑟琳·曼斯菲尔德（Katherine Mansfield，小说家，1916—1917年与集团交往密切）与丈夫约翰·米德尔顿·默里（John Middleton Murry，作家、文学批评家、编辑），乔伊斯（James Joyce，小说家、诗人），叶芝（William Butler Yeats，诗人），阿诺德·贝内特（Arnold Bennett，小说家），

---

[1] 关于"（老）布鲁姆斯伯里"最后落幕的标志，除"一战"外，还有两种不同观点，一种认为是利顿胃癌病逝，另一种认为是弗吉尼亚自溺身亡。

[2] David Gadd, *The Loving Friends: A Portrait of Bloomsbury*, London: The Hogarth Press Ltd., 1974, p. 191.

H. G. 威尔斯（Herbert George Wells，小说家），萧伯纳（George Bernard Shaw，剧作家、政论家、社会活动家、费边社［Fabian Society］① 核心成员），哈代（Thomas Hardy，小说家、诗人），亨利·詹姆斯（Henry James，小说家），康拉德（Joseph Conrad，小说家），鲁伯特·布鲁克（Rupert Brooke，诗人，"战争摧残的象征"），休·沃尔波尔（Hugh Walpole，小说家，弗吉尼亚最乐于嘲讽的对象），伊迪丝/奥斯博/萨谢弗雷尔·西特维尔三姐弟（Edith Sitwell, Osbert Sitwell and Sacheverell Sitwell，作家，好斗喜辩的圈外人士常将他们混同为集团成员），薇塔·萨克维尔-韦斯特（Vita Sackville-West，小说家、诗人）② 与丈夫哈罗德·尼克尔森（Harold Nicolson，外交官、作家）③，奥尔德斯·赫胥黎（Aldous Leonard Huxley，小说家，达尔文进化论捍卫者、《天演论》作者托马斯·赫胥黎之孙，代表作《美丽新世界》），奥登（W. H. Auden，诗人）、克里斯托弗·伊舍伍德（Christopher Isherwood，小说家）、斯蒂芬·斯彭德（Stephen Spender，诗人、小说家）等"奥登一代"（The Auden Generation）④ 作家；朵拉·卡灵顿（Dora Carrington，画家）⑤，马克·格特勒（Mark Gertler，画家），毕加索⑥

---

① "费边社"，成立于1884年1月，鼓励英国知识分子讨论社会主义理想，探索将社会主义原则适用于英国现有政治体制的途径。1900年，费边社成为新成立的"工人代表委员会"（1906年，更名为"工党"）的会员组织。费边社反对暴力革命，主张通过民主方式渐进式地在英国实现社会主义，代表人物有萧伯纳、韦伯夫妇、格雷厄姆·华莱士、H. G. 威尔斯等，伦纳德也是主要社员之一。

② 除薇塔之外，弗吉尼亚的另外两位女性密友是薇尔利特·狄金森（Violet Dickinson）和埃塞尔·史密斯（Ethel Smyth，歌剧作曲家、女权运动领军人物）。

③ 无论是薇塔与丈夫哈罗德引起集团兴趣、由"霍加斯出版社"出版的图书，还是弗吉尼亚与薇塔的恋情，都不应遮蔽尼克尔森夫妇与集团在阶级出身、教育背景和价值观方面的巨大差异（S. P. Rosenbaum, *Victorian Bloomsbury*: Vol. 1: *The Early Literary History of the Bloomsbury Group*, pp. 5-6）。

④ "奥登一代"，又称"奥登集团"（The Auden Group）或"30年代诗人"（The Thirties Poets），一个用以称呼1930年代活跃在英国文坛、出身牛津剑桥、思想普遍左倾的诗人和小说家的方便称谓。除上述三人，公认的成员还包括诗人路易斯·麦克尼斯（Louis MacNeice）和西塞尔·戴·刘易斯（Cecil Day Lewis）；此外，奥尔德斯·赫胥黎、乔治·奥威尔（George Orwell）、约翰·莱曼（John Lehmann），以及燕卜荪和朱利安·贝尔，也常被认为属于"奥登时代"（The Age of Auden）。

⑤ 1932年利顿病逝后，卡灵顿随即自杀。

⑥ 1919年，毕加索与第一任妻子、芭蕾舞演员欧嘉·科克洛娃（Olga Khokhlova）随同佳吉列夫（Serge Diaghilev）的俄罗斯芭蕾舞团来到伦敦，对集团产生了个人影响。他为莉迪亚·罗珀科娃作画，与弗莱和之前就结识的克莱夫一同用餐，参观"欧米伽艺术工场"。

(Pablo Picasso，画家、雕塑家、陶瓷艺术家、剧作家、诗人)，瓦尔特·席格（Walter Richard Sickert，画家）；奥托琳·莫瑞尔夫人（Lady Ottoline Morrell，社交界女主人、文学艺术赞助人），弗洛伊德（Sigmund Freud，精神分析学家），西德尼与比阿特丽斯·韦伯夫妇（Sidney Webb and Beatrice Webb，社会活动家、伦敦政治经济学院创办人、费边社核心成员），R. C. 屈维廉（Robert Calverl(e)y Trevelyan，诗人、翻译家），亚瑟·韦利（Arthur Waley，汉学家、翻译家，与利顿、伦纳德同年进入剑桥大学，福斯特视其为集团成员），燕卜荪（William Empson，文学理论家、诗人），I. A. 理查兹（Ivor Armstrong Richards，文学理论家），里昂内尔·特里林（Lionel Trilling，文学批评家、"纽约知识分子"〔New York Intellectuals〕领袖人物），以及中国的徐志摩、凌叔华、萧乾、叶君健等众多文化名流过从甚密，其中，摩尔、薇塔、卡灵顿、莫瑞尔夫人、韦利等友人亦常被视作集团的外围成员。当然，集团也树敌甚多，最势不两立的著名对手包括温德汉姆·刘易斯（Wyndham Lewis，旋涡派〔Vorticists〕画家、作家）、D. H. 劳伦斯（David Herbert Lawrence，小说家）、利维斯夫妇（F. R. Leavis and Q. D. Leavis，文学批评家）及罗伊·坎贝尔（Roy Campbell，诗人、讽刺作家）等。

（二）历史渊源

集团最早的起源可追溯至 17 世纪中期兴起的"贵格会"（Quakers）[①] 和 18 世纪末 19 世纪初（约 1790—1830）的"克拉彭教派"（The Clapham Sect）。弗莱的家族信奉前者；弗吉尼亚的曾祖父詹姆斯·斯蒂芬（James Stephen）和外曾祖父约翰·维恩（John Venn）、福斯特的曾祖父亨利·桑顿（Henry Thornton）以及集团圈外友人 R. C. 屈维廉的外曾祖父扎查里·麦考利（Zachary Macaulay）均曾是后者的核心人物。"克拉彭教派"，"一个……友人与家人组成的关系网络，以威廉·威尔伯

[①] "贵格会"，又名"教友派""公谊会"（Religious Society of Friends，Society of Friends or Friends Church）。"贵格会"教义包括主张任何人之间要像兄弟一样平等、互爱、宽容，提倡团体生活，等等。

福斯（William Wilberforce）为重心，成员因共同的道德与精神价值观、因崇高的宗教使命与积极的社会行动、因彼此之间的爱与相互之间的联姻而紧密相连"①。这个因聚居于伦敦西南的克拉彭公地而得名、因强烈的道德感而被敌对者讥讽为"圣人"（The Saints）、由出身贵族的英国国教（圣公会）福音派教徒组成的"圆桌骑士团"（knights-of-the-round-table paradigm），同"贵格会"一样致力于废除奴隶制、废止奴隶贸易、改革刑罚与监狱制度、兴办医疗等社会改革运动和人道主义慈善事业，在相当大程度上塑造了维多利亚时代的道德规范和精神气质。作为两个教派的后裔，集团不仅在亲友圈这一组织形式上与先辈一脉相承，更是继承了先辈非凡的才智、心灵的激情、对虚矫行为和伪善侈谈的轻蔑、对邪恶的敏感和憎恶、对理性的信仰，与对真理和公正不可动摇的意志。

尽管集团成员极力摆脱"维多利亚时代家长"的影响，"自觉反叛父辈乃至祖父辈关于社会、政治、宗教、道德、学术以及艺术的一系列制度、信念和标准"②，但集团的思想血统却无可置疑源自 19 世纪中后期英国出现的"智识贵族"（intellectual aristocracy）阶层。这个以门第显赫、人才辈出且相互联姻的达尔文、萨克雷、赫胥黎、阿诺德、屈维廉、麦考利、斯特雷奇以及弗吉尼亚出身的斯蒂芬等"学术"家族为代表的阶层，是"英国上层阶级中一个非常重要的受过高等教育的新职业阶层：它的举止风度和价值观与旧贵族和直接从商的资产阶级大为不同"③，它的成员投身政府、教会、法律、经济、医疗、科技、教育、文学艺术、编辑出版等最具权势和声望的职业领域，因才智、学识、能力、人格、德性、公共职责和文化修养而成为思想领袖和社会中坚，并与不可知论、英属印度的殖民地历史、牛津剑桥的大学改革和改革后的"自由教育"（liberal education）④ 密切相关。集团出现于这个阶层形成

---

① Stephen Michael Tomkins, *The Clapham Sect: How Wilberforce's Circle Transformed Britain*, Oxford: Lion Hudson, 2010, p. 12.
② Leonard Woolf, *Sowing: An Autobiography of the Years, 1880-1904*, London: Hogarth Press, 1960, p. 160.
③ Raymond Williams, "The Bloomsbury Fraction".
④ 为区别于现在一般意义上的 liberal education（通识教育、博雅教育、素质教育），直译为"自由教育"。

(1860—1920) 的鼎盛时期，消解了先辈宗教怀疑论与道德教条主义的强烈冲突，保留了先辈严苛理性、公共精神、社会良知以及思想结盟的基因，同时延续着马修·阿诺德的智识精英理想——推崇品味、知识和才智，向往"甜美与光明""希腊文化"和"人性"，追求人类的至善至美。

集团的雏形孕育于剑桥大学。1885—1902 年，弗吉尼亚的哥哥索比·斯蒂芬（Thoby Stephen）与除格兰特之外的九位集团男性核心成员相继入读剑桥大学三一学院和国王学院。其中，索比、伦纳德、克莱夫、利顿、西德尼-特纳同年（1899）入读三一学院，并于当年成立被克莱夫视为集团滥觞的读书俱乐部"子夜社"（The Midnight Society）①。继弗莱、德斯蒙德、福斯特之后，伦纳德、利顿、西德尼-特纳于1902年，凯恩斯于1903年入选以友情、智识、自由论辩和怀疑精神著称的秘密学生精英团体"剑桥使徒社"（The Cambridge Apostles）②。作为未来的"智识贵族"，"使徒社"遵循剑桥大学以理性为核心的人文主义思想和自由教育理念（选拔智力超群者——将获取知识和发展智慧作为教育的唯一和最高目的——强调对学生的理性训练和绅士人格塑造），旨在塑造理智与激情、思想与艺术、责任感与想象力、精神追求与道德尊严兼备的绅士人格，秉持"一群亲密朋友全心全意、毫无保留地追求真理，朋友之间完全坦诚，不遗余力讥讽戏谑，但却相互尊重，认真倾

---

① "子夜社"之前，利顿、伦纳德和索比曾成立"X 社"（The X Society），每周六晚聚会，一起阅读除莎士比亚之外的 16 世纪、17 世纪戏剧家的剧作、易卜生和萧伯纳的现代戏剧，以及他们自己创作的剧本。同时，利顿、伦纳德和索比还是剑桥大学三一学院"莎士比亚社"的成员。

② "剑桥使徒社"，又称"剑桥清谈会"（The Cambridge Conversazione Society），成立于1820 年，为剑桥大学学生社团，有特定的行话和仪式，规定对外绝对保密，对内绝对坦诚。因成立之初带有鲜明的福音派色彩，故成员称为"使徒"。每届 12 名成员，主要由三一学院、国王学院、圣约翰学院等学院智力超群且身世显赫的本科生组成。每年在新生中暗中选拔，候选者称为"胚胎"（embryo），通过考察其言行，最终仅甄选 3 名最佳者入选，一旦入选，"使徒"身份终身保留，毕业后的"使徒"称为"天使"。每周六晚，"使徒社"成员秘密聚会，畅谈纵论，从哲学、美学、政治、经济、历史到真理、上帝、伦理等"严肃问题"（serious questions），乃至日常生活话题，无所不及。1890—1914 年为"使徒社"最健旺的时期，其历届杰出成员除这一时期的上述集团成员（詹姆斯·斯特雷奇和朱利安·贝尔后分别于 1906 年、1928 年入选）及其圈外友人摩尔、罗素、迪金森、维特根斯坦、鲁伯特·布鲁克、屈维廉外，还包括维多利亚时代桂冠诗人丁尼生，19 世纪伟大的物理学家、数学家麦克斯韦（James Clerk Maxwell），等等。

听朋友演说，向其学习，见其所见。绝对的坦诚是'使徒社'传统要求其成员服从的唯一责任"[1] 的宗旨，给予青年学子"最大的思想自由，最完美的兄弟情谊，和对最对立观点最完全的宽容和接纳"[2]。利顿、凯恩斯等成员离开剑桥南下伦敦后以"使徒社"为蓝本摹画出集团的基本样貌与姿态——"因友情而紧密相连"，"以坦诚为唯一要事"，"挑战传统道德"，"看穿家庭骗局"，"开诚布公地进行一切讨论，从严肃的研讨到闲聊、笑谈和争论"[3]；同时，"使徒社"则因福斯特、弗莱等集团成员于"一战"前的声名鹊起而开始为外界所知，闻名于世。

（三）发展脉络

这个以伦敦中西部的布鲁姆斯伯里区[4]为活动中心（1905—1939）并因此得名的智识团体，以1914—1918年第一次世界大战和20世纪三四十年代为界，分为"老布鲁姆斯伯里"（Old Bloomsbury）、"后布鲁姆斯伯里"（Later Bloomsbury）[5] 与"遗布鲁姆斯伯里"（Posthumous Bloomsbury）前后三个时期。

---

[1] Henry Sidgwick, *A Memoir by A. S. and E. M. S.*, London: George Allen and Unwin, 1906, pp. 34-35.

[2] Peter Allen, *The Cambridge Apostles: The Early Years*, Cambridge: Cambridge University Press, 2010, p. 8.

[3] William C. Lubenow, *The Cambridge Apostles, 1820-1914: Liberalism, Imagination, and Friendship in British Intellectual and Professional Life*, Cambridge: Cambridge University Press, 1998, p. 240.

[4] Bloomsbury 一词字面上由 bloom（观赏花卉）和 bury（城堡、村镇）两个词根构成，赵毅衡与董桥分别意译为"花镇"与"百花里"（旅居英国数十年的著名作家、翻译家桑简流先生［原名水建彤，1921—］最先将 Bloomsbury 译作"百花里"，董桥先生因袭妙译）。布鲁姆斯伯里区大规模规划建设开始于18世纪，最初为富商的高档住宅区；19世纪起逐渐沦为外国人和伦敦大学学生的公寓，以及各类绅士社团（gentlemanly society）的办公室；虽豪华不再，但始终保持着基本的体面，因此，到20世纪初，逐渐取代切尔西（Chelsea）成为知识分子和艺术家的聚居地。如今，区内已遍布花园广场、博物馆、大学、图书馆、画廊和医院，大英博物馆主馆、伦敦大学行政楼（Senate House of London University）、库图尔德学院画廊（Courtauld Institute Galleries）、皇家戏剧艺术学院（Royal Academy of Dramatic Art）均坐落于此。

[5] 伦纳德又将"老布鲁姆斯伯里"或"老布鲁姆斯伯里"+"后布鲁姆斯伯里"称为"原布鲁姆斯伯里"（ur-Bloomsbury），前缀 ur-为"原始、原初"之意。

绪论 "布鲁姆斯伯里"的谱系　　　　　　　　　　　　11

　　集团确切的成立时间，众说纷纭①。一说为1904年，是年，父亲莱斯利·斯蒂芬（Leslie Stephen，作家、批评家、编辑、哲学家）去世，凡尼莎和索比、弗吉尼亚、阿德里安出售位于肯辛顿海德公园门（Hyde Park Gate）22号的老宅，迁居布鲁姆斯伯里戈登广场（Gordon Square）46号，索比的众剑桥同窗好友应邀而至，与凡尼莎、弗吉尼亚相识，成为家中常客。虽然从上流社会体面的肯辛顿搬至职业中产阶级简陋的布鲁姆斯伯里，令两位同母异父的兄长和亨利·詹姆斯、哈代等斯蒂芬家一众思想保守的亲友大为震惊，甚至引以为耻；但从阴暗沉闷逼仄的海德公园门逃向明亮喧闹宽敞的戈登广场，却令年轻的斯蒂芬们终获自由，焕发新生，开始尝试"各种实验和变革。……一切都将是新的；一切都将不同。一切都在实验中"②。又一说为1905年，是年，除凡尼莎成立"星期五俱乐部"（Friday Club）③外，索比开始举办"星期四晚间聚会"（Thursday Evenings/Nights）④，与三位手足及剑桥友人无所顾忌地讨论文学、艺术和哲学，探究美、善和真实的本质，特别是由于斯蒂芬两姐妹的加入，众人"交谈的语气和内容为之一变，不再是剑桥高深的逻辑和严峻的智识主义，取而代之以轻松幽默的谈话。抛开讲话的各种仪式套路，最终甚至连性这一维多利亚时代最为禁忌的话题都成了他们讨论的主要论题之一"⑤。弗吉尼亚说，"就我而言，这些星期四的晚间聚会是之后——在报纸上和小说里，在德国和法国，甚至我敢说，在土耳其和廷巴克图——被称作'布鲁姆斯伯里'的那个团体

────────

①　伦纳德认为集团开始于他从锡兰回到伦敦与克莱夫、凡尼莎、弗吉尼亚等人重聚的1911年，因为，从地理上讲，当时核心成员并非全都住在布鲁姆斯伯里区，直到大约十年后（1912—1914），集团已完全成型，成员们才全部住进该区（"Old Bloomsbury", in *The Bloomsbury Group: A Collection of Memoirs and Commentary*, pp. 141-146）。

②　Virginia Woolf, "Old Bloomsbury", in *The Bloomsbury Group: A Collection of Memoirs and Commentary*, pp. 40-59.

③　"星期五俱乐部"主要讨论文学和美学问题、艺术展览，以及绘画和其他美术门类，成员不仅包括凡尼莎的亲友还聚集了多所伦敦艺术院校的毕业生。1905年10月13日，成员在戈登广场46号首次正式聚会，11月首次共同举办画展。俱乐部的聚会和画展一直持续到1914年。

④　1905年2月16日，索比在戈登广场46号第一次"在家中接待朋友"（at homes），1907年秋，阿德里安和弗吉尼亚在菲茨罗伊广场29号恢复因索比去世中断的聚会。参加"星期四晚间聚会"的这群朋友组成了"一战"前"老布鲁姆斯伯里"的核心。

⑤　Ulysses L. D'Aquila, *Bloomsbury and Modernism*, NY, Bern, Frankfurt am Main & Paris: Peter Lang, 1989, p. 6.

的萌芽"①。还有一说为 1906 年,是年,备受众人尊崇爱戴的索比罹患伤寒溘然病逝,哀痛的亲友们并未因他的去世四散分离,反因对他念念不忘的共同思忆而愈发紧密相连。

1910 年 5 月,爱德华七世去世,十年的爱德华时代宣告结束。同年 11 月 8 日到次年 1 月 15 日,弗莱在德斯蒙德的协助下在伦敦的格拉夫顿画廊(Grafton Galleries/Grafton Gallery)举办名为"马奈与后印象派画家"(Manet and the Post-Impressionists)的第一届后印象派画展,展出塞尚、凡·高、高更、马蒂斯、德朗(André Derain)、毕加索等画家的画作,引起巨大轰动②;1912 年,弗莱在伦纳德的协助下举办第二届后印象派画展,展出画作囊括法国以及英国和俄罗斯画家的作品③。1913 年 3 月和 7 月,弗莱先后成立"格拉夫顿集团"(The Grafton Group)④和创办"欧米伽艺术工场"(The Omega Workshops)。相比于文学、经济学和社会政治活动,集团最先在视觉艺术领域取得令人瞩目的成就。从惊世骇俗、恶评如潮的后印象派画展到标新立异、备受追捧的"欧米伽艺术工场"融后印象派、立体派和野兽派于一体的应用设计,从凡尼莎、格兰特和弗莱的后印象派绘画作品到克莱夫和弗莱推崇形式主义的艺术批评,集团的精神气质和理念精髓得到了最为形象直观的展现。

1910—1914 年,"'布鲁姆斯伯里'大扩展、大发展,生活中充溢着各种各样的趣味、期望和扩展"⑤。然而,属于以集团为代表的一代

---

① Virginia Woolf, "Old Bloomsbury".
② 1924 年,弗吉尼亚在其广为流传的名文《贝内特先生与布朗夫人》中宣称:"1910 年 12 月左右,人性发生了变化。"第一届后印象派画展无疑是促使弗吉尼亚做出这一经典断言的核心事件之一。
③ 两届画展向英国公众介绍了 1890—1910 年法国艺术的变化。画展名称中的"后印象派"一词涵盖若干欧洲绘画传统:修拉和毕沙罗的新印象派、立体主义、野兽派,以及高更与"阿望桥村派"(Pont-Aven),等。
④ "格拉夫顿集团",一个 1913—1914 年在伦敦"阿尔卑斯画廊"(The Alpine Gallery)展出画作的画展社团,前身是凡尼莎的"星期五俱乐部",成员除弗莱、凡尼莎、格兰特外,还包括法国雕塑家亨利·戈蒂耶—布尔泽斯卡(Henri Gaudier-Brzeska)、画家刘易斯、弗雷德里克·埃切尔斯(Frederick Etchells)、威廉·罗伯兹(William Roberts)和爱德华·沃兹沃思(Edward Wadsworth)。弗莱希望借集团形式为进行后印象派绘画风格实验的画家提供展出画作的机会,并曾邀请美国犹太移民雕塑家、画家马克斯·韦伯(Max Weber)和俄罗斯画家瓦西里·康定斯基(Wassily Kandinsky)参展。
⑤ Vanessa Bell, "Notes on Bloomsbury", in *The Bloomsbury Group: A Collection of Memoirs and Commentary*, pp. 110-111.

年轻人的青春张扬、奋发向上的乔治时代,很快便被"一战"骤然打断。"一战"是集团遭遇到的第一个重大社会政治事件,同时,"一战"期间也发生了一系列对集团具有重大历史意义的事件。面对汹涌的爱国主义情绪的洪流,集团旗帜鲜明地坚持早在1910年2月弗吉尼亚、阿德里安和格兰特在"无畏号战舰恶作剧"(The Dreadnought Hoax)事件中便已流露出的和平主义观点,为此,克莱夫、格兰特、戴维·加尼特、利顿、伦纳德等人离开伦敦,或是作为"良心拒服兵役者"(Conscientious Objector)下乡务农以"自愿性服务"替代应征入伍,或是因身体健康原因免服兵役隐遁乡间;为此,集团失去了一些朋友(如鲁伯特·布鲁克),结识了另外一些朋友(如罗素、劳伦斯、曼斯菲尔德和莫瑞尔夫人),同时保持甚至巩固了自身内部的友情。1917年,在战争的尾声中,伍尔夫夫妇在伦敦南部的里士满创办"霍加斯出版社"(The Hogarth Press),继"欧米伽艺术工场"之后,"霍加斯出版社"成为集团又一个活动中心和新成员、新朋友的聚集地;年底,伦纳德与奥利弗·斯特雷奇(Oliver Strachey)成立"1917年俱乐部"(The 1917 Club)①,在集团成员之外汇集了一批左派政治人士。然而,如同英国文化的其他各个方面,集团始终未能从战争造成的巨大混乱中完全恢复过来,而守护文明、反对战争的自由人文主义(liberal humanism)也将伴随大多数集团成员终生。

"一战"的爆发并未终结集团,相反,"战时和战争刚一结束,它便抓住时机一举攻城略地"②。"一战"期间,集团的作家们开始发力,成为代言集团的新声,1915年弗吉尼亚出版处女作《远航》(*The Voyage Out*),1918年利顿出版"新传记"第一部《维多利亚时代四名人传》(*Eminent Victorians: Cardinal Manning, Florence Nightingale, Dr. Arnold, General Gordon*),均大获成功。战后,由于良心拒服兵役,集团遭到外界的谩骂和贬损,但也正因为此,虽然在战时四散飘零,集

---

① "1917年俱乐部",成立于列宁十月革命(俄历1917年10月25日,公历11月7日)之前的1917年10月,成员包括伍尔夫夫妇和拉姆齐·麦当劳、J. 威奇伍德等民主社会主义者。1917年12月19日,全体成员首次聚会。

② Frank Swinnerton, "Bloomsbury: Bertrand Russell, Roger Fry and Clive Bell, Lytton Strachey, Women, Virginia Woolf", in *The Georgian Scene: A Literary Panorama*, New York: Farrar & Rinehart, 1934, pp. 339-377.

团却并未像其他许多将自己的年轻人送上战场的文学艺术团体一样遭到战争的摧毁,而是在度过严冬后,迎来二三十年代的盛大绽放。1920年代,"邓肯·格兰特是'伦敦艺术家协会'(London Artists' Association)[①] 的核心人物;罗杰·弗莱的讲座吸引了大量听众,场场座无虚席;利顿·斯特雷奇和弗吉尼亚·伍尔夫的书赢得越来越多的好评"[②]。卓然出群的集团塑造了"1920年代的主导性主题",战后的智识品格是相信私人世界,"知识分子对他们自己的心灵状态产生了浓厚的兴趣。他们的价值观是美学的而非道德或伦理的"[③]。1922年,一本美国期刊登载了一篇名为《布鲁姆斯伯里与克莱夫·贝尔》("Bloomsbury and Clive Bell")的文章,向美国读者介绍利顿、弗吉尼亚、凡尼莎、凯恩斯和格兰特,首次使用"布鲁姆斯伯里"一词[④]。然而,此后,这一称谓开始频繁出现在报刊书籍中,成为一个令集团成员大为恼火的侮辱性新闻用语[⑤],"整个世界紧紧包围,充满敌意,'布鲁姆斯伯里'面对的是一个无法活动、无法扩展、无法成长的没有变化的环境","……'布鲁姆斯伯里'已辉煌不再。它消解在新世界和如今我们称之为'20后'的年轻一代人中"[⑥],而到1930年代,连集团的孩子昆汀也开始"批判它——而我的朋友们甚至批判得更猛烈"[⑦]。尽管凡尼莎多年后的回忆依然充满沮丧和愤懑,但事实上,正是在两次世界大战之间,集团才真正成为公共团体,成为伦敦乃至整个英国文学、艺术、思想与文化生活的中心。

[①] "伦敦艺术家协会"在凯恩斯的大力倡议下成立于1926年。成员不限于画家,还包括"欧米伽艺术工场"的装饰艺术家们。协会的主要工作是确保艺术家可以通过在每年圣诞节前举办的定期画展上售卖自己的作品从而获得一份薪酬补偿。"二战"爆发中断了协会的蓬勃发展。

[②] Janet Watts, "Dear Quentin: Janet Watts Interviews Mr. Bell of Bloomsbury", in *Virginia Woolf Quarterly* 1, No.1 (Fall, 1972), pp.111-116.

[③] G. H. Bantock, "The Private Heaven of the Twenties", in *Listener* 45 (March 15, 1951), pp.418-419.

[④] Richard Shone, *Bloomsbury Portraits: Vanessa Bell, Duncan Grant, and Their Circle*, Oxford: Phaidon, 1976, p.15. 伦纳德指出,事实上早在外界之前,集团内部就已经在使用这一称谓了 (*Beginning Again: An Autobiography of Years, 1911-1918*)。

[⑤] 对集团更具侮辱性的另一个称谓是 Bloombuggery (布鲁姆斯伯里鸡奸团) (Phyllis Rose, *Woman of Letters: A Life of Virginia Woolf*, New York: Oxford UP, 1978)。

[⑥] Vanessa Bell, "Notes on Bloomsbury".

[⑦] Janet Watts, "Dear Quentin: Janet Watts Interviews Mr. Bell of Bloomsbury".

集团确切的成立时间不明，同样，它确切的结束时间也模糊不清，一说为1939年（"二战"爆发）安吉莉卡21岁生日聚会后，另一说为1964年克莱夫去世后。[①] 而事实上，当集团核心成员于两次世界大战之间的二三十年代在各自领域先后迈入辉煌期，开始闻名于世，发挥集团最具建设性和创造性的影响力时，私人团体属性的"布鲁姆斯伯里"便已然"老"去，甚或"已然停止存在"[②]，成为早期核心成员的集体记忆。1920年，在前一年便已停业的"欧米伽艺术工场"最终清盘，戏称集团成员为"布鲁姆斯伯里花浆果"（Bloomsberries）[③] 的莫莉成立"回忆俱乐部"（The Memoir Club）取而代之，以供除西德尼-特纳之外的十三位集团创始成员在战后重聚，坦诚真言，共同怀想"老布鲁姆斯伯里"的情谊与信念。一直绵延到克莱夫去世时方告结束的"回忆俱乐部"[④] 历经了集团从"后布鲁姆斯伯里"时期的鼎盛到"遗布鲁姆斯伯里"时期的新生，在成员的反复追忆与缅怀中，维系着集团长达六七十年、跨越两代人之久的绝对信任的亲密关系，见证了集团珍贵遗产持久不灭的薪火相传。[⑤]

由于组织松散、边界模糊、成员迥然相异到甚至弗吉尼亚[⑥]、伦纳德、克莱夫和凡尼莎均曾否认过其存在，这个公共知识分子的"创造性共同体"（creative community）[⑦] 究竟在多大程度上具有内在同一性，究

[①] Jan Marsh, *Bloomsbury Women: Distinct Figures in Life and Art*, New York: Henry Holt & Co., 1996, p. 158.

[②] Desmond MacCarthy, "Bloomsbury, An Unfinished Memoir", in *The Bloomsbury Group: A Collection of Memoirs and Commentary*, pp. 65-74.

[③] 区别于Bloomsberry这一戏称，对集团成员不带感情色彩的一般性称谓是Bloomsburian、Bloomsburyan、Bloomsburyite、Bloomsburys（布鲁姆斯伯里人）等。

[④] 伦纳德认为"回忆俱乐部"最后一次聚会是1956年，尽管当时在场的成员有十人，但在世的集团早期核心成员仅余凡尼莎、克莱夫、格兰特和他四人（"The Memoir Club", in *The Bloomsbury Group: A Collection of Memoirs and Commentary*, pp. 153-154），西德尼-特纳虽然在世，但早已退圈。

[⑤] S. P. Rosenbaum, *Georgian Bloomsbury: The Early Literary History of the Bloomsbury Group, 1910-1914*, Vol. 3, p. 216.

[⑥] 根据斯蒂芬·斯彭德的记述，弗吉尼亚根本不喜欢"布鲁姆斯伯里"这个名字。有一次读到他书中提到了这个名字，弗吉尼亚还威胁说也要叫他、威廉·普洛默和他们那时同住在伦敦麦达维尔区的亲密邻居们"麦达维尔"（Maida Vale）（Stephen Spender, "A Certificate of Sanity", in *London Magazine* 12, No. 6 [February-March, 1973], pp. 137-140）。

[⑦] Craufurd D. Goodwin, "The Bloomsbury Group as Creative Community", in *History of Political Economy* 43, No. 1 (2011), pp. 59-82.

竟是否是一个同质的实体,争议颇多。或认为"'布鲁姆斯伯里'没有统一的哲学,……但却拥有美学、哲学和心理学的共同理念"①;或指出尽管有着相同的生活态度,但集团成员在思想上并不同质,艺术观、文学观和政治观也并非完全一致②;或发现集团成员没有共同的特质、信念和志向,"只是在个体意识、外在自然、孤立状态(isolation)、时间、空间、爱和死亡等方面有着彼此交叠、相互关联的相似的观点、态度和价值观"③。而究其本质,毋宁说没有总体立场、摒弃共同教义或原则但却聚拢在一起、有效撒播并整合不同立场的集团(常被比喻为"大杂烩"[hodgepodge]、"鸡尾酒"[cocktail]、"混合物"[amalgam]等),更像是"一个字面和隐喻双重意义上的交汇点,一个跨学科的思想和艺术的纽结,在此,各种异端的现代先锋观念时而交融时而交锋,有共鸣也有论争"④。

尽管禀性、才情、兴趣、观点、专业、成就乃至令人失望的不足之处各异,尽管拒绝被记者、评论家和权威人士不负责地贴上"布鲁姆斯伯里"的统称标签,但因阶级惯习(habitus)、家族谱系和个人特质而意气投合,并进而因共同的教育背景、职业性质和活动空间⑤而结成终生友情的集团成员,整体上依然形成了相对一致的思想、情感和价值倾向与明显相似的哲学、艺术和社会信念,表现出一种独特而复杂、具有

---

① Victoria Rosner, "Introduction".
② Quentin Bell, *Bloomsbury*, London: Futura Publications Ltd., 1974, pp. 12-13.
③ James M. Haule, "Introduction", in *The Bloomsbury Group Memoir Club*, S. P. Rosenbaum, ed. and with an Introduction and an Afterword by James M. Haule, London & New York: Palgrave Macmillan, 2014, pp. 1-11.
④ Kathryn Simpson, "Woolf's Bloomsbury", in *Virginia Woolf in Context*, eds. Bryony Randall and Jane Goldman, Cambridge: Cambridge University Press, 2012, pp. 170-182.
⑤ 除布鲁姆斯伯里区,集团共同的活动空间还包括伦敦肯辛顿区(Kensington)、剑桥、英格兰南部乡间(东苏塞克斯郡:凡尼莎、格兰特、克莱夫和戴维·加尼特的查尔斯顿农舍[Charleston Farmhouse]、伍尔夫夫妇的阿什汉姆屋[Asheham House,距离查尔斯顿农舍仅一步之遥]和僧舍[Monk's House]、凯恩斯夫妇的蒂尔顿屋[Tilton House]、薇塔与哈罗德·尼克尔森夫妇的西辛赫斯特城堡[Sissinghurst Castle];西伯克郡:利顿、卡灵顿、凯恩斯等人的米尔屋[The Mill House];威尔特郡:利顿、卡灵顿和拉尔夫·帕特里奇的汉姆斯珀雷屋[Ham Spray House],以及牛津(莫瑞尔夫人的嘉辛顿庄园[Garsington Manor])、法国南部地中海渔港小城卡西斯(Cassis)等地。二三十年代,集团成员的生活"变得更富流动性和节奏性,但固定不变的工作地点依然还是在苏塞克斯、伦敦和法国南部"(Richard Shone, *Bloomsbury Portraits: Vanessa Bell, Duncan Grant, and Their Circle*, p. 14)。

"家族相似性"（Family Resemblance，维特根斯坦语）或"有机统一性/整体性"（Organic Unity/an Organic Whole，摩尔语）的精神气质：（家世、智力、才华上的）优越、超脱、特立独行；沉思、交谈、侧身践行；拥有健全的精神世界、深厚的文化修养、丰富的审美感知、强烈的怀疑意识，以及高超的想象力、革新力和创造力与敏锐的分析力、判断力和批判力。具言之，集团成员挑战传统、权威、正统和常规，反叛维多利亚时代的思想、制度、道德和习俗；蔑视名利权势，批判资产阶级庸俗市侩的物质主义和功利主义；信奉不可知论，倡导理性主义、个体主义和自由人文主义；崇尚才智，强调直觉、感性和抽象思辨，崇拜法国文化，专注高雅品质，追求爱美真的愉悦享受、绝对价值和至善理想；标举兼容再现性和表现性的形式（主义）美学，引领现代艺术和现代主义文学，革新美学品味；推崇基于理智与坦诚的友情伦理，主张性开明与性宽容，探索同性恋、自由的爱与开放式的婚姻，创新日常生活模式（pattern of life）和言谈举止风格（mannerism），塑造既满怀爱意又保持独处、既不拘礼仪又严于克己的新型个人关系；坚守基于个体或小团体道义感的公共良知和社会正义，反对无知、平庸、贫穷、野蛮、帝国、战争、暴力、暴政、剥削、压迫、压制、偏见、性别歧视和种族歧视，反感（战时的、黩武的、恶毒的、普遍敌意的）民族主义和爱国主义，抗议种族化的帝国主义、极权主义、反犹太主义和法西斯主义，宣扬政治自由主义、和平主义、国际主义、世界大同主义（cosmopolitanism）、女性主义和费边社会主义，关心并积极参与政治、经济、文化、教育等公共事业，投身社会改革。克莱夫曾这样描述他们的信仰，"爱好真理和美，宽容并且具备真实的精神，对无聊的东西深恶痛绝，有幽默感而又有礼有节，好奇，厌恶平庸、粗暴和虚荣的东西，不迷信，不假装正经，毫不畏惧地接受生活中美好的东西，畅所欲言，关心艺术教育，蔑视功利主义和无知，总之，是热爱甘美的和光明的东西"[1]。弗朗西丝·帕特里奇回忆道，"他们并非一个团体，而只是因为生活态度一致而聚集在一起，恰巧他们中的很多人彼此或是朋友或是爱人。如果说他们不受习俗的羁绊似乎有些不妥，好像他们对社会规则不

---

[1] 莫尼克·纳唐：《布卢姆斯伯里》，张小鲁译，瞿世镜编《伍尔夫研究》，上海文艺出版社1988年版，第199页。

屑一顾，但实际上，他们只是对习俗不感兴趣，因为他们把全部的热情都倾注在思想中。他们在'一战'期间都属于左翼人士，提倡无神论和和平主义（但他们中很少有人在'二战'中也持有相同的主张）；他们热爱艺术和旅行，爱好读书，对自己的近邻法国有着一种与生俱来的好感。除了钟爱自己的职业如写作、绘画、经济学研究，他们还喜欢谈话，并且乐此不疲，无论是抽象深奥的社科知识，还是俗不可耐的街谈巷议，都在他们的话题之列。我也从来没有——即使在剑桥大学时——遇到过像他们这样崇尚理性……诚实、创造性的人，在实际生活中他们也依然如此。……说他们之所想……直言不讳"①。

---

① 《布鲁姆斯伯里文化圈和他们的房子》，[加] S. P. 罗森鲍姆编《回荡的沉默——布鲁姆斯伯里文化圈侧影》，杜争鸣、王杨译，江苏教育出版社2006年版，第168—184页。

第一章

布鲁姆斯伯里集团接受史

长久以来,关于布鲁姆斯伯里集团,奇闻闲谈远多于真正的严肃批评。然而,经过一个多世纪的积累,今天,集团浩如烟海的文献资料,与种种已被深入探索过的可能路径和方向,却已令后来的研究者望而却步。仅一年内出版或发表的传记作品和相关学术论文著作,就需研究者投入大量的时间细心研读,而新的一手档案史料还在不断涌现,早在 20 年前,赫梅尔妮·李在其厚达 900 页的《弗吉尼亚·伍尔夫传》(*Virginia Woolf*, 1996) 的开篇即承认,面对集团成员及其亲朋好友、同代人和后人留下的数量惊人的档案史料,她"感到阵阵眩晕"[1];而瑞吉娜·马勒 (Regina Marler) 则声称"'布鲁姆斯伯里'是 20 世纪英国记载最全面翔实的文学与艺术圈"[2]。

一 研究综述

从时间上,集团研究分为五个时期:1910(第一届后印象派画展)—1931 年,1932(弗莱去世)—1952 年,1953(《细察》停刊)—1966 年,1967(两卷本《利顿·斯特雷奇传》第一卷出版)—1985 年,与 1986 年(查尔斯顿农舍修复完成对外开放)至今。从性质上,分为三大类:史料编撰(包括书信、日记、随笔、绘画、照片等)、生命书写(包括传记、自传、回忆录等)与学术批评。研究主体包括集团成员与非集团成员。研究对象有侧重集团成员(以及与集团有联系的非集团成员)与侧重集团整体之分:就前者而言,由于弗吉尼

---

[1] Hermione Lee, *Virginia Woolf*, p. 4.
[2] Regina Marler, *Bloomsbury Pie*: *The Making of the Bloomsbury Boom*, p. 7.

亚、福斯特和凯恩斯三人堪称文学研究和经济学研究领域的"大流量明星",仅单人研究成果,已不胜枚举;利顿、克莱夫、弗莱、伦纳德和凡尼莎等人,在文学、艺术和政治学领域也有着颇高的研究热度;而其他次要和外围成员的研究相比之下又颇显稀少和零碎,一一列举,难免琐碎。至于与集团有联系的非集团成员,情形与集团成员类似,艾略特、劳伦斯、曼斯菲尔德、摩尔等人的现有文献,多到必须各自做专题综述;而卡灵顿、薇塔、莫瑞尔夫人、莱斯利·斯蒂芬、刘易斯、西特维尔三姐弟、韦伯夫妇等人的研究资料,也不在少数;同时如上文所列,与集团有联系的非集团成员,人数众多,专业各异,无法也无必要逐一爬梳。加之,单人研究虽不可避免涉及集团,但篇幅和重要程度都相对有限,因此,除对集团研究有重大意义的史料编撰类和生命书写类的经典案例之外,下文的文献梳理和现状述评将不包括此类侧重集团成员和非集团成员的大量中后期学术批评类研究,尽管它们也是本书的重要参考之一。相比之下,侧重集团整体的研究,无疑与本书论题最为直接相关,其中不仅包括集团的整体性研究,还包括集团成员或非集团成员单人或多人与集团的关系研究,"剑桥使徒社"、两届后印象派画展、"欧米伽艺术工场""霍加斯出版社""回忆俱乐部"等集团参与的外部团体或组织创立的内部团体活动研究,集团与其他文学艺术和知识分子团体的比较或影响研究,以及集团在某一文学、艺术、文化或思想传统或潮流中的表现、地位和作用研究,等等。

相比于今天丰硕的学术研究成果,集团的早期批评(1910—1952)无疑是零散、粗浅和印象式的,甚至是感性和情绪化的。但与此同时,这些早期批评的重要性显然不容忽视,它们不仅设定了 20 世纪后半叶集团的批评重心和批评风向,还为今天的集团研究提供了一份珍贵的文献史料。

第一时期:1910—1931 年

1905 年 10 月和 11 月,索比在《剑桥评论》(*Cambridge Review*)分别发表《剑桥缪斯》[①]和《欧佛洛绪涅》[②]两篇书评,介绍克莱夫、西

[①] "The Cambridge Muse", in *Cambridge Review*, No. 27 (October 19, 1905), p. 8.

[②] "Euphrosyne", in *Cambridge Review*, No. 27 (November 2, 1905), p. 49.

德尼-特纳、伦纳德和利顿共同创作、匿名出版的《欧佛洛绪涅：诗集》（*Euphrosyne: A Collection of Verse*, 1905）[1]，这是集团最早的出场。但直到弗莱分别于 1910 年和 1912 年先后举办两届后印象派画展，集团才真正走进公众视野，引起艺术批评界的强烈关注。1913 年 3 月和 7 月，弗莱先后成立"格拉夫顿集团"和创办"欧米伽艺术工场"，于是，批评界在争论后印象派绘画艺术的同时开始将目光投向布鲁姆斯伯里集团本身。这一时期，由于给集团带来声誉的主要是集团在绘画和装饰艺术领域取得的成就，因此对集团的评骘也多集中于此。此外，集团成员相互之间的艺术和文学批评，也是对集团美学的一种自我阐明和自反性审视。

最初，公众和批评家对后印象派画展的反应设定了对整个集团反应的基调。相对客观的报道用照片展示画作[2]，记录参观者茫然困惑的表情和态度[3]。较为公正中立的观点认为画展上展出的画作反对"真理、道德和美学"的既定标准[4]；它们"不可否认……是有刺激效果的，尽管我们无法立刻准确判断出刺激源"[5]；后印象派另辟蹊径，在英国已成为一种新奇事物，"对一些人，它是视觉和感觉的重生，对另一些人，它是可恶的自我主义恶臭难闻的果实"[6]。而绝大多数评论则是否定性和敌对性的：画展上"大都是极端主义者的画作"，这些艺术家"倒退回最简单原始的表现形式，倒退回孩子和野蛮人的表现形式。最终结果是对艺术的否定"[7]；"后印象派显然就是遗忘一切过去的艺术，试图在最初拿起画笔的一刻用孩子的眼光去看世界"[8]；后印象派艺术"声称要简化，要获得一种简单。为此，它抛弃过去的艺术家们已然继承和遗赠的经过长期发展、业已成熟的一切绘画技巧。它完全是另起炉灶，但

---

[1] 事实上，这部诗集也是集团成员合作完成的唯一一部文学作品。

[2] "By Men Who Think the Impressionists Too Naturalistic: Attractions of All Societies: Works by Post-Impressionists", in *Illustrated London News* (November 26, 1910), pp. 824–825.

[3] Frank Reynolds, "Post-Impressionist Expressions—Sketches", in *Illustrated London News* (December, 1910), p. 883.

[4] "Post-Impressionist Paintings", in *Times* (London) (November 7, 1910), p. 12.

[5] C. J. Holmes, *Notes on the Post-Impressionist Painters: Grafton Galleries, 1910–11*, London: Philip Lee Warner, 1910.

[6] Charles Lewis Hind, *The Post-Impressionists*, London: Methuen, 1911, p. ii.

[7] "French Post-Impressionists at the Grafton Gallery", in *Connoisseur* 28 (December, 1910), pp. 315–316.

[8] S. H., "The Grafton Gallery", in *Spectator* 105 (November 12, 1910), pp. 797–798.

仅停留在孩子的水平"①；更有甚者，Wilfred Scawen Blunt 和 J. Comyns Carr 怒骂道，"无所事事、虚弱无力的愚蠢之作，色情表演"，"一群病人，一群疯子"，"毫无画技，腐化堕落"②。针对以瓦尔特·席格——作为对第一届后印象派画展几乎全盘否定的英国著名画家之一，他的总体态度左右了公众对集团艺术的反应③——为代表的反对声音，弗莱、克莱夫和德斯蒙德全力回应。第一届画展闭幕时，弗莱发表演讲，阐明后印象派是一次"发现想象的视觉语言"的尝试，它意图"通过创造出的形象直接与想象对话，不是因为这些形象与外在自然相似，而是因为它们适于触动富于想象和沉思的生命"④。1911 年，克莱夫在两篇关于后印象派画家的著作的书评中写道，画家不应再继续"通过创造现实的虚假幻象来表现他们的聪颖机巧"⑤，那些对画展感到头疼的批评家太习惯于物质主义艺术而无法接受"表现事物精神意义"的画作⑥。德斯蒙德将康德的美学理论与弗莱和克莱夫关于第二届后印象派画展的评论并置比较，聚焦于"再现"（representation）的美学价值问题，认定克莱夫的"有意义的形式"（Significant Form）正是康德所谓的"自由美"，同时指出一幅画作应该是"次等的"或"浪漫的"美与弗莱称之为"古典的"美的结合。⑦ 另外，和克莱夫一样，德斯蒙德赞赏弗莱和格兰特等人为伦敦自治市理工学院（Borough Polytechnic Institute）学生食堂绘制的七幅后印象派风格的壁画，前者指出，在理工学院，"人们会不由得回想起那些伟大时代的公共艺术（communal art）"⑧；后者则断言，后印象派艺术

---

① "Post-Impressionist Paintings", in *Times* (London) (November 7, 1910), p. 12.
② Frances Spalding, *Roger Fry: Art and Life*, Berkeley: University of California Press, 1980, pp. 136, 139.
③ Walter Sickert, "Post-Impressionists", in *New Age* (June 2, 1910), pp. 23-29; in *Fortnightly Review* 95 (January 2, 1911), pp. 79-89.
④ Roger Fry, "Post-Impressionism", in *The Fortnightly Review* 95 (May 1, 1911), pp. 856-867.
⑤ Clive Bell, "Review of *Notes on the Post-Impressionist Painters, Grafton Galleries, 1910-11*, by C. J. Holmes", in *Athenaeum* (January 7, 1911), pp. 19-20.
⑥ Clive Bell, "Review of *The Post-Impressionists*, by C. Lewis Hind", in *Athenaeum* (July 8, 1911), p. 51.
⑦ Desmond MacCarthy, "Kant and Post-Impressionism", in *Eye Witness* (October 109, 1912), pp. 533-534.
⑧ Clive Bell, "The Decorations at the Borough Polytechnique", in *Athenaeum* (September 23, 1911), p. 366.

恰好适用于教育机构，因为它能够启迪思想，打破常规①。

　　1913年、1914年，紧随弗莱的脚步，批评界将关注的焦点投向与布鲁姆斯伯里集团有着密切联系的"格拉夫顿集团"和"欧米伽艺术工场"。此时，两届后印象派画展带给英国公众和艺术批评界的突如其来的冲击，已不再震撼到令人憎恶，后印象派的美学和表现艺术以及弗莱的形式主义开始获得认可，"格拉夫顿集团"的后印象派绘画和"欧米伽艺术工场"的装饰艺术"幸运地"遇到了较为温和友好的接受语境。相比于被认为掌握着艺术未来的"格拉夫顿集团"②，批评界对"欧米伽艺术工场"的青睐和热情尤为显眼："弗莱先生正试着把一种'嬉戏欢闹的精神'带进我们宁静肃穆的房间"③；艺术工场制作的"屏风是反传统的"，设计的纺织物是对"花饰花彩的常规和重复图案的主权"的一种攻击④；"罗杰·弗莱先生追求的是野蛮的英国人内心深藏的那种艺术，他寻求的是对日常生活用品进行真正的艺术发明"⑤；艺术工场的艺术家们"全部遵循后印象派的原则，即无论何时，对现实物体的再现都是一种激发设计的动机，而非对被再现的现实的一种提示"⑥；艺术工场是"对没有灵魂的、机器制造出来的、产自维多利亚时代工厂的物品的反叛"，"欧米伽的设计图案令人震撼至极"⑦；"对于那些在伦敦现代［艺术］运动的发展中起着主导作用的艺术家而言，'欧米伽艺术工场'近年来已成为焦点"⑧。

　　克莱夫和弗莱无疑是集团艺术观的首席发言人。1913—1922年，克莱夫连续发表多篇文章，出版《粗制滥造》(*Pot-Boilers*，1918)和《自塞尚以来的绘画》(*Since Cézanne*，1922)两本评论文集，或是阐释

---

①　Desmond MacCarthy, "Post-Impressionist Frescoes", in *Eye Witness* (November 9, 1911), pp. 661-662.
②　Randall Davies, "The Grafton Group", in *New Statesman* (January 10, 1914), pp. 436-437.
③　M. M. B., "Post-Impressionist Furniture", in *Daily News and Leader* (August 7, 1913), p. 3.
④　E. M., "The Omega Workshops", in *Illustrated London News* (September 13, 1913), p. 408.
⑤　E. M., "The Omega Workshops", in *Illustrated London News* (December 27, 1913), p. 1100.
⑥　"A New Venture in Art—Exhibition at the Omega Workshops", in *Times* (London) (July 9, 1913), p. 4.
⑦　Randall Davies, "The Omega Workshops", in *New Statesman* (January 27, 1914), pp. 501-502.
⑧　"Exhibition of Modern Paintings and Drawings at the Omega Workshops", in *Burlington Magazine* 33 (December, 1918), p. 233.

弗莱的艺术批评：借萧伯纳和弗莱的批评对话，阐明集团的美学观，区分"官方艺术"和"审美艺术"①；评述弗莱的《视觉与设计》（*Vision and Design*，1920），赞赏弗莱对画作中"美学秘诀"的辨识力——"说弗莱先生作为批评家的最高天赋是他有能力用自己的热情感染他人，很容易；但要说清楚他是如何做到这一点的，却困难重重"②。或是继续讨论后印象派绘画：关注英国后印象派绘画的发展方向，指出"太多英国印象派画家越来越将简化、图示化和绘画技巧视作目的本身而非表现和创造的手段，视作聚会小礼品而非工具"③；声明"后印象派并非是混乱无序的；在精神上，它恰恰是对自然主义、印象派、象征主义、浪漫主义和轶事画（anecdotic painting）合力带入现代艺术的那种混乱无序的一种抗议"④；针对各种后印象派画展的负面反应阐明"有意义的形式"的概念："激发我们审美情感的一切艺术作品有何共同品质？……只有一个答案是可能的——'有意义的形式'。在每一个艺术作品中，线条和色彩都以一种独特的方式组合在一起，构成一定的形式和形式关系，从而激发起我们的审美情感（aesthetic emotion）"⑤。或是在阐释后印象派美学的基础之上指明布鲁姆斯伯里艺术家与后印象派的联系，评述集团与后印象派相关的活动，讨论"欧米伽艺术工场"和凡尼莎的画作⑥，讨论格兰特受到的塞尚的影响⑦和弗莱的艺术批评对其画作的影响⑧。相比于克莱夫，这一时期忙于举办画展、经营艺术工场和普及现代艺术品味的弗莱在集团的艺术批评方面并不高产，仅有寥寥四篇：一篇是克莱夫《艺术》（*Art*，1914）的书评，文中弗莱对克莱夫"有意义的形式"的理论提出质疑，希望克莱夫能拓展理论的适用范畴，"将文学（就文学是一种艺术而言）充分考虑进来，因为我相信

---

① "Mr. Roger Fry's Criticism", in *Nation* 12（February 22, 1913）, pp. 853 - 854; "Mr. Shaw and Mr. Fry", in *Nation* 12（March 8, 1913）, p. 928.
② "Mr. Fry's Criticism", in *New Statesman* 16（January 8, 1921）, pp. 422-423.
③ "The New Post Impressionist Show", in *Nation*（October 25, 1913）, pp. 172-173.
④ "Post-Impressionism Again", in *Nation*（March 29, 1913）, pp. 1060-1061.
⑤ "Post - Impressionism and Aesthetics", in *Burlington Magazine* 22（January, 1913）, pp. 226-230.
⑥ "Modern Art", in *Times*（London）（February 11, 1916）, p. 6.
⑦ "Duncan Grant", in *Athenaeum*（February 6, 1920）, pp. 182-183.
⑧ "Mr. Fry's Pictures", in *New Statesman* 15（June 19, 1920）, pp. 307-308.

伟大诗歌能激发出与绘画和建筑同样的审美情感"①;两篇关于格兰特,一者介绍格兰特的首次个人画展,评论他的颜色使用和整体艺术发展②,另一者通过讨论格兰特画作体现出的自然、自发和欢乐的个性气质揭示他与集团的隐性联系③;还有一篇说明凡尼莎与集团其他成员的联系,分析她的画作和工艺作品的形式特征。④

除克莱夫和弗莱之外,外界的批评也开始聚焦于集团的艺术观。最早出现的是萧伯纳1913年连续发表在《民族》(*The Nation*)上的两篇致编辑信:一篇针对关于后印象派画展的争议,指出"后印象派画家正在新开辟的领域艰难前行",赞赏弗莱在绘画技巧上取得的成就⑤;另一篇评论弗莱与克莱夫关于后印象派美学的回应,认为并不存在"学院派绘画"和"审美艺术"之分,支持弗莱宣扬现代艺术的计划和努力⑥。然而,需要指明的是,这一时期,对集团艺术观的争议事实上远多于肯定和赞同,远多于对弗莱的应用艺术理论⑦和抽象派美学⑧与克莱夫的美学理论⑨的客观阐述,以及对弗莱与克莱夫在美学理论上的联系⑩与合作⑪的发现。Charles Aitken 在关于克莱夫《艺术》的书评中以"有意义的形式"为焦点批评道,"很不幸,在我看来,作者似乎决意要将艺术与生活和伦理分离开来,决意要轻视人的因素"⑫。A. R. Orange 否定克莱夫的《粗制滥造》,驳斥他波西米亚式的艺术观和

---

① "Art", in *Nation* (March 7, 1914), pp. 937-939.

② "Mr. Duncan Grant's Pictures at Patterson's Gallery", in *New Statesman* 14 (February, 1920), pp. 586-587.

③ "Introduction", in *Living Painters*: *Duncan Grant*, Richmond: Leonard and Virginia Woolf, 1923, p. xi.

④ "Vanessa Bell", in *Vogue* (February, 1926), pp. 33-35, 78.

⑤ "Mr. Roger Fry's Criticism", in *Nation* 12 (February 15, 1913), pp. 817-818.

⑥ "Mr. Roger Fry's Criticism", in *Nation* 12 (May 1, 1913), pp. 888-889.

⑦ "A Visit to the Omega Workshops—Mr. Roger Fry on Modern Design and Applied Art", in *Drawing and Design* (August, 1917), pp. 76-77.

⑧ Thomas Jewell Craven, "Mr. Roger Fry and the Artistic Vision", in *Dial* 71 (1921), pp. 101-106.

⑨ Burton Rascoe, "Art and Clive Bell", in *Reviewer* 3 (June, 1922), pp. 487-495.

⑩ Robert Tyler Davis, "Mr. Bell and Mr. Fry", in *Hound & Horn* 1, No. 1 (Summer, 1927), pp. 18-22.

⑪ DeWitt Parker, *The Analysis of Art*, New Haven: Yale University Press, 1926.

⑫ "On Art and Aesthetics", in *Burlington Magazine* 26 (February, 1915), pp. 194-196.

"肯辛顿的奥林匹斯教"（Kensington Olympianism）①。Charles Marriott 在评论弗莱 1917 年举办的"新艺术运动"（The New Movement in Art）画展时指出，引发"新艺术运动"诸多问题的根由正在于"将艺术视作源于画室、终于展览、与生活没有丝毫密切关联的孤立现象"②。D. S. MacColl 连续发表三篇致编辑信，分别批驳弗莱的扬"美"贬"意"观③、"书法"和"结构"之分④与纯抽象设计。⑤ C. J. Holmes 在关于弗莱《视觉与设计》的书评中表达出对设计与内容相分离的担忧。⑥ O. R. Drey 受刘易斯及其与弗莱之间龃龉不合的引导，明确反对弗莱提出的美学路径。⑦

在全力评述集团艺术理念的同时，关于集团的文学批评也崭露头角，并且，最初也同样开始于集团成员之间的互评。1910 年，福斯特出版第四部长篇小说《霍华德庄园》（*Howards End*），作为一部雄心勃勃的"英格兰状况"（condition of England）小说，它力图展现爱德华时代中产阶级不同阶层之间的矛盾与文化调和。小说中，代表波西米亚知识分子的玛格丽特和海伦·施莱格两姐妹的原型正是凡尼莎和弗吉尼亚。为此，克莱夫发表首篇书评，赞赏"施莱格姐妹，聪明、敏感、优雅；欣赏美，追求真理，有正义感和分寸感；她们代表着现代文明的精髓"⑧。1915 年，福斯特发表对弗吉尼亚《远航》（*The Voyage Out*, 1919）的书评——"关于《远航》的第一条评论或许是，它无所畏惧，它的勇气不是来自纯真无知，而是来自良好的教育"⑨；1919 年，发表《邱园记事》（"Kew Gardens", 1919）的书评，强调弗吉尼亚作品中的视觉要素——"幻象（vision）与非现实和艺术熏陶均毫无关系，它就

---

① "Mr. Bell's Pot", in *Readers and Writers*, New York: Alfred A. Knopf; London: Allen & Unwin, 1922, pp. 52-54.
② "The New Movement in Art", in *Land and Water* 18 (October 18, 1917), pp. 19-20.
③ "Mr. Fry and Drawing—I", in *Burlington Magazine* 34 (May, 1919), pp. 203-206.
④ "Mr. Fry and Drawing—II", in *Burlington Magazine* 34 (June, 1919), pp. 254-256.
⑤ "Mr. Fry and Drawing—III", in *Burlington Magazine* 35 (July, 1919), pp. 42-46.
⑥ "Vision and Design", in *Burlington Magazine* 38 (February, 1921), pp. 82-84.
⑦ "Emotional Aesthetics", in *Tyro* 1 (April, 1921), p. 1.
⑧ "Review of *Howard's End*", by E. M. Forster", in *Athenaeum* 2 (December, 1910), p. 696.
⑨ "Review of *The Voyage Out*, by Virginia Woolf", in *Daily News and Leader* (April 8, 1915), p. 7.

是我们眼睛看到的东西,从这层意义上讲,伍尔夫夫人的两篇故事都是幻象",同时兼论"霍加斯出版社"①。1921年,随着"欧米伽艺术工场"的停办和弗吉尼亚、利顿的强势登场,关于集团的文学批评开始逐渐取代艺术批评成为集团研究的主流。德斯蒙德在关于弗吉尼亚《星期一或星期二》(Monday or Tuesday, 1921)的书评中断言,内在生命对弗吉尼亚而言"远远更为生动真实","霍加斯出版社""时不时结出一些奇怪的果实"②;在《奥兰多:一部传记》(Orlando: A Biography, 1928)的书评中确认《奥兰多》是弗吉尼亚的佳作之一③。克莱夫指出弗吉尼亚的作品具有与他的"有意义的形式"理论相关的绘画特征——"在她的书评和纯想象性作品中,她依赖于她常用的那种印象派方法",然而,"一流文学家从来都不可能真的像画家;因为文学艺术须要用语言创造出表现幻象的形式,而语言所具有的意味完全不同于线条和颜色所具有的意味"④。福斯特肯定弗吉尼亚为小说艺术做出了贡献,但与克莱夫不同,他认为弗吉尼亚并非"印象派作家,她对形式几无感觉,对实际(actuality)更是毫无感觉"⑤;而是将弗吉尼亚与劳伦斯·斯特恩相比,指出二人均是"幻想家"(fantasist)⑥。薇塔总结弗吉尼亚在《一间自己的房间》("A Room of One's Own", 1929)中给女性的劝诫"是她们应该做自己,应该发挥女性自己的独特天赋,而不是去模仿男性头脑特有的那些天赋"⑦。哈罗德·尼克尔森高度评价弗吉尼亚的《海浪》(The Waves, 1931),相信小说会引起轰动,因为作者已将内心独白这种写作技巧"推升到一个甚至连乔伊斯都梦想不到的阶段",从而"表达出那些晦暗不明的人类体验和流动不居的个人身份"⑧。德斯蒙德表示,利顿对传记写作技巧有一定的负面影响,因为自《维多利亚时代四名人传》出版以来,传记作家们一直都在试图"用开篇第一句

---

① "Visions", in *Daily News* (July 31, 1918), p. 2.
② "Review of *Monday or Tuesday*, by Virginia Woolf", in *New Statesman* (April 9, 1921), p. 18.
③ "Phantasmagoria", in *Sunday Times* (London) (October 14, 1928), p. 10.
④ "Virginia Woolf", in *Dial* 77 (December, 1924), pp. 451-465.
⑤ "The Novels of Virginia Woolf", in *Yale Review* 15, No. 3 (April, 1926), pp. 505-514.
⑥ *Aspects of the Novel*, London: Harcourt, Inc., 1927, p. 19.
⑦ "Review of A Room of One's Own", in *Listener* (November 6, 1929), p. 620.
⑧ "Review of *The Waves*, by Virginia Woolf", in *Action* (October 8, 1931), p. 8.

话吸引我们的注意力,然后再用鲜活生动的细节描写填满之后的每一页"①。哈罗德阐明利顿传记作品的基础是"对智性诚实的狂热信仰"与"对思想和理性这两个人性中最为重要的要素的冷静信念",但并不认为利顿的作品是"纯传记"②。雷蒙德·莫蒂默在利顿《书籍与人物》(Books and Characters, 1922)的书评中分析利顿的写作特征——"人物描写生动无比,态度反讽而超然,有一双戏剧导演的眼睛,善于发现戏剧效果"③;在《伊丽莎白女王与埃塞克斯伯爵:一部悲剧性的历史》(Elizabeth and Essex: A Tragic History, 1928)的书评中将利顿视作浪漫主义作家,称赞他设计和完成了"一部栩栩如生的悲剧"④。另外,雷蒙德·莫蒂默还对弗吉尼亚和利顿进行了比较研究,称赞二人"均是纵火煽动者:前者革命了小说;后者革命了传记",并且他们继承了共同的文化⑤。

如同艺术批评,外界对集团的文学表现同样褒贬不一。Richard Hughes 将弗吉尼亚的《达洛维夫人》(Mrs. Dalloway, 1925)与塞尚的绘画相比,"除了出色的唤起读者情感的能力,她还具有和塞尚相同的创造形式的才能,这种形式不同于我们一般所说的构造,这就如同生命不同于机械装置一样"⑥。Charles Smyth 将甄选性、散文体和幽默感视作优秀传记作品的必备品质,将利顿视作"某种程度上垄断了当代批评的'快乐青年'(Bright Young Men/Bright Young Things/Bright Young People)⑦ 的偶像"⑧。

"一战"后,"布鲁姆斯伯里"的名号大热,尽管常常带着刺目的

---

① "Modern Biography", in *Life and Letters* 1, No. 2 (July, 1928), pp. 136-140.
② *The Development of English Biography*, New York: Harcourt, Brace, 1928, pp. 148-154.
③ "Mr. Strachey's Past", in *Dial* 73 (September, 1922), pp. 338-342.
④ "Mr. Strachey's New Book", in *Nation and Athenaeum* 44 (November, 1928), p. 295.
⑤ "Mrs. Woolf and Mr. Strachey", in *Bookman* 68 (February, 1929), pp. 625-629.
⑥ "A Day in London Life", in *Saturday Review of Literature* (May 16, 1925), p. 755.
⑦ "快乐青年",英国小报用以指"一战"后1920年代伦敦一群年少轻狂、放纵不羁的贵族和社交名流。嗜酒吸毒、浓妆艳服、午夜"寻宝"、派对寻欢、博人眼球、狗仔缠身,这群堕落淫乱、轻浮放肆的年轻人开启了英国的现代"名人热",发明了英国最早的"名流文化",成功"包装"出斯蒂芬·田纳特(Stephen Tennant)、伊丽莎白·庞森比(Elizabeth Ponsonby)等"明星人物",另外,讽刺小说家伊夫林·沃(Evelyn Waugh)、战争诗人西格里夫·萨松(Seigfried Sassoon)和时尚摄影大师塞西尔·比顿(Cecil Beaton)也都曾是其成员。
⑧ "A Note on Historical Biography and Mr. Strachey", in *Criterion* 8 (July, 1929), p. 658.

贬义色彩。于是，批评家开始越来越多关注集团本身，但严格意义上的集团研究，还十分鲜见。雷蒙德·莫蒂默在《伦敦信函》一文中以集团整体而非某一集团成员为评述焦点①；之后，该文与莫蒂默为克莱夫、弗吉尼亚、利顿撰写的三篇小传和为《文明》(Civilization: An Essay, 1928)、《奥兰多》《伊丽莎白女王与埃塞克斯伯爵》撰写的三篇书评一同收录于小册子《布鲁姆斯伯里集团：克莱夫·贝尔、弗吉尼亚·伍尔夫、利顿·斯特雷奇》②。弗兰克·斯温纳顿（Frank Swinnerton）先是以弗吉尼亚和利顿为例批评集团"缺乏感性"，尽管它堪称"品味的完美典范"③；后又在书中进一步尖厉地指出集团"智识上深受近亲繁殖之苦"，因而"与社会群体的正常生活毫无关系"，而"如果你想要吸引这个团体成员的注意，你就首先必须奇怪。必须古怪。必须奇异"④。除此之外，其他文章大多重点梳理格兰特、凡尼莎、弗吉尼亚、利顿、凯恩斯⑤与集团（以及"欧米伽艺术工场"）和集团其他成员之间的艺术、文学、智识或个人联系。再者，若干有关集团的虚构性作品也明示或暗示了对集团的正面或负面评价，如，伦纳德的自传体小说《智慧贞洁女：词语、观点与情感》(The Wise Virgins: A Story of Words, Opinions and a Few Emotions, London: Edward Arnold, 1914) 以早期与弗吉尼亚、凡尼莎等集团成员的交往为蓝本，详细描述他当时对布鲁姆斯伯里圈的反应。奥尔德斯·赫胥黎的处女作、漫画式讽刺小说《铬黄色的克罗姆庄园》(Crome Yellow, London: Chatto & Windus, 1921;

---

① "London Letter", in *Dial* 89 (February, 1928), pp. 238-240.

② Raymond Mortimer, *The Bloomsbury Group: Clive Bell, Virginia Woolf, Lytton Strachey*, Designed by Robert S. Josephy and printed by the L. P. White Company, New York City, N. Y., 1929?.

③ "The Londoner", in *Bookman* 65, No. 4 (June, 1927), pp. 456-458.

④ *A London Bookman*, London: Secker & Warburg, 1928.

⑤ R. Sickert, "Duncan Grant", in *Nation* 44 (February 16, 1929), p. 687. W. Bayes, "Mr. Duncan Grant", in *Saturday Review* 147 (February 23, 1929), pp. 245-246. David Garnett, "Foreword", in *Duncan Grant: Recent Paintings*, Exhibition Catalog, London: Cooling Galleries, 1931. H. Furst, "Vanessa Bell: Recent Paintings at the London Artist's Association", in *Apollo* 11 (March, 1930), p. 224. J. E. Blanche, "An Interview with Virginia Woolf", in *Les Nouvelles Littéraires* (August 13, 1927), pp. 1-2. Marjorie Thurston, "The Development of Lytton Strachey's Biographical Method", Ph. D. Dissertation, University of Chicago, 1929. Dmitri Mirsky, "Mr. Lytton Strachey", in *London Mercury* 8 (June, 1923), pp. 126-131. S. Hudgson, "Mr. J. M. Keynes", in *Portraits and Reflections*, New York: Dutton, 1929, pp. 152-157.

New York： George H. Doran，1922）和篇幅最长、复杂而严肃的《针锋相对》（*Point counter Point*，Garden City，New York：Doubleday Doran and Company，1928），前者场景在嘉辛顿庄园，主要出场人物包括莫瑞尔夫妇、马克·格特勒，以及克莱夫、弗吉尼亚、凯恩斯等集团成员；后者以福斯特的《印度之行》（*A Passage to India*，1924）、弗吉尼亚的《到灯塔去》（*To the Lighthouse*，1927）等集团成员的小说为讽刺对象，对集团的理想发起猛烈攻击，"福斯特在印度检验'布鲁姆斯伯里'的价值观，发现它们具有普世正确性，而赫胥黎则将小说一章的场景放在印度，揭示出男性与女性、心灵与物质之间的断裂是世界性的"，"通过摈弃布鲁姆斯伯里集团特别是福斯特，赫胥黎论断'布鲁姆斯伯里'是一个不充分的概念；它的理想主义哲学无法与现代时期对话"①。刘易斯的讽刺小说《上帝之猿》（*The Apes of God*，London：The Arthur Press，1930）极力嘲弄集团的有钱无才、优越势利（select and snobbish）以及在艺术上一瓶不满半瓶晃荡的浅薄无知。罗伊·坎贝尔因妻子与薇塔的情事而迁怒于集团，他的叙事诗《乔治时代：讽刺幻想诗》（*The Georgiad： A Satirical Fantasy in Verse*，London：Boriswood，1931）攻击集团成员是"没有才智的知识分子""法西斯分子"，女的放荡，男的女里女气。以及，Gilbert Cannan 以马克·格特勒与朵拉·卡灵顿为男女主人公的小说《孟德尔：青春故事》（*Mendel： A Story of Youth*，London：T. Fisher Unwin，1916），书中有大量关于集团的评论；随后，他又连续出版两部记述集团活动的小说《巴哥犬与孔雀》（*Pugs and Peacocks*，London：Hutchinson，1921）和《预言之家》（*The House of Prophecy*，London：Thornton Butterworth，1924），描写罗素、莫瑞尔夫人和部分集团成员在嘉辛顿庄园的生活、工作和交往。而上述文学虚构也开创了集团批评史上以"虚"喻实、以"假"讽真的先河。

第二时期：1932—1952 年

三四十年代，随着利顿、弗莱、弗吉尼亚、凯恩斯的相继离世和其他早期核心成员的日渐衰老，集团如日中天的耀眼光芒开始日渐黯淡，

---

① Jerome Mecker，"Philip Quarles's Passage to India：Jesing Pilate，*Point Counter Point*，and Bloomsbury"，in *Studies in the Novel* 9（Winter，1977），pp. 445-467.

反对者更是乘虚而入、群起攻之，集团陷入至暗时刻。弗兰克·斯温纳顿在《乔治时代的文坛：全景概览》（*The Georgian Scene：A Literary Panorama*，1934）中对集团大加挞伐，一一非难集团成员，贬损他们是"粗野无礼、装腔作势、业余浅薄的艺术爱好者"和"智识上不折不扣的保皇党人"[1]。德米特里·米尔斯基（Dmitri Mirsky）在《大不列颠的智识阶层》（*The Intelligentsia of Great Britain*，1935）中形容集团的自由主义是"开明而敏感的资产阶级成员的一种薄脸皮的人文主义"，"'布鲁姆斯伯里'的基本特征是一种哲学理性主义、政治理性主义、审美主义和个性崇拜的混杂"，批评利顿采用的传记写作方法"不过是审美家的反讽，他高高在上、饶有趣味地俯视着历史的牵线木偶们"[2]。刘易斯指责弗莱不够坦诚直爽[3]；在批评随笔集《没有艺术的人》（*Men without Art*，1934）中抨击弗吉尼亚的集团友人"夸大了她内在的文学重要性"，"在她的批评随笔中，她向我们具体呈现出的事实上是一种女性观而非女性主义观"[4]；在"一战"回忆录《狂轰乱炸》（*Blasting and Bombardiering*，London：Eyre and Spottiswoode，1937）中怒斥"世界上最富有的社会是如何对待它的勇士的"，而身为"布鲁姆斯伯里贵妇人"的莫瑞尔夫人正是这个社会的一分子；直到多年以后，刘易斯还在自传中再一次提起当年与集团的种种恩怨，"几笔令人不快的交易让我彻底割断了与'欧米伽'的联系"，但又语焉不详[5]。利维斯夫妇及其追随者们以其学术季刊《细察》（*Scrutiny*，1932—1953）为阵地，以一种严苛的道德主义论调不遗余力、坚持不懈向集团发起攻击：T. R. Barnes 指责利顿"势利、牢骚满腹、自卑"，谴责他对英国文学、高雅文化圈、布鲁姆斯伯里集团和弗吉尼亚的《海浪》产生了负面影

---

[1] "Bloomsbury: Bertrand Russell, Roger Fry and Clive Bell, Lytton Strachey, Women, Virginia Woolf", in *The Georgian Scene: A Literary Panorama*, New York: Farrar & Rinehart, 1934, pp. 339-377.

[2] "The Highbrows: Bloomsbury", in *The Intelligentsia of Great Britain*, trans. Alec Brown, London: Victor Gollancz, 1935, pp. 111-120.

[3] "Roger Fry", in *New Statesman and Nation* 8 (September 22, 1934), pp. 356-357.

[4] "Virginia Woolf", in *Men without Art*, London: Williams Press, 1934, pp. 158-171.

[5] *Rude Assignment: An Intellectual Autobiography*, Santa Barbara: Black Sparrow Press, 1984, p. 134.

响①；W. H. Mellers 批评弗吉尼亚的《岁月》(The Years, 1936) 和《海浪》像是出自"大学生诗人或布鲁姆斯伯里诗人"之笔，"无目的无意义"，只是"加强了一种虚弱无力的毫无生气感"②；Q. D. 利维斯在《三个旧金币》(Three Guineas, 1938) 的书评中反驳弗吉尼亚的阶级观，批责作者"并未生活在当下这个世界中……[她]因其阶级身份而隔绝于世"③；F. R. 利维斯评判《到灯塔去》是弗吉尼亚唯一一部优秀的小说，将弗吉尼亚的创作风格归因于整个的"布鲁姆斯伯里圈"，批评她的作品偏好"某种极其类似于深奥玄妙的审美主义的东西"而将真实的体验排除在外④；在另一篇书评中，F. R. 利维斯将英国文学文化的欠缺不足归咎于斯蒂芬·斯彭德和凯恩斯，反对集团的"社会—个人"价值观和小社团精神（club spirit）⑤；此外，还有 Q. D. 利维斯对德斯蒙德的攻击⑥、F. R. 利维斯对利顿的攻击⑦，等等。1952 年，F. R. 利维斯辑录自《细察》的批评随笔集《共同的追求》(The Common Pursuit) 出版，书中有两篇与集团直接相关：《凯恩斯、劳伦斯与剑桥》评价劳伦斯对戴维·加尼特的剑桥友人和整个"剑桥—布鲁姆斯伯里圈"（Cambridge-Bloomsbury milieu）的反感厌恶，指出相比于亨利·西奇威克（Henry Sidgwick，哲学家）和莱斯利·斯蒂芬的剑桥，劳伦斯憎恨的是这个群体的浅薄琐屑，而不同意加尼特和凯恩斯的观点——前者认为劳伦斯是因为妒忌，后者认为劳伦斯是因为缺乏经验；《E. M. 福斯特》声称福斯特的作品"就其所接受的现成评价（尽管已时不时表现出真正的批评感知力）和表达出的天真假定以及就主流的精神气质而言都是'布鲁姆斯伯里的'"⑧。刘易斯和 F. R. 利维斯影响了约翰·罗森斯坦（John Rothenstein，艺术史家）、Boris Ford 等年轻一代的"牛桥"大学教师和批评家，致使集团遭到长期打压，难以翻身，

---

① "Lytton Strachey", in *Scrutiny* 2 (December, 1933), pp. 301-303.
② "Mrs. Woolf and Life", in *Scrutiny* 6, No. 1 (June, 1937), pp. 71-75.
③ "Caterpillars of the Commonwealth Unite", in *Scrutiny* 7 (September, 1938), pp. 203-216.
④ "After *To the Lighthouse*", in *Scrutiny* 10, No. 3 (January, 1942), pp. 295-298.
⑤ "Keynes, Spender and Currency Values", in *Scrutiny* 18 (June, 1951), pp. 50-56.
⑥ "Leslie Stephen, Cambridge Critic", in *Scrutiny* 7 (March, 1939), pp. 404-415.
⑦ "Meet Mr. Forster", in *Scrutiny* 12, No. 4 (Autumn, 1944), pp. 308-309.
⑧ *The Common Pursuit*, London: Chatto & Windus, 1952, pp. 255-260, 261-277.

直至1980年代初剑桥大学依然将弗吉尼亚排除在英国文学的"伟大传统"之外，例如，罗森斯坦在《现代英国画家：从席格到史密斯》(*Modern English Painters*: *Sickert to Smith*, London: Eyre & Spottiswood, 1952) 中评述集团对其父威廉·罗森斯坦（William Rothenstein）的"布鲁姆斯伯里敌意"（Bloomsbury hostility）或家族世仇（vendetta）。再有，Janet Adam Smith 在朱利安·贝尔辑集的《随笔、诗歌与信札》(*Essays*, *Poems and Letters*, London: Hogarth Press, 1938) 的书评中指摘朱利安的战争观和社会主义观以及集团的"一整套观点和价值观"都是模棱两可、含混不清的[①]。《泰晤士报文学增刊》比较1890年代与1920年代两个不同时期的布鲁姆斯伯里艺术运动，指出二者"均有纯粹主观武断的倾向，前者说艺术仅为自身存在；后者则说艺术已死，曾经的优秀艺术已不复存在，唯当人们培养出新感觉，它才会回归"，并批评后者迷恋和崇拜晦涩含混[②]；《增刊》虽然承认集团与英国20世纪的美学转变和"视觉变化"有关[③]，但却告诫一无所知的年轻人，"'布鲁姆斯伯里'的世界就像是一位传奇祖姑母的回忆；这位祖姑母聪颖、机智、但却丑闻缠身，擅弹钢琴、有学问、能讲六国语言、还会穿针引线、调羹拌酱，热衷收集隽语收藏瓷器，但却胆敢不做慈善不行善举"[④]。Robert Warshow 反对"中产阶级一本正经的自命不凡"和"布鲁姆斯伯里式的拉帮结派"，因为它们耗尽了"英国文学的生命力"[⑤]。值得注意的是，早年与集团成员颇有交游、但素来厌恶集团同性恋倾向的罗素也在回忆文中指责凯恩斯和利顿等人"脱离民众"，扭曲 G. E. 摩尔的观点，"他们追求的是一种隐退到细微含义和美好感觉中的生活，认为善就是一个精英小圈子内部充满激情的相互赞赏"[⑥]。

当然，这一时期也不乏集团和集团成员的辩护者。Ellis R. Roberts

[①] "The Limitations of Bloomsbury", in *London Mercury* (January, 1939), pp. 216-217.
[②] "'Bloomsbury' and Beyond", in *Times Literary Supplement* (London) (July 17, 1948), p. 401.
[③] "A Change of Vision", in *Times Literary Supplement* (London) (June 17, 1949), pp. 1-3.
[④] "In the Middle of the Channel", in *Times Literary Supplement* (June 17, 1949), pp. 15-16.
[⑤] "A View of Sir Osbert Sitwell", in *Partisan Review* 15, No. 2 (1948), pp. 1364-1368.
[⑥] Bertrand Russell, "Portraits from Memory—II", in *Listener* 48 (July 17, 1952), pp. 97-98.

表示弗吉尼亚是过去 20 年间最具原创性的小说家①。奥利弗·斯特雷奇诘问"《泰晤士报文学增刊》怎能指责集团、指责它的成员拒斥任何可以获得艺术享受的东西?"认为"必须将那些居住在——现在还有一些居住在——布鲁姆斯伯里区的杰出大作家和大画家与那些无足轻重的普通作家画家严格区分开来,近 20 年间,后者都在沾着前者的光,他们的荣耀反射自那些居住在 W. C. 1[布鲁姆斯伯里区的邮政编码——引者注]的熠熠生辉的人物"②。面对刘易斯的反布鲁姆斯伯里攻击,斯蒂芬·斯彭德不解"伍尔夫夫人为何要扼杀刘易斯先生?"③ 之后,他又进一步指出,"集团一方面遭到了一些人的嘲讽,另一方面也吸引了另一些人对它顶礼膜拜;但在我看来,它是两次世界大战之间对英国品味最具建构性和创造性的影响力","就像是开明贵族传统的最后一搏"④。

利顿、弗莱、弗吉尼亚、凯恩斯去世后,当年和次年均有多篇纪念性或评论性文章连续集中发表。1932 年,利顿去世,伦纳德最先撰文回忆与利顿的剑桥时光,指出利顿文学上的偏向性——"他成了一位散文体作家,一方面因为他的诗歌从未达到他自己要求的诗歌标准,另一方面因为 G. E. 摩尔教授和《伦理学原理》对他和他众多的同时代人产生了巨大的影响,扭转了他的关注方向",和性格上的矛盾性——他"既热爱传统又打破传统",既愤世嫉俗又诗意浪漫⑤;德斯蒙德认为利顿真正的重要性不在于他对维多利亚时代的反动,而在于他在传记创作上的艺术造诣⑥。Vincent Sheean 回顾利顿的生平,追溯"一战"期间集团的形成⑦。Edmund Wilson 批评利顿的"主要使命……是彻底撕去

---

① "The Georgian Authors: Gaps in Mr. Swinnerton's Picture", in *Sunday Times* (London) (April 14, 1935), p. 17.
② Oliver Strachey, " 'Bloomsbury' and Beyond", in *Times Literary Supplement* (London) (July 31, 1948), p. 429.
③ Stephen Spender, "Review of *Men without Art*, by Wyndham Lewis", in *Spectator* (October 19, 1934), pp. 574, 576.
④ *World within World: The Autobiography of Stephen Spender*, Berkeley & Los Angeles: University of California Press, 1966, pp. 139-140.
⑤ "Lytton Strachey", in *New Statesman and Nation* 3 (January 30, 1932), pp. 118-119.
⑥ "Lytton Strachey as a Biographer", in *Life and Letters* 8 (March, 1932), pp. 90-102.
⑦ "Lytton Strachey: Cambridge and Bloomsbury", in *New Republic* 70 (February 17, 1932), pp. 19-20.

维多利亚时代道德优越感的假面",在《伊丽莎白女王与埃塞克斯伯爵》中,"当斯特雷奇在他的藏书中窥探到那些过去的丑闻时,我们满心不快地听到了'老布鲁姆斯伯里'在尖声而得意地嚼舌闲扯、飞短流长"①。1934年,弗莱去世,福斯特为他撰写讣告,称赞"他在私人生活中富有魅力、彬彬有礼、勇敢无畏、风趣乐观、慷慨大度、精力充沛、乐于助人,特别是年轻人和默默无名者,他总是会施予援手","拒绝权威、怀疑直觉"②;德斯蒙德肯定弗莱具备优秀艺术批评家的稀有品质,他的"真诚包含自省、强烈的情感、智性分析的天赋、丰富的审美体验和狂热的好奇心"③;Michael E. Sandler指出弗莱的"贵格会"宗教背景给予他"真诚的眼神、健全的头脑、无畏的心灵,和对实事求是、实话实说的忠诚"④;1940年,弗吉尼亚应弗莱夫人所请完成的《罗杰·弗莱传》(Roger Fry: A Biography)出版,书中涉及集团其他成员,并有专门章节讨论"后印象派画家"和"欧米伽艺术工场"——前者对弗莱一生影响重大,"让他在高雅艺术圈中失去了名誉,但也让他在年轻艺术家中获得了声望",后者在公众与艺术家之间建立了联系。⑤ 1941年,弗吉尼亚去世,德斯蒙德最先发表评论⑥;随后,戴维·加尼特发布讣告,有私人回忆,也有对弗吉尼亚作品中男女人物描写的评述⑦;再稍后,格兰特讲述与弗吉尼亚的私人关系,回忆集团在菲茨罗伊广场(Fitzroy Square)29号的昔日时光,详述集团借鉴自摩尔的美学观点。⑧ 除集团成员之外,发文悼念弗吉尼亚的还有罗丝·麦考利(Rose MaCaulay)⑨、威廉·普洛默⑩、薇塔⑪、克里斯托弗·伊舍伍

---

① "Lytton Strachey", in *New Republic* 72 (September 2, 1932), pp. 146-148.
② "Roger Fry", in *London Mercury* 30 (October, 1934), pp. 495-496.
③ "Roger Fry as a Critic", in *New Statesman and Nation* 8 (September 15, 1934), pp. 324-325.
④ "Roger Fry: An Appreciation", in *Life & Letters* 11, No. 58 (October, 1934), pp. 14-20.
⑤ *Roger Fry: A Biography*, London: Hogarth Press; New York: Harcourt Brace Jovanovich, 1940, p. 158.
⑥ "Virginia Woolf", in *Sunday Times* (London) (April 6, 1941), p. 8.
⑦ "Virginia Woolf", in *New Stateman and Nation* 21 (April 12, 1941), p. 386.
⑧ "Virginia Woolf", in *Horizon* 3 (June, 1941), pp. 402-406.
⑨ "Virginia Woolf", in *Horizon* 3 (May, 1941), pp. 316-318.
⑩ "Virginia Woolf", in *Horizon* 3 (May, 1941), pp. 323-327.
⑪ "Virginia Woolf", in *Horizon* 3 (May, 1941), pp. 318-323.

德和艾略特，伊舍伍德在评论弗吉尼亚的同时，指出集团"从有无自我意识这一层意义上讲，根本不是一个团体，而只是一个宗族"，即由少数敏感而富有想象力的人组成的"那些自然家族中的一个"，"艺术操守（artistic integrity）是他们的家族信仰"①；艾略特声称"如果没有位于其中心的弗吉尼亚·伍尔夫"，集团将会是"无形而边缘的"，对弗吉尼亚的赞誉溢于言表，而随着她的去世，集团所属阶层的"一整套文化模式被打碎；从某个角度看，她可能仅仅是这套文化模式的一个象征；但如果她没有成为该文化模式在她所处时代最强有力的维护者，她就连象征都不是"②。与艾略特相反，《泰晤士报文学增刊》上登载的讣告极力区分集团带给弗吉尼亚的消极面与弗吉尼亚作品自身的闪光点，称言"由于无情的命运和地理上的意外巧合，伍尔夫夫人和一个团体、一种宣传发生了联系；而布鲁姆斯伯里区本身富裕而体面，它的名字本不应成为人们怒骂或嘲讽的那群人的一个同义词"③。1942 年，最早的两本弗吉尼亚小传出版，两本小传均援引弗吉尼亚自己的说法称她为"才智上势利之人"（intellectual snob），一本开篇详细记述弗吉尼亚与集团的关系，认为集团并不存在，而"布鲁姆斯伯里"的称谓不过是"地志上的意外巧合造成的一个曲解"④；另一本原为福斯特在剑桥大学"里德讲座"（Rede Lecture）的一篇讲演，"一旦我们抛开阿诺德·贝内特毫无心机接受的那个'布鲁姆斯伯里病女士'的传说，我们就会发现我们身处于一个没有多少新闻焦点的令人困惑的世界"⑤，这个世界里有弗吉尼亚丰富繁杂、难以概括的作品，她的女性主义，以及她对"虚情假意"和"群氓"的厌恶。1946 年，凯恩斯去世，仅仅五年后，凯恩斯的第一部传记——也是圈外人为集团成员撰写的第一部传记——罗伊·哈罗德（Sir Roy F. Harrod，英国经济学家）的《约翰·梅纳德·凯恩斯传》（*The Life of John Maynard Keynes*，1951）即付梓成书，书中第五章《布鲁姆斯伯里》指出尽管凯恩斯忙于"商业交易，时不时还与'布鲁姆斯伯里'蔑视的大人物们交往甚密"，但他确是集团的

---

① "Virginia Woolf", in *Decision* 1, No. 5 (May, 1941), pp. 36-38.
② "Virginia Woolf", in *Horizon* 3 (May, 1941), pp. 313-316.
③ "End of an Epoch", in *Times Literary Supplement* (London) (April 12, 1941), p. 179.
④ David Daiches, *Virginia Woolf*, New York: New Directions, 1942.
⑤ *Virginia Woolf*, Cambridge: Cambridge University Press, 1942, p. 1.

核心成员之一；同时强调集团身体力行一种新的生活方式，弘扬"超脱世俗、追求真理等绝对价值的剑桥理想，一群朋友以一种公认不完美的方式试图去追寻它们"①。

除上述集团成员的传记以外，史料和史料汇编类文献开始出现。1930 年代初，伍尔夫夫妇邀请十二位作家——其中，包括弗吉尼亚自己，以及福斯特、弗朗西斯·比勒尔、雷蒙德·莫蒂默等集团成员——每人写一封信，写给真人或虚构人物均可，先是以小册子形式出版，后于 1933 年合为一卷《霍加斯信函》(The Hogarth Letters) 出版，整体上，从对时事问题敏锐而负责任的关切到对某人自己是否真正属于"社会最高层"势利的敏感性，"'布鲁姆斯伯里'的作家们利用文学特别是'霍加斯出版社'，表达出他们的政治意识和他们的文学艺术的社会作用观"，反映出最为典型的集团态度，表现出"'霍加斯出版社'和布鲁姆斯伯里集团的艺术、文学和政治观"②；并且，信中所使用的语言"是理性自由乐观主义的语言，是剑桥和'布鲁姆斯伯里'的语言；它表达出一种信念，相信在现代政治世界的丛林中维持一种自由的文明是可能的"③。阿德里安·斯蒂芬的《"无畏号战舰"恶作剧》(The "Dreadnought" Hoax, London: Leonard and Virginia Woolf, 1936) 详细回顾了这场 20 世纪最著名的恶作剧之一的缘由始末，正如昆汀·贝尔在 1983 年重印版的《序言》中所述，这场恶作剧是集团后来无尽快乐的源泉，也是外界对集团时感愤慨的根源，还是给集团带来轻浮之名的祸端之一。④ 1942 年，伦纳德整理编辑的四卷本弗吉尼亚随笔集的前三卷开始陆续由霍加斯出版社出版，先是《飞蛾之死及其他》(The Death of the Moth and Other Essays)，书中，《福斯特的小说》和《传记文学的艺术》两篇随笔论及福斯特和利顿；1947 年，《瞬间集及其他》(The

---

① "Bloomsbury", in *The Life of John Maynard Keynes*, London: Macmillan, 1951, pp. 172-194.

② Selma Meyerowitz, "*The Hogarth Letters*: Bloomsbury Writers on Art and Politics", in *San Jose Studies* 5, No. 1 (1979), pp. 76-85.

③ Hermione Lee, "Introduction", in *The Hogarth Letters*, ed. Hermione Lee, London: Chatto & Windus, 1985; Athens: University of Georgia Press, 1986, pp. vii-xxviii.

④ "Introduction", in *The "Dreadnought" Hoax*, London: Chatto & Windus; Hogarth Press, 1983, pp. 7-17.

Moment and Other Essays)出版,《罗杰·弗莱》《小说的艺术》《绘画》等多篇涉及集团和集团美学;1950 年,《船长临终时及其他》(The Captain's Death and Other Essays)出版,《莱斯利·斯蒂芬》和《瓦尔特·席格》两篇与集团有关。此外,1949 年,凯恩斯的《回忆录:失败的敌人梅尔基奥博士,与我的早期信仰》(Two Memoirs: Dr. Melchior, A Defeated Enemy, and My Early Beliefs)出版,其中,最先在"回忆俱乐部"聚会上宣讲的《我的早期信仰》追溯集团的剑桥起源。1951 年,福斯特出版《为民主两呼》(Two Cheers for Democracy),书中收录他之前发表的多篇论及集团成员的随笔。随着老一辈退出历史舞台,集团的年轻一代开始发表关于集团的言论,成为集团新的发言人。1935 年,朱利安·贝尔辑集出版《我们没有参战:反战者们的经历》(We Did Not Fight: Experiences of War Resisters, London: Cobden-Sanderson),书中包括对"一战"期间投身和平主义运动的他的集团长辈们的评述;1938 年,辑集出版《随笔、诗歌与信札》,阐述朱利安作为第二代集团成员与集团的联系和不同于老一辈的新观点。

  这一时期,批评者在评论集团成员单人或多人的同时一如既往继续阐析其集团背景或集团联系,涉及剑桥、后印象派绘画、"欧米伽艺术工场""有意义的形式"、传记文学,强调文明、理性、智识、社会理想等。[①] 除此之外,以集团整体为考察对象的研究包括,雷蒙德·莫蒂

---

  ① Guy Boas, *Lytton Strachey*, London: Oxford University Press, 1935. Philip Henderson, "Bloomsbury: Virginia Woolf, E. M. Forster", in *The Novel Today: Studies in Contemporary Attitudes*, London: John Lane; Bodley Head, 1936, pp. 87-96. E. B. C. Jones, "Virginia Woolf and E. M. Forster", in *The English Novelist*, ed. Derek Verschoyle, London: Chatto & Windus, 1936, pp. 261-263. Howard Hannay, "Roger Fry's Thoery of Art", in *Roger Fry and Other Essays*, Howard Hannay, London: George Allen & Unwin, 1937, pp. 15-51. William Troy, "Virginia Woolf: The Novel of Sensibility", in *Literary Opinion in America*, ed. Morton Zabel, New York: Harper, 1937, pp. 340-358. K. R. Srinivasa Iyengar, *Lytton Strachey: A Critical Study*, London: Chatto & Windus, 1938. Kenneth Clark, "Introduction", in *The Last Lectures*, Roger Fry, ed. Kenneth Clark, London: Hogarth Press, 1939, pp. ix-xxix. Herbert Read, "Review of *Roger Fry*, by Virginia Woolf", in *Spectator* (August 2, 1939), p. 124. Cyril Clemens, *Lytton Strachey*, London: T. W. Laurie, 1942. Max Beerbohm, *Lytton Strachey*, Cambridge: Cambridge University Press; New York: Alfred A. Knopf, 1943. Raymond Mortimer, *Duncan Grant*, Harmondsworth: Penguin Books, 1944. Lionel Trilling, *E. M. Forster: A Study*, London: Hogarth Press, 1944. J. P. Hogan, "Virginia Woolf", in *Adelphi* (July-September, 1945), pp. 191-192. Herbert Read, "Roger Fry", in *A Coat of Many Colours: Occasional Essay*, London: George Routledge, 1945, pp. 282-291. John Hawley (转下页)

默私人视角的《海峡邮包》(*Channel Packet*, London: Hogarth Press, 1942), Douglas Goldring 考察集团对 1920 年代英国文化气候的影响的《1920 年代：概览与私人回忆》(*The Nineteen Twenties: A General Survey and Some Personal Memories*, London: Nicholson and Watson, 1945), Frederick J. Hoffman 揭示集团在弗洛伊德传入英国文化的过程中的重要作用的《弗洛伊德主义与文学思维》(*Freudianism and the Literary Mind*, Baton Rouge: Louisiana State University Press, 1945), Edward Gordon 与 A. F. L. Deeson 兼论集团文学重要意义的旅游手册《布鲁姆斯伯里之书》(*The Book of Bloomsbury*, London: Edward Gordon, 1950), Alan Pryce-Jones 重现健谈的布鲁姆斯伯里人才智光芒的《令人惊骇的布鲁姆斯伯里学问家》("The Frightening Pundits of Bloomsbury")[1], J. K. 约翰斯顿的博士学位论文《"布鲁姆斯伯里"集团的哲学背景与艺术作品》

(接上页) Roberts, "Vision and Design in Virginia Woolf", in *PMLA* 61 (September, 1946), pp. 835–847. Laurence Buermeyer, "The Esthetics of Roger Fry", in *Art and Education*, eds. John Dewey, Albert C. Barnes, et al., Merion, Pa.: Barnes Foundation Press, 1947, pp. 232–246. R. L. Charmers, *The Novels of Virginia Woolf*, Edinburgh: Oliver & Boyd; New York: Russell & Russell, 1947. E. A. G. Robinson, *J. M. Keynes, 1883–1946*, Cambridge: Cambridge University Press, 1947. E. A. G. Robinson, "John Maynard Keynes, 1883–1946", in *Economic Journal* (March, 1947), pp. 38–42. William York Tindall, *Forces in Modern British Literature*, New York: Viking Press, 1947. Warren Beck, "For Virginia Woolf", in *Forms of Modern Fiction*, ed. William Van O'Connor, Mimmeapolis and London: University of Minnesota Press, 1948, pp. 343–353. E. K. Brown, "The Revival of E. M. Forster", in *Forms of Modern Fiction*, ed. William Van O'Connor, Minneapolis and London: University of Minnesota Press, 1948, pp. 161–174. Lord David Cecil, "E. M. Forster", in *Atlantic Monthly* 183 (January, 1949), pp. 60–65. Lord David Cecil, "Lytton Strachey", in *Dictionary of National Biography: 1931–1940*, London: Oxford University Press, 1949, pp. 897–898. Leonard Woolf, "The Beliefs of Keynes", in *Listener* (June 9, 1949), p. 824. H. E. Bates, *Edward Garnett*, London: Max Parrish, 1950. Elizabeth Bowen, *Collected Impressions*, New York: Alfred A. Knopf, 1950. Eric Newton, "Personal Flavor", in *In My View*, London: Longmans, Green, 1950, pp. 69–72. D. S. Savage, "Virginia Woolf", in *The Withered Branch: Six Sutides in the Modern Novel*, London: Eyre & Spottiswoode, 1950, pp. 70–105. Anugs Wilson, "Sense and Sensibility in Recent Writing", in *Listener* 44 (August 24, 1950), pp. 279–280. Roy F. Harrod, *The Life of John Maynard Keynes*. London: Macmillan; New York: Harcourt Brace and Jovanovich, 1951. Charles Richard Sanders, "Lytton Strachey's Conception of Biography", in *PMLA* 66, No. 4 (June, 1951), p. 301. Leonard Woolf, "Review of *The Life of John Maynard Keynes*, by Roy F. Harrod", in *Listener* (January 25, 1951), p. 28. Desmond MacCarthy, "Introduction to *Roger Fry: Paintings and Drawings*", in *Exhibition Catalog*, London: Arts Council, 1952.

[1] "The Frightening Pundits of Bloomsbury", in *Listener* 45 (March 1, 1951), pp. 345–346.

("The Philosophical Background and the Works of Art of the Group Known as 'Bloomsbury'", Ph. D. Dissertation, University of Leeds, 1952), Robert Ross 评论后印象派画展、"欧米伽艺术工场"等集团活动以及在集团中进进出出的各类艺术家的《众友之友》(Friend of Friends, ed. Margery Ross, London: Jonathan Cape, 1952)。

除上述研究之外，还有另外两类研究值得关注：一类是论及尼娜·哈姆尼特（包括与"欧米伽艺术工场"）、法国肖像画家雅克-埃米尔·布兰奇、亚瑟·康普顿-里基特、克里斯托弗·伊舍伍德（包括与"霍加斯出版社"）、奥斯博·西特维尔（四卷本自传）、利顿的姐姐多萝西·布西、摩尔、伊迪丝·西特维尔等圈外人士与集团联系的文章著述。① 另一类是揭示或探究集团社会、历史、文化、思想和智识背景的文章著述，例如，集团与"克拉彭教派"、莱斯利·斯蒂芬、剑桥和剑桥哲学、英国智识阶层（intelligentsia）和高雅文化，以及与布鲁姆斯伯里区的地理和历史变迁、文学艺术传统和革命，等等。②

最后，有必要提及的是两部以集团为嘲笑和攻击对象的虚构作品。一部是 L. H. Myers 的讽刺小说《根与花》(The Root and the Flower, London: Jonathan Cape, 1935)，书中，审美家们聚集的"艺术乐园"(Pleasance of the Arts) 影射的正是集团这个当时著名的杰出文学团体，

---

① Nina Hamnett, *Laughing Torso: Remimiscences of Nina Hamnett*, London: Constable; New York: Ray Long and Richard R. Smith, 1932. Jacques-Emile Blanche, *Portraits of a Life-Time*, trans. & ed. Walter Clement, London: J. M. Dent, 1937; *More Portraits of a Life-Time, 1918-1938*, 1939. Arthur Compton-Rickett, *Portraits and Personalities*, London: J. M. Dent, 1937. Christopher Isherwood, *Lions and Shadows: An Education on the Twenties*, Norfolk, Conn.: New Directions, 1947. Osbert Sitwell, *The Scarlet Tree*, Boston: Little, Brown, 1946; *Great Morning*, 1948; *Laughter in the Next Room*, 1948; *Noble Essences*, 1950. Dorothy Bussy, *Olivia*, London: Hogarth Press; New York: William Sloan Associates, 1949. Noel Annan, "The Twenties", in *Listener* 45 (February 8, 1951), p. 678. John Lehmann, *Edith Sitwell*, London: Longmans, Green, 1952.

② Noel Annan, *Leslie Stephen: His Thought and Character in Relation to His Time*, London: MacGibbon and Kee, 1951. G. H. Bantock, "John Maynard Keynes", in *Listener* 45 (May 3, 1951), p. 721. Desmond MacCarthy, *Leslie Stephen*, Cambridge: Cambridge University Press, 1937. E. M. Forster, *Goldsworthy Lowes Dickinson*, London: Edaward Arnold, 1934. Q. D. Leavis, "Henry Sidgwick's Cambridge", in *Scrutiniy* (December, 1947), pp. 3-11. "The Eclipse of the Highbrow", in *Times* (London) (March 25, 1940), p. 15. John Jewkes, *Ordeal by Planning*, New York: Macmillan, 1948. Max Beerbohm, "Tale of Two Sections: Bloomsbury and Bayswater", in *Living Age* 349 (October, 1940), pp. 155-158.

而 L. H. Myers 之所以反对它，是因为他认为集团不关注道德而只关注美，认为集团的精英主义令人厌恶①。另一部戏仿集团的小说是刘易斯写于 1936 年、出版于 1973 年的《咆哮的女王》(*The Roaring Queen*)，与之前的《上帝之猿》一样，小说依然是对"布鲁姆斯伯里原则"的诋毁和批评。

第三时期：1953—1966 年

1953 年，Irma Irene Rantavaara 出版《弗吉尼亚·伍尔夫与布鲁姆斯伯里》(*Virginia Woolf and Bloomsbury*, Helsinki：Suomalaisen Tiedeakatemia)，成为最先对集团进行界定与揭示集团的哲学基础（麦克塔格特、摩尔、罗素等）和"生活美学态度"（克莱夫的《文明》）的重要研究范例；1954 年，J. K. 约翰斯顿的博士论文更名为《布鲁姆斯伯里集团：E. M. 福斯特、利顿·斯特雷奇、弗吉尼亚·伍尔夫与他们的圈子》(*The Bloomsbury Group*: *A Study of E. M. Forster*, *Lytton Strachey*, *Virginia Woolf*, *and Their Circle*, New York：Noonday Press；London：Secker & Warburg) 出版，在一片"势利""附庸风雅""波西米亚"的责骂声中为集团正名，引发评论热潮②，由此，集团的学术研究正式开启。1953 年，《细察》停刊；1957 年，集团头号劲敌之一的刘易斯去世，至此，集团的肯定性研究明显回温，集团渐渐走出声誉低谷。1956 年，"回忆俱乐部"最后一次聚会，集团开始将全部目光投向过去，回忆录、自传、日记和书信集全面取代之前的小说和绘画批评，为评价集团的价值观提供了第一手新材料；正如 E. F. Shields 在 1976 年的发现，"尽管'布鲁姆斯伯里'早在二三十年代便已达到其影响力的巅峰，但仅仅在过去的 15 年间，其成员的完整故事才开始有人讲述"③。

---

① G. H. Bantock, "L. H. Myers and Bloomsbury", in *The Pelican Guide to English Literature*: *The Modern Age*, ed. Boris Ford, Harmondsworth and Baltimore：Penguin Books, 1961, pp. 288-297.

② "The Air of Bloomsbury", in *Times Literary Supplement* (London) (August 20, 1954), pp. 521-523. Clive Bell, "The Bloomsbury Group", in *Times Literary Supplement* (London) (August 27, 1954), p. 543. "The Listener's Book Chronicle", in *Listener* 51 (June 24, 1954), pp. 11-13. Edwin Muir, "A Study in Bloomsbury", in *Observer* (May 30, 1954), p. 9. V. S. Prichett, "Some Talkers in the Sunset", in *New York Times Book Review* 26 (September, 1954), pp. 36-37.

③ "Bloomsbury Revisited", in *Queens Quarterly* 83, No. 1 (Spring, 1976), pp. 103-105.

为恢复弗吉尼亚作为严肃作家的名誉，1953 年，伦纳德从弗吉尼亚 1918—1941 年多达 30 卷的日记手稿中甄选与其智识生活相关的篇目，编辑出版《一位作家的日记：弗吉尼亚·伍尔夫日记精选》(*A Writer's Diary*: *Being Extracts from the Diary of Virginia Woolf*, ed. Leonard Woolf, London: Hogarth Press)，弗吉尼亚在日记中多次提及集团成员，并在 1935 年的日记中提到刘易斯、德米特里·米尔斯基和弗兰克·斯温纳顿等克莱夫命名的"纵犬袭击布鲁姆斯伯里者"(Bloomsbury baiters)。同年，德斯蒙德的遗作《回忆录》(*Memories*, London: MacGibbon & Kee) 出版，在《布鲁姆斯伯里：未写完的回忆录》一章中，德斯蒙德描述 1930 年代初集团激发起的仇视和恨意，自称集团"既非一种运动，亦非一种追求，而仅仅是一群老友；他们对彼此的情感和尊重经受住了近 30 年时间的考验，他们智识上的坦率使得彼此相伴甚欢"。1953—1962 年，戴维·加尼特陆续出版三卷本自传：《金色回音》(*The Golden Echo*, London: Chatto & Windus, 1953)、《丛林之花》(*The Flowers of the Forest*, 1955) 和《熟悉的面孔》(*The Familiar Faces*, 1962)；其间，1955 年，加尼特追忆"一战"期间与凯恩斯、利顿和弗吉尼亚等集团成员的相遇相识，"克莱夫让我们能随时了解到伦敦社交界的最新活动和嘉辛顿的新闻事件，而凯恩斯，另一位弗勒村的常客，则会告诉我们战争的进展和政治圈里发生的事情"①。1956 年，伦纳德与詹姆斯·斯特雷奇合编出版《弗吉尼亚·伍尔夫与利顿·斯特雷奇：书信集》(*Virginia Woolf and Lytton Strachey*: *Letters*, London: Hogarth Press and Chatto & Windus; New York: Harcourt Brace and Jovanovich)，字里行间，两位写信人将外界一直诟病的集团特有的势利语气和态度表露无遗。同年，福斯特发表《布鲁姆斯伯里，一份早年笔记：1929 年 2 月》，宣称集团"是英国文明中唯一一次真正意义上的运动"，并进一步论述集团的"学术背景、独立收入、对欧洲大陆的热爱、性话题等，他们是英国传统的一部分"②。还是在这一年，克莱夫辑录之前发表在不同刊物上的文章出版随笔集《老友们：私人回忆》(*Old Friends*: *Per-*

---

① "Keynes, Strachey and Virginia Woolf in 1917", in *London Magazine* 2, No. 9 (September, 1955), pp. 48-55.

② "Bloomsbury, An Early Note: February 1929", in *Pawn* 3 (November, 1956), p. 10.

sonal Reflections, London: Chatto & Windus; New York: Harcourt Brace Jovanovich），记述与利顿的剑桥岁月和凯恩斯的"一战"经历，概论弗莱的艺术发展和美学关切，热烈赞扬弗吉尼亚及其女性主义观，其中，最为重要的一篇是 1954 年发表的《布鲁姆斯伯里是什么？》一文，文中，克莱夫开门见山向所有评论者抛出两个根本性的问题——"（1）谁是或谁曾是'布鲁姆斯伯里'的成员？（2）他们支持主张或曾支持主张过什么？"随后，确认"布鲁姆斯伯里花浆果"这一戏称的由来，追溯集团的源起和发展，确立斯蒂芬两姐妹弗吉尼亚和凡尼莎在集团中的地位，确认"老布鲁姆斯伯里"成员和之后加入的新成员；最后，再次抛出问题，追问是否真的存在一种所谓的集团精神，而他的答案是，摩尔的影响是有限的，集团成员"极少相同之处"[①]。1957 年，杰拉德·布雷南出版自传《格拉纳达以南：安达卢西亚的小村七年》（South from Granada: Seven Years in an Andalusian Village），在记述伍尔夫夫妇、利顿等集团成员的同时，对集团进行了正反两面的评判，"'布鲁姆斯伯里'的伟大之处在于他们拒绝站在他们自己时代和自身优越性的底座上，成为受人崇拜的偶像"，但"今天回望过去，我们却不难发现，'布鲁姆斯伯里'紧紧抓住一个正在消亡的阶级和一种正在消失的生活方式不放，而它培育出的这支英国文化的绚丽花朵天生的弱点也正在于此"[②]。1958 年，威廉·普洛默在回忆录《在家》（At Home, London: Jonathena Cape）中回忆集团晚间的文学聚会。同年，伦纳德编辑出版弗吉尼亚随笔集第四卷《花岗岩与彩虹》（Granite and Rainbow, London: Hogarth Press），其中，与集团直接相关的一篇是探究利顿传记创作的《新传记》（"The New Biography"）。1960—1969 年，伦纳德陆续出版五卷本自传：《播种》（Sowing: An Autobiography of the Years 1880-1904, London: Hogarth Press; New York: Harcourt Brace Jovanovich, 1960）、《成长》（Growing: An Autobiography of the Years 1904-1911, 1961）、《重新开始》（Beginning Again: An Autobiography of the Years 1911-1918, 1964）、《江河日下》（Downhill All the Way: An Auto-

---

[①] "What Was Bloomsbury?", in *Twentieth Century* 155 (February, 1954), pp. 153-160.

[②] *South from Granada: Seven Years in an Andalusian Village*, London: Hamish Hamilton, 1957, pp. 27-37, 139-146.

biography of the Years 1918－1939，1967)和《旅途胜过到达的终点》(The Journey Not the Arrival Matters：An Autobiography of the Years 1939－1969，1969)，在展现英国社会全景画面的同时，翔实可信地记录了集团的生命历程；此前以及在此期间，伦纳德还发表了多篇关于集团的回忆性和评论性文章①，其中，1964年发表的《霍加斯出版社初创纪事》回忆了作为集团出版中心的"霍加斯出版社"从小规模到不断壮大、最终成为文化主力的发展历程。②

《泰晤士报文学增刊》在关于克莱夫的《老友们》和伦纳德与詹姆斯·斯特雷奇的《弗吉尼亚·伍尔夫与利顿·斯特雷奇：书信集》的肯定性书评中辩护道，集团成员"并非总是严肃认真的，他们的戏谑嬉笑必定会引起平庸、蠢笨和劳碌之辈的非难"③。Walter Allen 也为这两本书撰写了书评，关于前者，他认为无论克莱夫关于集团存在合理性的观点究竟是什么，就两个层面而言，他的"这本书都是对'布鲁姆斯伯里'最完美的定义"，一个层面是集团高人一等的势利姿态，另一个层面是集团"展现出的、支配着它的价值观"④；关于后者，他指出集团尽管从来不是一种运动或流派，但确实表现出一种结合了"轻浮不敬"的"坏习惯"(low habits)和"朴素严苛"的"好/高尚思想"(high-thinking)的"共同的精神态度"，集团成员"才智过人"，致力于"传播新观点和新的理解模式"，同时，他也不无担忧地警示，弗吉尼亚和利顿的通信确实会强化人们关于集团"缺乏感情"的固有观点⑤。另一位对《老友们》和《书信集》进行评论的批评者是 Margaret Lane，她断言，集团这群杰出人物"遇到的棘手问题是，他们已经离我

---

① "Coming to London—II", in London Magazine 2, No. 10 (October, 1955), pp. 49－54. "After Fifty Years", in New Statesman 59 (April, 1960), pp. 577－580. "Virginia Woolf: Writer and Personality", in Listener 73 (March 3, 1965), pp. 327－328. "Strachey", in New Statesman (October 6, 1967), p. 267. "Virginia Woolf: Literary Reputations and Earnings", in Bookseller (April 8, 1967), pp. 1842－1844.

② "How the Hogarth Press Began", in Bookseller (April 11, 1964), pp. 1586－1590; Part II (April 18, 1964), pp. 1664－1666.

③ "Old Friends Revalued", in Times Literary Supplment (London) (December 7, 1956), pp. 721－722.

④ "The Privacy of Bloomsbury", in Nation 184 (March 9, 1957), pp. 218－219.

⑤ "Bloomsbury Water-Spiders", in Nation 184 (January 26, 1957), pp. 81－82.

们太远，远到成了传奇，但同时他们在时间上又离传记作家们依然太近，近到无法客观冷静地为他们立传"；并且，和 Walter Allen 一样，她也发现，弗吉尼亚和利顿的信中满是嘲讽，已然成为令外界大为恼火的主要导火线。[1] 为两本书撰写了书评的还有 William Van O'Connor，他断定集团是实验性的，"在绘画和文学领域，他们探寻现代主义的意义。他们大获全胜。感伤癖和庸俗主义全线溃败——甚至在报纸上也已销声匿迹"[2]。此外，Malcolm Muggeridge 在《书信集》的书评中为弗吉尼亚和利顿激辩道，我们很容易去嘲笑他们之间"乏味、愚蠢、平淡无奇的通信"，但我们会发现"我们其实是在嘲笑我们自己"；"如果说他们的大部分作品正在坟墓中腐烂，那么，众'智囊团'和其他对智识主义狂热崇拜的各种流行表现形式也会紧随其后"[3]。Dean Doner 对《书信集》的评论则相对客观，它确实"给那些不喜欢伍尔夫夫人、斯特雷奇和集团的人留下了口实"，但也"证实了集团成员们的反击，即集团从未拉帮结派；成员们都太过坚持个人独特性，都太有才华，因而常常无法从内心认同彼此的观点"[4]。与上述的中肯评论不同，Ian Hamilton 在对两本书的书评中质疑集团文化的价值，嘲笑当代作家"在'布鲁姆斯伯里'的坟墓上跳舞"，但却对"他们大黑靴子"下究竟掩埋着什么一无所知[5]。V. S. Prichett 则对比"美学上势利"的集团与集团以外的世界，自嘲"我们这个被指责为食蚁兽的物种完全在它的外面。我们回望着那些非凡的人物"[6]。

J. K. 约翰斯顿的布鲁姆斯伯里集团研究侧重集团的文学方面，包括三大部分："背景"涉及集团的哲学（摩尔、高尔斯华绥·迪金森、麦克塔格特以及莱斯利·斯蒂芬）和美学（弗莱），"价值观"涉及福斯特、利顿和弗吉尼亚三位作家各自的生活态度，"创作"涉及以上三

---

[1] "On Bloomsbury", in *London Magazine* 4, No. 2 (1957), pp. 62-64.
[2] "Another Chapter on Bloomsbury", in *Kenyon Review* 19, No. 2 (Spring, 1957), pp. 229-236.
[3] "The Bloomsbury Brain-Trust", in *New Republic* 136 (January 28, 1957), pp. 16-17.
[4] "Bloomsbury Correspondence", in *Western Review* 22, No. 3 (Spring, 1958), pp. 237-240.
[5] "Review of Two Bloomsbury Books", in *Spectator* (December, 1957), pp. 23-24.
[6] "Bloomsbury and the Ant-Eater", in *New Stateman and Nation* 52 (November 17, 1956), p. 641.

位作家各自的作品；约翰斯顿认为集团有着共同的理想，"尊重精神事物；相信灵魂的内在生命远比行动的外在生活和物质事物的外在世界重要；赞赏个人，赞赏勇气、宽容和诚实的美德；渴望人能成为完整的人，渴望人能情感性和智性地表达自我；热爱真理和美"①。约翰斯顿的开拓性研究，一时间催生出大量的书评：或是同意他的观点，确定集团毫无疑问信仰并努力践行着摩尔树立的理想，尽管"布鲁姆斯伯里集团的弱点在于它的狭隘抑或残忍。他们所援用的摩尔的学说，与我们这个多灾多难的时代格格不入，换言之，当其他才智平庸的作家忧心于当下的种种难题时，集团却对它们置若罔闻"②。或是认为作者对集团做了简化处理，"'布鲁姆斯伯里'一面发展一面变化着，最终成为英国智识生活的一个缩影，并将自己的影响力渗透进12个不同的地方，激发起各种不同的情感，从而让自己的名字成为两次世界大战之间一个既褒且贬的双面称谓。对于这一状况，J. K. 约翰斯顿先生的《布鲁姆斯伯里》没有给出任何解释。我们需要更深入"；集团"没有计划好的方案，也没有所有成员努力付诸实施的理论体系，从这层意义上讲，它"并不是一个团体，但它"是大学智性智力的首次显现，势必要在高雅的星期日报、出版业、行政事务、BBC和'艺术委员会'（Arts Council）留下自己的印记"③。

这一时期，以约翰斯顿为开端，批评界渐渐走出初识集团时的抗拒和被《细察》的道德批评引导的偏见，一面继续为集团辩护，一面尝试对集团做出正面积极的评价。Paul Bloomfield 认为集团是"一群有着良好教养的人"，他们"具备一种天分，能用一套崭新的、当代的、独特的和极具危险传染性的语汇呈现出文明生活的传统价值"；但同时，他们也是反叛的，"一群智识贵族抵死反对惯常的假定和彬彬有礼的陈词滥调，堪称奇观"④；并在约翰·莱曼编辑的《英国的文学写作技巧》

---

① J. K. Johnstone, *The Bloomsbury Group: A Study of E. M. Forster, Lytton Strachey, Virginia Woolf, and Their Circle*, London: Secker & Warburg, 1954, p. 375.
② C. M. Bowra, "Beauty in Bloomsbury", in *Yale Review* 44 (March, 1955), pp. 461-464.
③ Geoffrey Moore, "The Significance of Bloomsbury", in *Kenyon Review* 17 (Winter, 1955), pp. 119-129.
④ "Bloomsbury", in *Uncommon People: A Study of England's Elite*, London: Hamish Hamilton, 1955, pp. 167-181.

(*The Craft of Letters in England*，1957）中撰文评论弗吉尼亚和利顿在摩尔、弗莱和克莱夫影响下形成的文学批评传统。① Edward A. Hungerford 肯定"霍加斯出版社"在扩大弗洛伊德在英国的影响力上的作用。② William Van O'Connor 除描述集团的历史之外，更是对当时有关集团的各类研究做了总结性述评，涉及凯恩斯、德斯蒙德、克莱夫等人的回忆录，指明"所有阅读凯恩斯的《和约的经济后果》（*The Economic Consequences of the Peace*，1919）和斯特雷奇的传记作品的人都会一眼发现二者有着相同的语气口吻"，"E. M. 福斯特《为民主两呼》中的文章从某种意义上讲正是'布鲁姆斯伯里'的宣言：超越政治和制度的友情的重要性、爱、伟大的共和体、为艺术而艺术的艺术，等等"；以及评论 Irma Irene Rantavaara 的《弗吉尼亚·伍尔夫与布鲁姆斯伯里》、约翰斯顿的《布鲁姆斯伯里集团》等批评性研究；讨论弗莱、克莱夫、后印象派画展和与集团有关的画家；评价弗兰克·斯温纳顿的《乔治时代的文学场景》和利维斯夫妇发表在《细察》上的书评等反"布鲁姆斯伯里"的言论。③ Gavin Lambert 批评 John Raymond 对"他所想象的'布鲁姆斯伯里'的重新评价既显而易见地轻浮、不准确，又显而易见地愚蠢无知、满是嘲讽"④。Irene Simon 既客观讨论集团的起源与摩尔的《伦理学原理》和弗莱的美学对集团的决定性影响，阐明集团成员"感觉自己将形成一个精神贵族阶层，这个阶层时刻面临着外面非利士人的威胁"；同时也对劳伦斯、F. R. 利维斯等集团的劲敌进行了评价，分析道，"对'布鲁姆斯伯里'的主要批评与集团缺乏崇敬心和道德感、歪曲批评标准有关。一方面，集团怀疑一切、愤世嫉俗、轻率无礼、过度自我崇拜、无视道德责任、拒绝承认神灵。另一方面，集团掌握小圈子权力（coterie-power），只手遮天，将自己的社会—责任准则强加在公认的批评标准之上"⑤。1961 年，凡尼莎去世，《泰晤士报文学增刊》

---

① "The Bloomsbury Tradition in English Literary Criticism", in *The Craft of Letters in England*, ed. John Lehmann, Boston: Houghton Mifflin, 1957, pp. 160-182.
② "Mrs. Woolf, Freud, and J. D. Beresford", in *Literature and Psychology* 5 (1955), pp. 49-51.
③ "Toward a History of Bloomsbury", in *Southwest Review* 40 (Winter, 1955), pp. 36-52.
④ "Strachey and Bloomsbury", in *New Stateman and Nation* 49 (April 23, 1955), p. 578.
⑤ "Bloomsbury and Its Critics", in *Revue des Langues Vivantes* 23, No. 5 (1957), pp. 385-414.

在专题社论中评论道,"布鲁姆斯伯里集团事实上对维多利亚时代文学艺术中讲道德、讲故事的方面和威尔斯、阿诺德·贝内特和萧伯纳笔下的物质世界进行了猛烈的反攻";集团并非生活在象牙塔中,伦纳德和凯恩斯都"非常关心政治问题";集团对常规习俗的反叛,与当下批评界对集团的反攻,如出一辙;"至关重要的是健全的信念和对美的幻想。而这也正是布鲁姆斯伯里集团必须要给予我们的东西"①。1964年,昆汀·贝尔在两场讲座和一篇评论中论及集团的不同侧面,其中,作为他1968年出版的集团第一本传记《布鲁姆斯伯里》的先声,讲座《20世纪早期的布鲁姆斯伯里与艺术》("Bloomsbury and the Arts in the Early Twentieth Century")试图解释集团的本质:集团成员讨论"作家和政治家,哲学和性";"信仰与理性的斗争"是他们生命中伟大的智识冒险;他们一面反叛维多利亚时代的道德,"一面以同样个体主义的方式反叛维多利亚时代的美学"②。此外,Frederick Grubbs 梳理集团从福斯特延续到朱利安·贝尔的自由主义传统。③

当然,反对和批评的声音依然不绝于耳,老一辈对手的恨意未消,新一辈"愤怒青年"(Angry Young Men)④ 的怒火又掀风波。George Scott 在《一位作家的日记》的书评中指责弗吉尼亚的日记满篇都是"威风凛凛、咄咄逼人的傲慢",集团小圈子的排外性令人反感,它"自以为是的文明生活理论"让人置疑,而作为集团缩影的弗吉尼亚则像是一个无法讨人喜欢的圣徒。⑤ John Raymond 谴责集团"粗俗不堪",

---

① "Bloomsbury Group", in *Listener* 65 (May 4, 1961), p. 768.
② "Bloomsbury and the Arts in the Early Twentieth Century", in *Leeds Art Calender* 55 (1964), pp. 18 – 28. "The Omega Revisited", in *Listener* 71 (January 30, 1964), pp. 200 – 201. *Roger Fry*: *An Inaugural Lecture*, Leeds: Leeds University Press, 1964.
③ "In But Not Of: E. M. Forster, Julian Bell, and the Liberal Critique", in *A Vision of Reality*: *A Study of Liberalism in Twentieth – Century Verses*, New York: Barnes & Noble, 1965, pp. 68–97.
④ "愤怒青年",一群出身工人阶级或中下阶层、成名于1950年代的英国小说家和剧作家,1956年,《愤怒回视》(*Look Back in Anger*)上演时,皇家宫廷剧院的广告宣传人员首次使用这一名称称呼其作者约翰·奥斯本(John Osborne)。作为这一时期的主导性文学力量,金斯利·艾米斯(Kingsley Amis)、奥斯本以及约翰·韦恩(John Wain)等作家对传统英国社会感到幻灭,对现存的社会政治秩序深感不满,对持存的阶级差别满怀愤怒,对虚伪平庸的上层社会和中产阶级满怀仇恨,对名门世家和"牛桥"精英嗤之以鼻,对一切高雅和"附庸风雅"的虚假深恶痛绝。
⑤ "Virginia Woolf", in *Adelphi* 30, No. 1 (1954), pp. 176-196.

"'布鲁姆斯伯里'确实倾向于将世界划分为绵羊和山羊——划分为那些居住在戈登广场及其精神领域中的人和那些居住在外面的黑暗智识中的人",控诉利顿、福斯特和弗吉尼亚"在面对权力、宗教、性别、金钱和爱国主义等几乎所有困扰着人类社会生活的问题时,三位大艺术家要么避而不谈、保持沉默,要么沉迷琐碎、小题大做"①。此文一经发表,Harold Binns、St. John-Stevas 等人纷纷撰文予以回应,表示赞同。② Virginia Peterson 在关于戴维·加尼特《丛林之花》的书评中讥讽加尼特"代表着在那个奇特的英国团体[集团]之外完全无法想象的一个自成一格的物种而不仅仅是一个类型,这个物种享有社会特权,经济不宽裕乃至拮据,思想激进,易厌烦,不宽容,对朋友和对手都毫不留情,一律残杀"③。Geoffrey Wagner 继承刘易斯的衣钵,1957 年连续发表三篇文章对集团发起猛烈攻击:在他看来,首先,集团成员并非真正的反叛者,他们只是"在表面上小打小闹",其实是完美地"与现状和谐共处";其次,"如果没有福斯特,布鲁姆斯伯里运动将不仅仅是沦为英国文学史上一个令人悲叹的运动,而且将几乎沦为一个不文明的运动";最后,"布鲁姆斯伯里花浆果们",特别是那些"欧米伽艺术工场"的所谓艺术家们,相比于刘易斯的品味,都不过是"浅薄的艺术涉猎者"而已。④ 弗兰克·斯温纳顿继续坚持反对集团源自"剑桥使徒社"的精英主义。⑤ 1965 年,Christopher Campos 在《法国观:从阿诺德到布鲁姆斯伯里》(*The View of France from Arnold to Bloomsbury*) 中专辟章节讨论集团与法国的联系——集团"对它所认为的法国发生了真正的兴趣",但它所想到的法国总是"离不开文学和艺术";并进而以克

---

① "Strachey's Eminent Victorians", in *New Statesman and Nation* 49 (April 16, 1955), pp. 545-546.

② Harold Binns, "Strachey and Bloomsbury", in *New Stateman and Nation* 49 (April 23, 1955), p. 578. St. John-Stevas, "Eminent Victorians", in *New Stateman and Nation* 49 (April 30, 1955), p. 616.

③ "Growing Up in Bloomsbury", in *Saturday Review* 39 (September 8, 1956), p. 43.

④ "Bloomsbury Revisited", in *Books and Bookman* 2 (July, 1957), p. 12. "Bloomsbury Revisited", in *Commonweal* 65 (March 8, 1957), pp. 589-590. *Wyndham Lewis: A Portrait of the Artist as the Enemy*, New Haven: Yale University Press, 1957.

⑤ "Apostles of Culture", in *Figures in the Foreground: Literary Reminiscences, 1917-1940*, London: Hutchinson; New York: Doubleday, 1963, pp. 136-151.

莱夫的《文明》等为论据，分析集团脱离现实的文明观和价值观——集团试图建立一个黄金时代，"现在，我们置身于18世纪的沙龙，只见，弗吉尼亚·伍尔夫倚靠在法式藤条扶手椅上；令人奇怪地想起伏尔泰某幅画像的干瘦的利顿·斯特雷奇倚靠在火炉边的病人护理椅上；福斯特、罗杰·弗莱和邓肯·格兰特头戴扑粉假发、手拿鼻烟壶围拢在一起。这幅场景发生在法国"[1]。

此外，这一时期的集团研究还包括：（1）利顿[2]、凯恩斯[3]、格兰特[4]、戴维·加尼特[5]、弗吉尼亚[6]、伦纳德[7]、弗莱[8]、福斯特[9]、凡

---

[1] "The Salon", in *The View of France from Arnold to Bloomsbury*, New York: Oxford University Press, 1965, pp. 208-237.

[2] Charles Richard Sanders, *The Strachey Family, 1558-1932: Their Writings and Literary Associations*, Durham: Duke University Press, 1953. R. A. Scott - James, *Lyttong Strachey*, London: Longmans, Green, 1955. Charles Richard Sanders, *Lytton Strachey: His Mind and Art*, New Haven: Yale University Press, 1957.

[3] Seymour E. Harris, *John Maynard Keynes: Econmist and Policy Maker*, New York and London: Charles Scribner's Sons, 1955. M. Warner, "The Webbs, Keynes, and the Economic Problem in the Inter-War Years", in *Political Studies* 14 (February, 1966), pp. 81-86.

[4] G. S. Sandilands, "Contemporary British Artists", in *Artist* 57 (August, 1957), p. 105. Alan Clutton-Brock, "Duncan Grant", in *Duncan Grant: Restrospective Exhibition*, Exhibition Catalog, London: Tate Galley, 1959, pp. 1-6. Denys Sutton, "Introduction", in *Duncan Grant and His World*, Exhibition Catalog, London: Wildenstein & Co., 1964, pp. 2-6.

[5] W. R. Irwin, "The Metamorphoses of David Garnett", in *PMLA* 73, No. 4 (September, 1958), pp. 386-392. Franklin Gilliam, "The Garnett Family", in *The Garnetts: A Literary Family*, Exhibition Catalog, Austin: University of Austin Press, 1959. Carolyn Heibrun, *The Garnett Family*, London: Ruskin House; George Allen & Unwin, 1961. Roland Paul Dille, "David Garnett and the Bloomsbury Group", Ph. D. Dissertation, University of Minnesota, 1962.

[6] Frank Baldanza, Jr., "The Novels of Virginia Woolf", Ph. D. Dissertation, Cornell University, 1954. James Hafley, *The Glass Roof: Virginia Woolf as Novelist*, Berkeley, CA: University of California Press, 1954. "The Perpetual Marriage", in *Times Literary Supplement* (London) (July 4, 1958), pp. 1-2. Dorothy Brewster, *Virginia Woolf's London*, London: Allen & Unwin; New York: New York University Press, 1959. Frank W. Bradbrook, "Virginia Woolf: The Theory and Practice of Fiction", in *The Pelican Guide to English Literature: The Modern Age*, ed. Boris Ford, Harmondsworth: Peguin Books, 1961, pp. 257-269.

[7] "The Perpetual Marriage", in *Times Literary Supplement* (London) (July 4, 1958), pp. 1-2.

[8] Pamela Diamond, "Preface", in *Roger Fry: Paintings, Watercolours and Drawings*, Exhibition Catalog, Colchester, England: Minories, 1959, pp. 1-3.

[9] Frederick C. Crews, *E. M. Forster: The Perils of Humanism*, Princeton: Princeton University Press, 1962. Philip Gransden, *E. M. Forster*, Edinburgh: Oliver & Boyd; New York: Grove Press, 1962. Alan Wilde, *Art and Order: A Study of E. M. Forster*, New York: New York University Press, 1964.

第一章　布鲁姆斯伯里集团接受史

尼莎①、克莱夫②、朱利安·贝尔③等成员与集团和集团其他成员的关系研究。（2）曼斯菲尔德、罗素、劳伦斯（包括集团对他的记述和评论）、爱德华·马什（Edward Marsh）（其文学出版）、约翰·默里和曼斯菲尔德夫妇、莫瑞尔夫人、鲁伯特·布鲁克、摩尔、弗洛伊德等圈外人士与集团的联系或对集团的影响研究④，其中，值得一提的是，William Van O'Connor 探究到，虽然众所周知，福斯特钦慕萨缪尔·巴特勒（Samuel Butler），但"不为人所知的是，巴特勒对福斯特的许多集团友人也有着重大意义"，德斯蒙德深受巴特勒观点的影响，弗吉尼亚敬佩他的"直率、思己所思和直陈自己所思的写作能力"⑤。（3）约翰·莱曼（包括与集团第二代成员和"霍加斯出版社"）、罗素、比阿特丽斯·韦伯、刘易斯、莫瑞尔夫人、马克·格特勒、约翰·罗森斯坦、伊迪丝·西特维尔、哈罗德·尼克尔森、克里斯托弗·伊舍伍德等与集团有联系的圈外人士对集团的记述和评论⑥，其中，最值得关注的

---

① M. Fried, "Vanessa Bell: Exhibition of Paintings at the Adams Gallery", in *Arts* 36 (December, 1961), p. 40. Ronald Pickvance, "Introduction", in *Vanessa Bell: Memorial Retrospective*, Exhibition Catalog, London: Arts Council, 1964, pp. 1–3. Nevile Wallis, "Vanessa Bell and the Bloomsbury Group", in *Royal Society of Arts Journal* 112 (May, 1964), pp. 453–455; "Vanessa Bell and Bloomsbury", in *Connoisseur* 156 (August, 1964), pp. 247–249.

② Nevile Wallis, "Obituary: Clive Bell", in *Spectator* 213 (September 25, 1964), p. 401.

③ Peter Stansky and William Abrahams, *Journey to the Frontier: Julian Bell and John Comford: Their Lives and the 1930's*, London: Constable, 1966.

④ Antony Alpers, *Katherine Mansfield: A Biography*, New York: Alfred A. Knopf, 1953. Alan Wood, *Bertrand Russell: The Passionate Skeptic*, London: Allen and Unwin, 1957. Harry T. Moore, *The Intelligent Heart: The Story of D. H. Lawrence*, Harmondsworth: Penguin, 1954. Edward Nehls. *D. H. Lawrence: A Composite Biography*, Vol. 1, 1885–1919, Madison: University of Wisconsin Press, 1957; *D. H. Lawrence: A Composite Biography*, Vol. 2, 1919–1925, 1958; *D. H. Lawrence: A Composite Biography*, Vol. 3, 1925–1930, 1959. Roger Dataller, "Mr. Lawrence and Mrs. Woolf", in *Essays in Criticism* (January, 1958), pp. 48–59. Christopher Hassall, *A Biography of Edward Marsh*, New York: Harcourt Brace & World; London: Longmans, Green, 1959. F. A. Lea, *The Life of John Middleton Murry*, Oxford: Oxford University Press, 1959. L. A. G. Strong, "Memories of Garsington", in *London Magazine* 6, No. 1 (January, 1959), pp. 11–16. Christopher Hassall, *Rupert Brooke: A Biography*, New York: Harcourt, Brace & World, 1964. John B. Priestly, *Literature and Western Man*, New York: Haper, 1960. Martin Kallich, *The Psychological Milieu of Lytton Strachey*, New York: Bookman Associates, 1961.

⑤ "Samuel Butler and Bloomsbury", in *From Jane Austen to Joseph Conrad*, eds. Robert C. Rathburn and Martin Steinmann, Jr., Minneapolis: University of Minnesota Press, 1958.

⑥ John Lehmann, *The Whispering Gallery: Autobiography I*, London: Longmans, Green; New York: Harcourt Brace & Jovanovich, 1955; "Working with Virginia Woolf", in *Listener* 53 （转下页）

是，亚瑟·韦利评论弗莱和集团其他成员对他中国古诗翻译的兴趣。①

此外，这一时期，集团背景研究最具代表性和影响力的是剑桥大学国王学院院长、政治思想史学家诺埃尔·安南（Noel Annan）1955年发表的《智识贵族》（"The Intellectual Aristocracy"），文章追溯19世纪、20世纪人数稀少但却影响巨大的英国大都市智识阶层的发展脉络，揭示19世纪的大知识分子及其直系后代、以集团为代表的20世纪新兴知识分子相互联姻、盘根错节的家族关系。②

最后是两部与集团有关的文学作品：一部是1953年首演的贝克特的《等待戈多》（*Waiting for Godot*），根据 Eugene Webb 的研究，剧中人物之一的波佐（Pozzo）被认为暗指绰号"波佐"的凯恩斯和布鲁姆斯伯里集团，"贝克特剧中的波佐称不上是哲学家，或者至少不是一个能言善辩的哲学家，但他确实表达出对美好生活的一种幻想，这种幻想与'布鲁姆斯伯里'的波佐对美好生活的幻想极为相似"③。另一部是英国喜剧小说家、"愤怒青年"代表作家金斯利·艾米斯1954年出版的成名小说处女作《幸运儿吉姆》（*Lucky Jim*, London: Victor Gollancz），

（接上页）（January 13, 1955), pp. 60-62; *I Am My Brother: Authobiography II*, London: Longmans; New York: Reynal & Co., 1960. Bertrand Russell, *Portraits from Memory, and Other Essays*, London: Allen Unwin, 1956. Beatrice Webb, *Beatrice Webb's Diaries, 1924–1932*, ed. Margaret Cole, London: Longmans, 1956. Wyndham Lewis, *The Letters of Wyndham Lewis*, ed. W. K. Rose, London: Methuen; Norfolk, Conn.: New Directions, 1963. Ottoline Morrell, *Ottoline: The Early Memoirs of Lady Ottoline Morrell, 1873–1915*, ed. Robert Gathorne-Hardy, London: Faber & Faber; New York: Alfred A. Knopf, 1963. Mark Gertler, *Selected Letters*, ed. Noel Carrington, with an Introduction by Quentin Bell, London: Rupert Hart-Davis, 1965. John Rothenstein, *Summer's Lease: Autobiography, Vol. 1, 1901–1938*, London: Hamish Hamilton; New York: Holt, Rinehart & Winston, 1965; *Brave Day, Hideous Night: Autobiography, Vol. 2, 1939–1965*, 1966. Edith Sitwell, *Taken Care of: The Autobiography of Edith Sitwell*, London: Hutchinson; New York: Athenaeum, 1965; "Cast of Characters: A Bloomsbury Memoir", in *Reporter* 32, No. 7 (April, 1965), pp. 43-45. Harold Nicolson, *Diaries and Letters, 1930–1939*, ed. Nigel Nicolson, New York: Athenaeum, 1966; *Diaries and Letters, 1939–1945*, 1967; *Diaries and Letters, 1945–1962*, 1968. Christopher Isherwood, "Virginia Woolf", in *Exhumations: Stories, Articles, Verses*, New York: Simon & Schuster, 1966, pp. 132-135.

① "Introduction", in *One Hundred and Seventy Chinese Poems*, trans. Arthur Waley, London: Constable, 1962.

② "The Intellectual Aristocracy", in *Studies in Social History*, ed. John H. Plumb, London: Longmans, 1955, pp. 243-287.

③ "Pozzo in Bloomsbury: A Possible Allusion in Beckett's *Waiting for Godot*", in *Journal of Modern Literature* 5, No. 2 (April, 1976), pp. 326-331.

书中，艾米斯以倨傲虚伪的冒牌学术权威韦尔奇教授及其布鲁姆斯伯里艺术小圈子为嘲讽对象，抨击"红砖大学"（英国 19 世纪末用红砖建造在伦敦以外的地方大学）弥漫着一种浸透着"牛桥"和"布鲁姆斯伯里"价值观的文化的残余，而高雅学术圈和高深艺术谈话则充斥着克莱夫和弗莱的美学观点。

第四时期：1967—1985 年

在 1960 年代末悲观主义的智识氛围中，迈克尔·霍尔罗伊德（Michael Holroyd）坦白直率的两卷本《利顿·斯特雷奇传（第一卷）：籍籍无名，1880—1910 年；（第二卷）：文成名就，1910—1932 年》（*Lytton Strachey: A Critical Biography*, Vol. 1: *The Unknown Years*, 1880-1910; Vol. 2: *The Years of Achievement*, 1910 – 1932, London: William Heinemann; New York: Holt, Rinehart & Winston, 1967 - 1968）、昆汀·贝尔为集团撰写的编年史《布鲁姆斯伯里》（*Bloomsbury*, London: Weidenfeld & Nicolson; New York: Basic Books, 1968）和为姨母撰写的两卷本《弗吉尼亚·伍尔夫传（第一卷）：弗吉尼亚·斯蒂芬，1882—1912 年；（第二卷）：伍尔夫夫人，1912—1941 年》（*Virginia Woolf: A Biography*, Vol. 1, *Virginia Stephen*, 1882 – 1912; Vol. 2, *Mrs. Woolf*, 1912-1941, London: Hogarth Press; New York: Harcourt Brace and Jovanovich, 1972）终于让集团起死回生。1976 年，Michael Rosenthal 回顾道，"……过去七八年间，'布鲁姆斯伯里'经历着经典化过程"，"人们兴致益然地期待着关于他们个人秘事的最新发现，就像狄更斯的读者期待着大师的每一期更新的小说连载一样"[1]。于是，日记、书信集、传记、闲话漫谈式的回忆录，以及严肃的学术批评乃至与集团有关的戏剧和影视剧，在之后的半个世纪，犹如井喷，纷至沓来。

集团在"人际交往"和"个人情感/对个人的感情"方面的实际态度只会表现在"他们自己的生活中，而关于他们的生活，我们只能通过集团成员以及与集团有关之人的自传、日记和信件了解"[2]，正如奈杰

---

[1] "Virginia Woolf", in *Partisan Review* 43, No. 4 (1976), pp. 557-569.

[2] P. Michel-Michot, "Bloomsbury Revisited: Carrington's Letters", in *Revue des Langues Vivantes* 38, No. 4 (1972), pp. 421-437.

尔·尼克尔森（Nigel Nicolson）对弗吉尼亚书信的评价，它们"极大地增进了我们对'布鲁姆斯伯里'的了解。这些书信记录它的成长、热情和活力，阐明它，护卫它，并有意识地宣称拥有它"[①]。1972年，Denys Sutton 编辑并作序的两卷本《罗杰·弗莱书信集》（The Letters of Roger Fry, 2 vols., London: Chatto & Windus）出版。1973年，Paul Levy 编辑并作序的《论文集：真正有趣的问题及其他》（The Really Interesting Question and Other Papers, London: Weidenfeld & Nicolson）出版，书中所录均为利顿在世时未曾公之于众的通信、文章和评论。1975—1980年，奈杰尔·尼克尔森与 Joanne Trautmann 合编的六卷本弗吉尼亚书信全集相继出版：《弗吉尼亚·伍尔夫书信集（第一卷）：此心飞翔，1888—1912年》（The Letters of Virginia Woolf, Vol. 1: The Flight of the Mind, 1888–1912, London: Hogarth Press; New York: Harcourt Brace Jovanovich, 1975）、《弗吉尼亚·伍尔夫书信集（第二卷）：追问发生之事，1912—1922年》（The Letters of Virginia Woolf, Vol. 2: The Question of Things Happening, 1912–1922, 1976）、《弗吉尼亚·伍尔夫书信集（第三卷）：改变视角，1923—1928年》（The Letters of Virginia Woolf, Vol. 3: A Change of Perspective, 1923–1928, 1977）、《弗吉尼亚·伍尔夫书信集（第四卷）：他人之思，1929—1931年》（The Letters of Virginia Woolf, Vol. 4: A Reflection of the Other Person, 1929–1931, 1978）、《弗吉尼亚·伍尔夫书信集（第五卷）：月如镰刀，1932—1935年》（The Letters of Virginia Woolf, Vol. 5: The Sickle Side of the Moon, 1932–1935, 1979）和《弗吉尼亚·伍尔夫书信集（第六卷）：留信至生命终了时，1936—1941年》（The Letters of Virginia Woolf, Vol. 6: Leave the Letters Till We're Dead, 1936–1941, 1980）。1976年，Jeanne Schulkind 编辑并作序的弗吉尼亚的《存在的瞬间：未出版的自传》（Moments of Being: Unpublished Autobiographical Writings, London: Chatto & Windus for Sussex University Press; New York: Harcourt Brace Jovanovich）出版，在1920—1936年为"回忆俱乐部"撰写和演讲的

[①] Virginia Woolf, The Letters of Virginia Woolf, Vol. 6: Leave the Letters Till We're Dead, 1936–1941, eds. Nigel Nicolson and Joanne Trautmann, London: Hogarth Press; New York: Harcourt Brace Jovanovich, 1980.

《海德公园门 22 号》("22 Hyde Park Gate")、《老布鲁姆斯伯里》("Old Bloomsbury") 和《我是势利之人吗?》("Am I a Snob?") 中,弗吉尼亚"跟踪记录了'布鲁姆斯伯里'的发展历程,从严肃认真、寻求真理、以剑桥为导向的开端,经过声名狼藉,到至少从某些方面而言成为它自己的对立面,即玛戈特·阿斯奎思(Margot Asquith)、西比尔·科雷法克斯(Sibyl Colefax)等伦敦上流社会女主人的社交界"①。1977 年,Mary Lyon 编辑出版《书与画像:弗吉尼亚·伍尔夫文评与传记选》(Books and Portraits: Some Further Selections from the Literary and Biographical Writings of Virginia Woolf, London: Hogarth Press)。1977—1984 年,Anne Olivier Bell 编辑、Andrew McNeillie 协编(二卷至五卷)的五卷本弗吉尼亚日记全集陆续出版:《弗吉尼亚·伍尔夫日记集(第一卷):1915—1919》(The Diary of Virginia Woolf, Vol.1, 1915-1919, London: Hogarth Press, 1977)、《弗吉尼亚·伍尔夫日记集(第二卷):1920—1924》(The Diary of Virginia Woolf, Vol.2, 1920-1924, 1980)、《弗吉尼亚·伍尔夫日记集(第三卷):1925—1930》(The Diary of Virginia Woolf, Vol.3, 1925-1930, 1981)、《弗吉尼亚·伍尔夫日记集(第四卷):1931—1935》(The Diary of Virginia Woolf, Vol.4, 1931-1935, 1982)、《弗吉尼亚·伍尔夫日记集(第五卷):1936—1941 年》(The Diary of Virginia Woolf, Vol.5, 1936-1941, 1984)。1983—1985 年,Mary Lago 与 P. N. Furbank 合编出版两卷本《E. M. 福斯特书信选集》(Selected Letters of E. M. Forster, Vol.1, 1879-1920, London: Collins; Selected Letters of E. M. Forster, Vol.2, 1921-1970)。此外,1968 年,戴维·加尼特自编出版《怀特与加尼特书信集》(The White/Garnett Letters, London: Jonathan Cape)。1974 年,杰拉德·布雷南出版自传《个人档案,1920—1972》(Personal Record, 1920-1972, London: Cape)。1978 年,弗朗西丝·帕特里奇出版回忆录《一位和平主义者的战争》(A Pacifist's War, London: Hogarth Press)。1979 年,安吉莉卡·加尼特在访谈中回忆凡尼莎、弗吉尼亚

---

① Jeanne Schulkind, "Introduction", in Moments of Being: Unpublished Autobiographical Writings, ed. Jeanne Schulkind, London: Chatto & Windus for Sussex University Press; New York: Harcourt Brace Jovanovich, 1976, pp. 11-24.

和格兰特。① 同年，戴维·加尼特出版自传《挚友：十七位作家画像》（*Great Friends*：*Portraits of Seventeen Writers*，London：Macmillan London）。1981 年，弗朗西丝·帕特里奇出版自传《爱在布鲁姆斯伯里：往事追忆》（*Love in Bloomsbury*：*Memories*，Boston：Little，Brown），认为集团的声音混杂了斯特雷奇家族的声音与剑桥知识分子的声音，集团"对惯例习俗毫无兴趣，但对观点充满热情"，"在布鲁姆斯伯里区的房子里，舒适与否并不排第一位（排在首位的是美），但要有精美的法餐，还常常要有美酒"。1983 年，茱莉亚·斯特雷奇与弗朗西丝·帕特里奇合写出版自己的传记《茱莉亚：一幅肖像》（*Julia*：*A Portrait*，London：Gollancz）。1984 年，安吉莉卡·加尼特出版回忆录《善意欺骗：布鲁姆斯伯里的童年时光》（*Deceived with Kindness*：*A Bloomsbury Childhood*，London：Chatto & Windus；Hogarth Press），追忆她在查尔斯顿度过的童年、她与"布鲁姆斯伯里"不同人物的关系、她与戴维·加尼特的婚姻，以及母亲凡尼莎的去世，而作为对童年时大人们在她生身父亲问题上对她的欺骗的回应，她说道，"考虑到'布鲁姆斯伯里'自认为它已然赢得自由，这种因袭传统的欺骗做法反而愈加令人惊讶"，因此，为了"驱除集团的幽灵"②，为了摆脱过去，她在回忆录中故意抹黑和扭曲了自己的母亲；一年后，她再次撰文回忆母亲、生父格兰特、名义上的父亲克莱夫，以及弗吉尼亚和戴维·加尼特等人早年在查尔斯顿的生活，"那时，我们的生活最典型的特征或许是，我们的生活分成了两半：一半是画家们，另一半是克莱夫和他的朋友们，主要是文学"③。同年，Perry Meisel 与 Kendrick Walter 合编并撰写序言和后记的《布鲁姆斯伯里与弗洛伊德：詹姆斯与艾莉克丝·斯特雷奇书信集》（*Bloomsbury/Freud*：*The Letters of James and Alix Strachey*，New York：Basic Books，1985）出版；弗朗西丝·帕特里奇出版日记集《尽失：日记，1945—1960 年》（*Everything to Lose*：*Diaries*，*1945-1960*，London：Victor Gollancz，1985）。

---

① "Vanessa Bell, Virginia Woolf, and Duncan Grant：Conversation with Angelica Garnett"，in *Modernist Studies*：*Literature and Culture*，*1920-1940*，No. 3（1979），pp. 151-158.

② Caroline Moorehead, "Exorcising the Ghosts of Bloomsbury"，in *Times*（London）（August 1, 1984），p. 8.

③ "Life at Charleston"，in *Southwest Review* 70，No. 2（Spring, 1985），pp. 160-172.

除集团成员自己的书信、日记、自传和回忆录外,这一时期,关于伦纳德(包括讣告)①、福斯特②、凯恩斯③、格兰特④、弗莱⑤、弗吉尼亚⑥、

---

① Denis Brogan, "The Last of Bloomsbury", in *Spectator* (August 23, 1969), p. 236. William Robson, "Leonard Woolf", in *New Statesman* 78 (August 22, 1969), p. 251. Duncan Wilson, *Leonard Woolf: A Political Biography*, assisted by J. Eisenberg, London: Hogarth Press, 1978. Selma S. Meyerowitz, *Leonard Woolf*, Boston: Twayne, 1982.

② Norman Kelvin, *E. M. Forster*, with a Preface by Harry T. Moore, Carbondale: Southern Illinois University Press, 1967. J. R. Ackerley, *E. M. Forster: A Portrait*, London: Ian McKelvie, 1970. Martial Rose, *E. M. Forster*, New York: Arco Press, 1971. P. N. Furbank, *E. M. Forster: A Life*, Vol. 1: *The Gowth of the Novelist, 1879–1914*, London: Secker & Warburg, 1977; *E. M. Forster: A Life*, Vol. 2: *Polycrates' Ring, 1914–1970*, 1978. Francis King, *E. M. Forster and His World*, London: Thames and Hudson, 1978. Christopher Gillie, *A Preface to E. M. Forster*, London and New York: Longmans, 1983. Claude J. Summers, *E. M. Forster*, New York: Frederick Ungar, 1983.

③ R. M. Hartwell, "The Young Keynes", in *Spectator* (September 11, 1971), pp. 373–374. Austin Robinson, "John Maynard Keynes: Economist, Author, Statesman", in *Economic Journal* 82 (June, 1972), pp. 531–546. R. S. Sayers, "The Young Keynes", in *Economic Jouranl* 82 (June, 1972), pp. 591–599. Dennis Proctor, "Keynes Remembered: The Essential Values", in *Times Literary Supplement* (London) (May 2, 1975), p. 472. D. E. Moggriddge, *John Maynard Keynes*, London: Fantana/Collins; Baltimore: Penguin Books, 1976. Geoffrey Keynes, *The Gates of Memory*, Oxford: Clarendon Press, 1981. Robert Skidelsky, *John Maynard Keynes*, Vol. 1: *Hopes Betrayed, 1883–1920*, New York: Viking, 1983; *John Maynard Keynes*, Vol. 2: *The Econonist as Saviour, 1920–1937*, 1992; *John Maynard Keynes*, Vol. 3: *Fighting for Freedom, 1937–1946*, 2001. Charles H. Hession, *John Maynard Keynes: A Personal Biography of the Man Who Revolutionized Capitalism and the Way We Live*, New York: Macmillian; London: Collier Macmillan, 1984.

④ Stephen Spender, "Duncan Grant", in *Duncan Grant: Watercolours and Drawings*, Exhibition Catalog, London: Anthony d'Offay Gallery, 1972. Noel Frackman, "Duncan Grant", in *Arts Magazine* 49 (June, 1975), p. 5. Simon Watney, "Duncan Grant, 1885–1970", in *Virginia Woolf Miscellany* (1978), pp. 1–2.

⑤ Denys Sutton, "Introduction", in *The Lettes of Roger Fry*, 2 vols., ed. Denys Sutton, London: Chatto & Windus, 1972, pp. 1–95. Frances Spalding, *Roger Fry: Art and Life*, London; Toronto: Paul Elek, Granada Publishing, 1980.

⑥ Joan R. Noble, *Recollections of Virginia Woolf by Her Contemporaries*, New York: William Morrow; London: Peter Owen, 1972. Viviane Forrester, *Virginia Woolf*, Paris: Editions de La Quinzaine Litteraire, 1973. Cynthia Ozick, "Mrs. Virginia Woolf", in *Commentary* 56, No. 2 (1973), pp. 33–34. Vanessa Bell, *Notes on Virginia's Childhood*, ed. Richard J. Schaubeck, Jr., New York: Frank Hallman, 1974. Millicent Bell, "Portrait of the Artist as Young Woman", in *Virginia Quarterly Review* 52 (1976), pp. 670–686. John Lehmann, "Early Virginia", in *London Magazine* 15 (February–March, 1976), pp. 121–124. Phyllis Rose, *Woman of Letters: A life of Virginia Woolf*, London: Routledge & Kegan Paul, 1978. Susan Rubinow Gorsky, *Virginia Woolf*, London: G. Prior Publishers, 1978. Roger Poole, *The Unknown Virginia Woolf*, Cambridge: Cambridge University Press, 1978. Michael Rosenthal, *Virginia Woolf*, London: Routledge & Kegan Paul, 1979. Lyndall Gordon, *Virginia Woolf: A Writer's Life*, Oxford: Oxford University Press, 1984.

凡尼莎[1]、利顿[2]、莉迪亚[3]等集团成员以及伦纳德与弗吉尼亚[4]、斯特雷奇家族[5]的详传和略传也同样高产。其中，1983 年，Robert Skidelsky 出版《约翰·梅纳德·凯恩斯（第一卷）：背弃希望》(*John Maynard Keynes, Vol. 1: Hopes Betrayed, 1883 - 1920*, New York: Viking)，虽然相信"凯恩斯的经济学理论拥有比他被披露出的私人生活更长久的强悍生命力"，但传记中的《剑桥大学生》《我的早期信仰》《利顿、邓肯、梅纳德》《私人生活》等章节还是将兴趣点放在了剑桥、"使徒社"、集团等个人经历对凯恩斯的影响上，"在剑桥，梅纳德经历了哲学、美学和情感觉醒，并由此改变了他的价值观"。同年，弗朗西丝·帕特里奇出版《凡尼莎·贝尔：一幅布鲁姆斯伯里肖像》(*Vanessa Bell: A Bloomsbury Portrait*, London: Weidenfeld & Nicolson)，详细记述凡尼莎的生平，"与克莱夫·贝尔结婚的最初几年，与罗杰·弗莱的浪漫情事，与邓肯·格兰特长期的艺术伴侣关系，儿子朱利安·贝尔在西班牙的牺牲，以及她怪异而又人所共知的全心全意的母爱"，她姿容秀美，仪态高雅，"生活在'布鲁姆斯伯里'的正中心，尽管不是知识分子也不是作家，但她却以自己的敏锐、正直、成熟和反讽的幽默感发挥着主导作用"，她的画作"与她的家人、朋友以及周围的环境如此密切联系在一起"。

---

[1] Susan Gail Galassi, "Vanessa Bell", in *Arts Magazine* 54, No. 10 (June, 1980), p. 7. Richard Shone, "Introduction", in *Vanssa Bell, 1879 - 1961: A Retrospective Exhibition*, New York: Davis & Long Co., 1980, pp. 3–7.

[2] Michael Holroyd and Paul Levy (eds.), *The Shorter Strachey*, Oxford: Oxford University Press, 1980.

[3] Milo Keynes (ed.), *Lydia Lopokova*, London: Weidenfeld & Nicolson, 1983.

[4] George Spater and Ian Parsons, *A Marriage of True Minds: An Intimate Portrait of Leonard and Virginia Woolf*, London: J. Cape, 1977.

[5] Barbara Strachey, *Remarkable Relations*, London: Hogarth Press, 1980. Murray H. Sherman, "Lytton and James Strachey: Biography and Psychoanalysis", in *Blood Brothers: Siblings as Writers*, ed. Normand Kiell, New York: International University Press, 1984. Noel Annan, "Earlier Stracheys", in *Listener* (November 21, 1985), pp. 26–27.

第一章 布鲁姆斯伯里集团接受史

这一时期，迈克尔·霍尔罗伊德①、昆汀·贝尔②和S.P. 罗森鲍姆③对

---

① 除正文中所列，霍尔罗伊德其他相关文章著述还包括："Biographer: Interview", in *New Yorker* 44 (May 25, 1968), pp. 27–28; "Rediscovery: The Bloomsbury Painters", in *Art in America* 58 (July, 1969), pp. 116–123; "Virginia Woolf and Her World", in *Horizon* 17, No. 3 (Summer, 1975), pp. 48–57; "Introduction", in *The Shorter Strachey*, eds. Michael Holroyd and Paul Levey, Oxford: Oxford University Press, 1980, pp. vii-xii; "Married Alive", in *Times Literary Supplement* (London) (September 30, 1983), p. 1038; "A Visit with Duncan Grant", in *Southwest Review* 70, No. 2 (Spring, 1985), pp. 148–149.

② 除正文中所列，昆汀其他相关文章著述还包括："The Mausoleum Book", in *Review of English Literature* 6 (January, 1965), pp. 9–18; Quentin Bell and Stephen Chaplin, "Reply with Rejoinder", in *Apollo* 83 (January, 1966), p. 75（反驳关于弗莱在1913年与刘易斯发生争执后迫害后者的观点）; "Sickert and the Post-Impressionists", in *Vicrotian Artists*, London: Routledge & Kegan Paul, 1967, pp. 85–94; "Last Words from Bloomsbury", in *Spectator* (October 18, 1969), p. 512; "The Biographer, the Critic, and the Lighthouse", in *Ariel* 2, No. 1 (January, 1971), pp. 94–101; "Introduction", in *Clive Bell at Charleston*, Exhibition Catalog, London: Gallery Edward Harvane, 1972, pp. 2–9; "Roger Fry's Letters", in *Burlington Magazine* 115 (January, 1973), pp. 50–51; "Art and the Elite", in *Critical Inquiry* 1, No. 1 (September, 1974), pp. 33–46; "Letter to the Editor", in *Twentieth Century Literature* 20, No. 4 (October, 1974), p. 241; "Introduction", in *Word and Image VII: The Bloomsbury Group*, Exhibition Catalog, London: National Book League and Hogarth Press, 1976, pp. 5–7（宣称直到1910年，集团才真正睁开双眼，塞尚取代摩尔成为集团的主要智识力量；解释此次展览展品的选择标准，"一方面，我尽力通过形象展现从沃茨的世界向后印象派的世界的转变，展现突如其来且富于戏剧性的美学转向，而'布鲁姆斯伯里'正是推动此次方向转变的主要动因之一……。其次，我尽力吸引参观者关注所谓的'布鲁姆斯伯里风格'，关注集团的视觉美学与文学形式的相遇之处，而前者常常是通过后者实现的"); "Charleston", in *Architectural Review* 166 (December, 1979), pp. 394–396; "Haphazard Gift of Sensibility", in *Times Literary Supplement* (London) (March 21, 1980), pp. 307–308（评价弗莱是集团的"重要人物，或许是唯一重要的人物"，指明弗莱的"社会立场反映在他的美学学说中"，而他对民主经验的坚持并未得到应有的关注）; "Vanessa Bell and Duncan Grant", in *Crafts* 42 (January, 1980), pp. 26–33（断言"凡尼莎·贝尔和邓肯·格兰特都不是真正意义上的手工艺人。他们都是画家，只是在1910年左右转向了装饰艺术"）; "Historic Houses: Charleston, Memories of the Bloomsbury Group", in *Architectural Digest* 38 (March, 1981), pp. 172–176（阐明"查尔斯顿有着不同的价值。它显而易见地代表着一种生活方式，而这种生活方式又催生出一种独特的室内装饰艺术"，这种装饰艺术是"非英国的，因为英国的装饰艺术几乎总是极尽雅致得体"）; Quentin Bell and Angelica Garnett (eds.), *Vanessa Bell's Family Album*, London: Jill Norman & Hobhouse, 1981; "Playing with Gender", in *Vogue* 173 (November, 1983), pp. 435, 502（私人视角评论薇塔）; "A 'Radiant' Friendship", in *Critical Inquiry* 10, No. 4 (June, 1984), pp. 557–566（讨论弗吉尼亚与五位女性朋友、马克思主义以及"妇女合作协会"[Woman's Cooperative Guild]的联系）; "A Cézanne in the Hedge", in *Southwest Review* 70 (Spring, 1985), pp. 154–159（记述1918年凯恩斯的"绘画政变"[picture coup]，即凯恩斯在格兰特的建议下向财政部申请到55万法郎从巴黎为国家购得一批珍贵画作）; "Some Memories of Sickert", in *Burlington Magazine* 129 (April, 1987), pp. 226–231; Quentin Bell, Angelica Garnett, Henrietta Garnett, and Richard Shone, *Charleston: Past and Present*, London: Hogarth Press, 1987.

③ 除正文中所列，罗森鲍姆其他相关文章著述还包括："The Philosophical Realism（转下页）

集团研究的开拓性贡献最为引人注目且令人感佩。尽管被批评篇幅太

(接上页) of Virginia Woolf", in *English Literature and British Philosophy*, ed. S. P. Rosenbaum, Chicago and London: University of Chicago Press, 1971, pp. 316-356; "The Mythology of Friendship: D. H. Lawrence, Bertrand Russell, and 'The Blind Man' ", in *English Literature and British Philosophy*, pp. 285-315; "Bertrand Russell: The Logic of a Literary Symbol", in *Russell in Review: The Bertrand Russell Centenary Celebrations at Manchester University*, eds. J. E. Thomas and Kenneth Blackwell, Toronto: Samuel Stervens: Hakkert, 1976, pp. 57-87 (将出现在若干文学作品中的罗素视作一种象征); "Conversation with Julian Fry", in *Modernist Studies: Literature and Culture, 1920-1940* (1979), pp. 127-140 (采访弗莱的儿子,分析弗莱的"贵格会"宗教背景); "*The Longest Journey*: E. M. Forster's Refutation of Idealism", in *E. M. Forster: A Human Exploration*, eds. G. K. Das and John Beer, New York: New York University Press, 1979 (阐述摩尔对福斯特及其小说《最漫长的旅程》创作的影响); "Bloomsbury Letters", in *Centrum* 1, No. 2 (Fall, 1981), pp. 113-119 (解释"'布鲁姆斯伯里'的书信在[集团]文学史上的地位,首先与集团成员所写书信的虚构性或非虚构性、公众性或私人性的文类有关,再者与在对集团成员进行阐释时必须要予以考虑的书信的及物性有关,最后与书信在'布鲁姆斯伯里'的文学史中展现出的互文性互连有关"); "*Aspects of the Novel* and Literary History", in *E. M. Forster: Centenary Revaluations*, eds. Judith Scherer Herz and Robert K. Martin, London: Macmillan; Toronton and Buffalo: University of Toronto Press, 1982, pp. 55-83. (声言"《小说面面观》的文学史开始于'布鲁姆斯伯里'",伦纳德邀请福斯特为"霍加斯出版社"写作一本关于心理学与小说的书籍,这个邀约或许影响了福斯特准备剑桥大学"克拉克讲座"时的题目选择,而这次讲座的讲稿就是后来出版的展现"'布鲁姆斯伯里'典型特征——兼收并蓄的折衷主义"的《小说面面观》); "The Intellectual Origins of the Bloomsbury Group", in *Times Educational Supplement* (London) (October 29, 1982), pp. 14-15; "Keynes, Lawrence, and Cambridge Revisited", in *Cambridge Quarterly* 11, No. 1 (1982), pp. 252-264 (指出摩尔关于劳伦斯与凯恩斯冲突的当时记述和后来回忆最有意义的一点是它们解释清楚了一个问题,即"如果说劳伦斯反感剑桥的理性主义和犬儒主义,那么,正是它们在约翰·梅纳德·凯恩斯个性和性格中的显现让他心烦不快"); "An Educated Man's Daughter: Leslie Stephen, Virginia Woolf and the Bloomsbury Group", in *Virginia Woolf: New Critical Essays*, eds. Patricia Clements and Isobel Grundy, London: Vision; Totowa, N. J.: Barnes & Nobel, 1983, pp. 32-56 ("从莱斯利·斯蒂芬的哲学、历史、文学和传记观提供的视角,评价"弗吉尼亚·伍尔夫和布鲁姆斯伯里集团",思考莱斯利的不可知论和自由主义,以及他的文学和智识史工作与集团的关系"); "Virginia Woolf and the Intellectual Origins of Bloomsbury", in *Virginia Woolf: Centennial Essay*, eds. Eliane K. Ginsberg and Laura Moss Gottlieb, Troy, N. Y.: Whitston, 1983, pp. 11-16 (指明"一系列关于现实、感知、道德、政府和艺术的智识假定塑造了"弗吉尼亚的小说,而集团则"促进了弗吉尼亚·伍尔夫的智识发展,因此,他们的作品为描述这种发展提供了大量的证据",集团成员在他们的智识假定中"展现出一种家族相似性",从而为集团和弗吉尼亚智识起源的有益归纳提供了基础;并进而论证集团"生于维多利亚时代,长于维多利亚时代","'布鲁姆斯伯里'的文学史首先是一段他们的写作如何将维多利亚时代的信条转变为现代的信条的故事";同时讨论功利主义、唯美主义、自由主义和清教主义与集团的关系); "Bertrand Russell in Bloomsbury", in *Russell: The Journal of Bertrand Russell Studies* 4, No. 1 (Summer, 1984), pp. 11-30 (考察罗素与集团的复杂联系——从"使徒社"到爱德华时代他在逻辑学和认识论领域的研究工作,再到"一战"期间转向对集团产生影响的伦理与社会哲学,最后是再次回到"使徒社"的罗素对集团的批评,而"要想理解罗素与'布鲁姆斯伯里'关系的特殊性,参照他在自己的生 (转下页)

长，被质疑利顿是否配得起如此大部头的一部传记；尽管集团被认为赞誉过高，利顿被刻画为卑鄙残忍、自私自利、装腔作势、仇视底层，然而，霍尔罗伊德这部详尽无遗的《利顿·斯特雷奇传》对于利顿研究和集团研究却依然有着无可置疑的重大意义。就集团研究而言，在第一卷第十章《布鲁姆斯伯里：传说与神话》中，霍尔罗伊德希望纠正人们对集团的认识，这种认识来自"公众想象"，认为集团是一种"有策略、有计划和预先决定的文学运动"，而在他看来，"布鲁姆斯伯里集团主要建立在一种傲慢和不自信、雄心勃勃的才华和有害无益的羞怯的精细混合上"。然而，霍尔罗伊德"无法解释斯特雷奇的独特性"，因为他"将斯特雷奇视作同性恋的代表人物，隔着偏见的迷雾去审视他"[①]。再者，传记中出现了一些事实性错误，并"将布鲁姆斯伯里成员的形象固化了太长时间，男人们是纵情嬉戏的'萨蒂尔'（古希腊神话中半人半羊的森林之神，喻指性欲极强的男人。——引者注），一生都在享受着周末时光，女人们特别是弗吉尼亚·伍尔夫则如同幽灵一般"[②]。此外，霍尔罗伊德还论及集团与剑桥和摩尔的关系、集团追求真理和坚持坦诚的理想、集团的精英主义、反同性恋主义与集团对"使徒社"同性恋关系的改良等诸多问题。1971年，霍尔罗伊德的《利顿·斯特雷奇与布鲁姆斯伯里集团：他的作品，他们的影响》（*Lytton Strachey and the Bloomsbury Group: His Work, Their Influence*, Harmondsworth: Penguin）出版，作为集团成员与集团关系研究的重要尝试，该书论及集团在剑桥的萌芽、集团艺术家，以及组成集团的各种关系的其

（接上页）活与他的技术哲学和非技术哲学之间做出的区分，大有助益"）; "The First Book of Bloomsbury", in *Twentieth Century Literature* 30, No. 4 (Winter, 1984), pp. 388-403（讨论1905年出版的匿名诗集《欧佛洛绪涅》，诗集中收录克莱夫、伦纳德、利顿和西德尼-特纳等成员所写的诗，其中主要是克莱夫和西德尼-特纳二人风格迥异的诗，指出"《欧佛洛绪涅》的独特性，以及它在集团内部所引发和激起的回应，从另一层意义上讲，也使得它成了'布鲁姆斯伯里'的最后一本书。从此以后，集团成员再也没有出版过一部合写的文学作品"，同时这也是集团最颓废的一部作品，诗集中"世纪末英法诗人的影响确定无疑"）; "Towards a Literary History of Monteriano", in *Twentieth Century Literature* 31 (Summer-Fall, 1985), pp. 189-198（解析福斯特小说和随笔的文体和主题，揭示福斯特的第一部小说《天使惧于涉足的地方》[*Where Angels Fear to Tread*, 1905] 与剑桥圈子以及集团价值观的联系）.

① Margaret Cruikshank, "Buggery in Bloomsbury", in *Gay Literature* 5 (1976), pp. 22-24.

② Leon Edel, "The Group and the Salon", in *American Scholar* 46 (Winter 76-77, 1977), pp. 116-124.

他方面。同年，霍尔罗伊德编辑并作序的《利顿·斯特雷奇写利顿·斯特雷奇：一幅自画像》(Lytton Strachey by Himself: A Self Portrait, London: Macmillan; New York: Holt, Rinehart & Winston) 出版，包括《1902年三一学院日记》《1905年8月6日记》《1910年日记》《良心拒服兵役者》等利顿的日记和其他个人文字记述，霍尔罗伊德撰写的序和为每个章节做的评注具体讨论利顿与集团的联系，例如，利顿在"使徒社"的活动、他与莫瑞尔夫人的友情、他作为"回忆俱乐部"的成员等，然而，利顿对集团的记述可能并不会改变任何人的想法，因为"看了这样一幅战争期间人来人往、有钱有势、安逸闲适的生活画面，那些厌恶集团的人只会更加憎恶。而其他人看到这个独一无二、人才汇聚的圈子则毫无疑问会被深深吸引"①。

昆汀·贝尔的《布鲁姆斯伯里》在集团研究史上无疑具有里程碑意义。作为集团最勤勉、最敏锐的记录者和家族遗产的守护人，昆汀并未在书中详述集团成员的生平经历或是揭秘集团不为人知的一面，而是聚焦集团为反抗当时的智识氛围而借之以松散联合的共同理想和观念，针对外界长久以来的恶意诋毁极力为集团辩护，揭示集团的品格和本质。《布鲁姆斯伯里》分为《1914年之前的布鲁姆斯伯里》《战争》《1918年之后的布鲁姆斯伯里》《布鲁姆斯伯里的性格》四章，书中，昆汀表明世界需要"布鲁姆斯伯里式的解放"（Bloomsbury liberation）——"个人关系需要一种新的诚实、一种新的明晰"，强调集团是女性主义、自由主义和理性主义的，认为集团在"一战"结束后继续存在着。然而，Elizabeth Bridgeman批评昆汀"未能尝试分析'布鲁姆斯伯里'的性格与其成员的作品之间的关系"，因为，集团的文字和绘画作品依照欧洲大陆的标准显然是英国的、落后的和单纯的。② 也有评论者认为昆汀缺乏"完成这样一项重要任务所需要的最显而易见的那些资格条件"，所以，这本传记不够学术。③ 昆汀的《弗吉尼亚·伍尔夫传》是对弗吉尼亚的传记性和历史性研究，第一卷详细回顾了斯蒂芬姐妹兄弟

---

① Michael Holroyd, "Introduction", in *Lytton Strachey by Himself: A Self Portrait*, London: Macmillan; New York: Holt, Rinehart & Winston, 1971, pp. 1-12.
② "Bloomsbury", in *Apollo* 88 (July, 1968), pp. 72-73.
③ Suzanne Henig, "Review of *Virgina Woolf: A Biography*, by Quentin Bell", in *Virginia Woolf Quarterly* 1, No. 2 (Winter, 1973), pp. 55-69.

四人在布鲁姆斯伯里区的安居过程和集团的剑桥起源，事实上，摩尔的《伦理学原理》被"视作他们时代的福音书"；第二卷记录1941年弗吉尼亚去世前集团的活动。昆汀的《布鲁姆斯伯里与"粗俗激情"》（"Bloomsbury and the 'Vulgar Passions'"）评价集团的政治观，反驳集团更具美学性而非政治性的观点，阐明从弗吉尼亚到凯恩斯、伦纳德和克莱夫，"'布鲁姆斯伯里'出产的作家主要或完全关注的并非美学而是社会问题，诚然，这些作家中有一些我们很难认为是'文学艺术家'，他们毋宁说是善用语言的社会理论家"①。

毋庸置疑，加拿大学者罗森鲍姆是成果最为丰硕卓著的布鲁姆斯伯里集团研究专家。1975年，罗森鲍姆编辑出版《布鲁姆斯伯里集团：回忆录、评论与批评文集》（The Bloomsbury Group: A Collection of Memoirs, Commentary, and Criticism, Toronto: University of Toronto Press），在前言中预先声明该选集的编纂基于两个假定性前提——布鲁姆斯伯里集团确实存在，布鲁姆斯伯里集团值得认真研究；选集包括四大部分，其中的个别篇目为首次出版：第一部分"布鲁姆斯伯里谈布鲁姆斯伯里"为十二位集团创始成员对集团的基本回忆和讨论；第二部分"布鲁姆斯伯里花浆果"为一系列论及十位集团成员及其在集团中的重要性的随笔；第三部分"布鲁姆斯伯里侧影"为同时代人对集团的回忆；第四部分"布鲁姆斯伯里批评与争议"为集团最具影响力、最能言善辩和最有代表性的批评者抨击集团的选文，以及集团的部分反驳。每一部分和每篇随笔前均有介绍性导读，同时书中主体正文前后附"布鲁姆斯伯里年表""书目表"和"人名地名简介"（identifications）。《布鲁姆斯伯里集团：回忆录、评论与批评文集》堪称"布鲁姆斯伯里研究的最佳原始资料集"，"穿过种种不同观点组成的迷宫，读者……终于相信'布鲁姆斯伯里'确实是存在的，相信从1910年代直到1930年代它一直掌控着英国的文学生命，相信它非常值得研究"②；同时发现，集团"是

---

① "Bloomsbury and the 'Vulgar Passions'", in *Critical Inquiry* 6, No. 2 (Winter, 1979), pp. 239-256.
② Doris Eder, "Bloomsbury Revisited", in *Book Forum* 1 (November, 1975), pp. 528-538.

一个相互批评而非相互钦慕的团体"①。最后，选集提出了一些问题，其中最具代表性的问题是，"'布鲁姆斯伯里'究竟有多理性？"1981年，在《布鲁姆斯伯里集团文学史前言》（"Preface to a Literary History of the Bloomsbury Group"）一文中，罗森鲍姆力图探寻集团文学史的开端，由于"关于集团及其成员的各种书籍参差不一、言人人殊。描写集团成员生活及其相互关系的书籍鲜少论及他们的文章著述，而研究成员个人文章著述的书籍又鲜少谈及一位成员的文章著述与其他成员的文章著述有何关系"，因此，强调写作集团的文学史必须涉及"这群朋友写的一系列文本"，涉及这些文本之间的相互关系。②

在上述三位研究者的引领下，从单独的整体性研究③到作为艺术、文学、地理、政治、思想和时代精神史组成部分的案例研究④，从传统

---

① Doris Eder, "Review of *The Bloomsbury Group*: *A Collection of Mrmoirs*, *Commentary and Criticism*, edited by S. P. Rosenbaum", in *Virginia Woolf Quarterly* 2, Nos. 1-2 (Winter-Spring, 1976), pp. 159-169.

② "Preface to a Literary History of the Bloomsbury Group", in *New Literary History* 12, No. 2 (Winter, 1981), pp. 329-344.

③ Elizabeth Bridgeman, "Bloomsbury", in *Apollo* 88 (July, 1968), pp. 72-73. Dan Jacobson, "The Bloomsbury Idea", in *Commentary* 45 (March, 1968), pp. 79-80. George A. Panichas, "The Bloomsbury Cult", in *Modern Age* 12, No. 2 (Spring, 1968), pp. 210-216. Jenny Rees, "What's New in the Bloomsbury Industry", in *Sunday Times Magazine* (London) (February 3, 1974), pp. 58-61. Russell Davis, "The Bloomsbury Industry", in *Observer Magazine* (April 25, 1976), pp. 16-19. Frances Donnelly, "The Bloomsberries: Snobbish, Sniping and Self-absorbed", in *Listener* 108 (August 5, 1982), pp. 6-7.

④ Alan Bullock and Shock Maurice, *The Liberal Tradition from Fox to Keynes*, Oxford: Clarendon Press, 1967. Samuel Hynes, *The Edwardian Turn of Mind*, Princeton: Princeton University Press, 1968. J. K. Johnstone, "World War I and the Novels of Virginia Woolf", in *Promise of Greatness: The War of 1914-1918*, ed. George A. Panichas, London: Cassell, 1968, pp. 528-540. John Gross, *The Rise and Fall of the Man of Letters: English Literary Life since 1800*, London: Weifenfeld & Nicolson, 1969. John Lehmann, *Holborn: A Historical Portrait of a London Borough*, London: Macmillan, 1970. W. W. Robson, "Liberal Humanism: The 'Bloomsbury' Group", in *Modern English Literature*, London: Oxford University Press, 1970, pp. 93-102. Ronald Blythe, "Bloomsbury Group", in *Penguin Companion to English Literature*, ed. David Daiches, New York: McGraw Hill; Harmondsworth: Penguin Books, 1971, p. 54. William C. Wees, *Vorticism and the English Avant-Garde*, Toronto and Buffalo: University of Toronto Press, 1972. Carolyn G. Heilbrun, "The Bloomsbury Group", in *Toward a Recognition of Androgyny*, New York: Alfred Knopf, 1973. Susan Edmiston, "Bloomsbury: A Good Address in the Geography of the Mind", in *New York Times* (March 18, 1973), pp. X 1, 9. Richard Shone, *The Century of Change: British Painting since 1900*. Oxford: Phaidon, 1977. Simon Watney, *English Post-Impressionism*, London: Studio Vista, 1980. （转下页）

传记式研究到拓宽视野、转换视角的研究新领域，集团研究蓬勃兴起。David Gadd 的《相亲相爱的朋友们：布鲁姆斯伯里画像》(*Loving Friends: A Portrait of Bloomsbury*, London: The Hogarth Press Ltd., 1974) 并非严肃的学术研究，它不关注集团成员的作品，而是带着钦敬的目光，带些闲聊的口吻，以可靠的信息和同情的态度聚焦于集团成员本人和他们的生活，因为"人自己比人的作品更难触及，但也总是更复杂更令人兴奋。利顿·斯特雷奇自己无疑比他的《维多利亚时代四名人传》更丰富，而罗杰·弗莱的美学理论也远比他自己乏味无趣"。Suzanne Henig 阐述"'布鲁姆斯伯里'对非西方文学的实际贡献从根源上讲是四重的：翻译非西方文学作品；在他们自己的作品中融入非西方文学要素；出版和资助默默无闻的非西方作家；'布鲁姆斯伯里'对东方的兴趣对年轻作家的影响"，例如，集团对亚瑟·韦利的中国古诗翻译的反应[①]。Elizabet Boyd French 的《布鲁姆斯伯里的遗产：他们的母亲与姨母》(*Bloomsbury Heritage: Their Mothers and Their Aunts*, New York: Tapinger; London: Hamish Hamilton, 1976) 追溯集团成员的家庭背景及其"克拉彭教派"的家族背景，特别是家庭和家族中杰出女性的人生：帕托尔姐妹 (The Pattle Sisters)，弗吉尼亚和凡尼莎的外祖母和姨外祖母，一群惊艳了维多利亚时代上流社会的美丽女性；茱莉亚·斯蒂芬 (Julia Prinsep Duckworth Stephen，父姓 Jackson)，弗吉尼亚和凡尼莎的母亲；简·斯特雷奇 (Jane Maria Strachey，父姓 Grant)，利顿的母亲，1919 年，老斯特雷奇夫人与两个女儿菲莉帕 (Philippa) /皮帕 (Pippa) 和玛乔丽 (Marjorie) 迁居戈登广场 51 号，与新生的布鲁姆斯伯里集团毗邻而居；安妮·里奇 (Anne Issebella Ritchie，父姓 Thackery)，莱斯利·斯蒂芬第一任妻子的姐姐，代表着"一种对集团更保守和宗教上更正统、但同时也是自由主义和女性主义的影响"；以及玛丽·麦卡锡 (Mary Josefa MacCarthy)，德斯蒙德的妻子，"回忆俱

（接上页）Richard Cork, "Omega Interiors", in *Art beyond the Gallery in Early* 20*th Century England*, New Haven and London: Yale University Press, 1985, pp. 117-176. Bernard Bergonzi, "The Bloomsbury Pastoral", in *The Myth of Modernism and Twentieth Century Literature*, New York: St. Martin's Press, 1986.

① "The Bloomsbury Group and Non-Western Literature", in *Journal of South Asian Literature* 10, No. 1 (1974), pp. 73-82.

乐部"的创立人。Thomas Michael McLaughlin 认为集团拥有共同的智识特征,特别是集团成员大都痴迷于建立艺术秩序,集团批评性文章著述的技巧和语言"隐含着一套有待阐明的美学假定,正是这套美学假定引导着他们具体的判断和阐释"[1]。里昂·埃德尔(Leon Edel)的《布鲁姆斯伯里:众狮之屋》(*Bloomsbury*:*A House of Lions*,Philadelphia:J. B. Lippincott Company,1979)围绕克莱夫、凡尼莎、弗莱、格兰特、凯恩斯、德斯蒙德、利顿、伦纳德和弗吉尼亚九位集团成员,记录"回忆俱乐部"成立之前集团的早期历史和人际交往,力图"在集团过往的插曲式结构和对集团过往的心理学阐释中"寻求到集团的真相。Barbara Fassler 断言"'布鲁姆斯伯里'所熟知的同性恋是由男性气质与女性气质的独特融合而形成的"理论与集团的双性同体观是紧密交织在一起的[2]。Linda Hutcheon 探讨集团的性反叛(特别是福斯特、利顿和弗吉尼亚的同性恋)与艺术创作之间的密切联系,指明集团主要关注的是爱和人类关系。[3] D. G. Wilson 探察查尔斯·兰姆与弗吉尼亚和集团的相似之处,发现两位表面上迥然相异的作家共同"代表着对僵硬死板的古典主义写作方式的浪漫主义反抗",而"1909 年到'一战'期间在剑桥大学向查尔斯·兰姆的'不朽记忆'表达敬意的人中的大部分"正是集团成员。[4] 雷蒙·威廉斯(Raymond Williams)在集团研究的名文《布鲁姆斯伯里派系》("The Bloomsbury Fraction")中断言集团只是爱德华时代上流阶层内部的一个精英派系,是阶级差别和维多利亚时代上流阶层的象征而非现代主义的一部分。Michael Scammell 记述 1940 年代后期集团与叶君健的交往,叶在剑桥大学国王学院进修时与梅纳德、格兰特、伦纳德、加尼特等集团精英结识,在此期间,他用英文创作短篇

---

[1] "Approaches to Order in Bloomsbury Criticism", Ph. D. Dissertation, Temple University, 1976.
[2] "Theories of Homosexuality as a Source of Bloomsbury's Androgyny", in *Signs* 5, No. 2 (Winter, 1979), pp. 237–251.
[3] "Revolt and Ideal in Bloomsbury", in *English Studies in Canada* 5, No. 1 (Spring, 1979), pp. 78–93.
[4] "Charles Lamb and Bloomsbury", in *Charles Lamb Bulletin*, N. S. 26 (April, 1979), pp. 21–24.

故事和小说,投稿给文艺评论刊物,通过文学的桥梁,成为集团的常客。①《英联邦文学》1983 年第一期"英联邦文学与布鲁姆斯伯里:专题讨论"专刊收录《E. M. 福斯特:私人回忆》("E. M. Forster: A Personal Recollection")、《"一位写作中的小说家":伦纳德·伍尔夫〈丛林村庄〉手稿》("A Novelist at Work: The Manuscript of Leonard Woolf's *The Village in the Jungle*")、《凯瑟琳·曼斯菲尔德与弗吉尼亚·伍尔夫:〈序曲〉与〈到灯塔去〉》("Katherine Mansfield and Virginia Woolf: *Prelude* and *To the Lighthouse*")、《罗伊·坎贝尔、威廉·普洛默与布鲁姆斯伯里集团》("Roy Campbell, William Plomer, and the Bloomsbury Group")等六篇文章,以福斯特、弗吉尼亚和伦纳德等集团作家为焦点,探讨宗主国英国的著名作家与还在努力奋斗中的南非、新西兰等英联邦作家之间的相互作用和"异体受精"②。Hilton Kramer 指出,正是由于 1967 年霍尔罗伊德的《利顿·斯特雷奇传》出版,公众和批评界方对集团重新发生了兴趣,因此,此次集团复兴的基础是传记而非学术批评,换言之,这个时代感兴趣的是这些集团人物的生活方式,"我们越是深入探究此次的'布鲁姆斯伯里复兴',越是相信,尽管已有大量专注'布鲁姆斯伯里'的书籍、文章和书评,但它依然是一位等待着自己作家的传主;越是相信,这位作家不愿成为传记专家或行家"③。Mary Martha Baizer 研究集团在促进英国人熟悉和欣赏契诃夫作品过程中的作用,集团作家和"霍加斯出版社"在 1920 年代英国的契诃夫热中的贡献。④ Alexander Coleman 分析弗吉尼亚和集团与哥伦比亚等西班牙美洲国家的"新小说"创作的文学联系。⑤ M. F. Totah 探察集团与庞德、刘易斯、艾略特和乔伊斯等"1914 年人物"(The Men of 1914)之间的批评性争论,对比两个团体截然不同的美学概念和学说,

---

① "A Chinaman in Bloomsbury", in *Times Literary Supplement* (London) (July 10, 1981), p. 789.

② Special Issue of "Commonwealth Literature and Bloomsbury: A Symposium", in *Journal of Commonwealth Literature* 18, No. 1 (1983), pp. 79-130.

③ "Bloomsbury Idols", in *The New Criterion* 2, No. 5 (January, 1984), pp. 1-9.

④ "The Bloomsbury Chekhov (Russia, England)", Ph. D. Dissertation, Washington University, 1985.

⑤ "Bloomsbury in Aracataca: The Ghost of Virginia Woolf", in *World Literature Today* 59, No. 4 (Autumn, 1985), pp. 543-549.

"积极行动主义与消极被动主义；古典主义与浪漫主义；反人文主义与自由人文主义；非生命与生命；无形而流动的艺术和生活与恒定而静止的艺术"；"散文与诗歌；男性价值与女性价值"；以及刘易斯和旋涡派的为"一战"效力与集团的和平主义，等等。[1]

这一时期延续了之前的集团成员与集团的关系研究，如福斯特[2]、弗吉尼亚[3]和凯恩斯（与莉迪亚）[4]，但曾经主要作为集团成员传记背景的集团明显前景化和主题化。除上文提及的霍尔罗伊德的利顿与集团研究之外，1980 年，Derek Crabtree 与 Anthony P. Thirlwall 合编出版《凯恩斯与布鲁姆斯伯里集团》(*Keynes and the Bloomsbury Group*, London: Macmillan; New York: Holmes & Meier)，书中收录文章为 1978 年肯特大学在坎特伯雷召开的"第四届凯恩斯研讨会"征集的会议论文，重要篇目如《1900 年的剑桥智识潮流》("Cambridge Intellectual Currents of 1900")审视集团的剑桥前身，评论麦克塔格特的唯心主义以及摩尔对唯心主义的驳斥；《布鲁姆斯伯里集团概述》("A General Account of the Bloomsbury Group")描述布鲁姆斯伯里圈子的特点，"在'布鲁姆

---

[1] "Consciousness versus Authority: A Study of the Critical Debate between the Bloomsbury Group and the Men of 1914, 1910–1930", Ph. D. Dissertation, Oxford University, 1984 (i. e., 1985).

[2] David Garnett, "Forster and Bloomsbury", in *Aspects of E. M. Forster*, ed. Oliver Stallybrass, New York: Harcourt, Brace & World, 1969. George H. Thomson, "E. M. Forster, Gerald Head, and Bloomsbury", in *English Literature in Transition* 12 (1969), pp. 87–91. Elizabeth Heine, "E-. M. Forster and the Bloomsbury Group", in *Cahiers Victoriens et Edouardiens* 4–5 (1977), pp. 43–52. P. N. Furbank, "Forster and 'Bloomsbury Prose'", in *E. M. Forster: A Human Exploration: Centenary Essays*, ed. G. K. Das and John Beer, London: Macmillan Press, 1979.

[3] Elizabeth Hardwick, "Bloomsbury and Virginia Woolf", in *Seduction and Betrayal: Women and Literature*, New York: Random House, 1974, pp. 125–139. Michael Holroyd, "Virginia Woolf and Her World", in *Horizon* 17, No. 3 (Summer, 1975), pp. 48–57. John Lehmann, *Virginia Woolf and Her World*, New York: Harcourt Brace Jovanovich; London: Thames & Hudson, 1975. Alex Zwerdling, "Virginia Woolf in and out of Bloomsbury", in *Sewanee Reivew* 83 (Summer, 1975), pp. 510–523. John Halperin, "Bloomsbury and Virginia Woolf: Another View", in *Dalhousie Review* (Autumn, 1979), pp. 426–442 (评论人们对集团的各种不同态度和集团多变的大众名气，揭示弗吉尼亚"代表着'布鲁姆斯伯里'的好坏两面，代表着它大部分最有趣和最矛盾的方面"，在弗吉尼亚的生活和工作中，她表现出"最具'布鲁姆斯伯里'典型特征的一点是：一面是它耀眼的创造力，另一面是它的冰冷和人情淡漠").

[4] Noel Annan, "Keynes Remembered: Cambridge and Coterie", in *Times Literary Supplement* (London) (May 2, 1975), pp. 469–471. Milo Keynes (ed.), *Essays on John Maynard Keynes*, Cambridge: Cambridge University Press, 1975.

斯伯里'的形成过程中，在他们的青春氛围中，他们似乎急迫地需要简化、压缩和刺破浮夸言辞和华丽修辞的气球，从艺术、思想和日常生活中冲刷掉另一个时代的杂质"；雷蒙·威廉斯的《"布鲁姆斯伯里"作为社会和文化团体的重要意义》（"The Significance of 'Bloomsbury' as a Social and Cultural Group"）讨论作为团体的"布鲁姆斯伯里"概念，"因为这是任何一种成熟的社会和文化分析的真正要点：不仅要关注那些显性的观点和活动，而且要关注那些隐含的或视作理所当然的立场和观点"，集团成员"彼此联手，成就卓越"，而"社会良知"、特别是伦纳德和凯恩斯作品中体现出的"社会良知"则是推动集团发展的要素之一；昆汀·贝尔的《梅纳德·凯恩斯：回忆与回思》（"Recollections and Reflections on Maynard Keynes"）以一个在集团长大的孩子的视角给出他关于凯恩斯的个人观点。此外，Robert Skidelsky 也对凯恩斯与集团的关系进行了分析，指出凯恩斯拥有双重属性，"在事务世界中，他是一个布鲁姆斯伯里人；而在'布鲁姆斯伯里'的世界中，他又是一个事务缠身的人"，是公众人物和经济学家，"给少数人以文明；给大多数人以'面包和马戏'（泛指统治者为笼络人心所施舍的小恩小惠。——引者注）：这是对凯恩斯的经济学意图的一个不错的描述"①。

正如安吉莉卡·加尼特所言，集团一半是艺术一半是文学，集团研究同样一半是绘画创作研究②一半是文学创作研究。1976年，理查德·肖恩（Richard Shone）出版《布鲁姆斯伯里画像：凡尼莎·贝尔、邓肯·格兰特与他们的圈子》（*Bloomsbury Portraits*: *Vanessa Bell*, *Duncan Grant*, *and Their Circle*, Oxford: Phaidon Press; New York: E. P. Dutton），以凡尼莎和格兰特艺术生命最为活跃的1910—1920年为重心，以后印象派画展、"一战"、"欧米伽艺术工场"和迁居查尔斯顿等两位画家经历的生活变化、新奇体验和艺术实验为线索，以他们与布鲁姆斯伯里圈子的关系为背景，探究其绘画创作主题，并视凡尼莎而非弗吉尼亚或利顿为集团的核心。"但无论是在格兰特和凡尼莎·贝尔的个

---

① "Keynes and Bloomsbury", in *Royal Soceity of Literature of the United Kingdom*, N. S. 42 (1982), pp. 15-27.
② Michael Holroyd, "Rediscovery: The Bloomsbury Painters", in *Art in American* 58 (July, 1970), pp. 116-123.

人成长还是在他们的艺术发展上",肖恩均不认为集团具有重要性,因此,未能对集团进行充分而深入的讨论①。八年后,肖恩发现,尽管依然有人高喊"不要再说那些'布鲁姆斯伯里花浆果们'了!"但确实是对集团的兴趣使人们对集团的画家们产生了兴趣,因此,还是很难让人们相信"这些是一群有趣的艺术家们画的好画,单是画本身也非常值得一看";同时,查尔斯顿的重要性再怎么高估都不为过,这座农舍"是他们作品的灵感来源,是一种生活方式的独特'证件'"②。1973 年,Lawrence A. Garber 以"布鲁姆斯伯里集团成员构想和实践的传记艺术"为研究对象,通过对"《奥兰多》《伊丽莎白女王与埃塞克斯伯爵》《玛丽安·桑顿:一部家庭传记》(*Marianne Thornton*, *A Domestic Biography*, 1956)三部实验性传记"的细读和泛读,力图构建一种关于弗吉尼亚、利顿和福斯特的"集团特征的普遍观念,考察他们对现代传记文学发展的贡献"③。1985 年,David Dowling 出版专著《布鲁姆斯伯里美学与福斯特和伍尔夫的小说》(*Bloomsbury Aesthetics and the Novels of Forster and Woolf*, London: Macmillan; New York: St. Martin's Press),探讨集团的美学思想和文学理论、绘画与文学的关系、艺术与生活的关系,以及集团对文学和绘画的时空定义——"对于贝尔而言,'美'是空间性的,存在于时间之外;而在福斯特看来,'美'却是与时间紧密联系在一起的";评价福斯特和弗吉尼亚的小说及其批评对话,认为"贝尔和弗莱的观点——有意义的形式、心理容量、节奏韵律和审美情感——以不同方式渗透进了伍尔夫和福斯特的小说";同时,弗吉尼亚和福斯特还代表着摩尔对集团影响的两种典型的艺术回应——"粗略地讲,福斯特的小说研究的是友情,对他而言,小说的本质是作者与读者之间的友情;而伍尔夫的小说研究的是如何(审美地)沉思世界,对她而言,小说的本质是小说是一件美的物体"。

除上述研究之外,这一时期,集团的专题性研究可谓丰富多样,

---

① Martina Marqetts, "Bloomsbury Portraits", in *Connoisseur* 194 (January, 1977), pp. 139-140.
② "The Charleston Artists: Vanessa Bell, Duncan Grant, and Their Friends", in *The Charleston Artists: Vanessa Bell, Duncan Grant, and Their Friends*, Exhibition Catalog, Dallas, Tex.: Meadows Museum and Gallery, 1984, pp. 8-10.
③ "Bloomsbury Biography", Ph. D. Dissertation, University of Toronto, 1973.

从剑桥大学/"剑桥使徒社"①、"欧米伽艺术工场"②、"霍加斯出版社"③、"星期五俱乐部"等集团参与的外部团体和集团创立的内部团体研究,到"克拉彭教派"④的宗教观研究和和平主义/"良心拒服兵役者"/"一战"⑤的社会政治观研究,再到查尔斯顿农舍⑥、僧舍⑦、

---

① Elizabeth Heine, "Rickie Elliot and the Cow: The Cambridge Apostles and *The Longest Journey*", in *English Literature in Transition* 15, No. 2 (1972), pp. 116-134. Peter Allen, *The Cambridge Apostles: The Early Years*. Cambridge: Cambridge University Press, 1978. Jonathan Rose, "Moore and His Apostles", in *The Edwardian Temperament*, London and Athens: Ohio University Press, 1980, pp. 40-49. L. P. Wilkinson, *A Century of Kings, 1873-1972*, Cambridge: Cambridge University Press, 1981; *Kingsmen of a Century, 1873-1972*, Cambridge: Kings Gallery, 1981. Richard Deacon, *The Cambridge Apostles: A History of Cambridge University's Elite Intellectual Secret Society*, London: Robert Royce, 1985.

② Pamela Fry Diamond, "Recollections of Roger Fry and the Omega Workshops", in *Virginia Woolf Quarterly* 1, No. 4 (Summer, 1973), pp. 47-55. Judith Collins, "The 'Fearfully Expensive' Omega Illustrated Books", in *Antique Collector* 55 (February, 1984), pp. 54-57; *The Omega Workshops*, with a Preface by Quentin Bell, Chicago: University of Chicago Press; London: Secker and Warburg, 1984; "Roger Fry and Omega Pottery", in *Ceramic Review* 86 (March-April, 1984), pp. 29-31.

③ George A. Spater, "The Paradise Road Publications of the Hogarth Press", in *American Book Collector* 21, No. 7 (1971), p. 18. Richard Kennedy, *A Boy at the Hogarth Press*, London: Heinemann; New York: Aeolian Press, 1972. Stanley Olson, "North from Richmond, South from Bloomsbury", in *Adam International Review* 37 (1972), pp. 70-74. Mary E. Gaither and J. Howard Woolmer, *Checklist of the Hogarth Press*, with an Essay of "The Hogarth Press: 1917-1938" by Mary E. Gaither, Andes, N. Y.: Woolmer & Brotherson, 1976. Suzanne Henig, "Bibliography of the Hogarth Press", in *Virginia Woolf Quarterly* 2, Nos. 1-2 (Winter-Spring, 1976), pp. 106-152. John Lehmann, "Return to the Hogarth Press: 1937", in *Virginia Woolf Quarterly* 3, No. 1-2 (Winter-Spring, 1977), pp. 65-66. Donna E. Rhein, *The Handprinted Books of Leonard and Virginia Woolf at the Hogarth Press, 1917-1932*, Ann Arbor, Mich.: UMI Research Press, 1985.

④ Kurt W. Back, "Clapham to Bloomsbury: Life Course Analysis of an Intellectual Aristorcracy", in *Biography* 5, No. 1 (Winter, 1982), pp. 38-52. Gertrude Himmelfarb, "From Clapham to Bloomsbury: A Geneology of Morals", in *Commentary* 79 (February, 1985), pp. 35-45.

⑤ Jo Vellacott, *Bertrand Russell and the Pacifists in the First World War*, Brighton: Harvester Press, 1980.

⑥ Richard Morphet, "The Significance of Charleston", in *Apollo* 86 (November, 1967), pp. 342-345. "Appeal for Charleston", in *Antique Collector* 50 (October, 1979), p. 71. Quentin Bell, "Charleston", in *Architectural Review* 166 (December, 1979), pp. 394-396. Christopher Neve, "A Last Outpost of Bloomsbury: Why Save Charleston?", in *Country Life* 166 (November 29, 1979), pp. 1994-1997. John Cunningham, "Bloomsbury's Home Still Blooms—And May Yet Survive", in *Manchester Guardian* (January 12, 1980), p. 17. Mary Blume, "That Amazing Bloomsbury Group", in *Vogue* 172 (October, 1982), pp. 188, 197. Martin Spence, "Inspired Clutter", in *Art and Artists* 223 (April, 1985), pp. 8-11.

⑦ S. Poss, "To the Woolf House", in *Nation* 204 (February, 1967), pp. 187-188. George A. Spater, "Monks House, 1970", in *Virginia Woolf Quarterly* 1, No. 1 (Fall, 1972), (转下页)

卡西斯①、嘉辛顿庄园②等空间场所研究。其中，理查德·肖恩揭秘"星期五俱乐部"的本质和历史，"它通常被视作是一个以'布鲁姆斯伯里'为导向的俱乐部，但由于它负责审查展品的展出委员会还包括约翰·纳什、德温特·利斯、沃兹沃思等成员，因此其人员组成的范围比一般公认的要大"；"1910 年'星期五俱乐部'画展展出的画作表明画家们已意识到近期的法国绘画"，"1913 年，'布鲁姆斯伯里'的画家们离开'星期五俱乐部'创立'格拉夫顿集团'"③。Isabelle Anscombe 的《欧米伽的今生后世：布鲁姆斯伯里与装饰艺术》(*Omega and After: Bloomsbury and the Decorative Arts*, London: Thames & Hudson, 1981) 全面梳理"欧米伽艺术工场"起步于后印象派美学的发展历程，记录了弗莱、凡尼莎、格兰特等集团成员在"欧米伽艺术工场"的活动，指明"布鲁姆斯伯里艺术"是一个晚近的术语，"是对一小群艺术家共同的、在生活和作品中体现出的特定品质和标准的承认"④。此外，还有反思集团研究的研究。面对学术界对集团的兴趣转变，Betty Richardson 强调"憎恨杀戮流血和乏味无趣、暴力和腐败、商业主义和机制之人的'布鲁姆斯伯里'今天应该找到它新的读者和观众，这一点不足为奇；真正令人惊奇的是，目前的布鲁姆斯伯里研究竟如此经常地轻重失衡，竟还有如此多的学术工作有待完成"⑤。面对当前对集团浓厚的研究兴趣，Alex Zwerdling 解释道，"我认为，……另一个理由是——对一个逝去世界的怀旧感，在那个世界里，文化依然连贯一致而非令人绝望地四分五裂，现在依然依赖过去的滋养，一群亲密朋友

（接上页）pp. 106-109. Lucio P. Ruotolo, "Living in Monks House", in *Virginia Woolf Miscellany* 4 (1975), pp. 1-2. Helen Gunn, "Bloomsbury under the Downs", in *Country Life* 173 (January 27, 1983), pp. 240-241. Sarah Bird Wright, "Staying at Monks House: Echoes of the Woolfs", in *Journal of Modern Literature* 11, No. 1 (March, 1984), pp. 125-142.

① Mary Ann Caws, "Bloomsbury in Cassis", in *American Society Legion of Honor Magazine* 50, No. 3 (Winter, 1979-1980), pp. 153-160.

② Elizabeth Lambert, "Gardens: Genius among the Flowers", in *Architectural Digest* 41 (March, 1984), pp. 140-145.

③ Richard Shone, "Duncan Grant", in *Burlington Magazine* 117 (March, 1975), p. 186.

④ Richard Shone, "Backgrounds for Being in", in *Times Literary Supplement* (London) (April 30, 1982), p. 494.

⑤ "Beleaguered Bloomsbury: Virginia Woolf, Her Friends, and Their Critics", in *Papers on Language and Literature* 10, No. 2 (Spring, 1974), pp. 207-221.

依然能不显摆权威姿态、不炫耀各自才能地一起讨论书籍、绘画和观点"①。

  1960年代末至1980年代初普遍的怀旧情绪提升了集团的形象，人们对集团成员特别是对弗吉尼亚尽是溢美之言。两个凸显的例外是，1968年，F. R. 利维斯编辑的两卷本《〈细察〉精选集》（*A Selection from* Scrutiny, 2 vols., Cambridge：Cambridge University Press）出版，集中所录包括多篇与集团有关和利维斯夫妇与集团争论的文章；1984年，罗伊·坎贝尔1931年未能发表的《温德汉姆·刘易斯》一文终于面世，文中，对集团耿耿于怀的坎贝尔指责集团把控了艺术界，对利顿进行了负面评论，讥讽集团不会攻击"那些和他们同类的小鱼小虾小人物——因为（除非是合力）攻击那些还在世的、能自我辩护的杰出人物并非'布鲁姆斯伯里'的本性"②。不言而喻，二者不过是三四十年代集团声誉低谷期喧嚣的抨击声的回响，但不可否认，集团强硬对手们的影响力并未彻底消散，依然残留有嘲弄和诋毁③，针对于此，Carolyn G. Heilbrun为集团辩解道，"无论是他们各自的生活和作品，还是他们之间的爱和友情，'布鲁姆斯伯里'的男人和女人们都能得心应手、大获成功"，"排除暴力但不摒弃激情的理性占据支配地位"，"他们是文明的，尽管，正如弗吉尼亚·伍尔夫对克莱夫·贝尔那本阐述文明的著作的评论，文明其实就是戈登广场50号的一次午餐会。然而，文明还能干出更坏的事情，而且它也常常是这么干的"④。但正如诺埃尔·安南所批责的，整体上，"'布鲁姆斯伯里'的辩护者们似乎患上了心脏肥大症"，畏避真正有价值的集团研究工作，只敢窥探集团的性兴趣。⑤

---

  ① "Virginia Woolf in and out of Bloomsbury", in *Sewanee Review* 83（Summer, 1975），pp. 510-523.
  ② "Wyndham Lewis", in *Blast* 3, ed. Seamus Coony, Santa Barbara：Black Sparrow Press, 1984, pp. 15-38.
  ③ Bernard Bergonzi, "Who Are You?", in *New Review*（November, 1974），pp. 50-54.
  ④ "The Bloomsbury Group", in *Midway: A Magazine of Discovery in the Arts and Sciences* 9, No. 2（Autumn, 1968），pp. 71-85.
  ⑤ "Georgian Squares and Charmed Circles", in *Times Lieary Supplement*（London）（November 23, 1979），pp. 19-29.

与之前时期相同,以下两类研究的成果依然令人瞩目:罗素[1]、鲁伯特·布鲁克[2]、约翰·莱曼[3]、卡灵顿[4]、伊迪丝·西特维尔[5]、薇塔[6]、莫瑞尔夫人[7]、克里斯托弗·伊舍伍德[8]、哈罗德·尼克尔森[9]、曼斯菲尔德[10]等圈外人士对集团的记述和评价;莱斯利·斯蒂芬[11]、西

---

[1] Bertrand Russell, *The Autobiography of Bertrand Russell*, Vol.1, 1872–1914, London: Allen and Unwin, 1967; Vol.2, 1914–1944, 1968; Vol.3, 1944–1967, 1969 (Unwin Book Edition in 1 vol., 1975).

[2] Rupert Brooke, *The Letters of Rupert Brooke*, ed. Charles Keynes, London: Macmillan, 1968.

[3] John Lehmann, *In My Own Time: Memories of Literary Life*, Boston: Little, Brown, 1969; *Thrown to the Woolfs*, with an Introduction by Phyllis Rose, London: Weidenfeld & Nicolson, 1978.

[4] Dora Carrington, *Carrington: Letters and Extracts from Her Diaries*, ed. David Garnett, London: Jonathen Cape, 1970.

[5] Edith Sitwell, *Selected Letters*, 1919–1964, eds. John Lehmann and Derek Parker, New York: Vanguard Press, 1970.

[6] Nigel Nicolson, *Portrait of a Marriage*, London: Weidenfeld & Nicolson; New York: Athenaeum, 1973 (第一、三章为自传,第二、四章为对其自传的评论,第五章包括对薇塔与杰弗里·司各特和弗吉尼亚之间风流韵事的评论). Vita Sackville-West, *The Letters of Vita Sackville-West to Virginia Woolf*, eds. Louise DeSalvo and Mitchell A. Leaska, London: Hutchinson, 1984.

[7] Lady Ottoline Morrell, *Ottoline at Garsington: Memoirs, 1915–1918*, ed. with an Introduction by Robert Garthorne-Hardy, London: Faber & Faber, 1974.

[8] Christopher Isherwood, *Christopher and His Kind: 1929–1939*, New York: Farrar, Strauss & Giroux, 1976.

[9] Harold Nicolson, *Diaries and Letters, 1930–1964*, ed. and condensed by Stanley Olson, with an Introduction by Nigel Nicolson, London: Collins, 1980.

[10] Katherine Mansfield, *The Collected Letters of Katherine Mansfield*, Vol.1, 1903–1917, eds. Vincent O'Sullivan and Margaret Scott, Oxford: Clarendon Press, 1984; *The Collected Letters of Katherine Mansfield*, Vol.2, 1918–1919, 1987; *The Collected Letters of Katherine Mansfield*, Vol.3, 1919–1920, 1993; *The Collected Letters of Katherine Mansfield*, Vol.4, 1920–1921, 1996; *The Collected Letters of Katherine Mansfield*, Vol.5, 1922–1923, 2008 (由于与利顿日渐熟悉,以及与罗素短暂而热烈的友情,曼斯菲尔德被吸引进了集团)。

[11] Nicolette Devas, *Two Flamboyant Fathers*, London: Collins, 1968. Phyllis Grosskruth, *Leslie Stephen*, London: Longmans, 1968. David D. Zink, *Leslie Stephen*, New York: Twayne Publishers, 1972.

特维尔姐弟①、茱莉亚·斯特雷奇②、摩尔③、艾略特④、刘易斯⑤、奥尔德斯·赫胥黎⑥、薇塔⑦、马克·格特勒⑧、劳伦斯⑨、乔伊斯⑩、

---

① John Lehmann, *A Nest of Tigers: The Sitwells in Their Times*, London: Macmillan; Boston: Little, Brown, 1968. Elizabeth Salter, *The Last Years of a Rebel: A Memoir of Edith Sitwell*, London: Bodley Head, 1968. John Pearson, "'In Full United Swing': The Sitwells Remembered", in *Listener* 100 (November 30, 1978), pp. 731–733; *The Sitwells: A Family Biography*, New York and London: Harcourt Brace Jovanovich, 1978.

② John Russell, "Julia Strachey", in *Times Literary Supplement* (London) (June 19, 1969), pp. 665–666.

③ Donald J. Watt, "G. E. Moore and the Bloomsbury Group", in *English Literature in Transition* 12 (1969), pp. 119–134.

④ Russell Kirk, *Eliot and His Age*, New York: Random House, 1971. Robert Sencourt, *T. S. Eliot: A Memoir*, ed. Donald Adamson, London: Garnstone Press, 1971. Lyndall Gordon, *Eliot's Early Years*, Oxford: Oxford University Press, 1977. Peter Ackroyd, *T. S. Eliot: A Life*, London: Hamish Hamilton, 1984.

⑤ Robert T. Chapman, "The 'Enemy' vs Bloomsbury", in *Adam International Review* 37 (1972), pp. 81–84; "The Malefic Cabal", in *Wyndham Lewis: Fictions and Satires*, New York: Barnes & Noble, 1973, pp. 83–98. Fredric Jameson, *Fables of Aggression: Wyndham Lewis, the Modernist as Fascist*, Berkeley: University of California Press, 1979. Timothy Materer, *Vortex: Pound, Eliot, and Lewis*, Ithaca: Cornell University Press, 1979. Jeffrey Meyers, *The Enemy: A Biography of Wyndham Lewis*, London: Routledge & Kegan Paul, 1980; *Wyndham Lewis: A Revaluation: New Essays*, London: Athlone Press, 1980.

⑥ Peter Firchow, *Aldous Huxley: Satirist and Novelist*, Oxford: Oxford University Press, 1972 ("他看到智识皇帝没有穿衣服[即使这位皇帝恰巧来自'布鲁姆斯伯里']"). Sybille Bedford, *Aldous Huxley: A Biography*, London: Chatto & Windus, 1973.

⑦ Nancy Margaret MacKnight, "Vita: A Portrait of V. Sackville-West", Ph. D. Dissertation, Columbia University, 1972 (包括一篇对罗伊·坎贝尔攻击集团的评论《乔治时代》["The Georgiad"]). Sara R. Watson, *V. Sackville-West*, New York: Twayne, 1972. Nigel Nicolson, *Portrait of a Marriage*, London: Weidenfeld & Nicolson; New York: Athenaeum, 1973. Michael Stevens, *V. Sackville-West: A Critical Biography*, London: Uppsala; New York: Scribners, 1953. Joanne Trautmann, *The Jessanmy Brides: The Friendship of Virginia Woolf and V. Sackville-West*, University Park: Pennsylvaina State University Press, 1973. Victoria Glendinning, *Vita: The Life of V. Sackville-West*, London: Weidenfeld & Nicolson, 1983.

⑧ John Woodeson, *Mark Gertler: Biography of a Painter, 1891–1939*, London: Sidgwick & Jackson, 1972.

⑨ Philip Hyman Joffe, "D. H. Lawrence as a Critic of Bloomsbury", Thesis, University of British Columbia, 1968. Joan Bobbitt, "Lawrence and Bloomsbury: The Myth of a Relationship", in *Essays in Literature* 1, No. 3 (1973), pp. 31–43. Jeffrey Meyers, "D. H. Lawrence and Homosexuality", in *London Magazine* 13, No. 4 (October–November, 1973), pp. 68–98. Harry T. Moore, *The Priest of Love: A Life of D. H. Lawrence*, London: Williman Heinemann, 1974. Paul Delany, *D. H. Lawrence's Nightmare: The Writer and His Circle in the Years of the Great War*, Hassocks: Harvester, 1978. John Beer, "Forster, Lawrence, Virginia Woolf and Bloomsbury", in *Aligarth Journal of English Studies* 5, No. 1 (1980), pp. 6–37.

⑩ Suzanne Henig, "Ulysses in Bloomsbury", in *James Joyce Quarterly* 10 (1973), pp. 203–208.

卡灵顿[1]、罗素[2]、曼斯菲尔德[3]、莫瑞尔夫人[4]、安妮·里奇[5]、哈罗德·尼克尔森[6]、F. R. 利维斯[7]、罗伊·坎贝尔[8]、亨利·兰姆[9]、弗洛伊德[10]、布雷特[11]等圈外人士与集团的联系。其中，需要特别提及的是，印度小说家、文学批评家和思想家 Mulk Raj Anand 在《布鲁姆斯伯里的交谈》（*Conversations in Bloomsbury*, London：Wildwood House, 1981）中以对话体形式虚构了他对艾略特、劳伦斯、福斯特、伦纳德、弗吉尼亚等集团重要人物及其同时代的其他作家的回忆，对理解集团时期的英国文学史和 Mulk Raj Anand 自己在英国的文学创作成长贡献良多。

---

[1] Noel Carrington, "Decorative Artists of the Twenties: Dora Carrington", in *Country Life* 158 (July 17, 1975), pp. 157-158. Noel Carrington, *Carrington: Paintings, Drawings and Decorations*, with a Foreword by Sir John Rothenstein, Oxford: Oxford Polytechnic Press, 1978. William Teaver, "Just Carrington", in *Observer Magazine* (March 12, 1978), pp. 28-29. Gretchen Holbrook Gerzina, "Carrington: Another Look at Bloomsbury", Ph. D. Dissertation, Stanford University, 1984.

[2] Ronald W. Clark, *The Life of Bertrand Russell*, London: Jonathan Cape, 1975. Katharine Tait, *My Father Bertrand Russell*, New York and London: Harcourt Brace Jovanovich, 1975. Paul Levy, Moore: *G. E. Moore and the Cambridge Apostles*, London: Weidenfeld & Nicolson; New York: Holt, Rinehart & Winston, 1979.

[3] Lady Ottoline Morrell, "K. M.", in *Katherine Mansfield: An Exhibition*, Austin: Humanities Research Center, University of Texas at Austin, 1975, pp. 8-15. Jeffrey Meyers, *Katherine Mansfield: A Biography*, London: Hamish Hamilton, 1978. Antony Aplers, *The Life of Katherine Mansfield*, London: Jonathan Cape; New York: Viking Press, 1980.

[4] Sandra Jobson Darroch, *Ottoline: The Life of Lady Ottoline Morrell*, New York: Coward, McCann & Geoghegan, 1975.

[5] Steven D. Callow, "A Biographical Sketch of Lady Anne Thackeray Ritchie", in *Virginia Woolf Quarterly* 2, Nos. 3-4 (Summer-Fall, 1976), pp. 258-293.

[6] James Lees-Milne, *Harold Nicolson: A Biography, 1886-1929*, London: Chatto & Windus, 1980; *Harold Nicolson: A Biography, 1930-1968*, 1981.

[7] William Walsh, *F. R. Leavis*, London: Chatto & Windus, 1980.

[8] Peter Alexander, *Roy Campbell: A Critical Biography*, Oxford: Oxford University Press, 1982（罗伊·坎贝尔只与集团有过短暂遭遇，他厌恶集团的根由是他的仇富心理和他妻子与薇塔的风流韵事）. Peter Alexander, "Roy Campbell, William Plomer, and the Bloomsbury Group", in *Journal of Commonwealth Literature* 18, No. 1 (1983), pp. 120-127.

[9] Keith Clements, *Henry Lamb: The Artist and His Friends*, Bristol: Redcliffe Press, 1985.

[10] Perry Meisel and Walter Kendrick, "Introduction and Epilogue", in *Bloomsbury/Freud: The Letters of James and Alix Strachey, 1924-1925*, New York: Basic Books, 1985, pp. 3-49, 305-334.

[11] Sean Hignett, *Brett: From Bloomsbury to New Mexico: A Biography*, London: Hodder and Stoughton, 1984.

最后，除 Maureen Duffy 的戏剧《布鲁姆斯伯里广场的夜莺》(*A Nightingale in Bloomsbury Square*, Hampstead Theatre Club, 1973)、Peter Luke 的戏剧《布鲁姆斯伯里》(*Bloomsbury*, New York: Alfred A. Knopf, 1975) 和 Ellan Hawkes 与 Peter Manso 合写的小说《飞蛾之影：刺探弗吉尼亚·伍尔夫》(*The Shadow of the Moth: A Novel of Espionage with Virginia Woolf*, New York: St. Martin's Press, 1983) 等文学虚构之外，集团研究有了三个方面的新发展：(1) 集团与集团研究的文献梳理。Rae Gallant Robbins 的《布鲁姆斯伯里集团：精选书目》(*The Bloomsbury Group: A Selective Bibliography*, Kenmore, Wash.: Price Guide Publishers, 1978) 选录截至 1975 年集团第一二代主要成员撰写的文章著述、关于集团第一二代主要成员的传记性或批评性文章著述，以及集团研究的书籍和书籍章节的书目提要。(2) 集团成员照片集。Carolyn G. Heilbrun 编辑的《奥托琳女士的相册》(*Lady Ottoline's Album: Snaps and Portraits of Her Famous Contemporaries (and Herself), Photographed for the Most Part by Lady Ottoline Morrell, from the Collection of Her Daughter, Julian Vinogradoff*, with an Introduction by Lord David Cecil, New York: Alfred A. Knopf, 1976) 翻印大量集团成员去嘉辛顿庄园拜访莫瑞尔夫人时拍摄的照片，让外界"更清楚地看到了游戏中的诸神"[①]。昆汀·贝尔与安吉莉卡·加尼特合编的《凡尼莎·贝尔的家庭相册》(*Vanessa Bell's Family Album*, London: Jill Norman & Hobhouse, 1981) 除照片外，还有凡尼莎对三个孩子的简述。(3) 集团艺术展。例如，1975 年的"邓肯·格兰特与布鲁姆斯伯里"展 ("Duncan Grant and Bloomsbury")；1976 年的"文字与形象 (七)：布鲁姆斯伯里集团"展 ("Word and Image VII: The Bloomsbury Group")，该展览包括十个主题："维多利亚时代：起源""剑桥""邓肯·格兰特与凡尼莎·贝尔""阿德里安·斯蒂芬""克莱夫·贝尔""利顿·斯特雷奇""约翰·梅纳德·凯恩斯与莉迪亚·凯恩斯""伦纳德与弗吉尼亚·伍尔夫、霍加斯出版社""萨克森·西德尼-特纳、E. M. 福斯特，等""罗杰·弗莱"；1976 年的"布鲁姆斯伯里画家与他们的圈子"展 ("Bloomsbury

---

[①] Victoria Glendinning, "The Gods of Garsington", in *Times Literary Supplement* (London) (February 18, 1977), p.178.

Painters and Their Circle"),从展出的艺术作品不难看出,集团紧密相连的两个基础是友情和摩尔《伦理学原理》中阐明的生活态度,以及凡尼莎、格兰特的艺术发展、西蒙·布西对格兰特的影响和"欧米伽艺术工场"的发展历程;最后是 1984 年 1 月至 3 月在伦敦举办的两场大型"欧米伽艺术工场"展("The Omega Workshops: Alliance and Enmity in English Art, 1911–1920", Anthony d'Offay Gallery; "The Omega Workshops, 1913–1919: Decorative Arts of Bloomsbury", Crafts Council Gallery),同时关于这两场展览有多篇介绍和评论。[1]

第五时期: 1986 年至今

1986 年,集团位于苏塞克斯郡乡间的"艺术与思想发源地"查尔斯顿农舍(Charleston Farmhouse)精心修缮竣工,面向公众开放,很快成为普通游客的旅游胜地和集团仰慕者的朝觐圣地。1989 年,《牛津英语词典》(*Oxford English Dictionary*)第二版收录 Bloomsbury 词条,给出该词与集团相关的不同词性、释义和例句。[2] 从这一时期开始,全面系统的集团研究迎来大繁荣,集团不再是集团成员个人研究的分支或背景,正式成为具有自治性的问题域,涉及文学、艺术、美学、伦理、智识、文化、政治、社会等诸多论题;同时,集团长久以来两极分化的接受状况终于彻底扭转,肯定的声音成为绝对的主流,有失理智、客观、公允的怀疑和嘲讽虽时有耳闻,但已难成气候。

---

[1] Richard Cork, "The Omega Workshops: Alliance and Enmity in English Art, 1911–1920. Anthony d'Offay Gallery; The Omega Workshops, 1913–1919: Decorative Arts of Bloomsbury. Crafts Council Gallery", in *Artforum* 22 (May, 1984), pp. 94–95. Pamela Diamand, "Recollections of the Omega", in *The Omega Workshops: Alliance and Enmity in English Art, 1911–1920*, Exhibition Catalog, London: Anthony d'Offay Gallery, 1984, pp. 8–10. Anthony d'Offay, "Preface", in *The Omega Workshops: Alliance and Enmity in English Art, 1911–1920*, Exhibition Catalog, London: Anthony d'Offay Gallery, 1984, pp. 5–7. Alan Frost, "Omega Anonymous", in *Crafts* 66 (January–February, 1984), pp. 40–44. Richard Shone, "Omega Workshops: Review of Exhibition", in *Burlington Magazine* 126 (June, 1984), pp. 374–377. John Russell Taylor, "Roger Fry's Amazing Time-Capsule", in *Times* (London) (January, 1984), p. 7. Ralph Turner, "Preface", in *The Omega Workshops, 1913–1919: Decorative Arts of Bloomsbury*, Exhibition Catalog, London: Arts Council Gallery, 1984, p. 7.

[2] Edmund Weiner and John Simpson (eds.), *Oxford English Dictionary*, Vol. 2, Oxford: Oxford University Press, 1989, p. 311.

1. 史料类

1986—2011 年，Andrew McNeillie（一卷至四卷）与 Stuart Nelson Clarke（五卷、六卷）先后编辑的六卷本弗吉尼亚随笔全集，历时 25 年终于出版完毕：《弗吉尼亚·伍尔夫随笔集（第一卷）：1904—1912 年》(*The Essays of Virginia Woolf, Vol. 1, 1904-1912*, London：Hogarth Press, 1986)、《弗吉尼亚·伍尔夫随笔集（第二卷）：1912—1918 年》(*The Essays of Virginia Woolf, Vol. 2, 1912-1918*, 1987)、《弗吉尼亚·伍尔夫随笔集（第三卷）：1919—1924 年》(*The Essays of Virginia Woolf, Vol. 3, 1919-1924*, 1989)、《弗吉尼亚·伍尔夫随笔集（第四卷）：1925—1928 年》(*The Essays of Virginia Woolf, Vol. 4, 1925-1928*, 1994)、《弗吉尼亚·伍尔夫随笔集（第五卷）：1929—1932 年》(*The Essays of Virginia Woolf, Vol. 5, 1929-1932*, 2009)、《弗吉尼亚·伍尔夫随笔集（第六卷）：1933—1941 年与补篇 1906—1924 年》(*The Essays of Virginia Woolf, Vol. 6, 1933-1941 and Additional Essays 1906-1924*, 2011)。1990—2001 年，弗朗西丝·帕特里奇继《尽失：日记，1945—1960 年》后连续出版六卷本日记集：《坚持：日记，1960 年 12 月—1963 年 8 月》(*Hanging On: Diaries, December 1960-August 1963*, London：Collins, 1990)、《他人：日记，1963 年 9 月—1966 年 12 月》(*Other People: Diaries, September 1963-December 1966*, London：Harper Collins Publishers, 1993)、《良友：日记，1967 年 1 月—1970 年 12 月》(*Good Company: Diaries, January 1967-December 1970*, London：Harper Collins Publishers, 1994)、《复生：日记，1970 年 1 月—1971 年 12 月》(*Life Regained: Diaries, January 1970 - December 1971*, London：Weidenfeld & Nicolson, 1998)、《日记，1939—1972 年》(*Diaries, 1939-1975*, London：Weidenfeld & Nicolson, 2000)、《沉浮：日记，1972—1975 年》(*Ups and Downs: Diaries, 1972-1975*, London：Weidenfeld & Nicolson, 2001)。此外，1986 年，Xan Fielding 编辑出版《最好的朋友：布雷南与帕特里奇书信集》(*Best of Friends: The Brenan/Partridge Letters*, London：Chatto & Windus)。1989 年，Polly Hill 与 Richard D. Keynes 合编出版《莉迪亚·罗珀科娃与约翰·梅纳德·凯恩斯书信集》(*Lydia and Maynard: Letters between Lydia Lopokova and John*

Maynard Keynes, London：André Deutsch）。同年，Frederic Spotts 编辑出版《伦纳德·伍尔夫书信集》（Letters of Leonard Woolf, San Diego：Harcourt）。1993 年，瑞吉娜·马勒编辑出版《凡尼莎·贝尔书信选集》（Selected Letters of Vanessa Bell, New York：Pantheon）。1998 年，Keith Hale 编辑出版《朋友与使徒：鲁伯特·布鲁克与詹姆斯·斯特雷奇通信集，1905—1914 年》（Friends and Apostles: The Correspondence of Rupert Brooke and James Strachey, 1905–1914, New Haven；London：Yale University Press）。2005 年，Paul Levy 编辑出版《利顿·斯特雷奇书信集》（Letters of Lytton Strachey, London：Viking）。

2. 传记类

1986 年后，由于集团第一代成员的全部离世和第二代成员的年事渐高，集团成员亲笔撰写的有关集团的自传和回忆录，寥寥无几，仅有昆汀·贝尔的回忆录《布鲁姆斯伯里忆旧》（Bloomsbury Recalled, New York：Columbia University Press. 在英国首次出版时书名为《长辈先贤》[Elders and Betters, London：John Murray, 1995]）、安吉莉卡·加尼特的第二本回忆录《永恒时刻：随笔与短篇故事》（The Eternal Moment: Essays and a Short Story, Orono, Maine：Puckerbrush Press, 1998）和自传体小说《心照不宣的真相：布鲁姆斯伯里故事四篇》（The Unspoken Truth: A Quartet of Bloomsbury Stories, London：Chatto & Windus, 2010）、与昆汀女儿弗吉尼亚·尼克尔森（Virginia Nicholson）半传记性质的研究专著《在波西米亚人中：1900—1939 年的生活实验》（Among the Bohemians: Experiments in Living, 1900–1939, London：Viking, 2002）四部。其中，《忆旧》包括 16 篇相互独立的袖珍自传/传记和两篇附录：前者的传主为昆汀自己、除弗吉尼亚之外的十位集团创始成员和戴维·加尼特，以及集团圈外友人莫瑞尔夫人、埃塞尔·史密斯、克劳德·罗杰斯（Claude Rogers）、劳伦斯·高英（Lawrence Gowing）、罗伯特·梅德利（Robert Medley）、玛丽·巴茨（Mary Butts）和安东尼·布朗特（Anthony Blunt），机智风趣地讲述个人记忆中难忘而引人发笑的往事和集团隐藏在公众视线之外的私人生活，既坦诚直言，又三缄其口；后者为两篇评论，分别阐述弗吉尼亚的《一间自己的房间》和《三个旧金币》，与凯恩斯及其《我的早期信仰》。

1987年，Alan Palmer 与 Veronica Palmer 夫妇出版《布鲁姆斯伯里名人录》(*Who's Who in Bloomsbury*, Sussex：Haverton Press)，以姓氏字母顺序记述集团核心成员、边缘成员以及众多相关圈外人士生平，林林总总，凡160余条，其中，亨利·詹姆斯、毕加索、莱斯利·斯蒂芬、老斯特雷奇夫人等圈外人士的人物简介多达140条，为集团绘制出一幅复杂而完整的家族关系和社会关系网络图；同时，某些词条附足本传记的参考书目，书后附"地名索引""事件与社团表"和"重要文献"等。

1990年，Alen MacWeeney 摄影、Sue Allison 撰文的《布鲁姆斯伯里回思集》(*Bloomsbury Reflections*, London：Ryan) 出版，聚焦集团第一代成员的儿孙子侄，以及尚在世的集团友人、与集团有联系有交往之人乃至他们的后人，记述他们关于集团的回忆和评论。Alen MacWeeney 拍摄的照片主要为昆汀·贝尔、安吉莉卡·加尼特、弗吉尼亚·贝尔、西塞尔·伍尔夫（Cecil Woolf）、米罗·凯恩斯（Milo Keynes）、安东尼·弗莱（Anthony Fry）、奈杰尔·尼克尔森等集团成员和集团友人后人的肖像照，僧舍、查尔斯顿农舍、西辛赫斯特城堡等集团成员和集团后人与集团友人和集团友人后人住所的外景照与室内装饰和陈列艺术品照，以及凡尼莎和格兰特为圣迈克尔与众天使教堂（St. Michael & All Angels Church）完成的内部装饰壁画照。Sue Allison 撰写的文字包括一篇关于集团的标准概述和15篇或详细或简略的介绍，为集团后人和与集团有联系有交往之人的回忆或评论提供导读。同年，艺术设计历史学家 Gillian Naylor 编辑出版《布鲁姆斯伯里的文与画：艺术家、作家与设计家》(*Bloomsbury*：*The Artists*, *Authors and Designers by Themselves*, London：Macdonald/Orbis；*Bloomsbury*：*Its Artists*, *Authors*, *and Designers*, Boston：Bulfinch Press/Little, Brown)，摘选集团成员日记、信件、自传、传记、回忆录、艺术理论文章著述中的文字，以整页彩色插图的形式选印集团成员的画作，既是一部"剪贴"出的集团传记，又是一份集团史料汇编，同时在序言和章节导言中追溯集团的历史、探究集团的本质、梳理集团的艺术观点、钩沉集团的趣闻轶事，尝试对捉摸不定的集团"现象"进行界定和评价。但令人遗憾的是，Gillian Naylor 几乎完全放弃其艺术设计历史学的专长，未能在遭到忽视但却十分必要的欧洲现代主义的语境中对集团画家的成就进行严肃的学术思考，且由于考证不严谨，出现了一系列事实性错误，例如，将凡尼莎和格兰特的画作张冠李戴，将肖像画中的凡尼莎误认作莫瑞尔夫人，等等。1992年，Edward L. Bishop 编辑的"文学传记词典·文献系列"（Dictionary of Literary Biography Documentary Series）第十卷《布鲁姆斯伯里集团》（The Bloomsbury Group, Detroit, Mich.：Gale Research）出版，该文献汇编按照从维多利亚时代末期"斯蒂芬一家人"到1941年《幕间》出版的时间顺序辑录集团成员的回忆录、日记和信件，以及研究者对集团成员重要作品的书评。1996年，彼得·斯坦斯基（Peter Stansky）的《1910年12月左右：早期布鲁姆斯伯里及其亲密世界》（On or About December 1910：Early Bloomsbury and Its Intimate World, Cambridge, Mass.：Harvard University Press）以弗吉尼亚的名言"1910年12月左右，人性发生了变化"为线索，以1910年英国和集团发生的重大事件为背景，以弗吉尼亚、福斯特、集团中的艺术家以及"贵格会"教徒为主要人物，以"无畏号战舰恶作剧"和第一届后印象派画展为核心事件，记述和还原集团的早期历史。1997年，弗朗西丝·斯伯丁（Frances Spalding）出版《布鲁姆斯伯里集团》（The Bloomsbury Group, London：National Portrait Gallery），通过20余篇配以集团成员画作和私人照片的揭秘内情、引人入胜的集团核心成员及其亲友（卡灵顿、莫瑞尔夫人、弗朗西丝·帕特里奇、杰拉德·布雷南、菲莉帕与玛乔丽·斯特雷奇姐妹、玛格丽·弗莱［Margery Fry］和罗素）的小传，探察集团众风云人物对彼此的影响，集团成员以大量文字、绘画和照片对彼此生命的记录，以及他们留给21世纪的丰厚遗产。同年，Lia Giachero 编辑出版《钢笔素描：一本布鲁姆斯伯里笔记》（Sketches in Pen and Ink：A Bloomsbury Notebook, London：Hogarth Press），收录篇目多数为凡尼莎未曾发表的回忆录。

2001年，Tony Bradshaw 编辑出版《画里画外：布鲁姆斯伯里集团回思集》（A Bloomsbury Canvas：Reflections on the Bloomsbury Group, Aldershot：Lund Humphries），选录赫梅尔妮·李（Hermione Lee）、理查德·肖恩、弗朗西丝·斯伯丁、奈杰尔·尼克尔森、弗朗西丝·帕特里奇、昆汀·贝尔、安吉莉卡·加尼特等在世的集团成员、集团成员的后代以及文学批评家和艺术史学家撰写的关于集团艺术家的回忆性和评论性随笔，重新营造出20世纪初欧洲的先锋派艺术氛围；并随文配有凡尼莎、格兰特、弗莱和卡灵顿的88幅画作，其中包括多幅之前未曾面世的画作，展现出一场色彩绚丽的现代艺术的视觉盛宴，阐明集团艺术家创作出的视觉形象如何投射出共同的主题、表现结构和女性身份（特别是在集团女性艺术家笔下和在集团女性的经验中），以及这种投射方式如何影响了集团的艺术和观点。2020年，曾在查尔斯顿农舍担任管理员12年之久的Wendy Hitchmough出版《布鲁姆斯伯里风貌》(*The Bloomsbury Look*, New Haven：Yale University Press)，透过集团未公开的随手抓拍的快照、非专业的棚拍人像照、家庭相册，和欧米伽艺术工场设计的艺术作品，特别是凡尼莎为艺术工场设计的裙装系列，深入探究集团以视觉形式展现出的既连贯一致又全新独特的集体身份，揭示集团成员作为艺术家、批评家、模特、艺术品管理员和收藏人广泛参与了20世纪的现代主义运动，并向公众广泛传播了集团的自由主义哲学和"自我形塑的"美学。

3. 总论类

1986年，Heinz Antor出版《布鲁姆斯伯里集团：哲学、美学与文学成就》(*The Bloomsbury Group：Its Philosophy, Aesthetics, and Literary Achievement*, Heidelberg：C. Winter)，首次全面系统论述集团的发展脉络，集团在哲学、美学和文学领域的主要观点，以及关于集团的种种争议。第一章在梳理集团从19世纪末孕育于剑桥到1940年左右以团体形式终结的时间轴线的同时，还涉及集团的成员构成、谈话特点、女性地位和战争态度。第二章关注集团对剑桥哲学的兴趣和摩尔及其《伦理学原理》对集团核心成员及其文学艺术观的巨大影响。第三章探究集团的艺术观，尤其是弗莱与克莱夫两位重要艺术批评家的美学理论，认为集团美学的基础是克莱夫的"有意义的形式"概念，而"有意义的形式"作为交流手段则创造出弗莱所谓的作为终极真实表现方式的"审美情感"，两位美学家的艺术批评理论在两届后印象派画展上得到了鲜活展现。第四章揭示集团的美学理论从绘画、装饰艺术领域向文学，甚至音乐领域的转移，指出集团相信一切艺术门类的相互依存性和本质上的共同性，聚焦弗吉尼亚和福斯特的文学理论，并将集团的文学艺术观视作对超越分崩离析、混乱无序的现实世界的永恒绝对价值具有典型现代性的不断追寻。最后一章回顾从 1910 年前后到 1980 年代关于集团和集团观点言论的口角争吵、侧面诋毁、正面攻击以及冷静客观的评价和严肃的学术研究。

2015 年，BBC 出品三集微型电视连续剧《冲出牢笼》(Life in Squares)，再次引发大众对集团流言绯闻和性生活的强烈兴趣，以及学界关于集团文学、艺术和文化史的激烈讨论，在此背景之下，Victoria Rosner 主编的《剑桥文学指南：布鲁姆斯伯里集团》(The Cambridge Companion to the Bloomsbury Group, Cambridge: Cambridge University Press, 2014) 不失为一份及时而必要的集团研究的权威性文献，有助于解答有关集团成员的动态关系、文化生产、政治倾向、公众参与等一系列重要问题。论文集分为"起源""日常生活""政治观""艺术""反思布鲁姆斯伯里"五部分，共收录论文 13 篇，从《维多利亚时代的布鲁姆斯伯里》《剑桥时期的布鲁姆斯伯里》《家庭中的布鲁姆斯伯里》《作为酷儿亚文化的布鲁姆斯伯里》，到《战争、和平与国际主义》《布鲁姆斯伯里与帝国》《钢笔与画笔》《布鲁姆斯伯里集团与书籍艺术》《布鲁姆斯伯里美学》，再到《纳西索斯：布鲁姆斯伯里的自我书写》《智识契合与接受》《布鲁姆斯伯里的来生》，"以集团成员常常共同分享的观点、哲思、嗜好和亲缘关系为焦点"描摹出一幅"集团画像"[1]；换言之，论文集探究作为整体的集团、集团成员之间的复杂关系、集团成员的美学观点和智识严谨，考察集团在当代大众文化中的复兴，为审视集团对当时和今天的文化、阶级、性别、性向、艺术等观念产生的复杂影响提供了必需的视角。

Stephen Ross 与 Derek Ryan 合编的《布鲁姆斯伯里集团研究手册》(The Handbook to the Bloomsbury Group, London: Bloomsbury Academic, 2018) 是对当前集团研究最为综合全面的一次全新概览。通过探索"新现代主义研究"(New Modernist Studies) 为集团重要成员及其作品研究打开的新思路，全球知名权威专家们为今后的集团研究设定了议事日程。《研究手册》涉及集团与性取向、集团与艺术、集团与帝国、

---

[1] Victoria Rosner, "Introduction".

集团与女性主义、集团与哲学、集团与阶级、集团与犹太性、集团与大自然、集团与政治、集团与战争共十个论题，每一论题均包括一篇概述性的总论和一篇详释性的案例研究，这一创新性的搭配为学术对话注入了活力，使之如同集团一般既生机勃勃又多姿多彩。

4. 分论类：集团内部研究

（1）美学、文学与艺术

Eugene M. Hood, Jr. 的博士学位论文《布鲁姆斯伯里文学与绘画：凡尼莎·贝尔、邓肯·格兰特与弗吉尼亚·伍尔夫作品中艺术理论与形式的审美应和》（"Bloomsbury Literature and Painting: Aesthetic Correspondences of Art Theory and Form in Selected Works of Vanessa Bell, Duncan Grant, and Virginia Woolf", Ohio University, 1989）旨在探究1910—1920年凡尼莎、格兰特和弗吉尼亚作品中联通绘画与文学两种艺术模式的关系语境。该研究从调查上述集团成员的共同经历入手；第二章考察这一时期集团成员所写的两篇艺术理论文章——弗莱的《视觉与设计》和克莱夫的《艺术》，并将从两篇文章中提取出的分析方法运用于塞尚静物画《苹果和梨》和弗莱《白杨河》的分析。第三章将分析方法运用于凡尼莎《有干草堆的风景》《阿什汉姆》《壁炉台角落里的静物》三幅画作和格兰特《坐着的女人》《壁炉》《凡尼莎·贝尔》三幅画作的分析。第四章将分析方法运用于弗吉尼亚《墙上的斑点》《邱园记事》《一部未写的小说》三篇最早发表的短篇小说的分析。通过以上分析，该研究发现三位集团画家和作家的创作在理论和形式上的种种应和，而这种应和性可被视作是集团的美学原则。

五六十年代，集团迎来复兴。1967—1968年，迈克尔·霍尔罗伊德长篇巨制的利顿研究出版；1975—1980年，弗吉尼亚书信的六卷注释本出版；1977—1984年，弗吉尼亚日记的五卷本出版；以及，1972年，昆汀·贝尔出版弗吉尼亚全两卷本传记；1984年，林德尔·戈登（Lyndall Gordon）出版《弗吉尼亚·伍尔夫：一位作家的生命历程》（*Virginia Woolf: A Writer's Life*, Oxford: Oxford University Press）。无论是日记书信的搜集整理，还是传记创作和学术研究，均将重心再次放在集团的文学遗产上，吸引公众对集团的文学方面重新发生兴趣，而忽视了集团艺术家们的成就,"相比之下,这很反常却也很不公平"①。1986年,查尔斯顿农舍正式对公众开放,细致的修复工作使得集团的艺术成就在苏塞克斯重放光彩,集团"奇特的折衷主义"的设计风格终于结束"长达半个世纪的流放"盛装归来②;与之相应,1980年代中期,集团研究最为有趣的进展之一便是唤醒了公众对集团艺术和欧米伽艺术工场实验的重新关注。

理查德·肖恩出版画册《布鲁姆斯伯里艺术:罗杰·弗莱、凡尼莎·贝尔与邓肯·格兰特》(*The Art of Bloomsbury: Roger Fry, Vanessa Bell, and Duncan Grant*, with Essays by James Beechey and Richard Morphet, Exhibition Catalog, London: Tate Gallery; Princeton, N. J.: Princeton University Press, 1999) 的同时,一场集团画家的重要国际展览正在举办。集团在英国现代主义绘画的发展中起着显著作用,凡尼莎、格兰特、弗莱及其艺术同行们的作品大胆而具实验性,是影响20世纪英国艺术和设计的重要力量之一。画册为考察一般因文学创作而著称的现代主义运动的视觉艺术提供了新目光,追溯集团艺术家几十年的发展轨迹,评价他们对现代主义的贡献;画册展示的全部彩色印刷的两百幅作品凸显出集团绘画家庭性、沉思性、感官性,以及本质上的平和性等主要特征,这些特征在以伦敦、苏塞克斯和法国南部为背景的风景画、肖像画和静物画与将集团艺术家置于"一战"前先锋派运动风口浪尖上的抽象绘画和应用艺术中都得到了清晰呈现。同时,画册中由著名学者撰写的多篇文章探究集团圈内和圈外的友情与个人关系,探究现代主义运动更广泛的社会、经济和政治背景,从而为理解集团艺术家的作品和对他们的作品不断变化着的批评性反应提供了进一步的洞见。Tony Bradshaw的《布鲁姆斯伯里的艺术家:版画与书籍设计》(*The Bloomsbury Artists: Prints and Book Design*, Aldershot: Scolar Press, 1999) 是对集团研究的重要补充,在对集团艺术创作感兴趣的人们眼前打开一个宝藏世界。主要包括弗莱、凡尼莎、格兰特和卡灵顿所创作的

---

① Michael Holroyd, "Rediscovery: The Bloomsbury Painters", in *Art in America* 58 (July, 1970), pp. 116-123.

② Christopher Reed, *Bloomsbury Rooms: Modernism, Subculture, and Domesticity*, New Haven, C. T. and London: Yale University Press, 2004, p. 2.

木版画、石版画、蚀刻版画等各种版画作品，艺术家们为主要由霍加斯出版社出版的书籍所做的插图和书套设计，以及他们设计的海报、名片、请柬、菜单、杂志封面和藏书票等，大多数作品在书中以彩色或黑白的图片呈现。另外，作者还对集团艺术家们的设计作品进行了目录编撰，对于大学和艺术史图书馆有着重要的参考价值。伍尔夫夫妇的"霍加斯出版社"尤为注重书籍设计，邀请圈内亲友及圈外艺术家为他们出版的书籍设计封面、书皮和插图，其中，凡尼莎是霍加斯出版社最多产的设计者，她为包括弗吉尼亚在内的多位作家设计了书籍封面和插图。

集团艺术类研究大多印刷精良、图文并茂，收录大量集团艺术家的画作和艺术作品图片。除上述研究之外，Melinda Coss 编写的《布鲁姆斯伯里的针尖：查尔斯顿农舍挂毯及其设计图》（*Bloomsbury Needlepoint*：*From the Tapestries at Charleston Farmhouse*，with Charts of Designs by Duncan Grant, Vanessa Bell, and Roger Fry, London：Ebury Press, 1992）、Nancy E. Green 与 Christopher Reed 合编的《一间他们自己的房间：布鲁姆斯伯里艺术家在美国》（*A Room of Their Own*：*The Bloomsbury Artists in American Collections*, Ithaca, N. Y.：Herbert F. Johnson Museum of Art；Distributed by Cornell University Press, 2008）和英皇阁艺术画廊与博物馆（Royal Pavilion, Art Gallery, and Museums）编写的画展宣传册《激进的布鲁姆斯伯里：邓肯·格兰特与凡尼莎·贝尔的艺术，1905—1925 年》（*Radical Bloomsbury*：*The Art of Duncan Grant & Vanessa Bell, 1905 - 1925*, Brighton：Royal Pavilion & Museums, Brighton & Hove, 2011）分别从集团室内装饰的挂毯艺术、美国的集团艺术藏品以及格兰特和凡尼莎深受后印象派画展和"欧米伽艺术工场"影响的早期创作的角度，展现集团的艺术成就，阐释集团的艺术理念。

（2）政治、社会与文化

同美学、文学和艺术一样，女性和战争是研究者长期关注的焦点，而集团关于同性恋、经济（学）等问题的思考和对家庭生活、亲密关系的践行则是当前集团研究的新视域。Mary Ann Caws 的《布鲁姆斯伯里的女性：弗吉尼亚、凡尼莎与卡灵顿》（*Women of Bloomsbury*：*Virginia, Vanessa and Carrington*, New York and London：Routledge,

1990)、Jan Marsh 的《布鲁姆斯伯里的女性：生活与艺术中的明亮身影》(*Bloomsbury Women*: *Distinct Figures in Life and Art*, London: Pavilion, 1995) 和 Wayne K. Chapman 与 Janet M. Manson 合编的《伦纳德与弗吉尼亚·伍尔夫影响下的女性：和平、政治与教育》(*Women in the Milieu of Leonard and Virginia Woolf*: *Peace*, *Politics*, *and Education*, New York: Pace University Press, 1998) 均旨在阐明集团女性成员在集团中举足轻重的核心地位、她们的生活智慧和艺术成就，以及她们在战争、政治生活和大众教育中的成长和贡献。

Jonathan Atkin 的《个体之战：布鲁姆斯伯里集团与一战》(*A War of Individuals*: *Bloomsbury Attitudes to the Great War*, Manchester and New York: Manchester University Press, 2002) 全面梳理从英国和平主义组织"反征兵联盟"(No-Conscription Fellowship) 主席 Clifford Allen、"贵格会"教徒 J. W. Graham 和拒服兵役者 Howard Marten 到罗素和剑桥，从亨利·詹姆斯、萧伯纳、哈代、劳伦斯等著名作家到士兵作家理查德·奥尔丁顿 (Richard Aldington)，从女性到英国大众等不同身份的个体或群体对待"一战"的不同态度以及战争对他们造成的影响；特别是，依据集团成员在日记、书信和小说中的记述，详细解析凯恩斯、利顿、弗吉尼亚、福斯特等集团成员"一战"时的和平主义以及"二战"时他们对待战争态度的转变。

David A. J. Richards 的《男同权利的兴起与英帝国的衰落：自由主义抵抗与布鲁姆斯伯里集团》(*The Rise of Gay Rights and the Fall of the British Empire*: *Liberal Resistance and the Bloomsbury Group*, Cambridge: Cambridge University Press, 2013) 和 Brenda Helt 与 Madelyn Detloff 合编的《酷儿布鲁姆斯伯里》(*Queer Bloomsbury*, Oxford: Oxford University Press; Edinburgh: Edinburgh University Press, 2016) 的同性恋研究无疑更具创新性。《男同权利的兴起》认为在对英帝国主义的伦理抵抗和男同权利的伦理发现之间存在着重要联系。通过细致考察英国自由主义抵抗的根源和美国对父权制的抵抗，该研究指出以集团为代表的女性主义和男同权利的倡导者们在帝国主义批评中发挥着重要的公共作用，指出男同权利的兴起与英帝国的衰落之间的联系阐明了民主的意义、作为共同人类价值的普遍人权等一系列更为重大的问题。《酷儿布鲁姆斯伯里》辑录多篇具有突破性和创新性的重要论文，以酷儿知识与美学亚文化为理论框架，聚焦集团的酷儿遗产研究。论文集的第一部分从恐同的社会和政治背景、凯恩斯的经济学理论和美学观、双性恋作为一种文化身份类型等方面探讨集团基于双性同体思想的同性恋和双性恋倾向；第二部分梳理集团的酷儿史，揭示利顿、卡灵顿、维特根斯坦、伦纳德、克莱夫、劳伦斯、福斯特等集团成员或集团友人的酷儿性情欲和思想及其对集团的政治观点、艺术和文学创作方式、伦理实践和精神气质等产生的影响。整体上，《酷儿布鲁姆斯伯里》是对集团普遍存在的批评性酷儿态度进行现代主义和左派文化研究的一次成功尝试。

Alice Davis Keane 的博士学位论文《"充满实验与变革"：布鲁姆斯伯里的文学与经济学》（"'Full of Experiments and Reforms': Bloomsbury's Literature and Economics", University of Michigan, 2014）假定，对于集团而言，凯恩斯经济学和现代主义文学都凸显出一种向模糊性的"语言学转向"，都将特权给予了一个哲学的和某种程度上政治的实质性概念，从而在现代主义的语境中通过语言和不确定性论证凯恩斯宏观经济学和剑桥哲学与集团文学之间的联系。显而易见，经济学是弗吉尼亚的《夜与日》（*Night and Day*, 1922）和《岁月》、福斯特的《霍华德庄园》和《印度之行》、伦纳德早年的反帝国主义小说《丛林村庄》（*The Village in the Jungle*, 1913）等集团成员创作的众多小说关注的中心，更是以弗吉尼亚的《一间自己的房间》和《三个旧金币》为代表的集团随笔和论辩文的兴趣点所在。凯恩斯与弗吉尼亚、福斯特、伦纳德在集团的多学科语境中相互影响，以各自不同的方式将经济目标设想为艺术生产和实现美好生活的基础而非目的本身，因此，恢复凯恩斯与弗吉尼亚等人之间的认识论连续性为重新解读集团对英美文化史、经济史和社会政治史的现代主义影响提供了可能。

Christopher Reed 在博士学位论文基础上修改补充完善的《布鲁姆斯伯里的房间：现代主义、亚文化与家庭生活》（*Bloomsbury Rooms*: *Modernism, Subculture, and Domesticity*, New Haven, C. T. and London: Yale University Press, 2004）发现，由于主流现代主义的性别歧视和恐同情绪对装饰艺术和家庭生活的鄙视，集团的"家居美学"（domestic aesthetic）和室内设计作为另一种现代主义——家庭现代主义——自

1930 年前后开始遭到长期压制;通过细致考察集团全部室内装饰作品,里德重构集团对"家"的阐释——以家庭生活环境为现代性的标准,将家庭生活的价值投射到公共空间,同时承认并探索家庭空间中个体自由的潜在可能性——从而挑战英雄主义的现代主义的公认定义和一直以来批评或忽视家庭性的艺术史的流行观点。类似的研究还有 Yuko Ito 的博士学位论文《空间与领地:在布鲁姆斯伯里集团的作品中重构"家"与"异国情调"的概念》("Spaces and Territories: Reconstructing Ideas of 'Home' and 'the Exotic' in the Work of the Bloomsbury Group", University of Sussex, 2006) 和 Anna Fewster 的博士学位论文《布鲁姆斯伯里的书籍:物质性、家庭生活与标记书页的政治》("Bloomsbury Books: Materiality, Domesticity, and the Politics of the Marked Page", University of Sussex, 2009)。此外,Jans Ondaatje Rolls 的《布鲁姆斯伯里的烹饪书:生活、爱与艺术的食谱》(*The Bloomsbury Cookbook: Recipes for Life, Love and Art*, London: Thames & Hudson, 2014) 爬梳集团的大量日记、信件和回忆录,从中整理出集团的食谱配方,摘录出相关烹饪细节描述,以餐食贯连起集团从"老布鲁姆斯伯里"形成之前经"后布鲁姆斯伯里"直至"遗布鲁姆斯伯里"的发展历程,同时论及集团作为智识精英的饮食文化以及饮食文化中显露出的集团对生活、爱和真理的信念和信仰,以及集团的文学和艺术理念、就餐礼仪和人际交往,等等。

Jesse Wolfe 的博士学位论文《布鲁姆斯伯里与亲密关系的危机》("Bloomsbury and the Crisis of Intimacy", The University of Wisconsin-Madison, 2004) 和专著《布鲁姆斯伯里、现代主义与亲密关系的重新发明》(*Bloomsbury, Modernism, and the Reinvention of Intimacy*, Cambridge: Cambridge University Press, 2011) 将研究的重心从现代装饰艺术转移至现代主义文学,从家庭生活的空间、室内装饰和物品等物质层面转移至配偶、恋人、友人等个人关系的心理、情感和行为层面,藉由"亲密关系的危机"这一核心概念,探讨现代性和"矛盾美学"(aesthetic of ambivalence),并进而探讨面对亲密关系的动荡、革命和转型,集团的文学创作在性、性别、爱情、婚姻、同性恋等问题上摇摆于激进的实用主义/反本质主义的调和与保守的激进主义/本质主义的祛魅之间的深刻犹疑;从而最终在现代主义的文学版图上赋予集团(一个）真正中心的位置，而将现代主义等同于强横的（bravado）或英勇顽强的美学形式主义显然并不正确。

5. 分论类：集团外部研究

（1）影响研究

面对摩尔遭受误解、不再具有重要性的现状，Tom Regan 的《布鲁姆斯伯里的预言家：G. E. 摩尔及其道德哲学的形成》（*Bloomsbury's Prophet：G. E. Moore and the Development of His Moral Philosophy*，Philadelphia：Temple University Press，1986）试图"通过'布鲁姆斯伯里'的眼睛回想起"摩尔，以集团为焦点，通过记述摩尔与集团成员之间的谈话和通信，梳理摩尔的哲学发展，阐释摩尔对集团的影响及其带给摩尔和集团的追随者们的新思考。摩尔的《伦理学原理》为当时的人们提供了判断和选择个人自由的有力辩护，这一辩护的基础是摩尔称之为"伦理科学"的概念。作为"布鲁姆斯伯里的预言家"，摩尔倡导的价值观、行为准则和美德，以及站在个人角度反对来自社会的强迫性要求，正是凯恩斯、利顿、伦纳德和弗吉尼亚等集团成员追求的生活目标和任务。Todd Paul Avery 的博士学位论文《布鲁姆斯伯里集团：伦理体验种种》（"The Bloomsbury Group：Varieties of Ethical Experience"，Indiana University，2001）发现集团"美学伦理观/伦理审美主义"（ethical aestheticism/aesthetic ethics）的哲学源头不仅有摩尔，还有莱斯利·斯蒂芬、亨利·西奇威克、罗素、维特根斯坦，以及斯宾塞（Herbert Spencer）、布拉德雷（Francis Herbert Bradley）等众多致力于伦理学研究的哲学家；Llana Carroll 的博士学位论文《布鲁姆斯伯里集团的友情观念：G. E. 摩尔、D. H. 劳伦斯、E. M. 福斯特与弗吉尼亚·伍尔夫》（"Notions of Friendship in the Bloomsbury Group：G. E. Moore，D. H. Lawrence，E. M. Forster，and Virginia Woolf"，University of Pittsburgh，2009）断言摩尔的友情哲学形塑了集团的友情理想。哲学对集团的影响不限于摩尔的伦理学，还包括摩尔和罗素的知识论。Ann Banfield 的《虚幻的桌子：伍尔夫、弗莱、罗素与现代主义的认识论》（*The Phantom Table：Woolf，Fry，Russell，and the Epistemology of Modernism*，Cambridge：Cambridge University Press，2000）是将现代主义作家置于现代主义哲学领域的一次最为精细的跨学科研究，是关于弗吉尼亚与摩尔、罗素和弗莱"三位一体"的三位著名思想家之间密切关系的一份睿智而权威的记述。在梳理弗吉尼亚与集团的关系和阐述摩尔、罗素、弗莱的哲学和美学理论的同时，Ann Banfield 通过指出摩尔和罗素的知识论深刻影响了弗吉尼亚的"真实"概念，而弗莱的后印象派绘画理论则帮助她实现了从"真实"概念的哲学原则向美学原则的转变，彻底修正了现代主义的认识论，重新构想了现实主义与形式主义的关系，从而更好地解释了弗吉尼亚感觉印象与逻辑形式相结合的双重"真实"。

Beverly H. Twitchell 的《塞尚与布鲁姆斯伯里的形式主义》(*Cézanne and Formalism in Bloomsbury*, Ann Arbor, Mich.: UMI Research Press, 1987) 包括"塞尚与形式主义的开端""罗杰·弗莱的形式主义""克莱夫·贝尔的'有意义的形式'""塞尚与布鲁姆斯伯里的形式主义：批评家""塞尚与布鲁姆斯伯里的形式主义：艺术家""超越布鲁姆斯伯里"等章节，论及塞尚对形式主义的贡献、形式主义（后印象派）艺术的影响、20 世纪初英国的艺术批评等问题；指出弗莱与克莱夫的形式主义批评"篡夺"了罗斯金和佩特的权威，"形式主义批评诞生于 1910 年的英国，这一年，罗杰·弗莱以及'布鲁姆斯伯里'的克莱夫·贝尔等人为展览收集和编目了一批法国绘画作品，以呈现马奈解放绘画的影响力和形式战胜内容的最终胜利"。Mary Ann Caws 与 Sarah Bird Wright 合著的《布鲁姆斯伯里与法国：艺术与友人》(*Bloomsbury and France: Art and Friends*, New York and Oxford: Oxford University Press, 2000) 从文学和视觉艺术的双重视角概述伍尔夫夫妇、贝尔夫妇、格兰特、弗莱和利顿等集团作家和艺术家 1906—1939 年在法国与英国之间的交流，特别是某种程度上影响了他们思想与绘画和文学创作的在法国的旅行和逗留，强调他们对法国文明和文化的热爱。虽然集团成员的每一本回忆录和传记都会提到他们的法国之旅，但该研究的原创性和新颖性却正在于首次将集团与法国联系起来，揭示了集团核心的法国精神，为一个经常被描绘为仅仅是英国本土的团体的生活和工作提供了一个亲法的维度，为集团研究打开了新视野，带来了新灵感。Elizabeth Sarah Berkowitz 的博士学位论文《布鲁姆斯伯里的拜占庭与现代艺术书写》("Bloomsbury's Byzantium and the Writing of Modern Art",

City University of New York, 2018）考察拜占庭非西方艺术的美学价值对弗莱与的审美现代主义和现代艺术的形式主义叙事不可或缺的作用，指出两位集团批评家通过精心阐释拜占庭艺术和拜占庭时期，赋予拜占庭一种与他们自己的智识兴趣和他们所赏识的现代艺术品质相一致的非历史性，赋予艺术精神一种世俗性和普世性，从而辩驳罗斯金和官方艺术机构的传统西方艺术史。

1989 年，Ulysses L. D'Aquila 出版《布鲁姆斯伯里与现代主义》（*Bloomsbury and Modernism*，New York，Bern，Frankfurt am Mein，Paris：Lang），将福斯特、利顿和弗吉尼亚的文学创作置于英国现代主义的整体氛围中进行考察，通过阐释法国现代文学艺术、弗洛伊德、伯格森和威廉·詹姆斯对三位集团作家的影响，梳理三位作家的文学创作与维多利亚时代老一辈作家和 1930 年代年轻作家相互影响和对立的关系，按照时间顺序评析三位作家的多部作品，在保存三位作家各自独特性的同时，发现三位作家共同的脾性和继承的共同遗产，从而确立他们在"伟大传统"中的地位，尽管 F. R. 利维斯极力想要将他们排除在外。

集团不仅是受影响者，也是强有力的影响者。瑞吉娜·马勒在《布鲁姆斯伯里"派"：掀起布鲁姆斯伯里风潮》（*Bloomsbury Pie*：*The Making of the Bloomsbury Boom*，London：Virago；New York：Henry Holt，1997）中追溯 1930 年代以来集团的接受文化史，以尊重而幽默的态度对待"布鲁姆斯伯里热"（Bloomsbury craze），围绕"弗吉尼亚·伍尔夫热潮"（Virginia Woolf cult）和格兰特、凡尼莎等集团画家的艺术市场的建立，绘制从学术期刊到通俗传记、从写真照片集到大众艺术片的"布鲁姆斯伯里产业"（Bloomsbury Industry）的成长历程和盈利版图。既有细究详考又有闲话漫谈，同时还饱含着作者对文学的深切热爱，尽管受访的亲历者屈指可数，且主要以普通读者为目标对象，趣味性明显超过学术性，但该书无疑是集团文化研究的最早案例，同时也是迄今为止可供集团文化研究者参考的最佳案例之一。E. H. Wright 主编的《布鲁姆斯伯里的影响：布鲁姆斯伯里改写与改编学术会议论文集》（*Bloomsbury Influences*：*Papers from the Bloomsbury Adaptations Conference*，Bath Spa University，5 – 6 May 2011，Newcastle upon Tyne：Cambridge Scholars Publishing，2014）旨在探究集团及其同时代人对后辈的文学和视觉艺术家的影响，同时讨论改写和改编、影响和灵感的棘手问题。在艾略特的名文《传统与个人才华》（"Tradition and the Individual Talent"）和哈罗德·布鲁姆的"影响的焦虑"（Anxiety of Influence）的启发下，弗吉尼亚对当代年轻作家的影响，当代年轻作家对弗吉尼亚的重新发明，曼斯菲尔德、克里斯托弗·伊舍伍德等集团圈外友人与集团之间的分歧不和对彼此创造力的影响，集团对戏剧表演的影响，当代艺术家和手工艺人对凡尼莎的重新发明和重新阐释等论题为集团对后辈的广泛影响和与后辈更广泛的联系提供了新洞见。

（2）比较研究

Patricia Ondek Laurence 在《丽莉·布瑞斯可的中国眼睛：布鲁姆斯伯里、现代主义与中国》（Lily Briscoe's Chinese Eyes: Bloomsbury, Modernism, and China, Columbia: University of South Carolina Press, 2003）中以中国女作家凌叔华与朱利安·贝尔的私情及其与弗吉尼亚、凡尼莎、薇塔的交往和情谊为切入点，藉由凌叔华（《到灯塔去》中的丽莉）的"一双中国人的眼睛"，在时代和中英文学交流的大背景下，考察新月派与集团两个东西方现代主义文学团体在 20 世纪上半叶的相互交往与影响，对二者的文学成就做平行比较研究。书中附有多幅珍贵图片和书信片段，并且，为撰写此书，作者还特地前来中国采访曾与集团有过交往的叶君健、萧乾等老作家，以获取第一手资料。

Tim Cribb 的《布鲁姆斯伯里与英国戏剧：马娄的故事》（Bloomsbury & British Theatre: The Marlowe Story, Cambridge: Salt Publishing, 2007）首次揭示出正是通过剑桥的马娄戏剧社，集团才于 1907 年开始对英国戏剧、特别是对莎士比亚戏剧的表演和皇家莎士比亚剧团的成立发挥重要的影响力，并且这种影响力至今依然绵延不绝。通过追溯马娄戏剧社的发展历史及其成员鲁伯特·布鲁克、乔治（"达迪耶"）·赖兰兹与集团成员弗吉尼亚、利顿、凯恩斯相互联系的连续性，不难发现，马娄戏剧社或许是一个"伪装的布鲁姆斯伯里集团"。

Todd Martin 主编的论文集《凯瑟琳·曼斯菲尔德与布鲁姆斯伯里集团》（Katherine Mansfield and the Bloomsbury Group, London: Bloomsbury, 2017）包括"凯瑟琳·曼斯菲尔德与布鲁姆斯伯里友情""凯瑟琳·曼斯菲尔德与布鲁姆斯伯里文学"两部分，深入剖析作为集团"圈外人"

的曼斯菲尔德与弗吉尼亚、莫瑞尔夫人、艾略特、奥尔德斯·赫胥黎、沃尔特·德·拉·梅尔（Walter de la Mare，英国诗人、小说家）、米勒·邓宁（Millar Dunning）、W. L. 乔治等集团成员或与集团有关的文学艺术人士形成的微妙而矛盾的个人关系和文学关系网络，以及双方之间的相互影响和作用。论文集将曼斯菲尔德置身于"布鲁姆斯伯里""嘉辛顿"、野兽派和后印象派、伦敦实验性刊物和主流刊物等多种现代主义矩阵和多重文学艺术背景之中，通过传记性研究和批评性研究，记述曼斯菲尔德从与弗吉尼亚一见如故到渐行渐远、从与集团密切合作到嘲讽和反对集团的转变过程，阐明双方早期友情对彼此乃至整个20世纪文学史的重要意义，并在与"布鲁姆斯伯里花浆果们"的价值观的对比中，揭示出曼斯菲尔德对20世纪现代主义文学的彻底突破和广泛影响，从而重新认识曼斯菲尔德小说的历史和文化价值。

除上述专著和论文集之外，集团的比较与影响研究显然是多篇博士学位论文共同的研究热点，例如，Zhang Wenying 的《布鲁姆斯伯里集团与新月派：联系与比较》（"Bloomsbury Group and Crescent School: Contact and Comparison", University of Minnesota, 2001）和 Leslie Davison 的《一则现代主义案例：弗洛伊德在布鲁姆斯伯里》（"A Case for Modernism: Tracing Freud in Bloomsbury", The University of North Carolina at Chapel Hill, 2011）等均对集团进行了跨团体、跨民族或跨学科研究。

6. 系列/专题类

（1）S. P. 罗森鲍姆的集团研究

作为集团研究的权威专家，罗森鲍姆的编辑、钩沉与批评工作，为之后的集团研究奠定了坚实的史料基础，提供了历史研究的新视角，开辟了思想史研究的新领域。

罗森鲍姆的集团研究最早开始于1975年出版《布鲁姆斯伯里集团：回忆录、评论与批评文集》。1995年，他对此文集进行重新修订，更名为《布鲁姆斯伯里集团：回忆录与评论文集》（*The Bloomsbury Group: A Collection of Memoirs and Commentary*, Rev. Ed., Toronto and London: University of Toronto Press, 1995）再版，保留了"布鲁姆斯伯里谈布鲁姆斯伯里""布鲁姆斯伯里花浆果""布鲁姆斯伯里侧影"三部分，并增加了若干篇目，更新、修订了全部"编者按"，同时删除了第四部分"布鲁姆斯伯里批评与争议"。此前，罗森鲍姆还编辑出版了《布鲁姆斯伯里集团读本》(*A Bloomsbury Group Reader*, Oxford: Blackwell, 1993)，按"短篇故事""传记""随笔""书评""论辩""谈话""游记""回忆录""后记"等不同文类分别选录集团成员重要的短篇文学作品和理论批评著述。

1987—2003 年，罗森鲍姆陆续出版三卷本《布鲁姆斯伯里集团早期文学史》(*The Early Literary History of the Bloomsbury Group*: *Vol. 1*, *Victorian Bloomsbury*, London: Palgrave Macmillan; *The Early Literary History of the Bloomsbury Group*: *Vol. 2*, *Edwardian Bloomsbury*, London: Macmillan, 1994; *The Early Literary History of the Bloomsbury Group*, *1910 - 1914*: *Vol. 3*, *Georgian Bloomsbury*, London and New York: Palgrave Macmillan)，将集团 1914 年前的早期文学史划分为"维多利亚时代""爱德华时代""乔治时代"三个时期进行全面而详细的记述和分析。其间，他将之前 25 年间陆续发表的八篇论文辑集为《布鲁姆斯伯里面面观：现代英国文学与智识史研究》(*Aspects of Bloomsbury*: *Studies in Modern English Literary and Intellectual History*, London: Macmillan; New York: St. Martin's Press, 1998) 出版，从弗吉尼亚的哲学现实主义和罗素的文学象征主义逻辑，到集团信件、凯恩斯与劳伦斯对剑桥的抗拒、福斯特的《小说面面观》(*Aspects of the Novel*, 1927) 和《一间自己的房间》中的文学背景，再到伍尔夫夫妇与"霍加斯出版社"和维特根斯坦与集团，论文集聚焦于英国现代文学与英国哲学、文学史和印刷文化的相互关系。

2012 年，罗森鲍姆去世，两年后，他的遗作《布鲁姆斯伯里之回忆俱乐部》(*The Bloomsbury Group Memoir Club*, London & New York: Palgrave Macmillan) 由 James M. Haule 编辑出版问世，这是迄今为止唯一一本以"回忆俱乐部"、特别是早期"回忆俱乐部"(1920—1928) 为研究对象的专著。书中，罗森鲍姆关注的不仅是"俱乐部"成员在聚会时宣读的回忆录，而且包括集团成员的其他回忆录、甚至他们先辈和家人的回忆录；不仅是男性的回忆录，而且包括女性的回忆录。

(2) 弗吉尼亚·伍尔夫与集团研究

Christine Froula 追问："……没有'布鲁姆斯伯里',弗吉尼亚·伍尔夫会如何? 而没有她,'布鲁姆斯伯里'又会如何?"① 显然,集团"自由思想的精神鼓励弗吉尼亚发展自我的独立性,而他们对艺术可能性的信念则鼓励她在自己的小说中表达她对'布鲁姆斯伯里'正在帮助界定和塑造的新世界的幻想"②。因此,不理解集团便无法理解弗吉尼亚,抑或反之,正如 Irma Irene Rantavaara 所言,"不理解弗吉尼亚·伍尔夫,就无法正确理解'布鲁姆斯伯里'"③。

Jane Marcus 主编的《弗吉尼亚·伍尔夫与布鲁姆斯伯里:百年纪念文集》(*Virginia Woolf and Bloomsbury: A Centenary Celebration*, London: The Macmillan Press Ltd., 1987) 是 1982 年在得克萨斯大学举办的"弗吉尼亚·伍尔夫百年诞辰"纪念讲座的论文集,部分专论弗吉尼亚,部分论文直接论及集团,对集团进行重新评价。其中,奈杰尔·尼克尔森的《布鲁姆斯伯里:神话与现实》声言"'布鲁姆斯伯里'是现实事实,是真实存在的","分开来看,他们[集团成员]在各自的不同领域各有建树,但合起来看,他们又共同表达出一种生活态度,而我们今天的每一个人都是这种生活态度无意识的继承人";诺埃尔·安南的《布鲁姆斯伯里与利维斯夫妇》声明"要想理解'布鲁姆斯伯里'与其尖刻愤恨的批评者利维斯夫妇之间的论争,我们就要承认布鲁姆斯伯里人的写作服务于——我们今天依然受其影响的——无调性音乐的艺术革命,服务于毕加索和马蒂斯的绘画、后象征主义诗人和实验小说,以及首先服务于一种新的对权威和传统的怀疑论";霍尔罗伊德的《布鲁姆斯伯里与费边社》分别以利顿和萧伯纳为集团和费边社的代表人物,揭示两个团体之间的区别,与费边社不同,集团"首先想要发展的是他们自己的情感和才华,只想以身教而非以言传间接影响社会。它取代维多利亚时代的价值观,再生和更新了 18 世纪的文化"。

Gina Potts 与 Lisa Shahriari 合编了三本弗吉尼亚与集团研究的论文

---

① Christine Froula, *Virginia Woolf and the Bloomsbury Avant-Garde: War, Civilization, Modernity*, New York: Columbia University Press, 2005, p.16.
② Susan Rubinow Gorsky, *Virginia Woolf*, London: G. Prior Publishers, 1978, p.22.
③ *Virginia Woolf and Bloomsbury*, Helsinki: Folcroft Press, 1953, p.1.

集：《回到布鲁姆斯伯里：第 14 届弗吉尼亚·伍尔夫国际学术年会论文选集》(Back to Bloomsbury: Selected Papers from the Fourteenth Annual International Conference on Virginia Woolf, The Institute of English Studies, University of London, Bloomsbury, June 2004, Bakersfield: California State University, 2008)、《弗吉尼亚·伍尔夫的布鲁姆斯伯里（第一卷）：美学理论与文学实践》和《弗吉尼亚·伍尔夫的布鲁姆斯伯里（第二卷）：国际影响与政治观点》(Virginia Woolf's Bloomsbury: Vol. 1, Aesthetic Theory and Literary Practice; Virginia Woolf's Bloomsbury: Vol. 2, International Influence and Politics, London: Palgrave Macmillan, 2010)，几乎涵盖弗吉尼亚与集团研究的全部重要论题。

此外，弗吉尼亚与集团研究还有感情纠葛、家庭生活、活动空间、战争与和平等考察视角[①]，以及一本由 Sarah M. Hall 撰写的通俗读本《枕边书指南：弗吉尼亚·伍尔夫与布鲁姆斯伯里》(Bedside, Bathtub and Armchair Companion to Virginia Woolf and Bloomsbury, London: Continuum, 2007)。

（3）"布鲁姆斯伯里集团遗产系列丛书"研究

迄今，"大不列颠弗吉尼亚·伍尔夫协会"主持征集、编写的"布鲁姆斯伯里集团遗产系列丛书"(The Bloomsbury Heritage Series) 已由西塞尔·伍尔夫出版社 (London: Cecil Woolf Publishers) 陆续出版共计 83 种。"丛书"论题五花八门、新颖独特，涵及集团成员生活和工作的方方面面，填补了一般集团研究遗漏的种种细枝末节，例如，装订书籍的弗吉尼亚、弗莱和集团在威尼斯、"布鲁姆斯伯里的幽灵"萨克森·西德尼-特纳、一位苏塞克斯邻居对伍尔夫夫妇的回忆、威廉·莫里斯对集团的影响、集团的制陶工艺，等等，不一而足，可谓是集团研究的

[①] Jean Moorcroft Wilson, *Virginia Woolf's London: A Guide to Bloomsbury and Beyond*, London: I. B. Tauris Parke, 2000. Christine Froula, *Virginia Woolf and the Bloomsbury Avant-garde: War, Civilization, Modernity*, New York: Columbia University Press, 2005. Anthony Curtis, *Virginia Woolf: Bloomsbury and Beyond*, London: H. Books, 2006. Alison Light, *Mrs. Woolf and the Servants: An Intimate History of Domestic Life in Bloomsbury*, London: Fig Tree, 2007. Brian Louis Pearce, *Virginia Woolf and the Bloomsbury Group in Twickenham*, Twickenham: Borough of Twickenham Local History Society, 2007. Amy Licence, *Living in Squares, Loving in Triangles: The Lives and Loves of Virginia Woolf and the Bloomsbury Group*, Stroud, Gloucestershire: Amberley, 2015.

"百科全书"(详见"参考文献")。

此外,集团的国内外研究还包括"欧米伽艺术工场""霍加斯出版社""剑桥使徒社"、后印象派与集团研究[1],格兰特、凯恩斯、麦卡锡夫妇、斯特雷奇家族、利顿、莉迪亚、弗吉尼亚与凡尼莎姐妹、戴维·加尼特、朱利安·贝尔、凡尼莎、伦纳德、斯蒂芬·汤姆林等集团成员单人、双人或多人与集团的(主要为传记性)研究[2],弗吉尼亚去世后发现她遗体的铁匠弗兰克·迪恩、弗吉尼亚同母异父的哥哥杰拉德·达克沃思、

---

[1] Hugh Lee and Michael Holroyd, *A Cézanne in the Hedge and Other Memories of Charleston and Bloomsbury*, Chicago: University of Chicago Press, 1992. John H. Willis, *Leonard and Virginia Woolf as Publishers: The Hogarth Press, 1917-41*, Charlottesville and London: University Press of Virginia, 1992. Jeremy Greenwood, *Omega Cuts: Woodcuts and Linocuts by Artists Associated with the Omega Workshops and the Hogarth Press*, Woodbridge, Suffolk: Wood Lea Press, 1998. William Maglauchlin Harrison, "Sexuality and Textuality: Writers of Leonard and Virginia Woolf's Hogarth Press, 1917-1945", Ph. D. Dissertation, University of Delaware, 1998. William C. Lubenow, *The Cambridge Apostles, 1820-1914: Liberalism, Imagination, and Friendship in British Intellectual and Professional Life*, Cambridge: Cambridge University Press, 1998. Alexandra Gerstein, *Beyond Bloomsbury: Designs of the Omega Workshops, 1913-19*, London: Cortauld Gallery in Association with Fontanka, 2009. Elizabeth Willson Gordon, *Woolfs-head Publishing: The Highlights and New Lights of the Hogarth Press*, Edmonton: University of Alberta Libraries, 2009. Helen Southworth, *Leonard and Virginia Woolf, the Hogarth Press and the Networks of Modernism*, Edinburgh: Edinburgh University Press, 2010. Claire Battershill, *Modernist Lives: Biography and Autobiography at Leonard and Virginia Woolf's Hogarth Press*, London: Bloomsbury Academic, 2018.

[2] Douglas Blair Turnbaugh, *Duncan Grant and the Bloomsbury Group: An Illustrated Biography*, Secaucus, N. J.: Lyle Stuart, 1987. Piero V. Mini, *Keynes, Bloomsbury and The General Theory*, London: Macmillan, 1990. Michael Yoss, "Raymond Mortimer, a Bloomsbury Voice", Ph. D. Dissertation, University of Oxford, 1997. Todd P. Avery, *Close & Affectionate Friends: Desmond and Molly MacCarthy and the Bloomsbury Group*, Bloomington, Ind.: Lilly Library, Indiana University Libraries, 1999. Barbara Caine, *Bombay to Bloomsbury: A Biography of the Strachey Family*, Oxford: Oxford University Press, 2005. Sarah Knights, *Bloomsbury's Outsider: A Life of David Garnett*, London: Bloomsbury Reader, 2005. Maggie Humm, *Snapshots of Bloomsbury: The Private Lives of Virginia Woolf and Vanessa Bell*, N. J.: Rutgers University Press, 2006. Zsuzsa Rawlinson, *The Sphinx of Bloomsbury: The Literary Essays and Biographies of Lytton Strachey*, Budapest: Akadémiai Kiadó, 2006. Judith Mackrell, *Bloomsbury Ballerina: Lydia Lopokova, Imperial Dancer and Mrs. John Maynard Keynes*, London: Weidenfeld & Nicolson, 2008. Peter Stansky and William Miller Abrahams, *Julian Bell: From Bloomsbury to the Spanish Civil War*, Oxford: Oxford University Press; Stanford, Calif.: Stanford University Press, 2012. Caroline Louise Potter, "Julian Bell and the Decline of the Bloomsbury Group, c. 1928-1941", Ph. D. Dissertation, University of Cambridge, 2015. Frances Spalding, *Vanessa Bell: Portrait of the Bloomsbury Artist*, London: Tauris Parke Paperbacks, 2016. Fred Leventhal and Peter Stansky, *Leonard Woolf: Bloomsbury Socialist*, Oxford: Oxford University Press, 2019. Michael Bloch and Susan Fox, *Bloomsbury Stud: The Life of Stephen "Tommy" Tomlin*, London: M. A. B., 2020.

憎恨集团的罗伊·坎贝尔、俄裔英国翻译家塞缪尔·科特连斯基（Samuel S. Koteliansky）、查尔斯顿农舍管家格蕾丝·希金斯，以及卢辛顿家族（the Lushington Family）等圈外人士与集团的（主要为传记性）研究①，查尔斯顿、苏塞克斯、僧舍等集团活动空间研究②，以及集团的文献学研究③，等等。

7. 国内研究

自1990年代起，跟随国外集团研究热潮，从书评④、期刊论文、博硕论文到专著和译著，国内的集团研究日渐丰富，所涉论题主要包括集团研究⑤、英国智识贵族研究⑥、集团与中国（新月派、京派，凌叔华、

---

① Frank Dean, *Strike While the Iron Is Hot: Frank Dean's Life as a Blacksmith and Farrier in Rodmell*, ed. Susan Rowland, Lewes: S. Rowland, 1994. John Jolliffe, *Woolf at the Door: Duckworth: 100 Years of Bloomsbury Behavior*, London: Duckworth, 1998. Joseph Pearce, *Bloomsbury and Beyond: The Friends and Enemies of Roy Campbell*, London: Harper Collins, 2001. Galya Diment, *A Russian Jew of Bloomsbury: The Life and Times of Samuel Koteliansky*, Montréal, Québec and London: McGill-Queen's University Press, 2011. Stewart MacKay, *The Angel of Charleston: Grace Higgens, Housekeeper to the Bloomsbury Group*, London: The British Library, 2013. David Taylor, *The Remarkable Lushington Family: Reformers, Pre-Raphaelites, Positivists, and the Bloomsbury Group*, Lanham: Lexington Books, 2020.

② Quentin Bell, Angelica Garnett, Henrietta Garnett, and Richard Shone, *Charleston: Past and Present*, London: Hogarth Press, 1987. Judy Moore, *The Bloomsbury Trail in Sussex*, Seaford, East Sussex: S. B. Publications, 1995. Quentin Bell, Virginia Nicholson, and Alen MacWeeney, *Charleston: A Bloomsbury House & Garden*, London: Frances Lincoln, 1997. Pamela Todd, *Bloomsbury at Home*, London: Pavilion, 1999. Yuko Ito, "Spaces and Territories: Reconstructing Ideas of 'Home' and 'the Exotic' in the Work of the Bloomsbury Group", Ph. D. Dissertation, University of Sussex, 2006. Anthea Arnold, *Charleston Saved, 1979-1989*, London: Robert Hale, 2010. Nuala Hancock, *Charleston and Monk's House: The Intimate House Museums of Virginia Woolf and Vanessa Bell*, Edinburgh: Edinburgh University Press, 2012. Caroline Zoob and Caroline Arber, *Virginia Woolf's Garden: The Story of the Garden at Monk's House*, London: Jacqui Small, 2013.

③ Elizabeth P. Richardson, *A Bloomsbury Iconography*, Winchester: St. Paul's Bibliographies, 1989. Lawrence Wayne Markert, *The Bloomsbury Group: A Reference Guide*, Boston: G. K. Hall, 1990.

④ 冯亦代：《布卢姆斯伯里的故事》，《读书》1996年第12期。萧莎：《布卢姆斯伯里最后的秘密》，《外国文学评论》2006年第4期。

⑤ 朱爱琴：《智性的激荡——记布鲁姆斯伯里文化圈》，《唐山师范学院学报》2007年第6期。思语：《布卢姆斯伯里团体》，《世界文化》2008年第12期。陈迟：《英国现代艺术的桥梁：对布卢姆斯伯里团体艺术的研究》，硕士学位论文，中央美术学院，2009年。刘学谦：《唯物史观视野下的布鲁姆斯伯里团体探析》，《燕山大学学报》2014年第3期。段艳丽：《私人言说的公共空间：布鲁姆斯伯里与"太太的客厅"》，《世界文化》2018年第12期。

⑥ 张旭：《从"克拉彭"到"布卢姆斯伯里"——近代晚期英国文化贵族考》，《陕西师范大学学报》2009年第6期。屈慧君：《从布鲁姆斯伯里到虚拟社群——网络化对公共领域精英势力的消解》，《成功（教育）》2010年第5期。

徐志摩和叶君健）关系研究①、集团成员（弗吉尼亚、凡尼莎、弗莱、朱利安·贝尔）与集团研究②、集团圈外友人（魏理即亚瑟·韦利、燕卜荪）与集团研究③，以及"欧米伽艺术工场"研究、俄罗斯文学对集团的影响研究④等。2001年，赵毅衡于《万象》第10期发表《生活在布鲁姆斯伯里》一文，该文虽为非学术性的文学随笔，但言近旨远，文中许多点到即止之处都极具学术价值，引发了学界进一步的思考与探讨。2006年，江苏教育出版社出版"布鲁姆斯伯里文化圈系列丛书"，该套丛书为译著，第一册为译自昆汀·贝尔《布鲁姆斯伯里》的《隐秘的火焰：布鲁姆斯伯里文化圈》（季进译），其余三册均译自罗森鲍姆的《布鲁姆斯伯里集团：回忆录与评论文集》，分别为第二册《岁月与海浪：布鲁姆斯伯里文化圈人物群像》（徐冰译）和第四册《回荡的沉默：布鲁姆斯伯里文化圈侧影》（杜争鸣、王杨译），第三册《后印象时光：布鲁姆斯伯里谈布鲁姆斯伯里》至今未见出版。2012年起，俞晓霞开始陆续发表一系列集团研究成果⑤，其中，博士学位论文《精神契合与文化对话：布鲁姆斯伯里集团在中国》（复旦大学，2014）

---

① 叶念伦：《叶君健和布鲁斯伯里学派》，《外国文学》2001年第5期。蔡璐：《凌叔华与布卢姆斯伯里》，硕士学位论文，苏州大学，2008年。张意：《新月派与布鲁姆斯伯里派》，《中国现代文化与文学》2016年第1期；《新月派与布鲁姆斯伯里派的文化交往》，《社会科学研究》2016年第3期。倪婷婷：《凌叔华与布鲁姆斯伯里团体的文化遇合——以〈古韵〉为考察中心》，《江苏社会科学》2017年第4期。文学武：《文化的彩虹之桥——论布鲁姆斯伯里文化圈和京派文学的跨文化交流》，《社会科学》2018年第2期。文学武：《文学社团与公共领域——京派文人集团与英国布鲁姆斯伯里文化圈比较研究》，《浙江学刊》2019年第4期。

② 吕杰章：《布鲁姆斯伯里团体的瓦尼萨·贝尔》，《世界美术》2009年第2期。刘倩：《罗杰·弗莱的中国古典艺术研究及其对英国现代主义运动的影响》，硕士学位论文，北京师范大学，2010年。张宁：《伍尔夫小说艺术与布鲁姆斯伯里团体精神气质探源》，《湖北大学学报》2015年第3期。杨莉馨、王苇：《"布鲁姆斯伯里"元素与伍尔夫的"双性同体"》，《妇女研究论坛》2016年第5期。王苇、杨莉馨：《"布鲁姆斯伯里文化圈"与弗·伍尔夫的亲缘关系》，《现代传记研究》2018年第1期。陶家俊：《告别布卢姆斯伯里：朱利安·贝尔中国之行隐在的文化政治》，《外国语文研究》2018年第1期。

③ 程章灿：《魏理与布卢姆斯伯里文化圈交游考》，《中国比较文学》2005年第1期。刘淑玲：《住在布鲁姆斯伯里的燕卜荪》，《书屋》2012年第10期。

④ 申静：《从布鲁姆斯伯里派到欧米伽工作坊——先锋艺术跨界设计的早期尝试》，硕士学位论文，南京艺术学院，2014年。陈惟萌：《英国现代主义文学中的陀思妥耶夫斯基影响——以布鲁姆斯伯文人圈为例》，硕士学位论文，苏州大学，2014年。

⑤ 俞晓霞：《文化对话中的双向误读——以布鲁姆斯伯里集团与中国为例》，《文艺争鸣》2012年第11期；《徐志摩的布鲁姆斯伯里交游》，《文艺争鸣》2014年第3期；《从布鲁姆斯伯里集团到新月派：民国自由知识分子群体的形态建构》，《学术月刊》2014年第11期。

"试图从整体文化品格、个体交往影响、文学团体比较、知识分子精神、现代主义诱惑、文化对话与误读等多个角度,对 20 世纪上半叶布鲁姆斯伯里团体与中国文论文化的关系进行历史发掘和意义阐释,探索当时社会语境下中国文学理论和文化氛围的形态生成与演变规律"。2015 年,宋韵声出版专著《中英文化团体比较研究:走进布鲁姆斯伯里文化圈的五位中国文化名人》(辽宁大学出版社),梳理浪漫诗人徐志摩、古韵梦影凌叔华、绝代才女林徽因、浪迹天涯话萧乾、东方赤子叶君健等新月派和京派作家与布鲁姆斯伯里文化圈的联系。2018 年,张楠出版专著《"文明的个体":弗吉尼亚·伍尔夫和布鲁姆斯伯里文化团体研究》(复旦大学出版社有限公司),系统分析弗吉尼亚和集团与英国 18 世纪以来的自由主义和文化保守思想的传承关系,探究二者之间的对立统一。

最后,正如《凯瑟琳·曼斯菲尔德与布鲁姆斯伯里集团》存在着两个不容忽视的致命硬伤:一则,确切而言,曼斯菲尔德与集团的关系至多是时断时续、似有似无,因此,事实上很难将二者联系在一起;二则,为了将二者强行联系在一起,莫瑞尔夫人、艾略特、奥尔德斯·赫胥黎等非集团成员被硬塞进了集团名单,因而整体上导致了论文集论述上的牵强和散乱[①],在摆脱了诋毁性诘难和猎奇式探秘之后,由于集团交往的广泛性和边界的模糊性,集团研究或许首先要解决的是摩尔、薇塔、弗洛伊德、劳伦斯、刘易斯等圈外友人乃至对手常常被有意无意拉近与集团联系甚或拉进集团核心圈层的谬误,由此引发的质疑和诟病不言而喻;但若反过来,则毋宁说,集团研究始终面临着在集团外的更大更为错综复杂且变动不居的现代艺术、文学、智识、文化和思想网络中审视和阐明集团的挑战,集团作为英国 20 世纪上半叶最重要的一种亚文化对于这个巨大网络的价值和意义同样不言而喻。

二 思路框架

"相比于他们有趣而有影响力的美学、文学和文化理论,'布鲁姆

---

① Jane Stafford, "Review of *Katherine Mansfield and the Bloomsbury Group*", in *The Review of English Studies*, New Series (2018), pp. 1-3.

斯伯里花浆果们'令人着迷、标新立异的生活和爱情令人遗憾但却可以理解地吸引了太多的关注和研究。"① "受对性别角色和实验性生活方式的关切的激发,对'布鲁姆斯伯里'的兴趣产生出两条相互独立的传记性研究路径。一条路径引发的是日志、日记、信件和涉及几乎所有与'布鲁姆斯伯里'有关的人物的学术性传记的出版;另一条路径则指向非专业人士,生产出的是非正式的文学叙事,强调'布鲁姆斯伯里'参与到了持续不断的文化和性别争论之中。"②

然而,集团需要并理应得到严肃研究。集团无疑可以放置在文化、智识、历史、地理、政治、心理学和社会学等各种不同的批评地图上加以讨论和探究,因为,一则,"我们已经改变了那种当我们说'布鲁姆斯伯里'仅是一个神话时所采取的极端观点"③。二则,迄今为止,大多数集团成员都至少有了一本上乘的传记;集团成员的个人作品也都有了大量优秀的研究成果;而在过去的50余年间,关于集团的追思和回忆录,坊间也已如汗牛充栋。因此,本研究将聚焦于集团的思想、观点、偏好和相互之间的亲密关系,视集团为"一个工作坊、一个机构"④,以对集团集体工作的群像式研究而非对集团成员个人成就的评价和个人作品的分析、集团每位成员的人生记述或集团轶闻秘史的最新发现为己任。

如果说集团有伦理思想,那么它的伦理思想就是完全专注于"个人感情/对个人的感情"和"审美享受",唯有"永恒的、充满激情的沉思和交流"至关重要。弗吉尼亚、弗莱、克莱夫、利顿、凯恩斯、福斯特、凡尼莎、格兰特等布鲁姆斯伯里人不仅付出努力以创造美、培养友情、认识真理,而且渴望享受和沉思他们付出辛劳收获的果实。

本书的基本观点:(1) 布鲁姆斯伯里集团倡导"有意义的形式"

---

① Richard Shusterman, "Review of *Bloomsbury Aestheics and the Novels of Forster and Woolf*, by David Dowling", in *British Journal of Aesthetics* 26 (winter, 1986), pp. 87–88.
② Thomas M. McLaughlin, "Virginia Woolf and Bloomsbury", in *Contemporary Literature* 21, No. 4 (Autumn, 1980), pp. 639–645.
③ Maurice de Gandillac and Jean Guiguet (eds.), *Virginia Woolf-Colloque de Cerisy*: *Virginia Woolf et le Groupe de Bloomsbury*, Paris: Union Générale d'Éditions, 1977.
④ Peter Stansky, *From William Morris to Sergeant Pepper*: *Studies in the Radical Domestic*, Palo Alto, CA: The Society for the Promotion of Science and Scholarship, 1999, p. 148.

的美学理念，奉行坦诚友情的伦理信念；"有意义的形式"的审美体验和坦诚友情的个人关系是集团共同奉行的以真理认知为基础但却比真理认知更为首要的最高等级的善；形式美学与友情伦理，美善一体，"有意义的形式"即是善，坦诚的友情即是美。（2）形式美学落实为集团在文学、绘画、工艺美术等领域的形式实验和探索，促成了集团的社会和文化批判；而友情伦理则通过向政治、经济、社会、科技、生态等公共伦理以及时间、死亡和"他者"的超验伦理的延展和升华，革新了集团的伦理意识。（3）形式美学与友情伦理，从文学艺术的形式与内容之辨到个人关系的平等与等级之争，集中体现出集团反叛、颠覆、变革的现代主义品格。（4）美学伦理是时代、地域、阶级、家族、教育、文化、种族和民族氛围共同熏染出的集团成员禀性、才情和精神气质的精髓所在，是集团超越时代和地域的生命基因。（5）美学伦理是集团真理认知、思想洞见和价值判断的根柢和核心，"爱、创造和享受审美体验与追求知识"[①]的理想孕育出集团关于文学、艺术、政治、社会、经济、文化、文明等的一系列观念，并指导着集团的现实行为和公共实践，是集团一切活动的内在动因。（6）美学伦理是集团向内求同存异、向外分辨敌友的依据和标准。

以集团的美学伦理为论述主线，本书将进行以下三个方面的探究：（1）集团的理论研究，旨在探究集团理论体系的组成部分、相互关系及运作方式，阐明集团美学伦理的概念与观点、内涵与外延，剖析摩尔的伦理学思想与集团的友情伦理、形式美学和文明论。（2）集团的实践研究，旨在探究集团实践活动在时间与空间、团体与事件、实务与生活维度上的展开，考察集团美学伦理的应用与实现。在历史时间上，梳理集团从1910年代经过第一次世界大战直至三四十年代这一存在时期内的发生、发展与演变，同时，向前延伸至集团与18世纪和维多利亚时代的关系；在地理空间上，梳理集团从剑桥到伦敦布鲁姆斯伯里区再到苏塞克斯乡间等英国本土环境中的学习、生活与工作，同时，向欧洲延伸至集团与法国的关系。在团体层面上，考察集团在欧米伽艺术工场、霍加斯出版社、回忆俱乐部的活动；在事件层面上，考察集团在无

---

① John Maynard Keynes, "My Early Beliefs", in *The Bloomsbury Group: A Collection of Memoirs and Commentary*, pp: 82-97.

畏战舰号恶作剧、两届后印象派画展、良心拒服兵役中的表现。最后，论及弗莱与克莱夫的艺术批评与弗吉尼亚和福斯特的文学批评，伍尔夫夫妇及其他集团成员的编辑出版工作，伦纳德、弗吉尼亚和福斯特的社会政治活动，以及集团的亲密关系和家庭生活模式。（3）集团的内部与外部研究，旨在探究集团内部的共鸣与变奏以及集团与同一时期英国主流文化和其他文学、艺术与文化亚类型之间的对话与论争，测定集团美学伦理的弹性与限度。就集团圈内而言，审视集团中弗吉尼亚、利顿、克莱夫、凯恩斯、弗莱、福斯特等十二位核心成员之间的异同；就集团圈外而言，审视集团与艾略特、罗素、曼斯菲尔德、西特维尔姐弟等人的矛盾关系和与刘易斯、劳伦斯、利维斯夫妇等人的紧张对立。

迄今为止，由于集团成员众多、观点繁杂、内部差异大、时间跨度长等特点，且集团深受摩尔影响，坚决反对理论的体系化，因此，集团研究的文献性甚至传记性事实上远大于理论性。针对于此，本书力图发掘集团研究的理论可能性，发现、阐述和总结集团美学伦理的相关理论，指出美学伦理作为一条主线暗伏于集团一系列的实践活动之中，并成为集团内部和外部批评潜藏的评判标准。但受限于研究对象的特性，本研究依然难以避免较强的文献性。

第二章

美学伦理理论

布鲁姆斯伯里集团是智识界和艺术界的精英，是英国思想地图上的一处佳地，对英国20世纪的智识生活产生了巨大影响。斯蒂芬家的孩子们迁居布鲁姆斯伯里区时，"他们不仅随身带着一套他们在G. E. 摩尔的影响下对其进行反抗的智识观点，还带着一套他们在塞尚的影响下对其进行反抗的美学观点"[1]。通过反抗旧的认识和常规，集团得以形成他们的"伦理审美主义"（Ethic Aestheticism）或"审美伦理学"（Aesthetic Ethics）[2]：集摩尔的理性主义伦理学和弗莱和与克莱夫的形式主义美学于一体，同时坚信友情和爱[3]的感情交流、对艺术和文学的审美沉思与因真理本身的缘故而追求真理[4]是走向人类"美好生活"（good life）[5] 和人类文明的理想"心灵状态"。

---

[1] Quentin Bell, "The Mausoleum Book", in *Review of English Literature* 6 (January, 1965), pp. 9-18.

[2] Todd P. Avery, "Ethics Replaces Morality: The Victorian Legacy to Bloomsbury", in *English Literature in Transition, 1880-1920* 41, No. 3 (1998), pp. 294-316.

[3] J. K. 约翰斯顿特别提示说，"正如在日常使用中一样，在摩尔的伦理学语境中，这两个词也不应分开使用"（J. K. Johnstone, *The Bloomsbury Group: A Study of E. M. Forster, Lytton Strachey, Virginia Woolf, and Their Circle*, London: Secker & Warburg, 1954, p. 31）。

[4] 事实上，在摩尔的三种理想心灵状态中，"因真理本身的缘故而追求真理"是后加的，重要性次于"个人关系"和"审美物体"，因为摩尔认为知识是一种工具性的大善，尽管知识具有很高的内在价值；之后，在"使徒社"的聚会上，通过克莱夫和凯恩斯的阐释，对真理和知识的热爱获得了与对美的热爱和对爱的热爱相提并论的同等地位，成为最高理想。

[5] "美好生活"，"既是伦理意义上也是美学意义上的"，"一种美的生活，一种哲学上'幸福的'生活"（Madelyn Detloff and Brenda Helt, "Introduction", in *Queer Bloomsbury*, eds. Brenda Helt and Madelyn Detloff, Edinburgh: Edinburgh University Press, 2016, pp. 1-12）。

一　伦理学

哲学对于集团的核心重要性显而易见。罗森鲍姆甚至断言，"哲学是［集团］发展的根本，从某种程度上讲，集团的文学史必定也是一部哲学史"[1]。"老布鲁姆斯伯里"的根系更是深植于剑桥大学和"使徒社"的智识土壤，正如 Frederick P. W. McDowell 所言，福斯特置身其间的剑桥圈子"塑造了'布鲁姆斯伯里'的精神气质，它所代表的价值观也正是对于福斯特而言至关重要的那些价值观"，灵活变通、宽容、公正无私地"探究伦理学和哲学问题均属于福斯特所珍视的人文主义，同样，它们也都是他布鲁姆斯伯里集团的同仁们倡导的哲学思想"[2]。集团成员在剑桥大学所受的教育将他们引入不同的专业领域，福斯特的文学创作，凯恩斯的经济学和伦纳德的政治学，利顿的传记、历史和法国文学史，弗莱与克莱夫的美学和艺术理论，以及詹姆斯与艾莉克丝·斯特雷奇夫妇和阿德里安与卡琳·斯蒂芬夫妇的精神分析学，但哲学无疑是集团成员剑桥教育的共同根基，为其各自的专业领域提供了共同的概念基础和方法；而集团成员所属的"使徒社"作为哲学讨论团体则囊括了英国20世纪众多伟大的思想家，从怀特海、麦克塔格特、G. L. 迪金森到摩尔、罗素、维特根斯坦，以及理查德·布雷斯韦特（Richard Braithwaite）和弗兰克·拉姆齐（Frank Ramsey），再加上维多利亚时代老一辈的莱斯利·斯蒂芬（非"使徒社"成员）和亨利·西奇威克，剑桥哲学家们为集团提供了深厚的思想滋养，形塑了集团的哲学意识。

莱斯利，作为英国19世纪末进化伦理学最著名的拥护者，在他以家庭为中心的《伦理科学》（*The Science of Ethics*，1882）一书中试图通过对功利主义加以道德限制来调和19世纪直觉主义和功利主义两大伦理学流派。但相比于与集团核心成员有亲缘关系的莱斯利，集团在伦理观上却更倾向于西奇威克旨在确保个体获得最大情感力和智识力的伦理

---

[1] S. P. Rosenbaum, *Victorian Bloomsbury*: Vol. 1: *The Early Literary History of the Bloomsbury Group*, p. 161.

[2] Frederick P. W. McDowell, *E. M. Forster*, Boston: Twayne Publishers, 1982.

学而抛弃了前者强调个体社会责任感的福音派道德观①。西奇威克的《伦理学方法》(*The Methods of Ethics*,1874)是"19世纪英国伦理学最重要的著作,[至今依然是]充分理解19世纪英国伦理学的密钥"②。西奇威克关于自我中心享乐主义伦理学说的详尽阐述不仅向功利主义的"最大幸福原则"提出了巨大挑战,"将个体自身的最大幸福[或]最大愉悦确定为每个个体之行为的合理终极目的"③,而且对莱斯利和赫伯特·斯宾塞的进化伦理学进行了强烈抨击;同时否认道德原则具有普遍价值,指出对美的意识是责任、美德、人类行为和社会进步的起源,从而促成了摩尔伦理思想的形成发展,并间接催生了集团的伦理价值观。

20世纪初的剑桥"'迸发出耀眼的哲学才华'。麦克塔格特、怀特海、伯特兰·罗素和G.E.摩尔都是三一学院的研究员;其中,罗素和摩尔对年轻人们而言极为重要";剑桥哲学的清风让集团成员精神大振,在它的光芒下,实用主义、柏格森主义和牛津唯心主义都黯然失色④。集团"对意识状态,对分析推理法,对真实、非真实和理想状态,对爱和美,对手段和目的本身,对神秘体验,对时间和历史的意义,对男性家长和女性家长的心理,对人与自然的互动交流的专注——全部都是由剑桥哲学塑造的"⑤。凯恩斯承认他"受到了W.E.约翰逊、G.E.摩尔和伯特兰·罗素,或者说受到了剑桥的很大影响"⑥。伦纳德指明"另外三位哲学家,享有盛名且名气日增,他们主导左右了我们年轻的一代。1902年,怀特海41岁,罗素30岁,摩尔29岁"⑦。"属于这个时代和这个时代特有的哲学首先出自剑桥……两位反叛主观唯心主义、终结黑格尔长期统治的剑桥人是G.E.摩尔和伯特兰·罗素。"⑧ 一方面,

---

① Todd P. Avery, "Ethics Replaces Morality: The Victorian Legacy to Bloomsbury".
② J. B. Schneewind, *Sidgwick's Ethics and Victorian Philosophy*, Oxford: Clarendon, 1977, p. vii.
③ Henry Sidgwick, *The Methods of Ethics*, London: Macmillan, 1890, p. 120.
④ Quentin Bell, *Bloomsbury*, p. 24.
⑤ S. P. Rosenbaum, *Victorian Bloomsbury*: Vol. 1: *The Early Literary History of the Bloomsbury Group*, p. 162.
⑥ John Maynard Keynes, *Treatise on Probability*, London: Macmillan, 1976, p. i.
⑦ Leonard Woolf, *Sowing*: *An Autobiography of the Years*, 1880-1904, p. 134.
⑧ John B. Priestly, *Literature and Western Man*, New York: Haper, 1960.

两位哲学家"打开(并鼓励)了分析哲学与欧陆哲学不同研究方法之间的学科断裂"①;另一方面,他们的哲学关切"直接或间接对20世纪初英国的文化生产和理论产生了巨大影响"②。然而,尽管两位哲学家共同发展的唯实论(realism)和剑桥知识论/认识论在真实、意识、感觉材料等哲学问题上对集团发挥了同样重要的影响力,但由于集团成员对究竟是什么构成了"美好生活"这个问题有着不同寻常的兴趣,而他们对这个问题的执着又在非同寻常的程度上塑造了他们自己的实际生活以及他们对人和事的评价,因此,在摩尔的《伦理学原理》(*Principia Ethica*, 1903)与罗素的《数学原理》(*The Principles of Mathematics*, 1903)和(与怀特海合著)的《数学原理》(*Principia Mathematica*, 3vols, 1910—1913)之间,前者的伦理学显然比后者的逻辑学和数学对集团的影响更为关键和根本。

（一）

摩尔最重要的哲学遗产是伦理学,或者说,他是"20世纪上半叶对英美道德哲学影响最大的哲学家"③。通过《伦理学原理》④一书,摩尔对传统规范伦理学/实践伦理学进行了颠覆性的批判,从而奠定了自己理论伦理学的理论体系和理论地位,成为现代西方元伦理学的开创者。

在《伦理学原理》的《序》中,摩尔大胆宣称之前伦理学的写作者们并未清楚界定他们想要讨论的问题,他们的理论在根基上就存在着错误。他试图区分道德哲学家们声称要回答但事实上常常混淆的两个关键问题——"哪些事物应该因其本身的缘故而存在?"与"我们应该采取哪些行为?",这两个问题关乎的是目的与手段。区分目的与手段是伦

---

① Benjamin D. Hagen, "Bloomsbury and Philosophy", in *The Handbook to the Bloomsbury Group*, eds. Derek Ryan and Stephen Ross, London: Bloomsbury Academic, 2018, pp. 135-149.

② Todd P. Avery, "'This Intricate Commerce of Souls': The Origins and Some Early Expressions of Lytton Strachey's Ethics", in *Journal of the History of Sexuality* 13, No.2 (April, 2004), pp. 183-207.

③ Stephen Darwall, "Moore to Stevenson", in *Ethics in the History of Western Philosophy*, eds. Robert J. Cavalier, James Gouinlock, and James P. Sterba, London: Macmillan, 1989, p. 366.

④ 《伦理学原理》汇集了摩尔对伦理学核心问题的回答,但他并未就此停止,之后出版的《伦理学》以及后期的一些哲学著述也都是他思想和生活的体现和反映。

理学极其惯常的做法，但摩尔的伦理区分之所以对他的追随者们具有启示意义，原因正在于他提出的"内在价值"（intrinsic value）的概念，目的善是具有内在价值的事物，而手段善则是仅具有工具价值的事物。尽管坚持严格缜密的分析理性主义，但摩尔伦理体系的中心却始终是一个作为终极价值的、直觉到的、非物质的、非时间的、不可界定的、不可分析的"善"（Good）的概念，借助这一概念，摩尔彻底动摇了功利主义—享乐主义和活力论的进化伦理学的根基。摩尔认为，善是一种简单且独一无二的属性，它是非自然的，一方面因为它既不可简约为也不等同于任何以经验为依据的自然属性；另一方面因为它既不可简约为也不等同于任何形而上学或超自然属性。将善这一简单概念等同于愉悦、幸福、自我实现等任何其他概念的做法，即将自然特征赋予思想实体的做法，摩尔称之为"自然主义谬误"（naturalistic fallacy），因为我们可以继续追问愉悦、幸福、自我实现等是否是善的，由此可见，前一组概念与善并不等同。基于上述善的概念，摩尔进而区分了作为终极目的的"善"与作为实现目的善的手段的"对"，按照这一区分，摩尔揭示出传统规范伦理学所强调的责任和美德事实上不过是手段善，其道德价值由它们所指向的目的所决定；而伦理学真正的根本性问题或真正的伦理学探究的是何为"善本身/自身善"（goods in themselves）或"目的本身/自身目的"（ends in themselves），而非人类行为何为对何为错。摩尔伦理体系的另一个基本概念是非组成部分简单相加的复杂"有机整体"（organic whole），整体的价值不等同于其组成部分的价值之和，不等同于总体的价值。依据"有机统一性原则"（principle of organic unity），摩尔相信，一切具有巨大内在价值的事物或"大善"（great goods）都是高度复杂的有机整体，即"整体上的善"（good on the whole）或"作为整体的善"（good as a whole）。藉由这一原则以及"绝对孤立法"（method of absolute isolation），摩尔确定了"目的善及理想事物（The Ideals）"。

《伦理学原理》的最高伦理原则，抑或摩尔道德哲学的根本在于，最有价值的有机整体或"高度的善本身"（good in itself in a high degree）是"意识状态"（state of consciousness）或"心灵状态"（state of mind）或"事物状态"（state of things）①，是个人关系（personal relations）和审美愉悦的理想或终极目的——

> 迄今为止，我们所知或所能想象的最有价值的事物，是一定的意识状态，我们可以粗略地将其描述为人际交往的愉悦（pleasures of human intercourse）和对美的物体的享受（enjoyment of beautiful objects）。任何一个向自己提出过此问题的人也许绝不曾怀疑，个人感情/对个人的感情/爱人之情（personal affection）和对艺术或自然中美的事物的欣赏便是善本身；如果我们严格考虑哪些事物是纯粹因其本身的缘故而值得拥有的，那么任何人似乎也不可能认为其他事物庶几乎具有像以上两类事物一样巨大的价值。在第三章中，我极力主张，美的事物的单纯存在确实似乎具有某种内在价值；但我也认为，毋庸置疑，就该章所讨论的下述见解而言，西奇威克教授仍然是正确的，即，美的事物的单纯存在之价值与对美的意识之价值相比，小到微不足道。诚然，我们可以说，这一简单真理已得到普遍承认。但它是道德哲学终极的根本真理这一点，却仍未得到承认。
>
> ……个人感情/对个人的感情/爱人之情和审美享受（aesthetic enjoyments）包含了迄今为止我们所能想象的一切最伟大的善。②

凯恩斯、伦纳德、利顿等集团成员入选"使徒社"时，摩尔的哲学及其人格魅力正发挥着支配性的影响力。摩尔关于"善"这一古老的伦理学问题的论断令年轻的布鲁姆斯伯里人倍感新奇、激动不已。年轻的布鲁姆斯伯里人的口号是"去读摩尔"，《伦理学原理》是他们奉为圭臬的"圣经"和信条，预示着英国文化和社会即将迎来一个新的黎明。虽然并非每位集团成员都对摩尔的哲学心有戚戚焉，但后者确实在整体上塑造了集团成员对待彼此和对待生命本身的方式。与摩尔的交往

---

① 根据诺埃尔·安南的阐释，"最'好/善'的事物状态是具有共同的善的复杂整体，它们与心灵状态相结合，比单独的'好/善'的心灵状态更有价值"（Noel Annan, "Keynes and the Bloomsbury Group", in *Biography* 22, No. 1 (Winter 1999), pp. 16-31）。

② G. E. Moore, *Principia Ethica*, Cambridge: Cambridge University Press, 1966, p. 189.

和在"使徒社"的聚谈,将集团成员推向柏拉图"美与善"的超验形式(Platonic forms),使他们能够更精确地问出内在善的问题,而正如摩尔在《伦理学原理》中所写的那样,内在善指真理追求之下的"个人感情/对个人的感情"和"对艺术或自然中美的事物的欣赏"。凯恩斯在《我的早期信仰》("My Early Beliefs",1938)中回忆起——

> 仅对我们这些在1903年积极活跃的人而言,摩尔完全取代了麦克塔格特、迪金森和罗素。他的影响不仅仅是压倒性的,而且与斯特雷奇之前常说的那些**灾难性的有害**影响完全相反;这种影响令人激动,令人振奋,它开启了又一次文艺复兴,打开了一个新的人间天堂,而我们正是这种新制度的先行者,我们无所畏惧。或许正因为我们是在这样的影响中长大的,因而即使是在我们最黯然无望、最艰难无助的时候,我们也依然顽强不屈,而如今的年轻一代似乎从来不曾具备这种韧力。
>
> 我们从摩尔那里获得的并不完全是他所给予的。……《伦理学原理》中有一章我们是不屑一顾的。可以说,我们接受了摩尔的宗教,但抛弃了他的道德观。诚然,在我们看来,他的宗教的最大优点之一,就是使道德观成为不必要的东西——"宗教"指一个人对待自身和终极目的的态度,而"道德观"则指一个人对待外部世界和中间过程的态度。
>
> 除了我们自己和他人的心灵状态,当然主要是我们自己的心灵状态之外,其他的一切都无关紧要。这些心灵状态与行为、成就、结果无关。它们存在于永恒的、充满激情的沉思和交流状态,大多与"先""后"无关。按照有机统一性原则,它们的价值取决于作为整体的事件状态,而将整体拆解成其各组成部分加以分析是无用的。例如,一个人处于恋爱中的心灵状态的价值不仅仅取决于他自己情感的性质,还要取决于其情感对象的价值,以及情感对象的情感的互换性和性质;但并不取决于,如果我记得正确的话,或者并不在很大程度上取决于一年之后发生了什么或当事人的感受如何,尽管我本人始终提倡时间变化过程中的有机统一性原理,这一点直至今天我依然认为是完全合理的。充满激情的沉思与交流的恰当对

象是一个被爱的人、美和真，一个人的首要生活目标是爱、创造和享受审美体验与追求知识。三者之中，爱遥遥领先。

总而言之，我们都确切知道什么是好/善的心灵状态，它们存在于与爱、美和真的对象的交流之中。

[根据摩尔的方法，]你有望通过使用精确的语言和提出准确的问题阐明那些本质上模糊的概念。它是一种借助毫无瑕疵的语法和一本毫无歧义的词典进行发现的方法。"你**究竟**是什么意思？"是我们常常挂在嘴边的一句话。如果在反复盘诘下你没能说明自己**究竟**是什么意思，那么你就会被强烈怀疑为说的话毫无意思。这是一种严格的辩证法训练……

回望过去，在我看来，我们的这一宗教非常有利于我们成长。尽管今天令人宽慰的是人们已经能够问心无愧地抛弃计算和衡量，抛弃必须知道自己究竟什么意思什么感受的责任，它依然比我所知道的其他一切都更接近真理，它不牵涉无关问题，也不羞耻于任何事物。它是一缕远比弗洛伊德和马克思更纯净更甜美的空气。它依然是我内心的宗教。

与摩尔关于"理想事物"一章的非世俗性相比，《新约全书》不过是写给政治家们看的手册。自柏拉图以来，我不知道还有什么文字能够比得上这一章。它甚至要胜过柏拉图，因为它完全摆脱了**空想**。它弃空想，去雕饰，传达出摩尔思维的平实之美，以及他识见的纯粹无瑕和激情饱满。有一次在噩梦中，摩尔无法区分命题与桌子。但即使在清醒的时候，他也无法将爱、美与真同家具区分开来。在他看来，它们有着同样清晰的轮廓，有着同样稳固、坚实、客观的品质，有着同样如同常识般的真实性。①

伦纳德完全同意摩尔的断言，认为个人感情/对个人的感情和审美享受的理想不仅是人类行为的理性终极目的，而且是社会进步的唯一标准②。他同样回想起——

---

① John Maynard Keynes, "My Early Beliefs".

② S. P. Rosenbaum, *Victorian Bloomsbury: Vol. 1: The Early Literary History of the Bloomsbury Group*, p. 235.

……摩尔的性格以及他对我们和当年的"使徒社"巨大的智识（还有情感）影响。摩尔深深灌输进我们头脑和性格中的主要是他对真理、清晰性和常识的激情，对某些价值充满激情的信念。……摩尔对我们的影响是终生的。从梅纳德·凯恩斯在《回忆录》中记述可以看出这种影响多么深远。摩尔及其《伦理学原理》给予当年年轻的我们的东西，和60年前我们以青春的狂热和乐观拥抱的东西，梅纳德称之为宗教……

关键的是，摩尔和摩尔主义已经给我、德斯蒙德、利顿、萨克森、摩根和梅纳德我们全部六个人的内心接种了永久性疫苗；甚至是比摩尔年长七岁、强烈批评摩尔哲学的罗杰，他对摩尔主义的批评也反复证明了他"内心"是一位摩尔主义者。通过我们和《伦理学原理》，凡尼莎和弗吉尼亚、克莱夫和邓肯四人同样受到了摩尔严苛风格和对……"你这样说是什么意思"这个神圣的净化式问题的纯化的深刻影响。从艺术层面讲，我认为这种纯化可以在清晰、光亮和坦诚无伪的弗吉尼亚的文学风格以及凡尼莎的绘画中找到踪迹。它们都具备了梅纳德所指出的摩尔主义的一个品质，即去除"无关的问题"。①

回想起——

摩尔及其著作对我们的巨大影响源自这一事实：他们猛然剥去了蒙住我们眼睛的层层水垢、蛛网和帘幕，似乎第一次向我们揭示出真理和真实、善和恶、性格和行为的本质，用朴素常识的清新空气和纯洁之光取代了耶和华、基督、圣保罗、柏拉图、康德和黑格尔使我们陷入的宗教和哲学的噩梦、妄想和幻觉。

正是这种明晰性、清新性和常识性主要吸引了我们。这位深刻的哲学家不要求我们接受任何"宗教"信仰，或是接受任何柏拉图、亚里士多德、康德或黑格尔式的即便不是晦涩难懂却也是复杂精细的高难度的智识体操运动；他只要求我们确定我们在陈述观点

---

① Leonard Woolf, "Old Bloomsbury", in *The Bloomsbury Group: A Collection of Memoirs and Commentary*, pp. 141–146.

时知道我们的意思，只要求我们依据常识分析和审视我们的信念。从哲学角度讲，我们这些聪慧的年轻人想知道的是我们的或任何价值尺度和行为准则的基础是什么，想知道能证明我们关于友情或艺术作品是善的信念的正当理由是什么，或是能证明关于人们应该做什么不应该做什么的信念的正当理由是什么。摩尔……回答了我们的问题，不是用耶和华西奈山上训诫或耶稣山上布道的宗教声音，而是用更神圣的朴素常识的声音。①

剑桥和摩尔哲学的氛围形成了我们精神和思想的颜色，正如英国的气候形成了英国人的面部肤色……②

除伦纳德外，以凯恩斯、利顿为代表的集团成员强调摩尔对理想事物的高度评价以至于忽视了摩尔对道德行为的强调。凯恩斯和伦纳德均承认摩尔对传统道德体系进行了仔细的盘问，但凯恩斯强调的是由此带来的自由感，而伦纳德强调的则是由此强化的责任要求。按照凯恩斯的观点，集团从摩尔那里获得了一种信念，相信培养敏锐的审美感受力、反思性地分析自己的心灵状态和高度关注个人关系具有伦理优先性；同时，集团也能遵循摩尔主义，成功摆脱传统的道德原则和道德规范的功利主义规则。相反，伦纳德则认为，凯恩斯的"描述扭曲了真相"，因为凯恩斯认为他和朋友们都接受了他所谓的摩尔的宗教而忽略了摩尔的道德观，认为他们过于关注分析思辨而忽略了行为准则，而事实上，他们这一代人恰恰是受到摩尔所提出的是非问题的吸引，才反复不断地争论着行为的道德后果，"我们不是'道德败坏者'……他［摩尔］和我们都对什么是对什么是错、人应该做什么等问题十分着迷，我们……反反复复争论着在现实中和在想象中人们行为的后果是什么"③。此外，利顿宣称，摩尔的《伦理学原理》"一举毁掉和粉碎了从亚里士多德和耶稣基督到赫伯特·斯宾塞和布拉德利先生等所有作者关于伦理学的论述，……奠定了伦理学真正的基础……嘲讽了一切现代哲学"，"你的伟大结论［友情和艺术是生命中最大的善］令我震惊——它极其明确。

---

① Leonard Woolf, *Sowing: An Autobiography of the Years, 1880-1904*, pp. 147-148.
② Leonard Woolf, *Beginning Again: An Autobiography of the Years, 1911-1918*, p. 26.
③ Leonard Woolf, *Sowing: An Autobiography of the Years, 1880-1904*, p. 149.

天啊，我几乎完全同意"①。与摩尔私交最密的德斯蒙德谈及他曾经受到的摩尔哲学教育时说道，"我们对政治不太感兴趣。抽象思辨更加吸引人；哲学对我们而言比公共事业更有趣……我们主要讨论的是那些作为目的本身的'善'……对真理的追求、审美情感和个人关系"②，"我们倾向于理所当然地强调感觉而非行为"③。克莱夫说，"摩尔确实将我们四个人从一种养育我们成人的丑陋学说的魔咒中解救了出来：他使我们摆脱了功利主义。并且，在斯特雷奇和凯恩斯，我想，还有我自己的作品中也能一目了然地发现摩尔伦理学的踪迹。但并不是我们所有的朋友都是摩尔主义者。例如，罗杰·弗莱……就毫无疑问是反摩尔主义的"④。尽管福斯特多年后在一篇名为《我是如何失去信仰的》("How I Lost My Faith"，发表于 1963 年）的演讲中直言他"并未受到过摩尔的直接影响"，也"从未读过《伦理学原理》"，但他同样强调摩尔的思想对他所处的智识圈的核心意义及其对他在剑桥的智识觉醒和精神转变的重要作用：从麦克塔格特的黑格尔唯心主义转向摩尔的"普遍质疑精神"（general spirit of questioning）以及利顿的心理探究，意味着他从维多利亚主义转向了现代主义。⑤ 由于凯恩斯、利顿、伦纳德、德斯蒙德等剑桥人将摩尔的观点带到了伦敦和布鲁姆斯伯里区（格兰特发现善的意义成了他布鲁姆斯伯里友人们反复讨论的一个固定话题，以至于身为画家的他最后都忍不住也想读一读原书，于是请求母亲送他一本《伦理学原理》作为生日礼物），因此，不仅是集团中的使徒们将摩尔视为"先知"顶礼膜拜，摩尔的影响也已印刻进弗吉尼亚和凡尼莎的思想和创作，"可以在清晰、光亮和坦诚无伪的弗吉尼亚的文学风格以及凡尼莎的绘画中找到踪迹"：1908 年，弗吉尼亚在终于啃完《伦理学原理》

---

① Paul Levy, *Moore*: *G. E. Moore and the Cambridge Apostles*, New York: Holt, 1979, p. 16.
② Virginia Woolf, *Collected Essays*: *II*, ed. Leonard Woolf, London: Hogarth Press, 1966, p. 167.
③ Desmond MacCarthy, *Portraits*, London: MacGibbon & Kee, Ltd., 1949, p. 165.
④ Clive Bell, "Bloomsbury", in *The Bloomsbury Group*: *A Collection of Memoirs and Commentary*, pp. 114–123.
⑤ E. M. Forster, *The Prince's Tale and Other Uncollected Writings*, ed. P. N. Furbank, Vol. 17 of The Abinger Edition of E. M. Forster, London: André Deutsch, 1998, p. 313.

后感叹道，她"越是理解就越是崇拜"①；直到1940年，她依然认为《伦理学原理》是"一本让我们所有人都变得如此之智慧、如此之善的书"②。凡尼莎甚至断言，由于摩尔的影响，"一种新的伟大的自由似乎即将降临"③。

摩尔在《伦理学原理》中关于"善"是不可界定的论断和关于人际交往的愉悦和审美享受的既复杂精妙又明确清晰的理想，以及对意识行为与意识对象、分析知识与直觉知识、工具价值与内在价值、部分与整体之间的区分受到了集团成员的普遍认可。集团接受摩尔的非自然主义伦理学，认为借助经验知识和逻辑分析不足以做出道德决定，因此，他们主张只有培养人们对欣赏和享受个人关系和美的物体的伦理敏感性，才能让人们形成对善的必要感知。《伦理学原理》对情感和美的热爱为"使徒社"和"布鲁姆斯伯里"的成员提取出古希腊、德国和英国哲学的精华，通过强化"使徒社"对友情价值的信念帮助形成了集团；并为集团的美学理论和艺术信仰提供了哲学基础，使得集团成员能够在伦理上自由而充分地践行这一理论和信仰。进而，作为促成所谓的集团态度的一种因素，《伦理学原理》为集团成员丰富而充实的未来人生提供了希望，为集团最影响深远的一些信念提供了重要线索：诸如理性、思想自由、他人不可简约的他者性（正是他者性使得与他人相隔离的孤立状态不可避免，但也使得爱他人成为可能），以及对资本主义、帝国主义和战争的谴责，对性别不平等、性别歧视和性压抑的反抗，等等。

（二）

研究者普遍认为，摩尔对集团产生了深刻影响，但具体是哪一方面的影响，却莫衷一是。其中，两种极端的观点是：Paul Levy 断定，摩尔的影响"完全不是重要地学说上的，而是个性上的"，换言之，集团

---

① Virginia Woolf, *The Diary of Virginia Woolf*, Vol.1, 1915-1919, ed. Anne Olivier Bell, London: Hogarth Press, 1977, p.384.

② Virginia Woolf, *The Letters of Virginia Woolf*, Vol.4: *A Reflection of the Other Person*, 1929-1931, eds. Nigel Nicolson and Joanne Trautmann, London: Hogarth Press, 1978, p.400.

③ Frances Spalding, *Vanessa Bell*, New Haven, Conn.: Ticknor and Fields, 1983, p.125.

对摩尔性格的赞赏和喜爱让他们意识不到摩尔的影响是个性上的而非哲学上的[1]；与之相反，罗森鲍姆则发现，有"哲学家中的哲学家"之称的摩尔影响非常广泛，他对包括集团在内的 20 世纪英国文化和文学的影响甚至大于对哲学的影响。显然，无论哪种观点，摩尔对集团都不具有智识重要性，然而，不可否认的是，尽管集团没有一种单一的思想体系，不同的成员从摩尔的哲学中吸取的东西也不尽相同，但摩尔关注的经验主义和常识、心灵哲学和意识、唯实论和真实、伦理学和善等哲学问题确实"塑造了集团关于意识、感知、或许以及神秘主义的本质，关于对与善的区分，关于个人关系以及公共事务的重要性，关于批评的功能和艺术的价值等问题的观点"[2]；而他对 19 世纪唯心论和唯物论的哲学批评则经过集团的扩展，被引入到对维多利亚时代和爱德华时代文学和艺术粗俗无脑的物质现实主义的批判之中。

确切而言，从智识人格到科学方法和哲学学说，再到反维多利亚主义的精神特质，摩尔对集团的多重影响共同塑造了集团的早期信仰，并永久性地成为集团思想的一部分。首先，毋庸置疑，摩尔确实对集团成员有着强大的个人影响力，甚至，性格的力量常常比智识的精妙更为重要——相比于摩尔的哲学理论，首先吸引利顿、凯恩斯、伦纳德、德斯蒙德等集团成员的是摩尔鲜明而独特的个性：既真挚坦率、强烈坚韧、谦虚持重，又如孩童般简单，如苏格拉底般质朴正直诚实，同时，对真理充满清澈而纯粹的激情，因此，伦纳德说，摩尔是他在现实生活中认识的唯一的大人物，并将后者比作托尔斯泰、陀思妥耶夫斯基、甚至他妻子一样的"圣愚"。"简而言之，摩尔对于集团的几位成员而言，既是灵感又是挑战——之所以是灵感是因为摩尔对价值的大胆分析支持了他们的最高理想，之所以是挑战是因为摩尔始终以身则、身体力行"[3]。

作为分析哲学和元伦理学的开创者，摩尔运用概念、语言和逻辑分析方法执着地探求明晰、准确而完整的意义；而作为他哲学读解的第一步和哲学方法的核心，正是他分析性和常识性的"未决问题"（open

---

[1] Paul Levy, *Moore: G. E. Moore and the Cambridge Apostles*, p. 7.

[2] S. P. Rosenbaum, *Victorian Bloomsbury: Vol. 1: The Early Literary History of the Bloomsbury Group*, p. 217.

[3] Donald J. Watt, "G. E. Moore and the Bloomsbury Group".

question）论证将集团成员从认识论的牢笼中解放出来。在集团看来，交谈和交谈中以准确意义为标准的严格盘诘是一种科学推理的方法，并将其确认为摩尔的"方法"。"受 G. E. 摩尔'科学方法'的支配，'布鲁姆斯伯里'的态度外在表现上是理性和质询的"，尽管"它同时也是向内的，即从一种直觉和新神秘主义的角度考察哲学和美学问题。"① 如上文所引，凯恩斯说摩尔的提问"是一种借助毫无瑕疵的语法和一本毫无歧义的词典进行发现的方法。'你究竟是什么意思？'是我们常常挂在嘴边的一句话"。伦纳德指出摩尔通过去除"无关的问题"对"你这样说是什么意思"这个神圣的净化式问题进行了纯化。弗吉尼亚在《老布鲁姆斯伯里》（"Old Bloomsbury"，1922）一文中回忆起她曾经和克莱夫讨论善一直到将近子夜一点，她"专注地聆听着争论中的每一步甚至是每半步，并努力磨利和投掷出自己的小飞镖"②。利顿在摩尔的分析方法中看到了后者对维多利亚时代哲学空谈的冷漠拒绝，以及后者对思考者必须先提出明确的问题方能得出明确的答案的坚持，因此，尽管利顿激动不已地欢呼和盛赞《伦理学原理》在理论上的成就，但在他看来，"与建立了一种方法相比，这些成就都十分微小，因为那种方法就像利剑一般在字里行间闪闪发光。它是一种首次审慎运用于推理的科学方法"，"毋庸置疑，真理如今真正在稳步向前。我确定理性时代降临于 1903 年 10 月"③。对于福斯特而言，"摩尔的意义在于他提出或引发的问题，而非他提供的答案；摩尔学说出现在他的著作中，是作为对价值本质的探究的一部分，而非作为一套解决方案"④。此外，摩尔拥有清晰简洁直白的思维，交谈写作时却极其严谨慎重，笨拙而顽强地坚持只讲值得讲的东西，并只以恰当的方式讲述，他平白简素的日常语言、虽迂回错综但严密清晰的文字表述，也与集团对维多利亚时代的模糊晦涩文风的摈弃不谋而合。

---

① Harvena Richter, *Virginia Woolf: The Inward Voyage*, Princeton: Princeton University Press, 1970, p. 19.

② Virginia Woolf, "Old Bloomsbury".

③ Michael Holroyd, *Lytton Strachey: A Critical Biography, Vol. 1: The Unknown Years, 1880-1910*, New York: Holt, Rinehart & Winston, 1967, p. 180.

④ David Medalie, "Bloomsbury and Other Values", in *The Cambrdige Companion to E. M. Foster*, ed. David Bradshaw, Cambridge: Cambridge University Press, pp. 32–46.

由于摩尔坚决否认责任和美德是目的本身，集团在《伦理学原理》中发现了一种解放伦理①，从而摆脱了维多利亚时代的负罪感和羞耻感。"简言之，摩尔的论断是对道德绝对主义的一种细致彻底的审查；是对'布鲁姆斯伯里'所认为的维多利亚时代陈词滥调的一种尖刻严厉的调查"②。虽然凯恩斯并未说摩尔是同他们一样的"道德败坏者"，但毋庸置疑，摩尔是他们反叛维多利亚主义的重要盟友。如同利顿的《维多利亚时代四名人传》，摩尔对形而上学中的超验唯心主义和伦理学中的边沁功利主义的哲学批评正是这一时期知识分子普遍的"维多利亚时代厌恶"（Horror Victorianorum）③的典型代表。从某种意义上讲，集团之所以欣然接受摩尔的学说，恰恰是因为从剑桥到布鲁姆斯伯里区，摩尔传播了"一种彼时彼处激进保护个体的判断和选择自由的哲学"④，或者说，因为他常常考虑的正是20世纪最初一二十年有文化的年轻作家、艺术家和哲学家的需求，他们渴望挑战维多利亚时代的宗教、艺术、社会和性禁忌，特别是资产阶级的价值观念、生活习惯和社交礼仪，决意打破英国保守严苛的社会准则，以创新性的观念超越艺术的道德藩篱，在日常生活中积极实验新的个人关系和社会交往形式。显然，摩尔的伦理学预言了探究个人关系和确保审美完整性比支持任何道德、社会或政治"伟大事业"都更具优先性和首要性，适逢其时地为非道德论（immoralism）、为个体对个人关系和美的物体的重视和全情投入提供了理论依据，为集团不遵从传统道德规范、为集团的个人关系伦理和形式主义美学提供了正当理由和合理解释。

（三）

众所周知，集团并非哲学团体，成员中也无一人是哲学家。因此，

---

① Nicholas Griffin, "Moore and Bloomsbury", in *Russell: The Journal of Bertrand Russell Studies* 9, No. 1 (Summer, 1989), pp. 80-93.

② Donald J. Watt, "G. E. Moore and the Bloomsbury Group".

③ 1901年维多利亚女王逝世，英国进入爱德华时代，整个思想界弥漫着一种反维多利亚主义的情绪。1991年，澳大利亚哲学家David Stove在《柏拉图崇拜与愚蠢的哲学》（*The Plato Cult and Other Philosophical Follies*）一书中将现代主义对维多利亚时代文化和艺术的这种不理性的极端厌恶和强烈谴责命名为"维多利亚时代厌恶"。

④ Todd May, *The Moral Theory of Poststructuralism*, University Park: Pennsylvania State University Press, 1995, p. 140.

尽管年轻的布鲁姆斯伯里人热衷于阅读和讨论哲学，但事实上，在摩尔早期的著述中真正备受青睐的仅有《伦理学原理》一书，《伦理学原理》堪称集团哲学教育和哲学热情的巅峰；尽管摩尔代表性的哲学观点始终是集团成员作品的基本哲学假定，但事实上，集团成员中真正对哲学抱有专业兴趣、并能读懂哲学的唯有凯恩斯一人，因此，除凯恩斯外，除对摩尔的性格、方法和思想进行笼统甚至夸张的评价之外，集团成员中几乎无人对他的理论做出过严格意义上的学术阐释。《伦理学原理》的出版在集团核心成员中间激起了一种近乎弥赛亚式的巨大反响，但集团真正关注的仅仅是书中的《序》、第一章《伦理学的研究对象》（"The Subject-Matter of Ethics"）和（特别是）重点阐述内在价值的最后一章《理想事物》（"The Ideal"），而非详论有关人类行为和社会规范的实践伦理学的中间章节。换言之，摩尔的革命性伦理学，关于善的"狂想"，以及对维多利亚时代道德家们力图掩盖爱国主义、贞洁等美德仅具有工具价值的事实的激进反驳，由于与集团对令人窒息的维多利亚时代社会陈规的拒绝不谋而合，因而令集团欣喜若狂、深深着迷；相反，集团（除伦纳德外）则自然对摩尔在《伦理学原理》中提出的关于行为的伦理学（ethics in relation to conduct）或对错原则、正确行为的一般规则、遵守一般规则的个体责任等保守观点漠然置之。此外，集团不仅选择性地阅读《伦理学原理》中他们认为有意义的章节，甚至选择性地解读他们所选择阅读的章节内容，因此，尽管摩尔明确表示大量的不同事物都具有内在价值，也从未坚持认为内在价值仅是心灵状态，但凯恩斯却将心灵状态简化为集团最为重视和推崇的个人感情/对个人的感情和审美享受，选择性地将二者视作唯一具有内在价值的善。

伦纳德宣称，直到1914年"一战"爆发后，剑桥人和布鲁姆斯伯里人才不再对他们从《伦理学原理》中学到的与行为和实际生活有关的伦理学感兴趣，不再将《伦理学原理》视作"实际生活指导"，"《伦理学原理》已经进入我们的潜意识，现在仅仅是我们的超我的一部分：作为实际生活指导的它，我们已不再争论"[1]。但事实上，早在1903年，摩尔小心翼翼地保守主义就已被凯恩斯、利顿、弗吉尼亚等人抛到

---

[1] Leonard Woolf, *Sowing: An Autobiography of the Years, 1880-1904*, p.156.

了风中;早在 1911 年,集团就已出现了全盘抛弃摩尔伦理学、抑或确切而言双方彼此抛弃的苗头:其时,摩尔和利顿同时受出版社约请分别为"国内大学现代知识文库"(Home University Library of Modern Knowledge)撰写《伦理学》(*Ethics*,1912)和《法国文学的里程碑》(*Landmarks in French Literature*,1912),其间,摩尔曾在利顿租住的夏季乡间小屋和后者度过一周并肩写作的时光。然而,伦纳德在后来的自传中仅仅记述了当时摩尔强迫症般不断解释说明的艰难而冗长的思考和写作状态,却丝毫不曾提及摩尔的写作内容,显然,人到中年的他和利顿都已不再对摩尔改写的《伦理学》感兴趣。反之,摩尔则在《伦理学》中增加了《伦理学原理》中没有的关于功利主义、自由意志和道德判断客观性的详细讨论,同时机巧地绕开了《伦理学原理》中过于鲁莽大胆的价值判断,借口篇幅有限,不再指明哪些事物具有内在善,也不再讨论善的决定因素是什么,而这一部分内容恰恰是年轻的布鲁姆斯伯里人曾经"以青春的狂热和乐观拥抱"的启示和宣言;甚至,在《伦理学》出版的三十年后,摩尔写道,"相比于《伦理学原理》,我自己更喜欢[这本],因为在我看来,它更清晰,少了很多混乱的论述和站不住脚的论断"[①],而在凯恩斯和伦纳德眼中,《伦理学原理》的文字、概念和区分却始终是明晰、平白而朴素的。即便如此,虽然从《伦理学原理》到《伦理学》,摩尔删除了集团的宗教,集团无视了摩尔的发展,但必须承认,摩尔伦理学对集团成员的影响是终生的,集团对摩尔全部哲学的兴趣也并未终止于"一战"前,摩尔在爱德华时代以及 1920 年代初撰写的著作、论文和做的讲座,集团成员一直都在阅读、聆听和讨论,集团事实上依然相信摩尔的诸多观点,依然重视他们从《伦理学原理》中学到的东西,包括摩尔关于行为的伦理学理论,这一点在集团成员的个人生活和他们富于创造力的作品中清晰可见。尽管多年后,凯恩斯和伦纳德分别在自传中写道的:摩尔的伦理学"依然比我所知道的其他一切都更接近真理","依然是我内心的宗教";"摩尔和摩尔主义已经给……我们全部六个人的内心接种了永久性疫苗","剑桥和摩尔哲学的氛围形成了我们精神和思想的颜色,正如英国的气候形

---

① G. E. Moore, "An Autobiography", in *The Philosophy of G. E. Moore*, ed. Paul Arthur Schilpp, La Salle, Ill.: Open Court, 1968, pp. 3–39.

成了英国人的面部肤色"。

二　友情伦理

集团的名字与 20 世纪初传播"'现代'道德新观念"的"伦理革命"密切相关[1]。批评者一致认为，集团是 20 世纪末 21 世纪初以主体为中心、自我实现式伦理范式的英国先行者，是最早的"一群生活在一个个体主义每天都在面临威胁的世界中的个体"[2]。而"当时所理解的个人关系既意味着一种自我的最大的自反性，也暗示着一种对纯粹关系开放的相互性的承诺。关系的开放性和一种想要讨论生活中私密细节——包括性和身体等禁忌话题——的极其非维多利亚式的热望"[3]，抑或对维多利亚时代道德规范和传统父权制家庭的强烈反叛，促使集团以一种独特的伦理追求回应个人关系的革命，其终极目的是由人际交往的愉悦产生的意识状态，是建立友情或个体之间"共情的"（empathetic）亲密关系，获得"爱的知识"。

（一）

伦纳德认为，正是摩尔"明晰、正直、坚韧、激情"的苏格拉底式美德（Socratic virtues）与他所信奉的"人际交往的愉悦和对美的物体的享受"促使集团成员将个人关系奉上神坛[4]。利顿兴奋地发现，摩尔是他"急切渴望的那种神圣友谊（divine companionship）的预言家。《伦理学原理》首先向利顿拼写出的一个单词是：友情"[5]，因为《伦理学原理》题献的对象正是包括他在内的摩尔的"剑桥友人们"。福斯特

---

[1] Noel Annan, *Leslie Stephen: His Thought and Character in Relation to His Time*, Cambridge, Mass.: Harvard University Press, 1952, p. 124.

[2] J. K. Johnstone, *The Bloomsbury Group: A Study of E. M. Forster, Lytton Strachey, Virginia Woolf, and Their Circle*, p. 376.

[3] John Xiros Cooper, *Modernism and the Culture of Market Society*, Cambridge: Cambridge University Press, 2004, p. 246.

[4] Jason Harding, "Bloomsbury", in *Encyclopedia of Literary Modernism*, ed. Paul Poplawski, Westport, Connecticut & London: Greenwood Press, 2003, pp. 25–26.

[5] Michael Holroyd, *Lytton Strachey: A Critical Biography, Vol. 1: The Unknown Years, 1880–1910*, p. 184.

在（特别是）《最漫长的旅程》(The Longest Journey, 1907) 以及《霍华德庄园》的象征主义中将他从摩尔那里汲取的伦理观注入他最感兴趣的"爱的关系"(love relationships)[①]。摩尔认为，个人感情/对个人的感情是最高程度的善，抑或，人际交往最大的善源自友情和爱或个人感情/对个人的感情；我们之所以选择那些吸引我们的人做朋友，要么因为他们是善的，要么因为和他们在一起时我们感到了愉悦。因此，在摩尔的伦理学中，个人关系必须亲密、美好而富于才智和品味；友情是理想化的个人关系形式，是一项要求严格的训练和一门价值巨大的艺术。具体而言，摩尔假设理想的个人关系或亲密友情基于平等、意气相投 (sympathy)、欣赏和感觉，能够带来最大的愉悦。而尤为引人注意的是，摩尔假定基于上述品质的友情在异性和同性之间均可感受到，"我认为，现在在我的描述中显而易见的一点是，我的这篇文章所讨论的激情在男性与女性、男性与男性、女性与女性之间都是一样可以感受到的；因此，我们可以将这种激情称作友情或爱"[②]。据此，摩尔创立了一种男性与女性、男性与男性、女性与女性能够在友情和爱中平等相待的个人关系伦理，从而影响了集团在生活和艺术中对友情伦理和友情实践的持久承诺。

  集团的友情观念、模式和实践，既有摩尔的伦理学作为理论支撑，也有家族和"剑桥使徒社"的传统作为实践基础。从"克拉彭教派"和"贵格会"的教友情谊到斯蒂芬、斯特雷奇等维多利亚家庭对友情的珍视，先辈的友情实践对集团成员有着潜移默化的直接影响；而莱斯利·斯蒂芬的道德哲学同样强调友情的价值，认为"一切真正的幸福……均存在于家庭感情和朋友感情中"，尽管他将个体置于社会有机体的总体性之下，将个人感情/对个人的感情置于社会秩序及其道德准则之后[③]。"使徒社"的友情理想是集团最初和最坚固的纽带，使得集团成员的友情更有深度也更有意义。William C. Lubenow 将"使徒社"

---

  ① S. P. Rosenbaum, *Edwardian Bloomsbury*: Vol. 2: *The Early Literary History of the Bloomsbury Group*, London: Macmillan, 1994, p. 224.
  ② G. E. Moore, "Achilles or Patroclus?" qtd. in Llana Carroll, "Notions of Friendship in the Bloomsbury Group: G. E. Moore, D. H. Lawrence, E. M. Forster, and Virginia Woolf", Ph. D. Dissertation, University of Pittsburgh, 2009, pp. 6-7.
  ③ Qtd. in Todd P. Avery, "Ethics Replaces Morality: The Victorian Legacy to Bloomsbury".

明确描述为一个友情团体，指出——

>在"剑桥使徒社"的历史上，自由主义、想象力和友情是反复出现的三大主题。它们是"使徒社"的指导思想和概念工具……三大主题所代表的根本性概念是使徒们栖居的 19 世纪的智识世界和专业领域的实质所在。它们界定着剑桥使徒们以及专业和学术领域的其他成员帮助塑造和设法占据的公共领域、市民空间和市民社会。通过奋力独立于市场和阶级、独立于国家和社会，自由主义、想象力和友情赋予权力和威权的观点以独特的意义。①

三大主题之中，友情"遥遥领先"，至关重要，吸引了使徒们无休无止的讨论。正是由于使徒们的友情纽带，"使徒社"才得以创立，并得以保持和延续自身的智识品格，无畏而无情地质询社会的主流价值观、信念和观点。亨利·西奇威克临终前将"使徒社"描述为"一群亲密朋友全心全意、毫无保留地追求真理……绝对的坦诚是'使徒社'传统要求其成员服从的唯一责任"②，并深情回忆"与'使徒社'的隶属关系是我一生中最紧密的团体联系"③。Donald MacAlister 则宣称使徒们"陶醉于自由平等的兄弟之情"，并将使徒式友情与"自由、平等、博爱"的革命理想联系在一起。④

（二）

集团成员将友情视作集团的基础和核心。伦纳德反复强调，"['布鲁姆斯伯里']由一些亲密朋友组成，他们先是在三一学院和国王学院，后到了伦敦——其中，大部分人到了布鲁姆斯伯里区"⑤，"我们主要并根本上是并始终是一群朋友。我们的根和我们的友情之根都扎在剑

---

① William C. Lubenow, *The Cambridge Apostles, 1820-1914: Liberalism, Imagination, and Friendship in British Intellectual and Professional Life*, p. 20.
② Henry Sidgwick, *A Memoir by A. S. and E. M. S*, pp. 34-35.
③ Qtd. in William C. Lubenow, *The Cambridge Apostles, 1820-1914: Liberalism, Imagination, and Friendship in British Intellectual and Professional Life*, p. 33.
④ Qtd. in William C. Lubenow, *The Cambridge Apostles, 1820-1914*, p. 27.
⑤ Leonard Woolf, *Sowing: An Autobiography of the Years, 1880-1904*, p. 156.

桥大学","['布鲁姆斯伯里']的基础是友情,有些还发展成了爱和婚姻"①。克莱夫在回忆录《老友们》中针对外界对集团的刻板印象辩解道,"我们唯一能说出的真实情况是这样的。十二个朋友……在1904—1914年频繁见面。他们的观点、品味和专注点截然不同。但他们喜欢彼此,喜欢大家在一起,尽管他们也相互严厉批评"②。成员间的"友情包含着共同的理念和活动,后者直接促使他们组合成为一个卓尔不凡的集团"③。David Morgan 指出,尽管集团成员坚决否认集团具有同质性,但不难发现,集团具有一种相对连贯一致的信念模式,而"友情意识形态"(an ideology of friendship)则为信念模式提供了表达语境。④

集团成员相互之间的个人关系,既是他们的生命和情感依托,也是一种生活观。长期忍受孤独寂寞的利顿在剑桥迅速建立的新友情彻底改变了他的人生。⑤ 1959 年,伦纳德回忆他与利顿、克莱夫、凯恩斯和索比的剑桥岁月时说道,"我惊奇地发现,我身边出现了一些人,他们让我感受到友情带来的既兴奋又深刻的幸福","一切都变了,我几乎第一次感觉到年轻就像天堂般美好"⑥。伍尔夫称言,集团的"胜利在于形成了一种生活观,这种生活观绝不堕落险恶,也并非单纯是智识性的;事实上,它是苦行和简朴的;这种生活观依然保持不变,它让他们20年后还可以吃在一起,待在一起;任何争吵或是成败都不曾改变这一点"⑦。当其他先锋派联盟骤聚骤散之时,集团却始终不离不弃,并肩创作、结伴旅行、同宿共餐、鱼书雁帛,集团的友情纽带真实紧密且非同寻常地坚固持久,"曾经青春年少时相遇、如今还在世的所有人……依然感到自己是'布鲁姆斯伯里'的成员,尽管彼此之间有过

---

① Leonard Woolf, *Beginning Again: An Autobiography of the Years, 1911-1918*, pp. 23, 25.
② Clive Bell, *Old Friends: Personal Reflections*, London: Chatto and Windus, 1956, p. 130.
③ Raymond Williams, "The Bloomsbury Fraction".
④ David Morgan, "Cultural Work and Friendship Work: The Case of 'Bloomsbury'", in *Media, Culture and Society*, No. 4 (1982), pp. 19-32.
⑤ Michael Holroyd, *Lytton Strachey: A Critical Biography, Vol.1: The Unknown Years, 1880-1910*, pp. 73-75.
⑥ Leonard Woolf, *Sowing: An Autobiography of the Years, 1880-1904*, p. 103.
⑦ Virginia Woolf, "Letters".

激烈的争吵，存在种种的观点差异"①，甚至，年龄上的差距、艺术上的争锋、感情上的猜忌、朋友圈的不同、长时间的分离，以及婚姻、（例如，索比的）死亡等都不能将他们分开。1924 年 12 月 21 日，弗吉尼亚在日记中写道，"我们'布鲁姆斯伯里'的所有关系都在茁壮成长、蓬勃发展。设想一下，如果我们这群人再活 20 年，我们将会多么紧密地结合和纠缠在一起，一想到这，我就激动地颤抖"②。虽然弗吉尼亚没有活到 20 年后亲眼见证，但却在 1931 年用一部伟大的友情小说《海浪》永久铭记了"布鲁姆斯伯里"独一无二、至死不渝的亲密友情。

不仅如此，集团成员对彼此的友情，作为一种共同的价值观和习惯，对他们的独立工作以及在哲学、艺术、文学、政治和经济学上的相互联系，对他们的信仰均影响重大。集团之所以"在某种程度上为弗吉尼亚·伍尔夫提供了她需要的、能让她开花的土壤，首要原因在于它的核心是对友情和'个人关系'的狂热崇拜"③。与集团中艺术家们的友情使得凯恩斯著名的经济学理论受到了艺术理念和价值观的影响。"福斯特从'使徒社'和后来的布鲁姆斯伯里集团获取的是一种归属感，归属于精英阶层，归属于'神圣兄弟团'（Blessed Band of Brothers）"④，正是这种归属感让福斯特相信"个人关系……私人生活……人际交往"的"最高价值"（《霍华德庄园》），让他面对左右两派都越来越极权主义的宣称——"个人关系……对个体的爱和忠诚可能会与效忠国家的要求背道而驰"——时能波澜不惊地断言友情比爱国主义更重要，"我厌恶'伟大事业'（cause）的观念，如果我不得不在背叛国家与背叛朋友之间做出抉择，那么，我希望我有勇气背叛我的国家"⑤。

集团坚信友情或一般意义上的充满感情的个人关系具有不可简约的

---

① Vanessa Bell, "Notes on Bloomsbury".
② Virginia Woolf, *The Diary of Virginia Woolf, Vol. 2, 1920–1924*, eds. Anne Olivier Bell and Andrew McNeillie, London: Hogarth Press, 1978, p. 326.
③ Stephen Spender, "A Certificate of Sanity".
④ Francis King, *E. M. Forster and His World*, London: Thames and Hudson, 1978.
⑤ E. M. Forster, "What I Believe", in *Two Cheers for Democracy*, London: Edward Arnold & Co., 1951, pp. 77–85.

最高价值和赋予生命的力量,坚持彼此之间必须绝对真诚和绝不夸耀,坚持诚实坦率、无所禁忌地讨论从美学、政治和哲学到性、身体和情感等一切问题,坚持心灵状态之间的交流不允许受到任何干扰。对世俗名利的渴望、自负夸耀、假正经、不真诚以及躲闪遮掩的彬彬有礼都有可能阻碍朋友之间的亲密交流,因此均在可疑之列。具体而言,集团友情伦理或"友情意识形态"的理想—典型特征包括:朋友是经过选择的;与亲属关系、国民身份等不合理的义务相对立;与婚姻关系和性关系未必对立;朋友之间应完全诚实坦率;异性之间有可能建立友情①。

(三)

集团最好的遗产之一是他们的友情观念,而集团最为独特之处则在于集团成员渴望并能够做到在现实生活中通过经常性的互动交流践行他们的友情观念。正如福斯特在《霍华德庄园》扉页上的名言"唯有联系……"(Only Connect...),集团强调"个人关系、私人灵魂(private soul),以及交流在这个世界上的重要性和可能性"②。质言之,集团是一群相互交谈、分享感情的朋友,是"一种通过交谈、联系和交流的网络形成的文化现象"③。友情是一种交换过程,交谈以及信件、礼物、文艺作品、餐食等的交换建立起并维系着一种相对连贯一致的世界观④。甚至,"对同伴和交谈的喜好"⑤是一切文明的基础,"交谈是唯文明人所知的一种乐趣"⑥,在心灵和心灵相互说笑与情感和情感的相互流动的轻松嬉戏中,才智被激发出了创造力,友情成为创造的催化剂。"使徒社"的思想交流成为集团的基石:心灵的同质性既带来亲密感又保护了独立性,从而得以培养友情的艺术。但"使徒社"对于集团的重要性并不仅仅在于成员之间的友情,更在于它讨论的话题和讨论

---

① David Morgan, "Cultural Work and Friendship Work: The Case of 'Bloomsbury'".
② Mark Goldman, "Virginia Woolf and E. M. Forster: A Critical Dialogue", in *Texas Studies in Literature and Language* 7, No. 4 (Winter, 1966), pp. 387–400.
③ Sara Blair, "Local Modernity, Global Modernism: Bloomsbury and the Place of the Literary", *ELH* 71, No. 3 (Fall 2004), pp. 813–838.
④ David Morgan, "Cultural Work and Friendship Work: The Case of 'Bloomsbury'".
⑤ Qtd. in Piero V. Mini, *Keynes, Bloomsbury and The General Theory*, London: Macmillan, 1990, p. 96.
⑥ Clive Bell, *Civilization: An Essay*, West Drayton: Penguin Books, 1947, p. 113.

话题的方式。昆汀·贝尔说,"没有什么比谈话更能表明一个团体的性格"①。集团的谈话是一种唯真理是求的理性交流,坦诚、明晰、准确,同时又深刻、微妙、隐含,最能代表集团共有的品质与风格。一方面,集团的交谈是"未经审查的演说、饱含激情的辩论和严格缜密的争论的幽静温馨的竞技场"②,基调轻松而嘲谑,深层却是严肃的思考;另一方面,"'布鲁姆斯伯里'的快乐和天赋是它的交谈。'布鲁姆斯伯里'的交谈展示出其艺术的全部优点和缺点——它的才智、幽默和智力,以及它偶尔的琐屑和狭隘"③。

自集团成立之初,开放的思想和真诚的倾听就是其主要价值观之一;而一个基于思想自由、观念探索的团体必定争论不断。德斯蒙德强调,"从一开始,'布鲁姆斯伯里'在品味和判断上就相互抵触",包含着"足以激发谈话的性情和观点差异;足以让他们能够相互学习的智识坦诚"④。因为追求真理和自由表达的剑桥理想,集团成员之间必须开诚布公地交流观点,"大家都是亲密的朋友,大家一致同意,我们无论写什么读什么都应该绝对坦白"⑤。因为友情,集团成员彼此之间获得了一种安全感,得以开诚布公地交流和分享观点、特别是一些有争议的观点。因此,在集团内部,交谈既是一门必不可少、难能可贵的艺术,更是友情实践的核心组成部分。作为"人际交往"及其复杂性的范例,交谈不仅是求同,更是存异。拉丁语中,*conversatio* 指"与……一同生活",而 conversation 一词最初的含义是"与他人打交道"⑥。因此,交谈是一个伦理空间,是自我与他者的一种相遇形式,是"通过压抑的联

---

① Quentin Bell, *Bloomsbury*, p. 33.
② Christine Froula, *Virginia Woolf and the Bloomsbury Avant-Garde: War, Civilization, Modernity*, p. 20.
③ Geoffrey Moore, "The Significance of Bloomsbury".
④ Desmond MacCarthy, "Bloomsbury: An Unfinished Memoir", in *The Bloomsbury Group: A Collection of Memoirs and Commentary*, pp. 65–74.
⑤ Leonard Woolf, *Downhill All the Way: An Autobiography of the Years, 1919–1939*, London: Hogarth Press; New York: Harcourt, Brace & World, 1967.
⑥ Christine Reynier, *Virginia Woolf's Ethics of the Short Story*, London: Palgrave Macmillan, 2009, p. 61.

系性与他人联系的一种必然棘手的努力"①，在交谈中，自我接触到他者或是发现作为他者的自我，从而扩大和丰富了个体的自我。正如弗吉尼亚的"交谈体"友情小说《海浪》，集团畅所欲言的智性交谈是"交响音乐会"或"柏拉图的飨宴（Symposium）"，既达成相互理解和欣赏，也引发质疑和争论，因为，在表面的相似性之下，一群"有着各自观点喜好的个体"②之间的差异真实而显见，"种种激烈争吵和观点差异"③更是在所难免。

集团的友情伦理本质上是一种他者伦理，是两个未必相同的人之间发生共情和更好地理解自我与他者的一个契机。它在最大限度上包容了每位成员的个性和特质，不可思议地含纳了集团成员在性别、性取向、阶层（克莱夫的父亲是大煤矿主，伦纳德的祖辈是小店主）、种族（伦纳德是犹太人）、婚恋模式（福斯特的单身生活，伍尔夫夫妇的无性婚姻生活，利顿、卡灵顿和拉尔夫·帕特里奇的三人行同居生活，凡尼莎、克莱夫和格兰特的开放式婚姻生活）、教育水平（集团初始成员中九位男性毕业于剑桥大学，三位女性未接受过正规教育，格兰特毕业和进修于艺术学校）、专业领域（从文学、艺术到经济学、政治学），以及理论观点、立场主张等方面的种种他异性：以政治观为例，"一战"期间，克莱夫、格兰特和利顿（因体检不合格免服兵役）拒绝入伍服役，拒绝与政府合作，成为"良心拒服兵役者"；相反，凯恩斯尽管主张"良心拒服兵役"，不愿参军，但却为赢取战争胜利而效力于政府核心部门财政部，且工作出色。又如，伦纳德将大量的时间精力投入政治事业；相反，弗吉尼亚和弗莱却似乎从未想要投身于社会正义的广阔世界，利顿和凡尼莎也同样置身于政治之外。

异性之间有可能建立友情在20世纪初并不易做到，对于集团而言尤为困难，因为集团并非如"使徒社"般只有男性成员，而是有男有女，要想建立坦诚友情，必须首先实现性别平等。由于与剑桥大学、牛

---

① Erin Greer, "'A Many-Sided Substance': The Philosophy of Conversation in Woolf, Russell, and Kant", in *Journal of Modern Literature* 40, No. 3, Modernist Miscommunication and Modernist Communities (Spring, 2017), pp. 1–17.

② Clive Bell, "Bloomsbury".

③ Vanessa Bell, "Notes on Bloomsbury".

津大学等传统男性共同体的密切联系，集团显然首先是一个享有特权的强大的男性团体，在这个圈子内部，弗吉尼亚、凡尼莎、莫莉等女性成员的地位无疑是一个棘手的复杂难题。一方面，由于公学和大学的文学和运动传统，由于权威机构和既定传统对男性友情的支持和培养，男性团体得以轻松建立起的亲密关系令女性成员惊叹和艳羡；另一方面，面对令女性成员深感挫败和愤怒的惬意的精英主义，女性成员对剑桥和剑桥的价值观以及男性成员的装腔作势、沉闷乏味和剑桥友情进行了强烈批判，例如，尽管伦纳德宣称在集团内部男女两性平起平坐，但弗吉尼亚的信件却表明，在集团形成之初，她与男性的"剑桥使徒社"保持着一定的距离，甚至对讨论后者感到厌恶。使徒式友情从剑桥向布鲁姆斯伯里区的移植并非一拍即合，直到之后的"精液"事件①，"一群男同性恋者和两个处女"才真正开始建立起异性友情；而弗吉尼亚、凡尼莎、莫莉等女性成员在集团日常生活、智识追求、审美创造和社会活动中显著的核心作用，则确保了与男性成员关系的平等和交流的坦诚，加强了集团友情的纽带。

尤为重要的是，集团的同性和异性友情不仅不排斥性关系和婚姻关系，甚至常常是形成和维系性关系和婚姻关系的决定性力量，由此，也使得集团的生活和艺术具有了鲜明的酷儿性和家庭性特征。"就集团成员在他们的生活和写作中违背了对性身份和性别身份的传统期许这一点而言，集团可以说已然形成了酷儿价值观。"② 受剑桥大学和"使徒社"

---

① 弗吉尼亚在《老布鲁姆斯伯里》一文中回忆，大约在1909年之后的一个春夜，利顿突然推开门指着凡尼莎白色衣裙上的一块污迹问道"精液？"，在场众人听闻哄堂大笑。这一事件标志着集团从早期修道院式的"沉默寡言和含蓄矜持"向仿佛打开防洪闸门般无休无止谈论各种"神圣体液"的转变。"性渗透进我们的交谈。'鸡奸者'这个词时刻挂在我们的嘴边。我们谈论起性交，兴奋和开放程度不亚于我们之前谈论善的本质。……曾经，当我们自由争论一切智识问题时，性却被忽视了。如今，一片光明倾泻而下，这个领域也被照亮了。曾经，我们知道一切，但我们却从不谈起。如今，我们除了性不谈其他。我们全神贯注、津津有味地听着鸡奸者们的风流韵事"（Virginia Woolf, "Old Bloomsbury"）。虽然，正如弗吉尼亚所承认的，她的记述或许有艺术自由发挥的成分，但故事的寓意无疑一目了然：布鲁姆斯伯里人将以同样的开放态度和对真理的渴望来讨论和探索性，而性话题所带来的亲近感和自在感则拆除了思想和情感的壁垒，打破了性别的屏障。

② Dominic Janes, "Eminent Victorians, Bloomsbury Queerness and John Maynard Keynes' *The Economic Consequences of the Peace* (1919)", in *Literature & History* 23, No. 1 (Spring, 2014), pp. 19–32.

的男男爱恋传统、摩尔界定的同性和异性友情以及集团成员常常同宿共餐的家庭生活形态的影响,集团成员之间和集团成员与集团圈外友人之间存在着多重复杂的颠覆性的性关系,既不固守传统的异性恋立场,也不认同同性恋的非"正常"(normal)身份。但无论性激情如何起伏涨落,集团始终坚守着神圣的友情。进而,由于成员之间错综复杂的性关系网络,集团以友情为核心的酷儿家庭模式也不同于其父辈以夫妻感情和亲子关系为核心的维多利亚时代中产阶级家庭模式,在革新友情观念和性观念的基础之上,集团重新发明了家庭以及婚姻的概念。在集团成员的眼中,他们的家庭空间既是"朋友们可以遮风避雨的房间"[①],又有助于发展和维系他们之间情感上和肉欲上的亲密关系。最后,集团的酷儿性和家庭性还常常与集团的审美价值观融为一体,例如,如同弗莱的杜尔宾斯屋(Durbins),集团成员居住的房子大多"是现代家庭生活的重要实验,既能促进集团成员的社交活动又能通过家具布置和室内装饰保持和体现集团美学的关键要素"[②]。"欧米伽艺术工场"展览和出售的家具、玩具、彩色玻璃、灯罩、织物、桌椅、壶罐等家居艺术品,凡尼莎、格兰特等集团艺术家在二三十年代为装饰他们自己的房子而创作的壁画、陶瓷、地毯、壁纸、烛台、垫套等,无疑都是对后印象派美学革新的一种家庭式回应;同时,凡尼莎和格兰特在查尔斯顿创造出的"伊甸园"或"阿卡迪亚"(Arcadia),以及弗吉尼亚的《奥兰多》、利顿的《维多利亚时代四名人传》、福斯特的《莫里斯》(Maurice, 1971),甚至凯恩斯(与格兰特有长达六年的性关系和终生友情)的《和约的经济后果》又都是酷儿性激发出的艺术创造力和智识活力的成果。

尽管今天看来,集团的友情伦理和对个人关系的高度重视或许已然证明不足以成为一种公共伦理,但就私人领域而言,它却始终是胜任乃至优秀的,是集团对20世纪上半叶文化和思想的独特贡献之一。集团的成就与20世纪其他先锋艺术相比或许显得传统而主流,但集团关于灵活多变的个人关系、相互理解以及共同体、团结等问题的激进观念却

[①] E. M. Forster, *Howards End*, Harmondsworth: Penguin, 1975, p. 201.
[②] Morag Shiach, "Domestic Bloomsbury", in *The Cambridge Companion to the Bloomsbury Group*, pp. 57-70.

曾经对并依然对建构美好社会发挥着关键作用。

三 形式美学

《伦理学原理》为集团创立美学理论和研究艺术作品提供了一个绝佳的起点，摩尔的美的概念基于个人关系和审美体验，个人关系和审美体验中发现的"美应被定义为对美的赞赏性沉思即善本身"。"集团的美学观主要是由摩尔对个人关系的强调形塑的"[1]，按照他的分析，个人感情/对个人的感情和审美享受均是由情感、认知、真的信念和美四元素构成的，对一个人的爱慕就是欣赏人这个"物体"的"肉体美"和"心灵品质"，爱一个人就如同是赞赏一幅画作，因此，个人感情/对个人的感情主要是一个审美事件，和审美享受事实上是同一回事。集团将个人感情/对个人的感情和审美享受变成了一种宗教，这种"新制度"（new dispensation）开创了集团的友情伦理，同时也开创了集团的形式（主义）美学（formal/formalist aesthetics）。

（一）

摩尔将对美的狂热崇拜置于他伦理学的中心。摩尔自己对"伦理学第一问题"，即"哪些事物应该因其本身的缘故而存在"的回答首先是"对美的意识"。在他的论述中，和善一样，美也是不可定义的、直觉到的、永恒的和非自然的，是有机整体，具有内在价值，"一切美的事物同时也是善的"[2]；对美的欣赏或意识是善本身，比美本身更有价值；抑或对美的欣赏是最大的内在善的必要条件和最基本的构成部分。由此，他将美学与伦理学联系在一起，伦理学理想同时也成为一种美学理想。

集团成员的维多利亚时代先辈们认为艺术主要是一种获得更充实和更美好的生活的手段，而摩尔的伦理学则将个体的审美激情、对美的精致的沉思和审美愉悦从社会责任和道德准则的束缚中解救出来，宣告审

---

[1] Ann Banfield, *The Phantom Table: Woolf, Fry, Russell, and the Epistemology of Modernism*, Cambridge: Cambridge University Press, 2000, p.55.

[2] G. E. Moore, *Principia Ethica*, pp.249-250.

美享受是一种内在善,对艺术作品和自然美的赞赏性沉思是区别和对立于道德体验和感知的独特领域。摩尔强硬地坚持艺术是自律的,艺术的价值是内在的;抨击审美家和非利士人的理论,因为二者均把艺术的价值变成主要是工具性的:审美家强调的是艺术的表现性或象征性,而非利士人坚持的则是艺术的模仿性和再现性。对于摩尔年轻的布鲁姆斯伯里友人们而言,这意味着为他们重申艺术是一种令人尊敬的"目的本身"提供了权威依据,于是,艺术成为集团的普遍信仰,创作和欣赏艺术作品被奉为一种新的宗教,艺术的内在价值成为集团美学的一个根本性假定;或者说,如果没有摩尔,集团便无法如此自信地为他们对艺术内在价值的信念进行辩护。"佩特对卡莱尔、罗斯金和莫里斯的'典范批评'(normal criticism)的反抗激发起对形式的柯勒律治式关切和对为艺术而艺术的支持,这种关切和支持均与布鲁姆斯伯里哲学家G.E.摩尔的非功利主义伦理学有关,摩尔坚持艺术是一种内在的或伦理的善,受他影响,贝尔、弗莱和弗吉尼亚·伍尔夫相信艺术拥有独立自足的价值"①。

如同友情和爱,艺术也是心灵状态交流的一种方法和媒介,但却不像前者那样容易受到时空中发生的危急事件和意外事件的影响,也不像前者那样排外和绝对,它是一条通向"真实"的更为持久的道路。集团"有一套连贯一致的美学价值体系。对于他们而言,创作和欣赏艺术作品是生命的首要目标之一"②。正如克莱夫所表明的,艺术"是表现心灵状态的一种方式和获得心灵状态的一种手段,和人类能够体验到的其他任何事物一样神圣;现代心灵之所以转向艺术,不仅仅因为艺术是超验性情感最完美的表现,而且因为它是人类赖以生存的一种灵感"③,集团相信创作和欣赏艺术作品是提升感受力和提高生命意识的活动;认为艺术是内在善和精神生命的主要器官之一,本身并因其本身而具有价值。

---

① Mark Goldman, "Virginia Woolf as the Critic as Reader", in *PMLA* 80 (June, 1965), pp. 275-284.

② J. Delford, "Virginia Woolf's Critical Essays", in *Revue des Langues Vivantes* 29, No. 2 (1963), pp. 126-131.

③ Clive Bell, "Art and Society", in *Art*, New York: Capricorn, 1958, pp. 276-293.

（二）

摩尔"通过一种试图区分目的与手段的检查策略为基本的个人假定辩护。目的是善的心灵状态，手段是提炼绘画似的'有意义的形式'的艺术作品"①，因为"'好'的绘画具有伦理价值……它是通向'善的'心灵状态的途径"②。集团美学观的思想源头是《伦理学原理》，而实践基础则正是法国现代绘画艺术。弗莱将法国现代绘画命名为"后印象派"，并和克莱夫一同将其建构为对现代艺术的定义。通过对法国现代绘画的理解和欣赏，弗莱与克莱夫清晰界定了现代艺术的美学根基③，确立了集团文艺美学思想的根本性要旨；抑或，后印象派绘画在某些方面契合和印证了弗莱与克莱夫的美学与艺术理论。

尽管弗莱是集团"使徒社"成员中唯一在剑桥时逃离摩尔影响的反摩尔主义者，但他的美学理论确实对摩尔包含在伦理学中的美学观构成了一种补充。弗莱拒绝接受模仿是绘画艺术的唯一目的的流行观念，塑造了人们通过视觉思考世界的方式。他宣称绘画艺术是对想象生活的表现，而非对实际生活的复制；他认为艺术作品应该是自律的，"完全自我协调一致，自立自足——这些构造物不代表任何别的什么东西，而是具有终极价值，并因而是真的"④，"因此，我们必须放弃依据艺术作品对生活的反应来判断艺术作品的企图，相反，我们必须认为艺术作品是一种被视作'目的本身'的情感表现"⑤。在为第二届后印象派画展目录撰写的前言中，弗莱为因违反艺术再现目的而遭受谴责的毕加索、马蒂斯等法国现代画家辩护道，"现在，这些艺术家并不试图给出……对实际表象苍白的本能反应，而是想要激发人们去相信一种新的、确定的

---

① Teddy Brunius, "An Excursion to Bloomsbury", in *G. E. Moore's Analyses of Beauty*, Sweden: Uppsala, 1964, pp. 51-58.
② "Mr. Shaw and Mr. Fry", in *Nation* 12 (March 8, 1913), p. 928.
③ Charles Harrison, "Critical Theories and the Practice of Art", in *British Art in the 20th Century: The Modern Movement*, ed. Susan Compton, Exhibition Catalog, Munich: Prestel-Verlag, 1986, pp. 53-62.
④ Qtd. in J. K. Johnstone, *The Bloomsbury Group: A Study of E. M. Forster, Lytton Strachey, Virginia Woolf, and Their Circle*, p. 46.
⑤ Roger Fry, "An Essay in Aesthetics", in *Vision and Design*, London: Chatto & Windus, 1920, pp. 11-25.

真实。他们并不试图模仿形式，而是力图创造形式；并不试图模仿生活，而是力图找到生活的对应物"①。在弗莱看来，当时的人们欣赏的是外表的相似，而法国"新绘画"却似乎预示着一种不同的真实，在这种真实中，重要的是绘画的形式而非绘画旨在再现的意义，是艺术家的自我表达和即时反应。

在《视觉与设计》(*Vision and Design*，1920)的《回顾》("Retrospect")一文中，弗莱有感而发，"我徒劳地试图解释在我看来如此清楚的东西，现代运动本质上是对形式设计思想的回归，这种思想在对自然主义再现的热切追求中几乎被忽视了"②。因此，尽管弗莱承认印象派绘画创造出一种对艺术视觉和自然表象的新理解，但却批评它抛弃了"建筑框架"和"结构连贯性"的原则，流动不居，转瞬即逝，且服从于表象科学，是模仿和具象再现的主流艺术概念的一种延续；盛赞后印象派和后印象派的"英雄人物"塞尚的绘画回归形式设计的观念，遵从西方艺术早已抛弃的设计、形式和结构原则，声言"我们必须从开端开始，必须再一次学习抽象形式的基础技艺"③。弗莱首次发现塞尚是在塞尚去世的1906年，"对于他而言，塞尚之所以是意外之喜，正是因为塞尚的作品让他看到了一种向被'印象派混乱无序的肆意放纵(anarchic licence)'驱散的原则的回归"④。塞尚"似乎触碰到了一根隐藏的弹簧，于是，印象派设计的整个结构分崩离析，一个'有意义和有表现力的形式'的新世界赫然在目。正是塞尚的发现，恢复了一种遗失了的形式和色彩的语言"，将"我们的精神真实"恢复为"我们身上那些有节奏韵律和有生命活力的东西"⑤。在克莱夫看来，后印象派画家特别是塞尚的画作达到了"有意义的形式"的巅峰，充分揭示了"艺术的形式基础"："早在我注意到塞尚最鲜明的特征是他对'有意义的形式'的坚持之前，塞尚就已然令我兴奋不已。而当我注意到这一点

---

① Roger Fry, "The French Post-Impressionists", in *Vision and Design*, pp. 156-159.
② Roger Fry, "Retrospect", in *Vision and Design*, pp. 188-199.
③ Roger Fry, "The Grafton Gallery", in *Nation* 19 (November, 1910), pp. 331-335.
④ Alastair Smart, "Roger Fry and Early Italian Art", in *Apollo* 83 (April, 1966), pp. 262-271.
⑤ Roger Fry, "Post Impressionism", in *The Fortnightly Review* 95 (May 1, 1911), pp. 856-867.

后，对塞尚及其部分追随者的钦慕使我更加坚定了我的美学理论"；甚至以伪似宗教的表述宣称，"'后印象派'只是对艺术第一诫令的重申——汝须创造形式（Thou shalt create form）"①。由塞尚发起、继而由高更和凡·高延续发展的现代艺术革命"取代符合外观表象的标准，重新树立起纯粹美学的标准，即重新发现结构设计和结构和谐的原则"②，对于后印象派画家而言，一切艺术的最高品质都是形式的。

弗莱与克莱夫在艺术领域倡导的形式（主义）美学的主要诉求，是要挑战欧洲传统的绘画艺术，一劳永逸地消除人们关于画画仅仅是为了模仿的观点，打破描写、照片式逼真再现、信息传达的限囿；艺术家的主要成就是忽略艺术的外部状况，抛除道德责任以及一切审美之外的关切、体验和价值，专注于抽象形式的运用（play），从而发现不同程度存在于一切（视觉）艺术作品之中的"纯审美品质"，发现与线条、轮廓（contour）、块体（mass）、形状（shape）、平面（plane）、空间、色彩、光影、比例、视角以及顺序、运动有关的"对的"形式和形式关系（formal relation/relation of forms），发现图案（pattern）、结构、秩序、和谐、"非组成部分简单相加的整体性""多样性中的统一性"以及"有意义的设计"和设计的精妙平衡的节奏，最终获得一种独特的意识状态和一种纯粹的精神功能。从这层意义上讲，弗莱与克莱夫坚持艺术价值纯粹在于其内在的美学品质的美学革命，在相当大的程度上，寻求的同样是将艺术以及文学从对道德的屈从中解放出来，特别是从其所承担的维多利亚时代的道德说教中解放出来的，而德斯蒙德和弗吉尼亚之所以对佩特的唯美主义推崇备至，也正是因为佩特的"伟大成就"在于"清空了罗斯金唯美主义中的道德偏向"③。

受弗莱的后印象派美学观点和摩尔的价值理论的影响，克莱夫在《艺术》（Art，1914）中提出他的两大假定，提出与后印象派绘画和德国美学有关的"有意义的形式"（significant form）和"审美情感"（aesthetic emotion）概念，从而"打破意义与美之间的'保守'联系，

---

① Clive Bell, "Aesthetics and Post-impressionism", in *Art*, pp. 38-48.
② Roger Fry, "Art and Life", in *Vision and Design*, pp. 1-10.
③ Harold Bloom (ed.), *Modern Critical Views: Walter Pater*, New York: Chelsea House, 1985, p. 21.

进而完成他的工作：指涉或描写……无法具有美学价值"①；并挣脱维多利亚时代绘画的评价性标准，因为，按照克莱夫的断言，"艺术高于道德"②，"没有任何道德品质比艺术品质更具有价值，因为艺术是实现善的最伟大的手段"③。克莱夫坚持认为，人们观看艺术作品时能够体验到一种与日常生活中的普通情感和感知无关的情感，一切真正的艺术作品都能激发这种情感："一切美学体系的起点都必须是对一种特定情感的个人体验。能够激发这种情感的物体，我们称之为艺术作品。所有敏感的人们都同意存在着一种由艺术作品激发的特定情感"，克莱夫将这种情感命名为审美情感，"如果我们能够发现某种所有激发它的物体所共有又特有的特性，我们就解决了我所认为的美学核心难题"④。克莱夫发现，一切真正的艺术作品共有的本质特性是"有意义的形式"——具有无关主题（具有振奋人心的道德力量）的意义的抽象形式。在《审美假定》（"The Aesthetic Hypothesis"）一文中，克莱夫的阐述条理清晰地解释了将"形式"强加于世界的过程——

> 激发我们审美情感的一切物体（艺术作品——引者注）有何共同品质？从法国沙特尔大教堂的"圣母玛利亚"等彩色玻璃窗和墨西哥的雕塑，到波斯的碗钵、中国的地毯和帕多瓦的乔托壁画，再到普桑、皮耶罗·德拉·弗朗西斯卡和塞尚的名画大作，它们共有何种品质？只有一个答案是可能的——"有意义的形式"。在每一个艺术作品中，线条和色彩都以一种独特的方式组合在一起，构成一定的形式和形式关系，从而激发起我们的审美情感。这些线条和色彩之间的关系和组合，这些具有审美感动力的形式，我称之为"有意义的形式"；"有意义的形式"是一切视觉艺术作品共有的一种品质。

> 就美学讨论而言，我们唯一必须同意的是，按照某些未知的神

---

① Carter Ratcliff, "Art Criticism: Other Minds, Other Eyes", in *Art International* 18 (September, 1974), pp. 49-54.
② Clive Bell, "The Aesthetic Hypothesis", in *Art*, pp. 3-37.
③ Clive Bell, "Art and Ethics", in *Art*, pp. 106-120.
④ Clive Bell, "Art and Ethics".

秘规则进行排列和组合的形式以一种独特的方式感动了我们,艺术家的工作正是要以这种独特的方式对形式进行排列和组合以使得它们能够感动我们。这些令人感动的组合和排列,为了方便起见和因下文即将陈述的理由,我已称之为"有意义的形式"。①

克莱夫"传播了一种要求,要求人们必须缜密严谨,这种缜密严谨认为对艺术作品的感官或形式特征的关注即便不总是审美享受的充分条件也是审美享受的基本要素"②。同时,克莱夫用形式净化或清除了艺术作品中附加的与日常生活有关的认知、历史、社会、道德、情感等意义——

> 如果一个有再现力的形式具有价值,那么有价值的也是形式而非再现。艺术作品中有再现力的要素可能有害也可能无害,但无论怎样,它都始终是无关紧要的。欣赏艺术作品时,我们不需要随身携带任何来自生活的东西,不需要了解生活中的观点和事件,不需要熟悉生活中的情感。艺术将我们从一个人活动的世界带进一个审美欢欣的世界。在这一瞬间,我们与人的兴趣爱好隔绝;我们的期望和记忆停止活动;我们升起到了生活的河流之上。
>
> 欣赏艺术作品时,除了对形式和色彩的感觉和关于三维空间的知识,我们不需要随身携带任何其他东西。③

在完成意义清洗工作之后,克莱夫在《形而上假定》("The Metaphysical Hypothesis")一文中赋予"形式"以一种全新的意义,明确指出"有意义的"一词的多重含义,它与"对"的关系、进而与"对的"情感、再进而与艺术家对自身周围世界的观点认识有关;坚持主张"有意义的"指向一种更深刻、更普遍的"形而上真实"(metaphysical reality),这是一个超越于自然世界和现实生活之上的不可见的隐藏世界:

---

① Clive Bell, "The Aesthetic Hypothesis".
② Harold Osborne, "Alison and Bell on Appreciation", in *British Journal of Aesthetics* 5, No. 2 (April, 1965), pp. 132–138.
③ Clive Bell, "The Aesthetic Hypothesis".

"我现在正在讨论的是存在于一切事物表象背后的那个东西——那个给予一切事物以各自独特意义的东西,它是事物本身(thing in itself),是终极真实(ultimate reality)",是"本质真实(essential reality),是存在于万物之中的上帝、特殊性中的普遍性和无所不在的节奏韵律"①。克莱夫不仅视艺术为形而上真理和"真实"的传送者,而且欣喜若狂地宣布艺术是一种宗教:首先,"艺术是获得与宗教相似的心灵状态的一种手段",因为对"有意义的形式"的欣赏,在最完美的情况下,能将观赏者提升至宗教狂喜的形而上高度;其次,艺术"永远不会被教条长久束缚",因为它"总是在塑造着自己的形式,从而与精神相称";最后,艺术是"最普遍、最持久的宗教表现形式,因为形式组合的意义能够被所有的种族和所有的时代所欣赏,因为那种意义就像数学真理一样不受人类沉浮变迁的影响"②,并且,具有"有意义的形式"的艺术在一个上帝体现于万事万物、普遍性体现于特殊性的领域中长存不灭。

尽管弗莱并不赞同克莱夫关于"有意义的形式"的极端断言③,相比于"有意义的形式",更倾向于讨论"可塑性"(plasticity)、"结构设计"(structural design)和"节奏"(rhythm),但不可否认,他同样推崇形式、强调"创造形式",依然认为形式是艺术作品最本质性的特性,主张艺术作品的艺术性在于形式。"在弗莱的美学中,视觉必然从属于设计:至关重要的要素是形式"④,艺术欣赏没有道德维度,它释放想象力,使其沉浸于"无功利性的"(disinterested)、"超然的"(detached)、纯粹的审美沉思,令人愉悦的是秩序性、统一性和整体性

---

① Clive Bell, "The Metaphysical Hypothesis", in *Art*, pp. 49-71.

② Clive Bell, "Art and Religion", in *Art*, pp. 75-94.

③ 关于弗莱和克莱夫究竟谁最先提出"有意义的形式"这一概念,由于集团的大部分交流都是口头的,所以很难确定孰先孰后。就事实而言,1914 年,克莱夫的《艺术》出版,书中首次采用、阐发和推广了"有意义的形式"这一术语,但早在 1909 年,弗莱在《论美学》("An Essay in Aesthetics",后收录于《视觉与设计》)一文中就对"有意义的形式"进行了描述,只是未为其命名;1911 年,在论述塞尚时,弗莱采用了类似的术语"有意义和有表现力的形式"(significant and expressive form)。另外,也有研究者认为,克莱夫的《艺术》是弗莱之前几年发表的一系列报刊文章中阐述的形式主义原则的总结,但又远早于弗莱之后的大部分重要形式主义美学著述。

④ Solomon Fishman, *The Interpretation of Art: Essays on the Art Criticism of John Ruskin, Walter Pater, Clive Bell, Roger Fry, and Herbert Read*, Berkeley: University of California Press, 1963, pp. 101-142.

等形式要素。因此,审美情感是一种对形式的情感,它依赖于沉思艺术作品过程中的一种特殊的意识取向和一种特殊的注意力关注。对形式的沉思是一种有着特别重要性的精神活动,由对形式的沉思而引发的情感是最普遍、最深刻和最具重大精神意义的情感,"最深的情感就像香水一样……从最纯粹本质的形式中飘散而出,不指涉任何相关观点"①。

克莱夫坚持"有意义的形式"是美学表现和审美反应的真正维度,宣称"欣赏艺术作品时,我们不需要随身携带任何来自生活的东西,不需要了解生活中的观点和事件,不需要熟悉生活中的情感",尽管他未能厘清形式维度与审美情感的形而上和宗教维度之间的关系。同样,弗莱坚持"艺术视觉完全超然于日常生活强加于视觉之上的价值","表现和激发富有想象力的生活(imaginative life)"②,"激发人们去相信一种新的、确定的真实"③;认为"审美情感"或"审美心灵状态"是艺术作品激发起的一种对其自身的独特反应,这是精神的一种自由的、纯粹的、似乎脱离肉体的功能活动。不是对生活的模仿性再现而是艺术作品背后的观点赋予作品以真正的意义,让我们感觉到作品中的一切都在其指定的位置,不能随意改变任何一种颜色或是乱动任何一个物体,这就是弗莱所说的艺术中的情感和谐或是艺术作品的情感统一性;反之,强烈的真实感则来自对形式关系的精心甄选,而不是靠幻术般的技巧或是一味模仿自然效果。

弗莱进一步明言,审美体验十分特殊,它不仅与我们的日常反应和日常关注行为没有连续性,而且是指"我们对艺术作品的反应总是对关系的反应而不是对感觉、物体、人物或事件的反应"④。对关系的反应是审美情感的识别标志,审美情感是对我们在艺术作品中看到存在的感觉、物体、人物和事件之间的关系的情感;感觉、物体、人物和事件是艺术家从生活中借来的筹码(counter),艺术家用这些筹码搭建起一个本身并因其本身而有意义、有价值的自律结构,但重要的并不是筹码本身而是艺术家在不同筹码之间建立起的有意义的形式关系,有意义的

---

① Roger Fry, *Cézanne: A Study of His Development*, New York: The Noonday Press, 1968, p. 53.
② Roger Fry, "Art and Life".
③ Roger Fry, "The French Post-Impressionists".
④ Roger Fry, *Transformations*. New York: Doubleday, 1956, p. 4.

形式关系是艺术的本质，真正的艺术关注的是对形式的沉思，最伟大的艺术向我们揭示的是最复杂、最意外但也最绝对必要的关系。尽管艺术作品的"心理"抑或戏剧和叙事层面和对艺术作品的阐释，与艺术作品的"可塑性"或"空间"和艺术作品本身的吸引力能够且确实共存于艺术作品之中，但相比于前者，"我们对可塑性和空间关系的沉思"产生的效果才是最有益和最持久的。

（三）

"'布鲁姆斯伯里'的艺术家们是先驱者，他们以一种20世纪的积极意愿去看画中实际画出的东西，并对一切情感持开放态度——而非遵从整个社会带有偏见、受到限囿的视觉模式。"[①] 对绘画创作和画作欣赏的兴趣是集团的一个显著特征，不仅弗莱、克莱夫、凡尼莎和格兰特，集团成员几乎全都对视觉艺术兴致盎然。弗莱与克莱夫认为，画家最有技巧能创造出有意义的关系。他可以使用和谐的颜色和光影的对比、线条的走向和空间的布局使他的画作变得有意义。由于各个可塑形式彼此之间的三维关系，以及各个可塑形式给我们的固体感、块体感和重量感，他在空间中放置物体的方式是他画作中最感人和最有意义的要素。通过连续流动的线条、有节奏韵律的设计和统一的质感，他画作中的全部要素被紧密地结合在一起。

弗莱与克莱夫主要关注的是视觉艺术，但他们也都相信，关于视觉艺术的美学理论同样适用于其他艺术门类，一切艺术门类的终极原则都是相同的，因此，在集团的美学视野中囊括了几乎全部艺术。然而，最初，弗莱与克莱夫的集团美学理论明显是对立于文学的，"文学性"或叙事性、象征性的艺术被认为丧失了线条的节奏、色块、比例、光影、色彩、视角等形式价值，而对文学的纯粹审美体验则被认为受到了指意（signification）的污染。克莱夫在《艺术》中断言，"文学从来都不是纯艺术。鲜少有文学作品是情感的纯粹表现；完全没有文学作品，我认为，是纯粹非人类情感的表现。因为，大部分文学作品某种程度上关心

[①] Richard Morphet, "Bloomsbury Portraits", in *Studio International* 193 (January–February, 1977), pp. 68–70.

的都是事实和观点:文学是智识性的"①。换言之,认知维度是文学的核心,而在以绘画为代表的视觉艺术中则是边缘的,甚至是不相关的。同样,弗莱也"认为文学通常情况下与艺术几乎毫无关系"②;但区别于克莱夫形式主义的严格和绝对,弗莱灵活变通的形式美学也特别强调内容的重要性和形式与内容、技艺与意义、设计与视觉、情感与才智的不可分离性——

> 我想,我们都赞同我们所谓的"有意义的形式"指的并非一般意义上令人愉快的形式安排、和谐的图案等,一件具有"有意义的形式"的艺术作品是努力表达观点而非创造令人愉悦的物体的结果。至少,就我个人而言,我始终认为"有意义的形式"意味着艺术家试图凭靠自己饱含热情的信念将某种异于我们精神的顽固物质屈服于我们的情感理解的一种努力。③
>
> 我们认为艺术作品既具有智性的观点,同时又具有无限的(有意义的关系的)可能性。④

大约到"一战"结束时,由于在翻译马拉美的过程中对诗歌美学渐渐产生兴趣,弗莱试图将语言、指意、再现和叙事重新整合进形式主义范式,同时不牺牲形式的审美体验理想,"或许最伟大的艺术并不是最纯粹的,只有具有一定丰富性的内容,才能产生出最丰富的形式,无论从最终结果来看那些内容是多么无足轻重"⑤;理想的绘画应该是"杂交的",形式和叙事结合在一起,才能获得最大效果。弗莱美学理论中的两大倾向——作为内容的"心理体块"(psychological volume)⑥和"有意义的关系"的不可穷尽性——促使他重新评价文学这一语言艺术

---

① Clive Bell, "Greatness and Decline", in *Art*, pp. 138-155.
② Roger Fry, *The Letters of Roger Fry*, ed. Denys Sutton, London: Chatto & Windus, 1972, p. 369.
③ Roger Fry, "Retrospect".
④ Roger Fry, *The Arts of Painting and Sculpture*, London: V. Gollancz, 1932, pp. 20-21.
⑤ Stephen Mallarme, *Poems*, Trs. Roger Fry; eds. Charles Mauron and Julian Bell, New York: New Directions, 1951, p. 297.
⑥ 引自法国翻译家、美学理论家夏尔·莫隆(Charles Mauron),类比于画家笔下的"可塑/空间/物理体块"(plastic/spatial/physical volume)。

门类，并拉近了他与弗吉尼亚、福斯特、德斯蒙德等集团作家之间的距离，促使后者特别是弗吉尼亚将绘画的"形式""视觉与设计"融入文学，以"封套""视觉/幻象"（vision）、"花岗岩与彩虹的永久联姻"等现代小说形式（主义）美学观批驳阿诺德·贝内特、H.G.威尔斯、高尔斯华绥等爱德华时代现实主义小说家的物质主义倾向，反对他们对非真实的"真实"的忠诚和对社会—政治和道德领域布道般的遵从。

集团艺术家和作家的创作是集团的内在聚生力，也是集团美学和伦理关切的具体显现，而其激进的形式实验和创新，更是开创和塑造了英国的现代艺术和现代主义文学。集团的视觉艺术，生命力持久旺盛，作品类型多样、风格多变；其创作直接受到欧洲大陆现代艺术以及弗莱与克莱夫的艺术学识和鉴赏力的影响，博采塞尚、高更（影响凡尼莎）、马蒂斯（影响格兰特）、凡·高、毕加索、康定斯基（Wassily Kandinsky，抽象艺术先驱）等现代派艺术家之长，"着迷于自发率性、缤纷意象和……斑斓色彩"[①]，运用"独特的艺术'手法'，为坚持设计的统一性而强行简化外形"[②]。跟随法国后印象派画家，集团"形式主义神圣三位一体"（Holy Trinity of formalism）凡尼莎、格兰特和弗莱摆脱学院派守旧倒退、"相机视觉"的写实主义规范，重新找回一种"设计的语言"，将形式的连贯性融入各自的艺术个性，通过对色彩、色调、线条、形状、光线和空间大胆冒险的全新探索革新了绘画创作。凡尼莎画风严肃而冷峻，在她的《弗吉尼亚·伍尔夫在阿什汉姆》（*Virginia Woolf at Asheham*，1910）、《斯塔特兰德海滩》（*Studland Beach*，1912）、《浴盆》（*The Tub*，1917）等画作中，强硬地予以简化、平面化和抽象化的形状和人形强调的是形式和色彩而非直白的叙事和再现；格兰特画风抒情而奇幻，他的《希巴女王》（*Queen of Sheba*，1912）以"豹点笔法"形成斑状效果，《伴音抽象动态拼贴画》（*Abstract Kinetic Collage Painting with Sound*，1914）以17组以不同组合方式拼贴在一起的多个彩色方形在光线中有节奏的运动形成电影效果；弗莱画风浪漫而直接，

---

① James Beechey, "Introduction", in *The Bloomsbury Artists: Prints and Book Design*, catalogue by Tony Bradshaw, Aldershot: Scolar, 1999, pp.9-24.
② Richard Shone, *The Art of Bloomsbury: Roger Fry, Vanessa Bell, and Duncan Grant*, with essays by James Beechey and Richard Morphet, Princeton, N.J.: Princeton University Press, 1999, p.23.

他1912年至1915年的风景画对所有形式一律采取单一的一种几何标准，最为显著地表现出塞尚之后法国绘画艺术发展的影响。在弗莱和欧米伽艺术工场的推动下，集团艺术家的创作力还肆意流淌于画布之外，冲破纯美术与实用艺术之间的传统界线，流向室内装饰、书籍装帧和手工制作，创造出一种异于莫里斯"工艺美术运动"（The Arts and Crafts Movement）的、基于形式超验性的现代家居、（刺绣、印染、编织）织物、服饰和平面设计风格：从靠垫、桌布、窗帘、挂毯和壁纸，到在陶瓷、桌椅床柜、灯罩、屏风、壁炉、门框、墙壁和天花板上作画；从壁画、舞台布景、戏装、衣帽首饰，到书封、插图、藏书票、海报、菜单和邀请函的版画制作，色彩艳丽、形式朴拙的艺术风韵鲜活生动地流溢于日常生活中俯拾即是的各种物品之上。"一战"前"激动兴奋、自由解放、摧枯拉朽、纠偏匡正"的短短几年里，和"一战"期间战前艺术激情的余波中，集团艺术家"创作出他们最令人铭记的部分画作"和装饰设计作品，"令当时英国艺术的画面语言和内容别开生面、焕然一新"，给英国的美学"品味带来了具有深远意义的改变"①。"一战"后，凡尼莎、格兰特和弗莱逐渐远离"艺术政治"隐退于私人生活，远离先锋潮流专注于个人视觉，技法上，不再追求极端的纯抽象形式而更坚持画面结构和画面构成要素之间的有效和谐（active harmony）；主题上，鲜少关注公共问题而多描绘家、家宅、家人、友人、（异性和同性）恋人、花园、庭院等身边世界中令人欢愉的人事景物乃至潜心于装饰自己和亲友的宅院居所，如查尔斯顿农舍。

集团作家的文学成就及其对20世纪现代主义文学的卓越贡献众所周知。尽管文学因其不可或缺的叙事、戏剧、情感、道德、认知、象征、事实、观点等联想性（associationism）或指意性内容要素而使得其纯艺术性遭到克莱夫的否定和弗莱的质疑，但后印象派画展以及弗莱与克莱夫非历史性和非自然主义的美学观依然不同程度上影响了弗吉尼亚、福斯特和利顿的创作实践和理念：克莱夫的"有意义的形式"，是集团作家抛弃维多利亚时代罗列史事的"客观"传记和爱德华时代笨重的物质现实主义小说、转而追求文学形式价值的理论推力；而弗莱的

---

① Richard Shone, *The Art of Bloomsbury: Roger Fry, Vanessa Bell, and Duncan Grant*, pp. 22, 12.

"唯有在浮想联翩的珍罕瞬间方能于［日常］事物上发现强烈意义"①，线条流动、平面排列的"节奏"或"富有节奏"的轮廓、振幅和变化顺序，以及他的"心理体块"等观点则以不同方式渗透进集团作家的文学形式革新。弗吉尼亚拒绝"栩栩如生"地描写外在现实，她渴望找到一支合适的"铅笔"（《街头漫步：伦敦历险》["Street Haunting: A London Adventure"]，1927），用这支笔和她"对词语的可塑感"②，"在绘画的主宰下"描绘出稍纵即逝的隐秘人性和"无形的思想的坚硬而实在的物质形状"③；作为《到灯塔去》小说写作的转义，弗吉尼亚阻止女画家丽莉去认识、了解拉姆齐夫人或是赋予拉姆齐夫人伟大母性的象征意义，而是让她以纯审美的凝视将坐在窗口的拉姆齐夫人和孩子们简化和抽象化为一个紫色的三角形，并以画面中央的一条线最终完成其努力捕捉的内心的"视觉/幻象"；甚至，弗吉尼亚在构思《海浪》期间的日记中明言，"我厌倦了叙事"，"我的脑海中从未如现在这般充满了形状和色彩"④。作为怀疑的、折衷的、"矛盾的形式主义者"⑤，福斯特反对弗莱特别是克莱夫的纯形式论，但却推崇"崇高之声"（sublime noise）音乐是最深刻、最纯粹的艺术，认为小说具有音乐的节奏或关系结构；批评绘画图案式的小说设计极端简化的有限性，但却强调小说"观看"（viewing）的视觉，并以"词语块体"（word-mass）的视觉隐喻喻指扁平人物和圆形人物的心理和道德维度，正如早在他的《看得见风景的房间》（*A Room with a View*, 1908）中，"全神贯注于形式［便已］是文本的核心"，"绘画、建筑、雕塑和音乐［均］是人物、背景和论辩的类比，视觉图形/母题（motif）通过一种音乐图

---

① Qtd. in Ulysses L. D'Aquila, *Bloomsbury and Modernism*, Paris: Peter Lang, 1989, p. 14.
② Virginia Woolf, *The Diary of Virginia Woolf*, Vol. 1, 1915–1919, p. 168.
③ Virginia Woolf, *The Moment and Other Essays*, London: Hogarth Press, 1947, pp. 139, 141.
④ Virginia Woolf, *The Diary of Virginia Woolf*, Vol. 3, 1925–1930, eds. Anne Olivier Bell and Andrew McNeillie, London: Hogarth Press, 1981, p. 15.
⑤ S. P. Rosenbaum, "*Aspects of the Novel* and Literary History", in *E. M. Forster: Centenary Revaluations*, eds. Judith Scherer Herz and Robert K. Martin, London: Macmillan; Toronto and Buffalo: University of Toronto Press, 1982, pp. 55–83.

案/模式（musical pattern）得以呈现"①。利顿称赞托马斯·布朗（Sir Thomas Browne）的文笔"奇异地类似于"鲁本斯和委拉斯凯兹的"精彩画笔"②，而绘画或确切而言漫画的介入也使得他将传记提升为一种艺术，他"诽尊谤圣的"《维多利亚时代四名人传》"具有真正漫画的尖锐"，"不是摄影，有些性格的线条和原形只是粗略相似"，但却"把一些显著的特征描写得惟妙惟肖"③。为了实现文学作品心理层面上"有意义的形式"或"可塑节奏"（plastic rhythm），集团作家不断尝试新的叙事和人物塑造技巧，如有限叙述视角和叙述视角转换、自由间接引语和内心独白、意识流和心理分析，尝试新的意象、声音、修辞、句式、结构、节奏等其他形式技巧，尝试小说、短篇故事、诗歌、戏剧、历史、传记、自传、随笔、评论、讲座、批评、论辩、回忆录、日记、信件等各种不同的文类和文类的杂糅。由此，弗吉尼亚和福斯特的小说、利顿的传记，以及他们大量丰富的随笔和报刊文章，得以集大相径庭的两类价值观于一体，"一类可称之为自由开明的价值观，体现为对真理、分析、多元主义、宽容、批评、个体主义、平等主义和世俗主义的深信不疑"；另一类可称之为"幻想的（visionary）价值观，表现为对直觉、想象、综合、理想性、爱、艺术、美、神秘主义和崇敬同样的坚信不疑"④，而二者的交汇点正是克莱夫的"终极真实"和弗莱的"精神真实"，是弗吉尼亚的捕捉"人性"和顿悟"生命/精神/内在真实"的"存在的瞬间"、利顿的"最高真实"（supreme reality）和传主的"内心动力"（inner dynamics）、与福斯特的"永恒瞬间"（eternal moment）或"扩展"到"一种更广阔的存在"（a larger existence）的"幻想"（fantasy）和"预言"（prophecy）——作为小说最高要素，它们仿若"横穿过""小说中的时间、人（people）、逻辑及其衍生物，甚

---

① Judith Scherer Herz, "A Room with A View", in *The Cambridge Companion to E. M. Forster*, ed. David Bradshaw, Cambridge: Cambridge University Press, 2007, pp. 138-150.

② Qtd. in J. K. Johnstone, *The Bloomsbury Group: A Study of E. M. Forster, Lytton Strachey, Virginia Woolf, and Their Circle*, p. 79.

③ Michael Holroyd, *Lytton Strachey: A Critical Biography*, Vol. 2: *The Years of Achievement, 1910-1932*, New York: Holt, Rinehart & Winston, 1968, pp. 167-169.

④ S. P. Rosenbaum, *Victorian Bloomsbury: Vol. 1: The Early Literary History of the Bloomsbury Group*, pp. 17-18.

至命运"的"一束光","或是与后者紧密相连、耐心地照清它们的一切难题,或是对后者视而不见、在它们之上或之中一闪而过"①。

《视觉与设计》与《艺术》是决定现代主义发展的两本艺术理论力作,为20世纪一二十年代现代艺术的创作和接受开辟了道路。弗莱与克莱夫将美学根植于个体对形式愉悦的体验,让形式主义的美学准则凌驾于传统的社会、道德、美学标准和主流文化价值观之上。尽管弗莱与克莱夫的形式(主义)美学带有鲜明的超然世外的精英主义色彩,但如同凯恩斯的经济学理论,其影响力已远远超出集团圈子之外,对于20世纪的文明至关重要。

四 文明论

凯恩斯断定,集团接受的摩尔伦理学是一种没有道德观的宗教,并对他所谓的宗教(事实上是伦理)与道德进行了区分,"他的宗教的最大优点之一,就是使道德观成为不必要的东西——'宗教'指一个人对待自身和终极目的的态度,而'道德观'则指一个人对待外部世界和中间过程的态度。"由此,凯恩斯坦承他和他的集团友人"是严格意义上的道德败坏者",并声称自己"依然是并将永远是一个道德败坏者"——

> 我们完全否认我们应承担遵守一般规则的个人责任。我们要求享有依据每一个具体事例自身的价值对其进行判断的权利、智慧、经验和自制力。这是我们的信仰的一个重要组成部分,我们强烈而积极地捍卫着它,在外界看来,这正是我们最明显和最危险的特征。我们完全否认传统的道德、习俗、常规和智慧。……我们不承认我们应承担任何道德义务,不承认我们应遵从或遵守任何内心的制约。在天堂前,我们要求自己对自己进行审判。②

通常情况下,伦理和道德常可互换使用,但有时候,它们指的却是

---

① E. M. Forster, *Aspects of the Novel*, pp. 169, 106–107.
② John Maynard Keynes, "My Early Beliefs".

不可相互通约的事物，彼此之间有着不可逾越的界限，"伦理止步于抹平和矫正的冲动之前"[1]。传统上，伦理强调美好生活，如斯多葛派；道德强调道德律令，如康德主义。德勒兹发现，在他的哲学先驱斯宾诺莎和尼采那里，善恶之间超验性的道德对立为一种好坏之间内在性的伦理差异所取代，斯宾诺莎和尼采（和凯恩斯等人一样）被同时代人污蔑为"道德败坏者"的哲学家充分发展了伦理问题的内在性路径，提出了最为严格缜密的内在性伦理学（ethics of immanence）的问题。和凯恩斯一样，德勒兹断定，内在性伦理是一种没有道德规范的伦理，并对伦理与道德做出了根本性的区分——

> 伦理……是内在性生存模式（immanent modes of existence）的拓扑结构，它取代了道德，后者总是将生存转交给超验性价值（transcendent values）。道德是上帝的判断，是判断体系（system of judgment）。但伦理推翻了判断体系。不同生存模式（好与坏，good-bad）之间质的区别取代了不同价值（善与恶，Good-Evil）之间的对立……律令始终是一个决定价值对立（善与恶）的超验性实例……而知识则始终是一种决定生存模式（好与坏）质的区别的内在性力量。[2]

德勒兹的道德指一般意义上的任何一套"约束性的"规则，这套规则通过将人们的行为和意图与超验性或普遍性的价值联系起来对行为和意图进行判断；相反，他的伦理则指一套"促成性的"（facilitative）或"选择性的"（facultative）规则，这套规则依据人们的行为、言语、感觉和思想所暗示的内在性生存模式对行为、言语、感觉和思想进行评价。简言之，德勒兹所倡导的内在性伦理不是通过诉诸超验性或普遍性的价值对行为和思想进行"判断"，而是通过确定作为行为和思想的原则的生存模式对行为和思想进行"评价"。严格来说，道德是一个判断

---

[1] Adam Zachary Newton, *Narrative Ethics*, Cambridge, Mass.: Harvard University Press, 1995, p. 37.
[2] Gilles Deleuze, "Ethics without Morality", in *The Deleuze Reader*, ed. Constantin V. Boundas, New York: Columbia University Press, 1993, pp. 69-77.

和区分的范畴,行为和思想的自然等级体系以一个假定为永恒的价值的等级体系为前提;与道德不同,伦理源自并运作于事物的非等级体系的或平面的秩序(planar order)之中,在这个内在性平面(plane of immanence)中,个体的生存模式、"生存方式"(way of existing)、"生活方式"(style of life)和"生活计划"(programme of living)具有先于社会组织的本体论优先性;"建立生存模式(德勒兹)或生活方式(福柯)不仅仅是审美问题,它还是福柯所谓的对立于道德的伦理"①。道德堪称培育价值等级体系的沃土,道德理论将超验性视为一个必要原则,例如,康德道德律令的超验性,但对于德勒兹而言,超验性却是伦理学的一个根本性难题,可以说,它阻止了伦理的发生,因此,伦理学有理由谴责超验性价值。

伦理的根本性问题不是"我必须做什么"而是"我能做什么,我有能力做什么",前者是道德问题,后者才是一种没有道德的伦理的真正问题。德勒兹解释道,伦理是一种显而易见与道德无关的生命模式,它"谴责一切将我们与生命分离开的东西,一切……反对生命的超验性价值"②。生存模式不再依据它们距离外在原则的远近而被判断,而是依据它们"占有"它们生存的方式而被评价:它们行动力量(power of acting)的强度,它们的生命"要旨"(tenor)——"生存模式或好或坏、或高贵或低俗、或充实或空虚,都与善恶和超验性价值无关:生存的要旨和生命的强化是唯一的[内在性]标准"③。

凯恩斯自然不是因超验性价值而拒斥道德观的,他对伦理与道德的区分对应的显然是摩尔对目的善与手段善的区分,但不可否认,摩尔至少是在理论上部分将伦理学从道德哲学的超验化冲动中解救了出来,将集团从道德的规定性权威和道德原则的绝对性中解放了出来;同时他的伦理学也滋养了集团特别是克莱夫的文明观,帮助集团设想出一种以对友情的持久激情和对美的精致沉思为要旨的现代生存模式,一种由闲暇、交谈和艺术创作带来的宁静的愉悦构成的美好生活。对于集团而

---

① Gilles Deleuze, "Life as a Work of Art", in *Negotiations*, trans. Martin Joughin, New York: Columbia University Press, 1995, pp. 94-101.

② Gilles Deleuze, "Ethics without Morality".

③ Gilles Deleuze and Félix Guattari, *What is Philosophy?*, trans. Hugh Tomlinson and Graham Burchell, Verso: London, 1994, p. 74.

言，个人关系加审美感受力等于美好生活，"爱的知识"和审美品味是真正值得过的生活的目的和必要条件，具有赋予生命的力量和巨大价值。

(一)

"文明"是"布鲁姆斯伯里的关键词"①，是集团的徽标和旗帜。通过"在其艺术和思想中将公共生活的经济、政治和美学维度融合一体"②，集团实现了对文明的承诺和贡献：克莱夫坚持，在"一战""暴风骤雨的黑暗日子里，在文明的神殿，我说的是在'布鲁姆斯伯里'，那盏灯应勤加看顾，不使熄灭"③；福斯特宣称，集团是"英国文明中唯一一次真正意义上的运动"④，且"迄今为止，还不曾有任何一种文明或是任何一种力图实现文明的尝试能够成为'布鲁姆斯伯里'的继任者"⑤。

对于集团而言，文明不是财富、生活水平、商品和服务的人均消费等纯经济意义上的发展，不是"惯常的道德、习俗惯例、传统的智慧"和"以狡言辩说、以诡计护持的规则和惯例"⑥，不是现代科技提供的电力、汽车、电话、煤气炉、留声机、救护车等生活便利设施，不是以伦敦为首的欧洲现代城市的"效率、组织和群体精神"⑦，甚至不是"舒适、爱国主义、性生活端方守礼、尊重私有财产、诚实、清洁和服从自然法则"⑧。"一战"爆发前夕⑨，刚刚摆脱维多利亚主义"行为和

---

① David Dowling, *Bloomsbury Aesthetics and the Novels of Forster and Woolf*, London: Macmillan, 1985, p, 137.
② Christine Froula, *Virginia Woolf and the Bloomsbury Avant-Garde: War, Civilization, Modernity*, p. 4.
③ Hermione Lee, *Virginia Woolf*, p. 265.
④ E. M. Forster, "Bloomsbury, An Early Note", in *The Bloomsbury Group: A Collection of Memoirs and Commentary*, pp. 78-80.
⑤ E. M. Forster, "Letters", in *The Bloomsbury Group: A Collection of Memoirs and Commentary*, pp. 81-82.
⑥ John Maynard Keynes, "My Early Beliefs".
⑦ Virginia Woolf, *Collected Novels of Virginia Woolf: Mrs. Dalloway, To the Lighthouse, The Waves*, ed. Stella McNichol, London: The Macmillan Press Ltd., 1992, p. 144.
⑧ Piero V. Mini, *Keynes, Bloomsbury and The General Theory*, p. 94.
⑨ 就长时段的"前夕"而言，"一战"前的十年是集团无限怀想和反复追忆的"老布鲁姆斯伯里"的美好时光。就短时段的"前夕"而言，1910年11月至1911年1月，弗莱举办第一届后印象派画展，舆论一片哗然，集团首次真正走进公众视野。正如弗吉尼亚的著名断言，"1910年12月左右，人性发生了变化"，"一战"前的三四年，英国文学、政治和公共生活领域发生了深刻的巨变。

道德准则"束缚和抛弃边沁主义功利计算的集团成员正满怀希望、乐观而兴奋地准备迎接他们"新的文明"直登峰顶。弗吉尼亚将文明与性主题的公开自由讨论相联系:"性充斥于我们的谈话","我们讨论性交时的热情和开放与我们讨论善的本质时的是一样的","之前,我们虽然可以自由地讨论一切智识问题,但性却被忽视了。如今,一片光明倾泻而下,这个领域也被照亮了。之前,我们无所不知,但却从不讨论。如今,我们除了性不谈其他","如今,在戈登广场46号,我们无所不能说,无所不能做。我想,这是文明的一大进步"①。利顿将文明与未来更自由、更多元的性实践相联系:"我们获得真正美丽、充满活力和迷人魅力的文明的唯一希望是允许全世界的人……都能尽情地纵欲淫乱。"② 弗莱将文明与理性的个体相联系:"我渐渐对文明的真正含义或者说它应该意味着什么有了新的认识。这是关于个体存在的问题",关于拥有"成为个体的能力"的问题,因为个体的对手是"数量急剧膨胀、粗蛮之力日增的""情感上无理性的"巨大"人群"(herd)③。凯恩斯将文明与人类普遍的理性相联系:"我们……相信道德在不断进步,藉此,人类已经拥有了一批可靠的理性和正派之人,他们深受真理和客观标准的影响,能够安全地摆脱惯例、传统的标准和僵化的行为准则的外部束缚,自此以后,听从他们自己的纯粹动机和对善的可靠直觉明智地自行其是。"④ 伦纳德不仅将文明与自由和理性相联系:"我们全力去建造一些新的东西。我们站在一个应当是自由、理性、文明的新社会的建设者队伍的前列,追寻着真理和美"⑤;更是将文明与政治和社会生活中的自由、平等、法律和秩序,与工业技术(汽车、飞机)、物理学(卢瑟福、爱因斯坦)和心理学(弗洛伊德)的变革,与以易卜生、萧伯纳、普鲁斯特、艾略特、弗吉尼亚、塞尚、毕加索,以及佳吉列夫(Serge Diaghilev)与尼金斯基(Vaslav Nijinsky)时期的俄罗斯芭蕾舞团

---

① Virginia Woolf, "Old Bloomsbury".
② Lytton Strachey, "Will It Come Right in the End?", in *The Really Interesting Question and Other Papers*, ed. Paul Levy, London: Weidenfeld & Nicolson, 1973, pp. 71-81.
③ Virginia Woolf, *Roger Fry: A Biography*, London: Hogarth Press, 1940, p. 272.
④ John Maynard Keynes, "My Early Beliefs".
⑤ Leonard Woolf, *Sowing: An Autobiography of the Years, 1880-1904*, p. 160.

(Ballets Russes）等为代表的现代文学艺术相联系[1]。然而，集团所设想的近在眼前、触手可及的文明转瞬便在"一战"的炮火中化为泡影，其实现的可能"延迟了至少一百年"[2]。战争期间，利顿、克莱夫等集团中的"良心拒服兵役者"强烈反对黩武的民族主义和极端爱国主义，反对英国及其同盟国为鼓动国民自愿参战而将文明宣称为最高战争目标——为保卫"莎士比亚的文明"而战。战后，尽管克莱夫整体上延续了集团战前的文明观，但在大战余波的影响下，伍尔夫夫妇、凯恩斯等集团成员对文明的未来的期许已不可逆转地发生了改变，精英阶层的自由文明个体开始转向"一种民主和经济平等的国际文明"[3]。

尽管在批评者眼中，集团的"文明观十分狭隘"[4]；甚至面对迫在眉睫的"一战"的大灾难，集团的"文明还在漫不经心地胡乱瞎搞"[5]，但作为"文明化的"（civilizing）知识分子精英阶层及其阶级特权——"文化、经济独立和权力紧密联手……家族传统的网络最好地守护了文明的绵延不绝"[6]——的直接受益人，集团对文明有一种真正的激情。在他们的作品和生活方式中，文明最终指向的都是摩尔传递给集团的核心价值观——"个人感情/对个人的感情"和"审美享受"，即投身于美和愉悦的人际交流，投身于艺术和友情。在摩尔的《伦理学原理》带给年轻的布鲁姆斯伯里人的"清新空气和纯洁之光"中，文明取代道德成为实现目的的手段，而目的是获得"纯粹因其自身原因而值得拥有"的不可定义的唯一的"善"，获得最具内在价值的善的心灵状态，特别是与创造和沉思美、与亲密的个人关系相关的那些心灵状态。集团相信，"生活的目标之一在于维护文明。文明意味着努力去过一种美好生活，文明存在于友爱之中，并通过文学艺术被发现"[7]。因此，文明，部分是艺术创作，部分是友情和爱激发出的细微的感觉和情感，集团

---

[1] Leonard Woolf, *Beginning Again: An Autobiography of the Years, 1911-1918*, pp. 36-37.
[2] Leonard Woolf, *Beginning Again: An Autobiography of the Years, 1911-1918*, p. 37.
[3] Christine Froula, *Virginia Woolf and the Bloomsbury Avant-Garde: War, Civilization, Modernity*, p. 4.
[4] Stephen Spender, "A Certificate of Sanity".
[5] Hermione Lee, *Virginia Woolf*, p. 274.
[6] Alex Zwerdling, *Virginia Woolf and the Real World*, Berkeley; London: University of California Press, 1986, p. 93.
[7] Noel Annan, "Keynes and the Bloomsbury Group".

"将文明生活和友情的艺术推向极致"①,"真正代表着美学运动的顶点和至精至善"②。

(二)

克莱夫以理性和自由、个体和心灵、阶级和品味(取代种族和民族)为中心的"文明论"融入摩尔"善"的伦理学,是从阿诺德、佩特和陀思妥耶夫斯基到尼采再到弗洛伊德的文明观念史上的重要一环。他在《论英国的自由》(*On British Freedom*, 1923)和《文明》(*Civilization: An Essay*, 1928)两本前后一脉相承的小册子中阐述了文明的性质和作用,前者重在讨论"一战"后各种形形色色字面意义和比喻意义上的审查对英国文明的威胁和危害;后者重在讨论阶级分层对维系文明的必要性,并通过与过去的"文明典范"作对比,哀叹在当时的英国真正文明的人"凤毛麟角,无法形成一个将消极文化转变成文明化力量的关键核心"③。

在《论英国的自由》中,克莱夫抨击英国是全世界最不自由的国家之一,是整个欧洲最不自由的国家,英国已成为文明世界的笑柄;谴责政治家、科学家,特别是医生和道德家作为"健康宗教"和教会宗教的追随者企图限制公众的自由,他们是"自由天生的仇敌","只有干涉他人才能让他们感到快乐"。例如,普通医生企图审查病人的行为,他们具备一种"威逼恐吓他人的本能",迷信"健康"和"正常",崇拜均衡,压抑感觉,甚至在诊断结论上各执一词、相互矛盾。宗教道德家披着伪善的外衣企图控制公众的"精神食粮","我们的学校老师和精神导师认为阿里斯托芬和莎士比亚猥亵下流","在今天的英国,他们的戏剧未经删节一律禁止出版"④;这群有着强大审查意志的狂热分

---

① Gerald Brenan, "Bloomsbury in Spain and England", in *The Bloomsbury Group: A Collection of Memoirs and Commentary*, pp. 343-367.
② Michael Holroyd, *Lytton Strachey and the Bloomsbury Group: His Work, Their Influence*, Harmondsworth: Penguin, 1971, p. 53.
③ Clive Bell, *Civilization: An Essay*, p. 178.
④ 克莱夫之所以对英国的审查制度发起攻击无疑与他自己的亲身经历有关。1915年,他的小册子《立即和平》(*Peace at Once*)由于主张立即通过谈判达成停战协议而在出版时被查没,并被伦敦市长下令公开焚毁。

子和"小暴君"还企图改变他人的宗教信仰,"将每个人的生活都削足适履于他们自己设计的模式"①。克莱夫承认仅有自由不是文明,但坚称只有当一个国家拥有最大程度的个人自由时它才是真正文明的。

在更为系统论述"文明"的《文明》中,克莱夫先是怀旧,为当时的英国树立起应追求的文明典范——公元前五世纪和四世纪伯里克利统治时期的雅典、文艺复兴时期的意大利、和投石党运动到大革命期间即"伟大时代"(Le Grand Siècle)的法国②。随后,通过自问自答"何谓文明",克莱夫指出"价值感(Sense of Values)和备受尊崇的理性(Reason Enthroned)是高度文明的根本品质"③,由此衍生出的从属品质包括"对真和美的志趣,宽容,智识诚实,精致讲究,幽默感,彬彬有礼,好奇心,对粗俗、粗蛮和过分强调的厌恶,摆脱迷信和假正经,大胆无畏地接受生活中的美好事物,渴望完全的自我表达和自由教育,蔑视功利主义和庸俗主义,简而言之,两个词——甜美与光明"④。按照克莱夫的解释,价值感,是一种区分手段和目的的能力,能够牺牲"明显和切近的善"/价值以换取"更为微妙和渺远的善"/价值;不愿为求图舒适(comfort)而舍弃格调(style)即对精湛艺术品和亲密关系中精致情感的品味,是价值感的必然结果。正确的价值感将理性置于人类能力的首位。理性,既指理性主义以及与之相关的经验主义、怀疑主义和缜密逻辑,又指英文"通情达理"(sweet reasonableness)一词意义上的宽容;受理性支配的文明人不会不容异己、不会谈性色变、不会无条件地服从权威,他们"可以无所不谈",因为"交谈是唯文明人所知的一种乐趣"⑤;品味服从于理性和宽容的考验,并诉诸文明的理想,"没有

---

① Clive Bell, *On British Freedom*, New York: Harcourt Brace, 1923, pp. 67, 73, 62-68, 18, 58.
② Clive Bell, *Civilization and Old Friends*, 2 vols. in 1, Chicago: University of Chicago Press, 1973, p. 49. 利顿热爱18世纪上半叶达到高度文明的奥古斯都时代,视其为介于宗教斗争的文艺复兴时期与躁动不安的法国大革命时期之间的一段"宽容而安宁的间隔期"(R. A. Scott-James, *Lytton Strachey*, London, New York: Longmans, Green, 1955, p. 14)。伦纳德激动地发现欧洲和英国在"一战"之前的十年里"充满希望,令人振奋,似乎人类的文明化真的就近在眼前"(*Beginning Again: An Autobiography of the Years, 1911-1918*, p. 36)。
③ Clive Bell, *Civilization and Old Friends*, p. 50.
④ Clive Bell, *Civilization and Old Friends*, p. 120.
⑤ Clive Bell, *Civilization: An Essay*, p. 113.

人有权称自己为文明人,如果他不能听取争论双方的意见;而且他不过是粗蛮之人,如果他不能容忍许多他个人感到厌恶的事物"①。价值感和理性为才智的自由发挥提供了背景和环境,自由无碍的争论和讨论锻炼了才智,"如果这是一个你想要的文明社会,那么才智就必须可以随心所欲地处理任何事情,可以自由地选择自己的术语、短语和意象,并且可以随心所欲地作弄一切事物"②。同时,对于克莱夫而言,"文明与其说是一种集体现象不如说是一种个体现象,与其说是一种民族状态(nation state)不如说是一种心灵状态"③,因为不存在一种所谓的集体的心灵,绝对的善只能存在于个体的心灵,能够将人类从偏见和暴力中解放出来的只能是个体心灵的力量,个体主义是一个"高度文明的特征","我们必定是在人的心灵中寻找文明的起因和起源……正是心灵、个体的心灵构想、创造和实现了"文明④。最后,作为结论,克莱夫坚持一种严格的社会等级以实现文明:"唯有有闲阶级方能产生出一个高度文明的(civilized)和文明化的精英阶层",在它之下必须存在一个服侍阶级以确保精英阶层享有"持续的闲暇"(continuous leisure)——

  文明需要一个有闲阶级的存在,而有闲阶级又需要奴隶——或民众的存在……后者付出他们部分的剩余时间和精力以供养前者。
  作为实现善和礼的手段,有闲阶级必不可少;换言之,组成散发文明之光的核心的那些男男女女必须享有安全,闲暇,经济自由和思考、感觉和实验的自由。如果社会想要文明,它就必须有所付出……这意味着不平等——不平等是实现善的手段。所有的文明都是建立在不平等之上的。
  唯有有闲阶级将会产生出一个高度文明和文明化的精英阶层……⑤

---

① Clive Bell, *Civilization: An Essay*, p. 97.
② Clive Bell, *Civilization: An Essay*, p. 86.
③ Brian W. Shaffer, "Civilization in Bloomsbury: Woolf's 'Mrs. Dalloway' and Bell's 'Theory of Civilization'", in *Journal of Modern Literature* 19, No. 1 (Summer, 1994), pp. 73-87.
④ Clive Bell, *Civilization and Old Friends*, p. 122.
⑤ Clive Bell, *Civilization and Old Friends*, pp. 146, 149.

在克莱夫看来，文明社会需要一个被供养的有闲阶级，但却对这个阶级一无所需；这个阶级必须拥有充足的收入以满足自己衣食住行的生物需求，但却是被资助而非靠劳动赚取收入，唯其如此，他们方能有闲暇从事阅读、思考、交谈、欣赏艺术和寻求愉悦等对创造和精进文明而言必不可少的活动，方能"通过消极的生活，成为善的积极倡导者"[①]。因此，文明还需要一个奴隶阶级，他们存在的目的是以自己的辛苦劳作为有闲精英阶层提供各种便利，以便后者能够享受"最强烈和最精致微妙的心灵状态"，这些心灵状态是唯一作为善本身的"理想事物"，而精英阶层是唯一能够体验到它们的人；与之相对，克莱夫则毫不掩饰对大众和"羊群本能"的鄙视，完全否认普通市民对艺术品的情感反应的重要性，断定真正的艺术与"杂货店店员认为他所看到的东西"无关，因为，对真正艺术的审美欣赏是"有着非凡感受力的受过良好教育的"有闲精英阶层的专有之物。

《文明》出版于集团的鼎盛时期，克莱夫对文明性质的界定包含了理性、品味、博学、友情、创造力、自由教育、和平主义、自由表达、艺术繁荣等集团共同的伦理和美学信念，描绘出"一幅乐观的文化愿景"[②]。但与此同时，这幅文化愿景问题重重的背面也昭然若揭，并"在某种程度上印证了那些对'布鲁姆斯伯里'的严重指控——象牙塔心理、智识势利、自我满足，以及对心灵的力量而非心的自然影响的病态捍卫"[③]。罗素批评《文明》是对文明观念的一种琐碎化；里昂·埃德尔批评《文明》是一种"精英主义信条"[④]；R. H. Tawney 批评《文明》是一种"不流汗不沾尘、遁世隐居的精致优雅"，"不代表文明，而是代表对文明已然绝望的时代"[⑤]；赫梅尔妮·李批评《文明》是一种"极其自鸣得意和冒犯无礼的"立场，典型性地表现出"'布鲁姆斯

---

① Clive Bell, *Civilization*: *An Essay*, p. 215.

② Judith L. Johnston, "The Remediable Flaw: Revisioning Cultural History in *Between the Acts*", in *Virginia Woolf and Bloomsbury*: *A Centenary Celebration*, pp. 253–277.

③ Diane Wendy Wills, "Reason and Values in Bloomsbury Fiction", Thesis, Massey University, 1970, p. 11.

④ Leon Edel, *Bloomsbury*: *A House of Lions*, Philadelphia: J. B. Lippincott Company, 1979, p. 284.

⑤ R. H. Tawney, *Equality*, New York: Barnes and Noble, 1965, p. 83.

伯里'最坏的一面"①; Alex Zwerdling 批评《文明》是"战后随着全国大罢工的爆发和英国社会的民主化有闲阶级备感焦虑和满怀敌意的一种症状",甚至或许"在创造出'布鲁姆斯伯里'排外的文化黑手党这一形象上"有着不可推卸的责任。②

《文明》对理性主义、个体主义、自由和闲暇的标榜,令其毁誉参半;特别是它对奴役、收入不平等、不公正毫不掩饰、毫无歉意的宣扬更有阶级压迫之嫌,自然颇受诟病,并累及整个集团的声誉因其受损。但事实上,谴责之声并非仅仅来自集团外部。如果说弗吉尼亚、利顿、凯恩斯等集团多数成员同克莱夫一样强调无须辛苦劳作而能获得"独立收入"(independent income)③ 和"一间自己的房间"是创造性工作的前提条件,认为文明是"与家庭生活有关的那些价值:闲暇……保护多样性的隐私、智性交谈和艺术创造力带来的愉悦"④,那么,在克莱夫文明论的其他方面,集团中人同样一针见血地提出了质疑和批评。作为《文明》的题献人,弗吉尼亚敏锐地察觉到"阶级势利眼"克莱夫身上那种不易察觉的价值观的腐败——"在经历了1914年8月到1918年11月之间堂皇的野蛮之后,我们这些怀旧的知识分子知道,我们又回到了高级时尚、寻欢作乐的晚宴上,我们平安无虞地坐下来大骂文明生活畏葸的平静,心底偷偷地、深深地松了一口气"⑤——因而嘲讽道,克莱夫"刚开始几章写得十分有趣,但最后我们却发现,文明〔只是〕戈登广场50号的一次午餐会"⑥。在先于《文明》出版的《达洛维夫人》和《到灯塔去》中,早已知悉克莱夫写作计划和理论概貌的弗吉尼亚,通过彼得、拉姆齐先生等小说人物不仅揭示出克莱夫思想过于简单化和情绪化的一面,甚至将克莱夫的"文明精英分子描写为拥有不加掩饰的巨大财富和权力的稍加掩饰的非利士人",将克莱夫的文明品质"描写

---

① Hermione Lee, *The Novels of Virginia Woolf*, New York: Holmes and Meier, 1977, p. 10.
② Alex Zwerdling, *Virginia Woolf and the Real World*, p. 102.
③ 又称"私人收入"(private income),特指集团成员作为食利阶层(rentier class)通过继承遗产、投资等获得的"非劳动收入"(unearned income)。
④ Christopher Reed, *Bloomsbury Rooms: Modernism, Subculture, Domesticity*, p. 7.
⑤ Clive Bell, *Civilization and Old Friends*, p. 141.
⑥ Quentin Bell, *Virginia Woolf: A Biography*, Vol. 2, Mrs. Woolf, 1912–1941, London: Hogarth Press, 1972, p. 137.

成油嘴滑舌、教条武断和自私自利"①。同样，昆汀·贝尔也坦承其父的文明论不过是一种将文明简化为优雅礼仪技巧的伪精致、一种伪装成美好生活的腐化堕落，明言"战争爆发后，克莱夫确实变得更加世俗和现实"，《文明》"更关心生活中的繁文缛节而非其根本性难题"，"更关心如何点上一顿美食而非如何过上一种美好生活"②。相比之下，与克莱夫阶级出身不同的伦纳德对克莱夫及其《文明》的评判则更为犀利和严厉，他讥讽克莱夫不过是"智识灰狗比赛的优秀组织者"③；指责《文明》局限、肤浅、精英主义，"贝尔的方法和假设都是错误的，必然导致错误的结论"，只有在"贝尔的有闲人士、非生产者/非创作者的小社会中才能找到文明……文明人不是创造者、艺术家或思想家，而是鉴赏家和批评家，是有品味和有礼貌之人，是人类蜂巢里的雄蜂，他们以精妙而不过于严肃的敏感对诸如柏拉图的飨宴、塞尚的风景画和'精致文明的娼妓'之类的愉悦兴奋不已"④。

尽管实现文明是集团的共同目标，但如何实现这一目标集团成员却各持己见。如果说克莱夫停滞于保守和精英主义（事实上，已变质为他本人所厌恶的庸俗主义）的观点，那么，从弗吉尼亚的意识流小说、早期文学批评、《一间自己的房间》和《三个旧金币》到福斯特的爱德华时代小说、《印度之行》和《我的信仰》再到利顿的《法国文学的里程碑》和《维多利亚时代四名人传·序》，从伦纳德的《帝国与非洲的商业》（*Empire and Commerce in Africa*，1920）、《帝国主义与文明》（*Imperialism and Civilization*，1928）和《门口的野蛮人》（*Barbarians at the Gate*，1939）等帝国主义批判到凯恩斯的《和约的经济后果》《我们后代的经济前景》（"The Economic Possibilities for Our Grandchildren"，1930）和《我的早期信仰》，针对阶级特权、性别歧视、帝国统治、种族经济剥削和灭绝式迫害、战争暴力、经济萧条以及高涨的反犹主义和极权主义，其他集团成员则在跨经济学、政治学、社会批评、艺术、文

---

① Brian W. Shaffer, "Civilization in Bloomsbury: Woolf's 'Mrs. Dalloway' and Bell's 'Theory of Civilization'".
② Quentin Bell, *Virginia Woolf: A Biography*, Vol. 2, *Mrs. Woolf, 1912-1941*, pp. 85, 93.
③ David Gadd, *The Loving Friends: A Portrait of Bloomsbury*, p. 112.
④ Leonard Woolf, "World of Books: Civilization", in *Nation and Athenaeum* 43 (1928), p. 331.

学等诸多学科的公开辩论中展开大量关于文明与欧洲未来的讨论和争论，沿循女性主义、反帝国主义、国际主义、社会主义、民主、国家干预的宏观经济学等多条路径，拓展了集团文明观的内涵。譬如，弗吉尼亚怀疑文明的进步并非依赖于莎士比亚、达尔文等"大人物"的成就而是取决于普通人的生存境况[①]；她要求在以克莱夫为代表的剑桥大学的智识"甜美与光明"的标界之外承认女性温暖而富于情感的智慧。福斯特认为不以力治国并非贪图享乐的颓废而是文明的表现；他同情那些因阶级背景和社会环境而无法成为克莱夫所谓的"文明人"的中下层者。伦纳德呼吁终结帝国主义，结束种族冲突，寄希望于"国际联盟"通过一种"文明的综合"（synthesis of civilizations）和"帝国主义的逆反"（inverse of imperialism）即对欧亚非各洲人民、民族、国家、政府之间政治和经济关系的平稳调整解决国际问题，从而构建文明得以实现的和平繁荣的政治环境[②]；他深信公正和仁慈是一切文明生活的基石，"自由（freedom）、民主、平等、公正、自由（liberty）、宽容"以及"对真理、美、艺术和才智的热爱"是实现文明的条件；深信文明社会是"一个与主人和奴隶的社会相对立的自由人社会"，这个社会给予人们"幸福、财富、知识和文化的平等机会"[③]。凯恩斯赞同经济学家的工作是文明必不可少的支柱，但也清楚地认识到人类的进步不仅仅是经济的增长，人类的潜力不是在经济关系中而是通过艺术、文学和科学实现的，因此，他赋予经济学家一个谦卑而荣耀的身份，"经济学家不是文明的受托人而是文明可能性的受托人"[④]；在他所设想的有可能实现文明的经济体中，科技进步、资本积累和物质成就（同工同酬、投票权、大学学历和其他有形的奖励）将确保所有的人不仅有足够的闲暇享受友伴和美的最高的善而且有足够的闲暇创作艺术品，允许人类去追寻比追寻财富更具伟大和永恒意义的心灵生活。

[①] Virginia Woolf, *Collected Novels of Virginia Woolf: Mrs. Dalloway, To the Lighthouse, The Waves*, p. 210.

[②] Leonard Woolf, *Imperialism and Civilization*, London: Hogarth Press, 1928, pp. 115, 94.

[③] Leonard Woolf, *Barbarians at the Gate*, London: Hogarth Press, 1939, pp. 52, 57, 148-149.

[④] Roy F. Harrod, *The Life of John Maynard Keynes*, New York: Harcourt Brace and Co., 1951, p. 193.

（三）

　　如果说文明是集团衡量人类福祉和进步程度的标尺，那么，集团衡量人类文明程度的首要标尺则不是政府组织形式、技术优势或财富，而是被其奉为宗教的"主导一切的艺术"。克莱夫的三大文明典范无一不尊崇艺术，艺术象征真理、美、爱和友情，是最神圣的心灵状态的一种表现方式和实现后者的一种手段。正如弗莱所确信的，文明通过"富有想象力的生活"使得人类体验到艺术、文学、科学等集团视作最为至关重要的事物；艺术是"文明生活一个必不可少的最高功能……是一种文雅高尚、公正客观的伟大活动，没有艺术，现代文明将会沦为一种奢侈的野蛮"[1]。战前，集团享受着生活中的一切美好事物，相信黄金时代即将到来。战后，文明的闲暇乐趣都遭到了威胁和破坏，集团改变了一些观点，但却更加相信文明不能缺少艺术，不能缺少一个接受和欣赏真正艺术的社会共同体。在艺术对于实现文明进步和繁荣的根本重要性上，集团期望借助艺术推进文明，因为艺术不仅是文明的标志，而且本身就是一种文明化的动力。

　　面对"文明的敌人……那些妥协让步、姑息纵容、投机取巧的非利士人"[2]，特别是"一战"后，面对来自英国文化内部和外部的"野蛮"，为创造出一个包含最多的美和友情的世界，集团尤为关注文明的培育和维系。作为新文明的守护者和传播者，集团成员将对文明的信念付诸实践，他们积极思考和讨论，努力绘画和写作，力图对英国社会潜移默化，引领它走向有价值的生活。不仅如此，为避免文明沦为"由极少数人的个性和意志形成的一层一击即碎的薄脆外壳"[3]，集团还以巨大的热情和勤勉致力于普通人的艺术教育，设想通过教授民众对艺术作品的细致欣赏，培养民众健全的价值感，塑造理想的文明社会。无论弗吉尼亚多么拒绝接受克莱夫对于阶级区分在文明中的作用的理解，不同意克莱夫将文明化的关键核心等同于有闲阶级，但和克莱夫一样，她也

---

[1] Virginia Woolf, *Roger Fry: A Biography*, p. 115.
[2] David Burnham, "The Invalid Lady of Bloomsbury", in *Commonweal* 36 (October 2, 1942), pp. 567–568.
[3] John Maynard Keynes, "My Early Beliefs".

假定文明是一种人为建构物。克莱夫指出，本质上，"文明人是后天塑造的而非天生的，是人为的（artificial）而非自然形成的"①，强调"文明来自沉思和教育"②，因而提倡用艺术熏陶孩童和大众，希望郊区贫民窟中的"野蛮人"能注意到文明化的精英阶层及其优越的文化乐趣，而不是继续参与诸如足球和电影之类的粗俗娱乐活动。而在弗吉尼亚梦寐以求的理想大学中，文明则指"可以廉价教给穷人并能让穷人实践的艺术；如医学、数学、音乐、绘画和文学。……人际交流的艺术；理解他人生活和心灵的艺术，以及与人们的生活和心灵密切相关的一点谈话、穿衣和烹饪的小艺术"③。

对"普通读者"和"普通观者"的深切关注促使集团尝试通过讲座、艺术展览、读书俱乐部等各种实验方法以及数不胜数的公共冒险活动开展大众教育和艺术普及工作。弗吉尼亚在布鲁姆斯伯里区外的莫利学院（Morley College）开办的夜校教授男女工人历史、文学和写作课程达三年之久，凡尼莎、索比、阿德里安和克莱夫也都曾短期任教。弗莱将教育视作促成富有想象力的生活的激励因素，将对英国公众进行新艺术教育视作自己的终生使命。除举办两届后印象派画展和创立经营"欧米伽艺术工场"外，他还通过讲座试图教导民众充分运用自身超越基本生存之上的全部人体官能和活动做出最敏感最鲜活的反应，学会观赏艺术作品，享受精神生活；通过倡导新的艺术教学方法，寻求在各个层次上改革艺术教育，如主张大学开设艺术史课程，甚至去世前不久还在向剑桥大学请求设置首个校本"艺术研究"专业。凯恩斯将艺术树立为文明社会不可或缺的追求，要求经济学家承担职责，提供资源，使自由艺术的创作成为可能。他曾担任英国国家美术馆（National Gallery）受托人和皇家歌剧院（Royal Opera House）受托人委员会主席，主持建立"卡玛戈（芭蕾舞）学会"（Camargo Society）和"剑桥艺术剧院"（Cambridge Arts Theatre）④，倾注全力倡导艺术，赞助艺术事业，特别是推广和传播表演艺术。

---

① Clive Bell, *Civilization: An Essay*, p.191.
② Clive Bell, *Civilization and Old Friends*, p.53.
③ Virginia Woolf, *Three Guineas*, NY: Harcourt Brace, 1966, p.34.
④ 后将剧院赠与一个慈善信托基金会，由剑桥市和剑桥大学选出的代表共同管理。

集团成员大都有新闻从业经历，报刊和广播为他们提供了让艺术走近大众的理想媒介。弗莱创办艺术刊物《伯林顿杂志》(*The Burlington Magazine*)并担任主编和定期撰稿人。凯恩斯出资购买登载艺术报道和批评的激进政治周刊《民族》，之后该刊与文学艺术科学周刊《雅典娜神庙》合并重组为自由主义/工党倾向的《民族与雅典娜神庙》(*The Nation and Athenaeum*)，凯恩斯担任董事会主席，伦纳德曾担任文学主编。凯恩斯还是《新政治家》(*The New Statesman*)的拥有人之一，德斯蒙德曾担任文学主编。而德斯蒙德自己则创办了《生活与文学》(*Life and Letters*)并担任主编，同时他还是《星期日泰晤士报》(*Sunday Times*)的文学评论人。集团成员与BBC有广泛的联系，弗莱、凯恩斯、弗吉尼亚和克莱夫都曾为BBC做过有关艺术、文学、经济等话题的谈话和评论类广播节目，都曾为BBC出版的刊物《听众》(*The Listener*)撰写过文稿；而福斯特和德斯蒙德更是从BBC早期就是它的固定节目嘉宾和撰稿人。此外，善属文、举笔便成的集团成员还曾在《泰晤士报文学增刊》《大西洋月刊》(*The Atlantic*)、《纽约先驱论坛报》(*The New York Herald Tribune*)、《独立评论》(*Independent Review*)、《新共和》(*The New Republic*)、《旁观者》(*The Speculator*)、《好管家》(*Good Housekeeping*)、《时尚》(*Vogue*)等多家著名报刊发表大量提升民众艺术修养的文字。

集团创立或参与创立了各种艺术机构、组织和项目计划，从而确保具有创新性和挑战性的现代艺术能够拥有一个可能难以在主流中找到出路的空间和市场，为艺术家提供生活保障，同时帮助更广泛的公众克服在艺术的审美欣赏和智性理解方面的障碍。为普及现代艺术品味、将一种新的家居装饰美学带进日常生活，他们创办了"欧米伽艺术工场"；为促进大众更民主地接触到文学和严肃写作的丰富文化资源、启迪民智并展开广泛的公众辩论，他们创办了"霍加斯出版社"；为保护艺术自由、形成有利艺术创造的社会环境，他们创立了"鼓励音乐与艺术发展委员会"(Council for the Encouragement of Music and the Arts)、"伦敦艺术家协会"(London Artists' Association)、"当代艺术学会"(Contemporary Arts Society)，并预见了他们身后"大不列颠艺术委员会"(Arts Council of Great Britain)的成立和肯尼斯·克拉克(Kenneth Clark)大获成功的名作及同名 BBC 经典艺术纪录片《文明》的面世（1969 年）。

集团坚持，最好和最高度文明的国家，能够为艺术家的艺术创作和大众的艺术欣赏提供最有利的政策和社会条件，其他一切政治和社会考虑都应从属于这一点，具备"文明意志"（a will to civilization）的好政府的一切行动也都应是实现这一目的的手段。例如，弗莱主张现代国家应在扶持艺术方面发挥特定作用，认为通过投资博物馆、艺术教育和应用艺术，英国能够提升国民生活的美感品质，并为艺术家和有才华的手工艺人提供就业机会。[1] 凯恩斯要求国家鼓励艺术，"一战"期间，他说服财政部拨款给国家美术馆从巴黎德加私人藏品拍卖会上购得大批名家画作；"二战"期间，他担任财政部资助的"鼓励音乐和艺术发展委员会"主席，开创国家赞助艺术的新模型，成立仅一年后，委员会提供的支持便已惠及英国所有的歌剧、芭蕾舞和戏剧公司，大多数交响乐和管弦乐团以及大多数画家。1936 年，凯恩斯发表《艺术与国家》（"Art and the State"），文中，他思考英国实现新文明的可能性，思考国家支持伟大的艺术作品和建筑以及公共仪式和庆典的可行性——

> [艺术家] 需要经济安全和充足的收入，[给予经济支持后] 我们便只能任由他自行其是，他既是公众的仆人又是自己的主人。我们帮不了他。因为他需要的是一种反应热烈的时代精神，而这种精神是我们无法刻意激发出来的。我们能提供给他的最好的帮助或许是，促进形成一种有望发现某些美好事物的开明、自由、坦率、宽容、实验、乐观的氛围。[2]

同时，他建议成立地标性建筑保护委员会和改造郊区贫民窟，焕然一新的生活区不仅提供廉租公房，而且呼吁艺术家和建筑师参与建造其中的公园、花园、喷泉、剧院、学校、美术馆等文化艺术设施。1945 年，凯恩斯就职"艺术委员会"首任主席，他的 BBC 广播演讲《艺术

---

[1] Anna Upchurch, "John Maynard Keynes, the Bloomsbury Group and the Origins of the Arts Council Movement", in *International Journal of Cultural Policy* 10, No. 2 (2004), pp. 203–217.

[2] John Maynard Keynes, *The Collected Writings of John Maynard Keynes*, Vol. 28, *Social, Political and Literary Writings*, ed. Donald Moggridge, London: Macmillan Press, 1982, pp. 344–345.

委员会：方针与希望》（"The Arts Council: Its Policy and Hopes"）堪称集团最后的文明宣言——

> ……艺术家的作品，无论从哪个方面讲，本质上，都是个人的、自由的、任性散漫的、不受管制和不受控制的。精神呼出的气息将他吹到哪里，他就走到哪里。没有人能告诉他方向；他自己也不知道方向。但他却能引领我们走进清新的牧场，教导我们如何去热爱和享受那些我们常常一开始就拒绝接受的东西，从而扩大我们的感受力，纯化我们的直觉。官方机构的工作不是教导或审查，而是给予艺术家以勇气、自信和机会。
>
> 当然，在我们国家每一座曾遭受空袭的城镇，人们都希望地方当局能援助修建一组中央建筑群用以戏剧演出、音乐表演和绘画展出。因为，拯救个体的精神自由是对战争最好的纪念。我们期望看到有一天剧院、音乐厅和美术馆能成为每一个人成长历程中一个发挥作用的因素，常常去看剧或听音乐会能成为系统教育的一个组成部分。
>
> "大不列颠艺术委员会"旨在创造一种环境，培育一种精神，养成一种观点，提供一种刺激，从而使得艺术家和公众能够彼此供养对方和依赖对方供养，这种同盟关系曾在过去几个实现了人类共同文明生活的伟大时代里存在过。[①]

"布鲁姆斯伯里"的作家、艺术家和思想家们不可否认具有一种极度恃才傲物和文化精英主义的倾向，他们"追求一种隐退到细微含义和美好感觉中的生活"[②]，不喜将个体淹没在国家之下的大众民族情感，甚至坚定地坚持上层阶级与不文明的大众相对的令人难以置信的传统观念，这是集团文明观不变的底色。但同样不可否认的是，A. D. Moody[③]、雷蒙·威廉斯等人关于集团最关心的是促进"心灵的文明"和文明个

[①] John Maynard Keynes, *The Collected Writings of John Maynard Keynes*, Vol. 28, Social, Political and Literary Writings, pp. 367-372.

[②] Bertrand Russell, *The Autobiography of Bertrand Russell*, Vol. 1, 1872–1914, London: Allen and Unwin, 1967, p. 71.

[③] A. D. Moody, *Virginia Woolf*, Edinburgh & London: Oliver and Boyd, 1963, p. 111.

体主义、集团对所谓的"整个"社会不感兴趣的批责亦有失偏颇。诚如威廉斯所言,集团"吁求文明个体的最高价值,文明个体的多元化,即越来越多的文明个体,是它唯一可接受的社会方向"①,换言之,集团不相信"整个"大众,但相信个体享有智识诚挚、真理与追求爱、友情和美的权利,并相信这一哲学借助艺术可以扩展到涵盖整个社会。从这层意义上讲,集团始终关注和思考着社会和政治议题,"信奉一种与威廉斯接近的民主社会主义,在某些方面甚至坚持比威廉斯更为激进的和平主义、反帝国主义、国际主义和女性主义立场"②。集团对友伴和交谈的品味、对言论自由的彻底践行、对理性个体主义纯真的乌托邦信仰与集团对欧洲"半文明野蛮"(half-civilized barbarism)的批判、对摒弃偏见性差异观的世界大同主义的拥护、对人类作为推动者走向未来的主张并行不悖,共同构成集团文明实验的关键所在。通过在面向公共领域发言时将政治和超政治思考与个体的美学和日常实践相结合,集团开放而自由地追求一种更坚实、更持久地重建欧洲文明的可能性,追求一项旨在实现普遍文化和社会权利、全球经济公平以及世界和平的文明大业。

---

① Raymond Williams, "The Bloomsbury Fraction".
② Patrick Brantlinger, "'The Bloomsbury Fraction' Versus War and Empire", in *Seeing Double: Revisioning Edwardian and Modernist Literature*, eds. Carola M. Kaplan & Anne B. Simpson, NY: Macmillan, 1996, pp. 149-167.

第三章

作为实践的美学伦理

1929年，福斯特写道，"布鲁姆斯伯里""是英国文明中唯一一次真正意义上的运动"。此时，集团的影响已由小说、传记、绘画、经济学和政治理论，经文学、艺术和社会批评，延伸至编辑出版和新闻报刊领域。然而，某种程度上，正是由于这种影响力，集团遭受到广泛的误解，无论是友人还是贬毁者，无不将其仅视作一种文化、社会乃至性现象。集团究竟为何，是一个极其复杂的问题；显然，它不能被简约为信条，亦不能因其复杂性存而不论，而从最通常的视角不难发现，正是集团的积极行动界定了集团最直观显见的本质特征，而美学伦理则是促使集团跨越时空、跨越私人领域和公共领域积极投身各种个体和集体行动的内在动因。

尽管集团中最富天分和盛名的成员当数弗吉尼亚、凯恩斯和福斯特，但每一位核心成员努力而坚持不懈的工作习惯也都确乎成就了他们各自卓然不群的一生（当然，大部分边缘成员事实上平平无奇），进而合力将集团塑造成两次世界大战之间对英国文化最富建设性和创造性的影响力量，将英国从逼仄、褊狭的"小英格兰性"（Little Englishness）引导向更开阔的政治和社会潮流。

一 时间与空间

要回答集团究竟为何的复杂问题，在梳理集团集体活动的时间轴和空间轴之前，有必要为集团十位核心成员简笔勾勒出他们各自的经典画像。阿诺德·贝内特说弗吉尼亚是"布鲁姆斯伯里的女王"和"高雅之士的女王"①。伦纳德置身于集团内部和外部各种不同的社会团体之中,尽管他希望自己能够成为一名有创造力的作家,但他的名声似乎并不是来自他的某一项成就,而是来自他独一无二的公共和私人关系网络,他在这个关系网络中发挥着作用。凡尼莎是"布鲁姆斯伯里的关键人物"(linchpin of Bloomsbury),"毫无疑问,她是敏感的,也是有才华的,但她从来不是原创性艺术家,从一切肯定意义上讲,她都没有将她所采用的风格转变成自己的"②,但也有艺术批评家将凡尼莎的画作与俄罗斯画家瓦西里·康定斯基和荷兰画家彼埃·蒙德里安(Piet Mondrian,几何抽象画派先驱)的早期画作相提并论。③ 克莱夫是1880—1914年法国绘画的辩护人和守护者。罗伊·哈罗德认为利顿是集团真正的核心④,他发动了"斯特雷奇革命"(The Stracheyan Revolution),诽尊谤圣(iconoclasm),打破传统旧习的写作风格,他"发出阵阵反讽的窃笑,用最娴熟的手法摧毁了伟人们的崇高形象;但他喜悖论,不求精确,缺乏历史感,总是夸大他笔下人物画像的明与暗"⑤,"如果斯特雷奇不是用标志着布鲁姆斯伯里集团的挑剔轻蔑和傲慢消遣来看待他笔下的人物及其所处的时代,那么,他的作品就会更健全,他的作品对传记创作的直接影响也会更健康"⑥。弗莱身份多重,他是艺术理论与批评家、美学家、"早期绘画大师"(Old Masters,尤指欧洲13—17世纪的绘画大师)研究的权威专家,也是画家、设计师、纽约大都会博物馆欧洲绘画部主任和《伯林顿杂志》主编;昆汀·贝尔将掌控英国艺术批评约30年的弗莱比作罗斯金,但在更大程度上,弗莱是一位革新者和

---

① Vita Sackville-West, "Virginia Woolf", in *Horizon*, No. 3 (May, 1941), pp. 318–323.
② Keith Roberts, "Vanessa Bell: Travelling Arts Council Show", in *Burlington Magazine* 106 (April, 1964), p. 197.
③ Julie McGuire, "Review on *A Bloomsbury Canvas: Reflections on the Bloomsbury Group* by Tony Bradshaw", in *NWSA Journal* 15, No. 3, Gender and Modernism between the Wars, 1918–1939 (Autumn, 2003), pp. 223–225.
④ Roy F. Harrod, "Clive Bell on Keynes", in *Economic Journal* 67 (December, 1957), pp. 692–699.
⑤ Harold Nicolson, "The Practice of Biography", in *The English Sense of Humor and Other Essays*, London: Constable, 1956, pp. 145–159.
⑥ Richard Altick, "The Stracheyan Revolution", in *Lives and Letters: A History of Literary Biography*, New York: Alfred A. Knopf, 1965, pp. 281–300.

开拓者,他具有"无人可敌、一往无前的实验性"①。凯恩斯绝非"老布鲁姆斯伯里"唯其马首是瞻的智识领袖②,与弗吉尼亚、利顿等人不同,他的生活充满了"商业交易,他还常常与那些集团不屑一顾的大人物有非常紧密的商业往来"③。对于凯恩斯而言,集团吸引他的是"这些年轻人组成了一个比剑桥大学的高桌晚宴(High Table)和伊顿公学文化更高雅、视野更开阔、感性更精细的圈子"④,给予他一种解放感,影响了他的政治和经济学思想。格兰特"根本不是真正先锋性的,他只是被艺术实验的潮流席卷过一段时间"⑤,但他对于1960年代解放氛围的形成颇有贡献。福斯特"人生中的两大经历,一是旅游,一是与布鲁姆斯伯里集团的联系"⑥,在与集团成员的接触中他受益匪浅,尽管他本人并未意识到自己确实是其中一员;当然,他确实只是在集团的边缘活动,离开剑桥后,最初几年很少与其他人见面,他自己说"我并不自动属于'布鲁姆斯伯里'",⑦凡尼莎说他是"抓不住的访客"⑧;1916年后,他和集团友人之间的隔阂越来越大,他感到他在那儿再也找不到任何的慰藉和意气相投。虽然福斯特在集团中的活动和他对集团的态度(反映在《最漫长的旅程》《霍华德庄园》和《莫里斯》中)摇摆不定、模棱两可,但"他属于或不属于[集团]的方式进一步界定了作为整体的集团和福斯特自己的特质和局限性"⑨。德斯蒙德是"和善的老鹰"(Affable Hawk),他年轻时立志要当作家,但力有不逮,未能兑现承诺,"尽管他对自己的职业生涯大失所望……但他在担任《新政治

---

① Kenneth Clark, "Introduction", in *The Last Lectures*, Roger Fry; ed. Kenneth Clark, London: Hogarth Press, 1939, pp. ix-xxix.

② David Garnett, "The Importance of Keynes—and the Greatness", in *New Republic* 124 (May 7, 1951), pp. 14-20.

③ Roy F. Harrod, *The Life of John Maynard Keynes*.

④ Roy F. Harrod, "The Arrested Revolution", in *New Statesman* 79 (December 5, 1969), pp. 808-810.

⑤ Keith Roberts, "Duncan Grant: Retrospective at Wildenstein's", in *Burlington Magazine* 106 (December, 1964), p. 584.

⑥ Norman Kelvin, *E. M. Forster*, with a Preface by Harry T. Moore, Candondale: Southern Illinois University Press, 1967.

⑦ E. M. Forster, "Bloomsbury, An Early Note".

⑧ Vanessa Bell, "Notes on Bloomsbury".

⑨ Elizabeth Heine, "E. M. Forster and the Bloomsbury Group", in *Cahiers Victoriens et Edouardiens* 4-5 (1977), pp. 43-52.

家》的文学主编、《生活与文学》的主编和《星期日泰晤士报》的文学评论人期间创作发表的报刊文学作品（literary journalism）却丰富而可观"①。

　　实践或行动的时间和地点是天然联系在一起的。1904—1914年的十年间，集团以伦敦布鲁姆斯伯里区为活动中心，最先的定期聚会地点是戈登广场46号，斯蒂芬家的孩子们在父亲莱斯利去世后迁居此处；1907年开始聚会地点改为菲茨罗伊广场（Fitzroy Square）29号，弗吉尼亚和阿德里安在索比去世、凡尼莎与克莱夫结婚后迁居此处；1911年开始聚会地点又换成布伦斯威克广场（Brunswick Square）38号，伦纳德在与弗吉尼亚结婚的前一年与凯恩斯和格兰特一起迁居此处与弗吉尼亚和阿德里安合住。"一战"爆发后，集团活动场所迁移，成员先后离开伦敦，流散乡间，凡尼莎和格兰特于1916年迁居苏塞克斯郡的查尔斯顿农舍；伍尔夫夫妇辗转多处，先是于1915年迁居里士满的霍加斯屋（Hogarth House），后隐居苏塞克斯郡贝丁汉姆的阿什汉姆屋，1919年起罗德梅尔的僧舍成为他们长期固定的乡间住所。显然，将集团严格限定于战前时期和布鲁姆斯伯里区，确实强调了集团的某些要素，但却忽视了他们居住过和影响到的更多的不同世界。

　　集团是最早出现于18世纪末的英国智识贵族的后裔。从（"贵格会"和）"克拉彭教派"到以莱斯利为代表的维多利亚时代知识分子再到集团，每一代家族之间"相互联姻，形成一个由才华出众的男女组成的阶层，这些男性和女性又将其他智识卓越者吸引进他们的圈子"②，形成庞大的家族谱系和智识谱系。由于强烈的道德和宗教信仰，以及"上帝所选之人的归属感"，他们"充满自信"，敢于"与时代格格不入"，敢于"改变世界"③。"克拉彭教派"的每一代后裔都在挑战父辈的信念的同时坚持着父辈的核心价值观。作为"克拉彭教派"的第三代后裔，集团是在对神学的"无知"中成长起来的，"以一种伏尔泰式

---

① Hermione Lee, "Dear Bubbling Desmond", in *Times Literary Supplement* (London) (June 8, 1984), p. 628.
② Noel Annan, *Leslie Stephen: His Thought and Character in Relation to His Time*, p. 2.
③ Noel Annan, *Leslie Stephen: His Thought and Character in Relation to His Time*, p. 116.

的嬉戏态度回望基督教时代"①。同时，集团发挥着与"克拉彭教派"相同的功能，为国家的文化"先锋派"设定基调和议题：先辈激发起道德和精神改革，而集团则试图引发道德和精神解放——彻底摆脱"克拉彭教派"本身和20世纪初整个社会依然存留的福音主义和维多利亚主义的残余。

站在新世纪的开端，集团渴望挑战英国维多利亚时代的宗教、艺术、社会和性禁忌。"资产阶级维多利亚主义"令他们感到窒息，他们是自觉的反叛者。对于他们而言，打破一切神圣物和质疑一切权威不仅是正确的，更是他们的责任。作为政治上进步的自由主义者和美学品味上（虽然大胆但却温和的）离经叛道的波西米亚享乐主义者，集团将自己树立为维多利亚时代先辈们所信奉的虔诚、爱国和安分守礼的对立面，成为无神论者、和平主义者和同性恋者。利顿的《维多利亚时代四名人传》揭穿曼宁主教、南丁格尔、托马斯·阿诺德和戈登将军大众声望的虚妄不实。弗吉尼亚的随笔《现代小说》（"Modern Novels"，1919）揭示出现代作家躲避19世纪现实主义小说的传统风格以捕捉增强了的、类似象征主义的意识状态的努力。然而，他们对社会习俗和遵从社会习俗的对抗"本质上是一种中上阶层的反抗——生活在肯辛顿的斯蒂芬们和生活在兰卡斯特门（Lancaster Gate）的斯特雷奇们成长于首都伦敦乃至整个帝国最先进的文化生活之中"②。如果说集团是一个星座，那么，斯蒂芬（维多利亚时代中上阶层的稳固成员）和斯特雷奇（怪异冒险家）两大非凡家族便宛如双星交相辉映，其他成员是散落在双星周围的星子。这个星座"是一群精英人士——既指出身也指教育；它的主要成员是维多利亚时代一众名人的儿女，就读于各所不同的公学"③。集团的"冷静智识""反叛意识"和"精英阶层的不顺从"（elitist non-conformism）以及对社会便利设施重要性的理解，来自遗传和教养，来自莱斯利们的自由思想和卓然出群。

---

① Frederick C. Crews, *E. M. Forster: The Perils of Humanism*, Princeton: Princeton University Press, 1962.

② R. D. Hinshelwood, "Psychoanalysis in Britain: Points of Cultural Access, 1893-1918", in *International Journal of Psychoanalysis* 76 (1995), pp. 135-151.

③ Herbert Read, "Roger Fry", in *A Coat of Many Colours: Occasional Essays*, London: George Routledge, 1945.

尽管集团成员在"回忆俱乐部"宣读的讲稿无一不以某种方式批评过去的维多利亚时代,但就像德斯蒙德的《回忆》("Reminiscences",1952)一样,它们也无一不直指向19世纪斯蒂芬家族传统的各个不同侧面。1904年2月,斯蒂芬姐妹兄弟四人的父亲、杰出文学批评家、26卷本《国家名人传记词典》(*The Dictionary of National Biography*)主编莱斯利·斯蒂芬爵士去世。莱斯利博闻强识,理性严谨,第一任妻子是萨克雷的小女,至交好友有梅瑞迪斯、哈代和亨利·詹姆斯,马修·阿诺德、托马斯·卡莱尔、乔治·艾略特、丁尼生和安东尼·特罗洛普也都与他私交甚笃,在当时的文学界备受一众大文豪的尊崇[1]。然而,感情强烈充沛的斯蒂芬,在第二任妻子去世后,晚年时变得愈发哀怨自怜,时而痛哭流涕,时而暴戾专横,他甫一去世,斯蒂芬姐妹兄弟四人便急不可待地搬家,显然,希望逃离阴郁而压抑的肯辛顿海德公园门的痛苦记忆,无疑是重要原因之一。在布鲁姆斯伯里区的新家里,年轻的斯蒂芬们"摆脱了微不足道、情感泛滥的同母异父的两位达克沃思兄长,摆脱了父亲的阴郁和暴怒,终于生活在了爱德华时代,生活在了现在"[2]。

这一年,剑桥男生和剑桥使徒们与斯蒂芬姐妹的相遇催生出一个亲密的、不敬的和创新的"布鲁姆斯伯里"。怀疑主义、追求自由和反叛传统同样也是使徒式剑桥精神的主基调。"对于'使徒们'的头脑而言,任何事物、甚至是为大多数世人谴责的行为,都是严肃思考、庄重讨论和幽默调侃的合适话题"[3]。"剑桥使徒社"继承的智识遗产挺立于英国传统之中的,它的思考方法迥然有异于"柏拉图、亚里士多德、康德或黑格尔式的即便不是晦涩难懂亦是复杂精细的智识体操运动"[4]。

1910年发生的两个事件——"无畏号战舰恶作剧"和"马奈与后印象派画家"画展,前者嘲弄大英帝国父权制和帝国主义的夸夸其谈,后者拥抱来自欧洲大陆特别是法国的实验美学,以重振陈腐的英国艺术

---

[1] Andrew McNeillie, "Bloomsbury", in *The Cambridge Companion to Virginia Woolf*, eds. Sue Roe and Susan Sellers, Cambridge: Cambridge University Press, 2000, p. 7.

[2] Mark Spilka, *Virginia Woolf's Quarrel with Grieving*, London: University of Nebraska Press, 1980.

[3] Paul Levy, "Introduction", in *The Really Interesting Question and Other Papers*, pp. ix-xiv.

[4] Leonard Woolf, *Sowing: An Autobiography of the Years, 1880-1904*, p. 147.

界。"1910年,集团才真正睁开双眼,塞尚取代摩尔成为集团的主要智识力量。"① 1910年前,文学是大部分集团成员的职业方向定位。弗莱和格兰特的加入,赋予集团关于艺术和美的陈旧而干瘪的争论以鲜活的血肉,在素朴严峻的集团成员面前打开一个"五光十色、如梦似幻"(lustre and vision)的世界。集团"开始以一种更为世俗的目光欣赏造型艺术(plastic art),同时认识了一批英法画家,这些画家都是弗莱作为画家、艺术史家和策展人在各类艺术活动中结识的"②。1924年,弗吉尼亚在《小说中的人物》("Character in Fiction")③一文中不无夸大地宣称,"1910年12月左右,人性发生了变化"④。

> ……弗吉尼亚精确地选择了1910年这个时间点,因为她自己的小世界发生的变化……正对应于英国全国公共生活领域发生的变化……在这个第一届后印象派画展举办的年份,女性、工人、爱尔兰人和议会议员们都在改变着他们看待自己和他人的方式;思想、情感和政治的陈规陋习正在分崩瓦解,但却未能立刻创造出新的结构取而代之。⑤

在这个决定性的重要年份,弗吉尼亚迎来她第一部小说《远航》创

---

① Quentin Bell, "Introduction", in *Word and Image VII: The Bloomsbury Group*, Exhibition Catalog, London: National Book and Hogarth Press, 1976.
② Ian G. Lumsden, "Introduction", in *Bloomsbury Painters and Their Circle*, Exhibition Catlog, New Brunswick, Cannada: Beaverbrook Art Gallery, 1976, pp. 7-16.
③ 《小说中的人物》1924年7月发表于艾略特主编的《标准》(*Criterion*),主体部分为弗吉尼亚5月18日在"剑桥异端社"(Cambridge Heretics)宣读的一篇演说稿,而演说稿则脱胎于她1923年12月发表于《纽约晚间邮报》(*New York Evening Post*)的一篇题名为《贝内特先生与布朗夫人》("Mr. Bennett and Mrs. Brown")的文章,此前,阿诺德·贝内特1923年3月于《卡塞尔周刊》(*Cassell's Weekly*)发表关于《雅各的房间》的书评,指责书中塑造的人物"无法存活",对此,弗吉尼亚撰文予以反驳,并进一步阐发她的文化相对主义观。1924年10月30日,《小说中的人物》经细微修改后由霍加斯出版社重印、作为"霍加斯随笔"("Hogarth Essays"[1924-1926])小册子系列的第一本出版,此文方为之后广为流传、众所周知的现代主义文学宣言《贝内特先生与布朗夫人》。
④ Virginia Woolf, "Character in Fiction", in *The Essays of Virginia Woolf*, Vol. 3, ed. Andrew McNeillie, London: Hogarth Press, 1988, pp. 420-438.
⑤ Edwin J. Kenndy, Jr., "The Moment, 1910: Virginia Woolf, Arnold Bennet, and the Turn of Century Consciousness", in *Colby Library Quarterly* 13, No. 1 (March, 1977), pp. 42-66.

作的关键性转折点；福斯特出版《霍华德庄园》并坦承爱上了一个男人；弗莱正在用一场具有划时代意义的"马奈与后印象派画家"画展重塑英国的艺术传统；凡尼莎和格兰特开始迈入他们各自艺术生涯最具吸引力的阶段；利顿与出版社签订第一部作品《法国文学的里程碑》的出版合同；凯恩斯迈入他辉煌不朽的职业生涯的一个重要新阶段。

"如果说一群'一战'前在布鲁姆斯伯里区频繁会面的亲朋好友开始塑造一个他们自己的世界，那么，这是一个处于流动状态的世界。"[1] "一战"之前的集团，整体上不关心政治，不敬尊长不惧权威，勇于推翻偶像打破旧习。集团在对美的沉思中发现了苏格拉底式的善，在法国后印象派绘画的灿烂余晖中激发出自身的艺术敏感。"一战"之前，"老布鲁姆斯伯里"的声誉来自集团在绘画和装饰艺术领域的大获成功，而并非来自集团所谓的性道德革新。作为集团名称的"布鲁姆斯伯里"首次出现时略带贬义色彩，当时它的批评对象不是一本书，也不是一篇文章，而是格拉夫顿画廊举办的第一届后印象派画展上展出的一组弗莱、凡尼莎和格兰特的画作。集团最早出版的两本书，一本是上文提到的厚度很薄、当时并未引起重视的利顿的《法国文学的里程碑》，另一本是1914年2月一经问世便引发公众强烈关注的克莱夫的《艺术》。事实上，早在"意识流"成为文学热词的12年前，"有意义的形式"就已然成为伦敦智识界的陈词滥调。

薇塔说，"当然，'布鲁姆斯伯里'的内核确实是'一战'前的"[2]。Christopher Campos 认为集团是一种"'一战'前现象"，集团成员试图遗忘"1914—1918年发生的事件"，强调"一种真正属于一个终结于1918年的时代的心灵状态"[3]。"一战"结束后，沿着"回忆俱乐部"的目光回望"老布鲁姆斯伯里"，1904年至"一战"前是集团最好的时光，仿佛一场永不散场的青春盛宴。

战后的第一个十年，集团"多少缓过劲儿来"，开始恢复精力，重

---

[1] Aileen Pippett, *The Moth and the Star: A Biography of Virginia Woolf*, Boston: Little, Brown, 1955.

[2] Joanne Trautmann, "A Talk with Nigel Nicolson", in *Virginia Woolf Quarterly* 1, No. 1 (Fall, 1972), pp. 38-44.

[3] Christopher Campos, "The Salon", in *The View of France from Arnold to Bloomsbury*, New York: Oxford University Press, 1965, pp. 208-237.

振精神。1918—1919年，佳吉列夫的俄罗斯芭蕾舞团（1909—1929）在英国风靡一时，受到伦敦知识分子特别是集团的大力追捧。西特维尔姐弟在天鹅道为俄罗斯芭蕾舞团举办盛大舞会，集团众人赴会，正是在此次舞会上，凯恩斯与罗珀科娃第一次见面，由此开始了集团与俄罗斯芭蕾舞团之间最不可能的一段联姻。更为重要的是，查尔斯顿成为昆汀·贝尔所称的"海边的布鲁姆斯伯里"（Bloomsbury-by-the-Sea）的中心，贝尔一家、格兰特、戴维·加尼特和他们的常客弗莱住在查尔斯顿，而凯恩斯夫妇和伍尔夫夫妇则分别住在附近的蒂尔顿和罗德梅尔。当然，除了作为集团乡间据点的查尔斯顿，"老布鲁姆斯伯里"在战后还以另外两种形式——"霍加斯出版社"和"回忆俱乐部"——得到了延续。同时，集团生命在战后的延续，也在于其成员在二三十年代取得的众多举足轻重的成就，从福斯特的《印度之行》到弗吉尼亚的《海浪》，再到凯恩斯的《就业、利息与货币通论》（*The General Theory of Employment, Interest, and Money*, 1936）。正是在这一长达20年的时间区段内，集团在"欧洲未来的战后之战"的背景下因其美学观念和对和平主义政治的推进而被认为是一种"先锋派"[1]。

1920年代，集团逐渐走向鼎盛。伍尔夫夫妇的"霍加斯出版社"提供的文化生产手段与伦纳德和德斯蒙德各自在其极具影响力的智识周刊《民族与雅典娜神庙》和《新政治家》[2]的文学主编工作是集团屹立于中心的两大支柱。集团将塞尚带到伦敦，"一战"后，塞尚的地位开始发生变化，他成为一个公共问题，而不再仅仅是"布鲁姆斯伯里"供奉的神龛；整体上，1910—1930年在英国，一种基于塞尚绘画作品的纯美学教义被广为接受，成为理解现代艺术的一条途径，即现代艺术首先意味着塞尚，其次是其他后印象派画家。1920年代，弗吉尼亚的《雅各的房间》（*Jacob's Room*, 1922）、《达洛维夫人》和《到灯塔去》、利顿的《维多利亚女王》（*Queen Victoria*, 1921）和《伊丽莎白女王与埃塞克斯伯爵》、福斯特的《小说面面观》等一系列集团重要作品问世；克莱夫和弗莱在艺术批评界备受尊崇，格兰特和凡尼莎成为知名画

---

[1] Christine Froula, *Virginia Woolf and the Bloomsbury Avant-Garde: War, Civilization, Modernity*, p. 2.

[2] 1930年代，两份刊物合并，雷蒙德·莫蒂默接过集团的火炬，担任文学主编。

家，德斯蒙德成为著名的文学和（萧伯纳）戏剧批评家。同时，集团日益壮大，吸纳了一大批年轻人，在十几个不同领域发挥着影响力，成为英国智识生活的一个缩影；并激发起人们各种各样的强烈情感，最终导致集团在两次世界大战之间遭遇到冰火两重天的双面评价。

两次世界大战之间，剑桥和"使徒社"处于摩尔、福斯特和凯恩斯的影响之下，集团的理想主导着剑桥大学。弗莱、福斯特、凯恩斯和朱利安·贝尔的母校剑桥大学国王学院是集团的前哨，约翰·莱曼称之为"康河畔的布鲁姆斯伯里"（Bloomsbury-by-the-Cam）。Rolf Gardiner 说 1919 年的剑桥是一个被集团的智识主义主宰的世界，"大学教师们沉浸在科学人文主义之中，'布鲁姆斯伯里'的精选之人是当时的智识英雄"[1]。另外，这一时期，集团主要是一种文学运动，塑造和反映出一种承认文学风格变革具有合理正当性的批评怀疑论。艾略特说弗吉尼亚"不仅是一个高深莫测的秘密团体的中心，也是整个伦敦文学生活的中心"[2]。而整体上，毋宁说，集团是两次世界大战之间伦敦乃至整个英国文学、艺术、文化和思想生活的中心。

进入 1930 年代，集团的光芒开始日渐黯淡，反对者更是伺机群起而攻之。刘易斯在小说《上帝之猿》中的猛烈攻击给集团深深地打上有钱无才、优越势利、一瓶不满半瓶晃荡的烙印。随后，F. R. 利维斯也在剑桥吹响战斗号角，他和他主编的《细察》将集团描绘成一群据称是腐败堕落的、"彼此相互吹捧的"（clique-puffery）大都市文学精英的腐烂内核。无疑，《细察》在学术界日益扩大的影响力对集团的形象造成了持久的伤害。

1938 年，伦纳德开始与约翰·莱曼合伙经营"霍加斯出版社"，莱曼购买了出版社一半的股份；1939 年"二战"爆发后，随着战争的扩大和升级，伦纳德开始将"霍加斯出版社"越来越多的经营交给约翰·莱曼负责。第二次世界大战"似乎狠狠给了人们当头一棒"，"正是这种无望感和无力感、这种对大灾难和历史力量完全失控的预知，让

---

[1] Edward Nehls, *D. H. Lawrence: A Composite Biography Vol. 3, 1925-1930*, Madison: University of Wisconsin Press, 1959.

[2] T. S. Eliot, "Virginia Woolf and Bloomsbury", in *The Bloomsbury Group: A Collection of Memoirs and Commentary*, pp. 414-416.

局势一路滑向战争，滑向1939年战争的彻底爆发，这场战争完全不同于25年前的那场"[1]。1940年9月和10月，伍尔夫夫妇位于维斯托克广场52号和梅克伦伯广场37号的住宅在德军对伦敦的大规模空袭中先后被炸毁，从某种意义上讲，"'布鲁姆斯伯里'事实上走向了终结"[2]。

"布鲁姆斯伯里"既是一个时间段也是一个地理区域。从伦敦西南的肯辛顿向东北方向的布鲁姆斯伯里的迁移，代表着世纪之交从维多利亚时代向爱德华时代的象征性转变。布鲁姆斯伯里区是智识的和波西米亚式放荡不羁的，而绝非资产阶级布尔乔亚式的和时尚的。布鲁姆斯伯里区不仅为集团成员提供了物质和空间上的自由，也给集团成员带来了智识和政治上的解放。

布鲁姆斯伯里区的社会文化史对于讨论它对集团成员具有的象征价值至关重要。布鲁姆斯伯里区，皮卡迪利广场（Piccadilly Circus）东北仅一英里有余，西起托特纳姆法院路（Tottenham Court Road），东至格雷律师学院路（Gray's Inn Road），北临尤斯顿路（Euston Road），南接霍本高街（High Holborn）。行政上归属坎登区（London Borough of Camden）管辖。该区最早得名于13世纪（名字最早记录于1201年）布勒蒙德斯伯里（Blemundsbury/Blemondisberi，直译为"布勒蒙德的田庄/庄园"）庄园领主、诺曼人威廉·德·布勒蒙德（William de Blemund）。16世纪中叶，南安普顿伯爵四世命人设计修建布鲁姆斯伯里广场（Bloomsbury Square）。17世纪，布勒蒙德斯伯里庄园易主，由贝德福德公爵家族（或称罗素家族）接手。18世纪、19世纪，贝德福德公爵家族开始大规模兴建房屋，逐渐形成后来以罗素广场（Russell Square）为中心、以时尚高档住宅和广场花园著称的布鲁姆斯伯里区。例如，戈登广场始建于1820年代，完工于1860年代。19世纪八九十年代，随着时尚中心西移，最初为高端职业人士而建的布鲁姆斯伯里区的各个住宅广场不再受人追捧。正如Thomas Burke在19世纪20世纪之交时所言，"这里的街道，从前旁边的房屋都是家庭住宅，如今却成了穷职员的公

---

[1] Leonard Woolf, *The Journey Not the Arrival Matters: An Autobiography of the Years, 1939-1969*, London: Hogarth Press, 1969.

[2] Robert Hewison, *Under Siege: Literary Life in London 1939-1945*, London: Weidenfeld & Nicolson, 1977.

寓房和窑子扎堆的地方"①。因此，布鲁姆斯伯里区显露出一种"破旧而高雅的贫穷"②，正如弗吉尼亚 1904 年找房时做的一段评述所暗示的，"杰克［·希尔斯］……带着我们在周围看了看，他认为这儿很糟糕，他说永远不会有人会来这儿看我们，和我们一起吃饭"③。C. F. Keary 在小说《布鲁姆斯伯里》（1905）中写道，主人公们住在"非常偏远的地方。远在布鲁姆斯伯里"④。

布鲁姆斯伯里区的露天花园广场和环绕广场的一幢幢乔治王时代（1714—1830）建筑风格的排屋，颇似昔日古老学府独有的四方庭院，因此，爱德华时代（1901—1910）末期到"二战"时，作家和艺术家趋之若鹜，寓居于此。同时，19、20 世纪之交，布鲁姆斯伯里区房地产的市场价值和该区的波西米亚名声对于它作为女性政治、历史和激进行动发生场所的地位至关重要。与只将房子出租给单身男士的伦敦西区相反，在布鲁姆斯伯里区，单身独立（自食其力）的职业女性（艺术家、作家和政治工作者）可以租到公寓和房间。

作为革命与抵抗之地，布鲁姆斯伯里区是女性改革运动和妇女选举权政治的发生地，也是各种政治社团和政治活动的总部所在地：例如，梅克伦堡广场（Mecklenburgh Square）与社会主义政治和波西米亚主义有关；再如，国际选举权俱乐部（International Franchise Club）位于罗素广场 66 号，妇女选举权男性联盟（Men's League for Women's Suffrage）位于博物馆街 40 号，妇女自由联盟（Women's Freedom League）位于（南安普顿大街旁）巴特街，妇女社会政治同盟（Women's Social and Political Union）位于克莱门特律师学院路；又如，妇女社会政治同盟创立者埃米琳·潘克赫斯特母女三人住在罗素广场 8 号，妇女选举权协会全国同盟（National Union of Women's Suffrage Societies）主席米利森特·加勒特·福西特夫人（Dame Millicent Garrett Fawcett）住在与戈登广场一步之遥的高尔街，妇女选举权协会全国同盟执行委员、妇女地方政府协会（Women's Local Govern-

---

① Thomas Burke, *Living in Bloomsbury*, London: Truslove & Shirley, 1890, p. 12.
② Thomas Burke, *Living in Bloomsbury*, p. 12.
③ Virginia Woolf, *The Letters of Virginia Woolf*, Vol. 1: *The Flight of the Mind*, 1888-1912, eds. Nigel Nicolson and Joanne Trautmann, London: Hogarth Press, 1975, p. 120.
④ C. F. Keary, *Bloomsbury*, London: David Nutt, 1905, p. 5.

ment Society）伦敦分会主席、利顿的母亲简·斯特雷奇夫人（Lady Jane Strachey）住在戈登广场 51 号，她的女儿和儿媳也都是妇女选举权运动的积极活动者。弗吉尼亚迁居布鲁姆斯伯里区的时间恰好是"女权运动的鼎盛时期"，1910 年，她开始为妇女选举权协会全国同盟工作和参加集会活动。

布鲁姆斯伯里区还是进行女性教育改革、创办女子学校和女子学院的中心。1878 年，横跨戈登广场的伦敦大学学院开始招收女生。1848 年，位于戈登广场一角的大楼成为女生公寓。1849 年，贝特福德广场（Bedford Square）47 号成立女子学院，1880 年，该学院成为伦敦大学的一个系，1909 年更名为贝特福德女子学院。1864 年，伊丽莎白·马勒森和芭芭拉·博迪肯在女王广场（Queen Square）29 号创办女工学院。于是，女教师和女学生纷纷涌入布鲁姆斯伯里区，开始在这里工作、学习和生活。1905 年，弗吉尼亚开始从事教育工作，在布鲁姆斯伯里区外的莫利学院教授男女工人历史、文学和写作课程。

对于弗吉尼亚而言，文学空间与女性在布鲁姆斯伯里区拥有的独立生存和政治行动的空间密切相关。布鲁姆斯伯里区代表着运动和放肆而为；聚会上的谈话从家中流溢到大街上。从肯辛顿迁居到布鲁姆斯伯里，意味着一种空间的扩展。在《老布鲁姆斯伯里》一文中，弗吉尼亚写道，"更加令人激动的是""大大增加的空间"①。与"沉闷的"海德公园门相比，充满"光和空气"的宽敞的布鲁姆斯伯里区广场激发起弗吉尼亚的实验感，给了她开阔的心理和智识空间。从对肯辛顿出生地的幽闭恐惧症到在布鲁姆斯伯里区获得的巨大的解放感，戈登广场 46 号成为弗吉尼亚"个人的宇宙中心"，代表着一个新世界，创造了一种新秩序。

布鲁姆斯伯里区特别是戈登广场，对于弗吉尼亚而言，同时还代表着隐私："我渴望拥有一个自己的大房间，房间里什么都没有只有书，我可以把自己关在房间里，谁都不见，一个人读书，慢慢静下来。这在戈登广场是可能的，其他地方都不行"②。然而，无论是在字面意义上

---

① Virginia Woolf, "Old Bloomsbury".
② Virginia Woolf, *The Letters of Virginia Woolf, Vol. 1: The Flight of the Mind, 1888-1912*, p. 147.

还是在隐喻意义上，弗吉尼亚也正是从这个房间走向公众的，布鲁姆斯伯里区的公共空间同样重要。街道和广场将她与其他女性、与站街女联系在一起，"收纳历史碎片的物理空间……将激进好战、拥护宪法的妇女选举权论者的世界与弗吉尼亚的布鲁姆斯伯里区的世界联系在一起"①。

告别维多利亚时代的繁文缛节和清规戒律，斯蒂芬姐妹兄弟四人在戈登广场46号的生活焕然一新。凡尼莎亲手设计完成室内装饰，房间墙壁全部涂成白色，桌椅全部铺上印度风格的围巾，在雪白墙壁的映衬下，围巾粗朴而丰富的色彩图案令人赏心悦目。门厅两边分别挂着一排姐妹兄弟们的姨婆（她们母亲的姨妈）、维多利亚时代著名女摄影家茱莉亚·玛格丽特·卡梅伦（Julia Margaret Cameron）拍摄的照片。除了物理空间的改观，更为根本的是生活方式的改变："我们进行了各种各样的实验和变革。我们吃饭不用餐巾……我们画画，写作，晚餐后喝咖啡而不再九点钟喝茶"，以及姐妹兄弟们开始"在家中待客/在家中聚会"（at homes），于是，1905年，索比的剑桥同学们陆续出现在了年轻斯蒂芬们的新家中。

正如利顿在给弗吉尼亚的一封信中所言，戈登广场的环境与剑桥大学的十分相像，非常适合居住。戈登广场的生活方式和氛围有一种别处没有的惬意和愉悦。随着岁月的流逝，居住在这里的布鲁姆斯伯里人和他们的亲友也不断增加。1924年，伍尔夫夫妇从附近的塔维斯托克广场（Tavistock Square）搬了过来。紧接着，第二年，福斯特寄宿到了利顿母亲斯特雷奇夫人在布伦斯威克广场51号的房子里（孩子们轮流陪她居住，包括利顿）。此外，曾在布伦斯威克广场居住过的还有41号的詹姆斯与艾莉克丝·斯特雷奇夫妇，46号的凯恩斯夫妇，以及50号的阿德里安与卡琳·斯蒂芬夫妇和亚瑟·韦利夫妇。

1906年索比病逝前后的戈登广场46号和菲茨罗伊广场29号，是"一战"前"老布鲁姆斯伯里"在伦敦的主要据点。伍尔夫夫妇、贝尔夫妇、麦卡锡夫妇、利顿、弗莱、格兰特、凯恩斯和福斯特等"星期四晚间聚会"的常客，兴趣广泛，话题从视觉艺术、文学、戏剧到经济学

---

① Barbara Green, *Spectacular Confessions*: *Autobiography*, *Performative Activism and the Sites of Suffrage*, *1905-1938*, London: Macmillan, 1997, p.164.

和政治哲学，不一而足，并渐渐在狂热的理想主义中融入了弗吉尼亚尤感兴趣的闲谈和文学政治。

"剑桥、伦敦、布鲁姆斯伯里区，以及智识阶层内部紧密联系的传统，所有这些向心的力量都在塑造'布鲁姆斯伯里'这个团体的过程中发挥了作用。"[1] 剑桥大学是集团男性核心成员的负笈求学之地，是集团的精神和智识之家，"这群智识和艺术天才，作为剑桥大学的延伸，与20世纪初文化社会的关系，正如约翰逊博士与18世纪的关系一样"[2]。

从戈登广场46号到僧舍和查尔斯顿农舍，伦纳德说，"在我们的生命中刻下最深沟壑的是我们居住过的不同的房子"[3]。伍尔夫夫妇和贝尔一家在伦敦以外购置了房屋。1911年，弗吉尼亚结婚前在苏塞克斯郡刘易斯的弗勒村（Firle）租房居住（僧舍位于苏塞克斯郡刘易斯的罗德梅尔村）。"一战"时，戴维·加尼特和格兰特作为"良心拒服兵役者"在查尔斯顿务农。1918年后，查尔斯顿主要是用于度假，直到买了一辆车，方便从伦敦过去常住，凡尼莎和格兰特才开始一起对房子做整体装修，而且因为续签了租期，所以值得为房子做点儿投资，室外花园由弗莱重新设计建造，有雕塑、砾石铺成的小路和瓷砖贴面的水池，草木繁茂，花团锦簇。莫瑞尔夫人位于牛津郊外的乡下别墅嘉辛顿庄园是集团成员"一战"时的另一个据点，因克莱夫等人在此务农，其他成员常在周末来访。正是在嘉辛顿庄园，集团和罗素、曼斯菲尔德与约翰·默里夫妇、劳伦斯与弗里达（Frieda）夫妇、叶芝、马克·格特勒、奥尔德斯·赫胥黎等圈外友人相遇。

查尔斯顿是集团最后的前哨基地，格兰特是查尔斯顿最后的早期居住者。1978年，随着他的离世，半个世纪前盛极一时的集团终于风流云散，查尔斯顿彻底荒弃，房中大量丰富的物品或毁坏或散失，与弗吉尼亚在小说《到灯塔去》的"岁月流逝"一章中描写的场景毫无二致。

---

[1] George H. Thomson, *The Fiction of E. M. Forster*, Detroit: Wayne State University Press, 1967.

[2] W. D. Maxwell-Mahon, "E. M. Forster: The Last of the Apostles", in *Latern* 29, No.1 (December, 1979), pp. 20-25.

[3] Sherry Marker, "The Lumious Ghosts of Bloomsbury", in *Horizon* 27 (December, 1980), pp. 64-69.

1979年，昆汀·贝尔呼吁抢救查尔斯顿，因为"它不仅仅是一所作为现象的房子。它是一个时间静止的地方，在这里，我们能看到一种生活方式，一件作品，它事实上属于一个早已消逝的社会"。[①] 成立于1980年的查尔斯顿信托基金委员会，在德博拉·盖奇（Deborah Gage）的主持下，聘请昆汀担任委员会首任主席，募集一百余万英镑的重金购得查尔斯顿，并投入大量财力、物力和人力进行修复和保护，加固了房屋结构，清除了肆虐的虫害鼠患，精心保存好房中的织物、家具、艺术作品和油彩涂画的墙面，修葺了芜杂的花园，最终挽救了濒死的查尔斯顿。1986年，查尔斯顿正式对外开放，被誉为"英国目前最艰难但也最富想象力的遗迹修复壮举之一"，它的色彩、活力和它带给人们的逝去世界重现的感觉，使它充满了摄人心魄的魅力。随着集团产业的扩张和集团传记、回忆录的激增，这座乡间住宅（和花园）处处都是集团留下的艺术作品和与集团有关的纪念品，同满是格兰特、凡尼莎、弗莱、昆汀等人画的油画、水彩画和彩绘瓷砖的僧舍一样，很快成为普通游客的旅游胜地和集团仰慕者的朝觐圣地。

查尔斯顿不可抗拒的吸引力在于，它是凡尼莎和格兰特长时间以来装饰和反复装饰的最后一座留存下来的房子，与集团有交往的无数艺术家和作家曾在这座房子里居住或是来这座房子拜访过，他们影响了房子的样貌，共同形成了房子非同寻常的氛围。查尔斯顿"反映出一种感性和一种生活方式，它们影响了这些天分过人的个体的生活和作品"[②]；"表达的既是一种生活方式又是一种视觉风格；它以一种博物馆和书籍都无法做到的方式极其显明地展示出上述两个特点融合为一种感性"，同时，查尔斯顿房间中的"许多装饰都显现出"居住者在文学、艺术和哲学关切上的相互联系[③]。凯恩斯在这里写出了《和约的经济后果》，克莱夫写出了他的重要作品《文明》，利顿修改完成了《维多利亚时代四名人传》的校样。查尔斯顿不仅能引发文学联想，而且展示出了集团

---

① Quentin Bell, "Charleston", in *Architectural Review* 166 (December, 1979), pp. 394-396.
② Frances Spalding, "Vanessa Bell and Charleston", in *Connoisseur* 202 (October, 1979), p. 143.
③ Richard Morphet, "Significance of Charleston", in *Apollo* 86 (November, 1967), pp. 342-345.

的视觉形象。昆汀·贝尔对查尔斯顿艺术环境的评论是,"凡尼莎·贝尔和邓肯·格兰特已然得出结论,一幅画有可能逃逸出画框之外"①。

1910—1940年是集团与法国联系最为密切的时期。凡尼莎、格兰特和弗莱常常、特别是在1920年代常常在法国南部生活和作画,对于他们而言,轻松、文雅、适意的"地中海的布鲁姆斯伯里"(Bloomsbury on the Mediterranean,凡尼莎语)与其说是游玩之地,不如说是他们艺术灵感的源泉和激励他们辛勤工作的动力。法国的活力和色彩、明亮和雅致与英国的单调乏味、褊狭保守形成了鲜明对比。甚至,真正吸引集团成员的也并非法国的四季美景、村庄城堡、树木田野,而是法国看待艺术和对待艺术家的方式以及法国的生活方式和智识氛围。除了地理意义上的法国,集团对它所认为的法国发生了真正的兴趣,它所想到的法国总是离不开文学和艺术;凭借对法国的幻想,集团试图建立一个文学艺术的黄金时代。集团熟知和尊敬的法国画家从17世纪的让-巴蒂斯特·西梅翁·夏尔丹(Jean-Baptiste Simeon Chardin)和尼古拉斯·普桑(Nicolas Poussin)到20世纪的马蒂斯、德朗和毕加索,悬挂在查尔斯顿房间墙壁上的德朗、西蒙·布西等法国画家的作品铭记着集团30年来跨越海峡的盛情和好客。集团成员自小熟读的作家是拉辛,对弗吉尼亚、克莱夫等集团成员的工作、阅读和生活产生持久影响的作家是普鲁斯特,普鲁斯特去世后,《新法兰西评论》(La Nouvelle Revue Francaise)纪念特刊上刊登了一封署名为"布鲁姆斯伯里集团众人"的来信,信中写道,"他复原了我们曾经知道和经历的生活,并以艺术的神力使之变得更加丰富、瑰丽和壮美"②。

二 团体与事件

尽管从严格意义上讲,集团松散不成组织,"圆心无处不在,圆周

---

① Quentin Bell, "An Afternoon at Charleston", in *Crafts* 80 (May-June, 1986), pp. 11-12.

② George Painter, "Proust and Virginia Woolf", in *Adam International Review* 37 (1972), pp. 17-23.

无处可见"①,但集团内部创立的"欧米伽艺术工场""霍加斯出版社""回忆俱乐部"等团体和发起的"无畏号战舰恶作剧"、后印象派画展、"良心拒服兵役"等事件②,却有着更为明确而一致的宗旨、理念和行动;并且,就其对集团形成和发展的重要性而言,与弗吉尼亚、凡尼莎、利顿等集团成员相比,它们无疑是集团真正的"圆心"所在。

1910年2月7日,由贺拉斯·科尔(Horace Cole)和阿德里安策划带领,弗吉尼亚和格兰特等一行人装扮成阿比西尼亚王室成员,登上当时世界上最大、战斗力最强的战舰——英国皇家海军旗舰"无畏号战舰"(HMS Dreadnought),受到军乐团的奏乐欢迎,并在专人陪同下参观了战舰。事件真相披露后,报刊大肆报道,皇家海军颜面扫地,成为一桩公众丑闻。当局不知该如何处理恶作剧者们,只能派人上门找到格兰特,开车将他带到亨登(Hendon)附近的一片农田,找了根藤条"象征性地打了他两下子",最后格兰特穿着拖鞋自己坐地铁回了家。"无畏号战舰恶作剧"事件令人发笑地证明了年轻的布鲁姆斯伯里人不愧是玩恶作剧的高手,但更为重要的是,它证实了弗朗西丝·斯伯丁的描述,集团"拒绝接受任何权威而不质疑其所依赖的价值观",作为"傲慢的爱国主义的一个趾高气扬、耀武扬威的象征","无畏号战舰"是一个理想的攻击目标③。

1910年秋,弗莱、克莱夫、德斯蒙德和莫瑞尔夫人一同前往巴黎为"马奈与后印象派画家"画展选画。他们收集了包括油画、素描、青铜雕塑、陶器在内的大量展品,其中包括20件塞尚、22件凡·高、36件高更,以及马蒂斯和毕加索的部分作品。同年11月8日(至1911年1月15日),弗莱在伦敦格拉夫顿画廊举办画展,画展上展出的塞尚、凡·高、高更、马蒂斯和毕加索等人的画作极具爆炸性,吸引了成千上万的参观者,但也惹恼了保守的英国评论家,挑战了艺术界的权威。第二届画展上还展出了凡尼莎和格兰特等现代英国画家、集团艺术

---

① Qtd. in Mary Ann Caws and Sarah Bird Wright, *Bloomsbury and France: Art and Friends*, New York and Oxford: Oxford University Press, 2000, p. 8.
② 除"回忆俱乐部"主要限于集团第一二代核心成员之外,其他集团内部团体和事件事实上均有集团圈外人士的参与甚至组织和领导。
③ Frances Spalding, *Duncan Grant: A Biography*, London: Pimlico, 1998, p. 85.

家的画作,再一次激怒英国公众。正如凡尼莎所言,画展"引发的惊愕和反对比'布鲁姆斯伯里'本身引发的还多"①,同时也让弗莱身败名裂,成为当时"整个伦敦艺术界最为憎恨之人"②。为嘲讽后印象派艺术运动,著名的斯莱德美术学院(Slade School of Fine Art)教授 Henry Tonks 向公众散发一幅名为"未知上帝"的漫画,画中的弗莱是一个站在演讲台上双眼圆睁、瞠目而视的预言家,而微胖的克莱夫则是一个嘴里冒出一串串"塞尚主上"(Cezannah)小气泡的侍祭。1950年,克莱夫在谈到后印象派美学和两届后印象派画展遭遇到的负面反应时,仍然心有余悸,"当时的公众是如何对待它的?狂怒的嚎叫和恶毒的讥笑,从文化圈到普通大众,同样猛烈,而今天,这一切已几乎成为历史——成为一个代名词和一句警示语";然而,无论就参观人数还是就引发的话题讨论量而言,两届画展均可谓大获成功,它们"对那些有思想的英国公众产生了巨大影响。人们开始严肃对待艺术"③,理解新艺术的美学假定。对后印象派画展重要性的认知不仅仅是一种后见之明,事实上,从画展举办之初起,它作为来自新世界和新现实的挑战的重大意义就得到了广泛承认,尽管太多的人厌恶它,将它视作政治无政府主义在艺术领域的对应物。

公众和批评界对两届后印象派画展的强烈抗议令弗莱困惑不解,然而,尽管遭遇种种诬蔑和误解,1910年至1914年的四五年依然是他一生中最幸福的时刻,是他艺术批评工作的顶峰。弗莱以声誉为赌注举办的两届后印象派画展体现出他深刻的艺术洞察力,成为他一生的主要成就之一,不仅将他推上英国年轻艺术家领袖的位置,并且最终确立了他在艺术史上独一无二的重要地位。弗莱拒绝生吞活剥希腊艺术,强调结构的完整统一和形式的组织条理至关重要,并创造和作为主力普及了"后印象派"这一术语,同时也随意而误导性地创造出一场20世纪至为关键的艺术运动,在1910年这个特定的时间点将现代主义引入英国,同时强烈影响了立体派、"新艺术"(*Art Nouveau*)和德国表现主义。瓦

---

① Vanessa Bell, "Notes on Bloomsbury".
② Quentin Bell, *Bloomsbury*, p. 50.
③ Clive Bell, "How England Met Modern Art", in *Artnews* 49 (October, 1950), pp. 24-27, 61.

尔特·席格和他的圈子并未强烈感觉到后印象派画展的影响，真正受到影响的是年轻一代的画家、特别是格兰特和凡尼莎两位集团画家。集团清楚地意识到，后印象派画展的影响甚至远比集团深远，凡尼莎将其描述为"突然指出一条可能的道路，突然解放"，"注入新生命"，认为其他任何单场画展都不可能像它一样对年轻一代产生如此巨大的影响。这些新的创造活力将在由弗莱、凡尼莎和格兰特于1913年7月创办的制作色彩鲜艳、设计自然的家居用品的"欧米伽艺术工场"得到释放和展现。

"欧米伽艺术工场"，1913年5月注册，1913年7月8日在菲茨罗伊广场33号开业。弗莱构想和实施此计划的目的在于鼓励年轻画家将他们的艺术才华和技巧运用于室内装饰，特别是运用于碗钵、花瓶、桌椅、软装、地毯和窗帘的设计和着色上。雇佣凡尼莎、格兰特、刘易斯、弗雷德里克·埃切尔斯（Frederick Etchells）、马克·格特勒等年轻艺术家设计织物、家具和其他家居用品，一方面希望改进室内设计和装饰，另一方面则是希望给年轻艺术家一个赚钱的机会，从而能够让他们随心所欲地自由作画。从1913年10月直到1918年11月，工场陆续举办多场展览。尽管由于受到"一战"的破坏和遭遇了财务失败，工场最终不得不于1919年6月停业，但工场开创的传统却影响和照亮了之后20年的装饰艺术。

"欧米伽艺术工场"代表着两种截然不同的要素的汇流："工艺美术运动"与"国际现代主义的危险力量"[1]。一方面，"欧米伽艺术工场"有意识地摒弃基于罗斯金的哲学思想，抛开对工匠灵魂和社会信息的关切，它攻击资产阶级对装饰艺术和家具陈设的成见，应被视作一种公然反抗"鸟牌蛋奶沙司小岛"（Bird's Custard Island）——弗莱对英国的绝望描述——上的居民们的姿态。另一方面，弗莱向欧洲大陆的应用艺术运动寻求灵感，赞赏后者率性自然、朴实无华的装饰艺术风格，"布鲁姆斯伯里圈的成员们是'欧米伽'的固定客户"[2]；"欧米伽艺术

---

[1] John Russell Taylor, "Roger Fry's Amazing Time-Capsule", in *Times* (London) (January 24, 1984), p. 7.

[2] Fiona MacCarthy, "Roger Fry and the Omega Idea", in *The Omega Workshops, 1913-1919: Decorative Arts of Bloomsbury*, Exhibition Catalog, London: Arts Council Gallery, 1984, pp. 9-23.

工场"致力于将后印象派美学运用于装饰艺术,这种影响在弗莱、凡尼莎、格兰特等人的身上终生留存,在查尔斯顿农舍的室内彰显无遗,而"理想之家"艺术展上的"后印象派房间",则大胆挑战英国当时的室内装饰设计惯例,并与之分道扬镳。而且,不仅是家居装饰,艺术工场的另一理想是希望做出一种页面和插图与文学观念和谐并存的书刊。"欧米伽艺术工场"的装饰艺术是非正统的,"它不遵循任何理论,是极其个体主义的,它混乱无序的风格在纯抽象与再现主题之间任意游荡","'布鲁姆斯伯里'装饰作品的享乐主义要素激怒了正统主义者,严重干扰了艺术品味的公认准则"[1]。创办"欧米伽艺术工场"无疑是"英勇之举",它成了一个预兆,在之后的所有应用艺术中都留下了自己的印记。

"一战"特别是1916年春推行的征兵制度,将一些集团成员带上了公共舞台。利顿、克莱夫、格兰特和戴维·加尼特成为"良心拒服兵役者",反对强制征兵,用自愿在查尔斯顿、嘉辛顿庄园等处农庄中的无报酬服务替代必须服的兵役。尽管除利顿四人外,其他集团成员都有着强弱不同的反战态度,并以不同形式参与到与战争有关的工作之中,但集团整体上一致认为"一战"是一场错误的战争,且无一人真正走上战场。"一战"的爆发戏剧性地中止和抑制了集团欣赏美和艺术、享受友情的理想和对理想的积极追求,击碎了集团关于文明正一路高歌猛进迈向一个新的黄金时代的想象和希望,成为集团史上一道深渊般的巨大断裂;但与此同时,集团在人道主义、审美和道德层面上对战争的反对和抵抗——"湮灭个体感受力、威胁文明进程、榨干或分散创造力"[2]——也塑造了集团"臭名昭著的"懦弱、冷漠、没有爱国心的负面形象。

尽管"欧米伽艺术工场"由于"一战"和资金原因难以为继,但令人欣慰的是,在这一年前后成立的、带有鲜明布鲁姆斯伯里血统的"霍加斯出版社"和"回忆俱乐部"将在未来的数十年里蓬勃发展。

---

[1] Frances Spalding, "'Duncan Grant Designer' at the Brighton Museum and Art Gallery", in *Burlington Magazine* 122 (March, 1980), pp. 214-215.

[2] Jonathan Atkin, *A War of Individuals*: *Bloomsbury Attitudes to the Great War*, Manchester and New York: Manchester University Press, 2002, p. 47.

伍尔夫夫妇在购得一台小型手动印刷机、自学掌握排版印刷技术后，于1917年3月成立"霍加斯出版社"，社址为他们在里士满的住所霍加斯屋。"霍加斯出版社"开始于两位业余爱好者孩童般的印刷热情和缓解弗吉尼亚精神病患的考虑，最终却成长为一个高标准、严要求的专业出版机构。"在夫妇二人看来，'霍加斯出版社'始终只是他们的一个消遣，并希望它能一直只是个消遣，即使三年后他们再也无法否认它已成为一个独立实体。"[①] 起初，伍尔夫夫妇使用一台小型手动印刷机印书，到印刷出版曼斯菲尔德和艾略特的作品时，他们开始使用机械印刷机。伍尔夫夫妇不仅亲自印刷了"霍加斯出版社"早期出版的许多书籍，而且对外包印刷的所有书籍都严格监督。对于他们而言，制作书籍始终是一件至关重要之事。

1924年，出版社迁至塔维斯托克广场52号；1939年，迁至梅克伦堡广场37号；1940年遭到德军轰炸后，迁至伦敦以北60公里的莱契沃斯镇（Letchworth）。拉尔夫·帕特里奇（1920—1923）、乔治·赖兰兹（1924）、安格斯·戴维斯（1924—1927）、约翰·莱曼（1931—1932和1938—1946）等人先后与伦纳德共事，一同经营出版社，但均发现后者十分不好相处。1946年，"霍加斯出版社"由查图与温都斯书局（Chatto & Windus）收购。在弗吉尼亚1941年去世之前，伍尔夫夫妇共出版了大约450种书籍，包括他们自己的作品，私交友人曼斯菲尔德和艾略特的作品，以及众多流行作家的各类作品、非虚构类作品和翻译外国作家的作品，例如，詹姆斯与艾莉克丝·斯特雷奇夫妇首译的弗洛伊德作品全集，伍尔夫夫妇、劳伦斯、曼斯菲尔德等与科特连斯基合译的托尔斯泰、高尔基、陀思妥耶夫斯基等俄罗斯作家的作品。"'霍加斯出版社'的历史令人激动，因为它表明想象战胜了资本，富有创造力的心灵战胜了经营管理。"[②] "霍加斯出版社"使得集团在之后的数十年里一直保持着向更广阔的现代主义"网络"的开放。

集团之所以对弗洛伊德感兴趣，一方面是因为像弗洛伊德一样，集

---

① Stanley Olson, "North from Richmond, South from Bloomsbury", in *Adam International Review* 37 (1972), pp. 70-74.
② Phyllis Rose, "Introduction", in *Thrown to the Woolfs*, John Lehmann, London: Weidenfeld & Nicolson, 1978.

团旨在捍卫"'私人(private man)',反对社会常常强加给'私人'的遵从公共规范的过分要求"[1];另一方面是因为集团"从 G. E. 摩尔的哲学中汲取到了开阔的思想、反维多利亚时代的性观念以及对主体心理的兴趣"[2]。1964 年,伦纳德在自传中宣称自己"完全有理由自豪于早在 1914 年就已经认识和理解到弗洛伊德的伟大以及他所做之事的重要性,能做到这一点在当时绝非寻常"[3]。1920 年代末,除弗吉尼亚一人极度憎恨被人用来做分析之外,集团已与精神分析学建立了紧密的联系。詹姆斯·斯特雷奇与伦纳德达成协议,在"霍加斯出版社""出版弗洛伊德全部作品……最完整可靠的英译本"[4],而事实上,他与妻子确实一本不落地翻译出版了包括 24 卷《标准版西格蒙德·弗洛伊德心理学著作全集》(*The Standard Edition of the Complete Psychological Works of Sigmund Freud*)在内的"国际精神分析学文库"。斯特雷奇夫妇的英译本从 1920 年代初起设定了弗洛伊德的"英语标准音",帮助形成了英语世界的精神分析语言,这种语言具有独特、易于辨识的技术特征,包括大量新词和之前不太常见的术语新义。此外,集团出版的精神分析学家撰写的用以"教育公众"的"普及文本"在广泛传播"弗洛伊德语"(Freudish)——弗洛伊德和他持异见的追随者们使用的语言——与精神分析学观点的过程中发挥了至关重要的作用[5]。

"回忆俱乐部"是"一战"后集团私密性的内部组织,对每一位初始成员的职业追求产生了重要影响。由于无聚会记录、无聚会上宣读的回忆录档案,且成员依照规定严格保密,在凯恩斯去世后出版的《两份回忆录》(*Two Memoirs*,1949)面世并由伦纳德在对该书做的书评中首次公开提及俱乐部的名称之前,外界鲜少有人知道它的存在。为鼓励"拖延症患者"德斯蒙德创作小说,1914 年,莫莉提议成立"小说俱乐

---

[1] Jan Ellen Goldstein, "The Woolfs' Response to Freud: Water Spiders, Singing Canaries, and the Second Apple", in *Psychoanalytic Quarterly* 43 (1974), pp. 438-476.

[2] Dean Rapp, "The Early Discovery of Freud by the British General Educated Public, 1912-1919", in *Society for the Social History of Medicine* 3, No. 2 (1990), pp. 217-243.

[3] Leonard Woolf, *Beginning Again: An Autobiography of the Years, 1911-1918*, p. 167.

[4] Perry Meisel and Walter Kendrick (eds.), *Bloomsbury/Freud: The Letters of James and Alix Strachey, 1924-1925*, New York: Basic Books, 1985, p. 22.

[5] Graham Richards, "Britain on the Couch: The Popularization of Psychoanalysis in Britain 1918-1940", in *Science in Context* 13, No. 2 (2000), pp. 183-230.

部",但未能实现,后于 1920 年春天,莫莉转而成立"回忆俱乐部",并担任"俱乐部的秘书和杂役"直至 1946 年 1 月。1920 年 3 月 4 日星期四,应莫莉之邀,俱乐部在切尔西威灵顿广场(Wellington Square)25 号首次聚会,因"一战"而四散飘零的"老布鲁姆斯伯里"的亲友们借此重聚一堂,共同回忆战前的旧日时光。除上述原因之外,普鲁斯特《追忆逝水年华》中对往事的追忆而非对逝去时光的追寻和"剑桥使徒社"真诚幽默的谈话、交谈、讨论传统是促成并维系俱乐部的另外两重动机。① 俱乐部成员需撰写短篇个人回忆文字并轮流在聚会时当众宣读,成员的回忆本意在自娱自乐,但也常常是坦诚而口无遮拦、严肃而充满反讽意味的。俱乐部规定成员既不可故意侮辱其他成员亦不可因其他成员直言不讳的个人回忆而恼羞成怒。面对一群亲密无间、知晓内情、随时都会提出批评意见的亲友宣读回忆录,并不轻松,因此,在俱乐部里,成员们寻求不到慰藉和支持,当然也寻求不到喝彩和掌声。俱乐部初始成员即是"老布鲁姆斯伯里"的主要核心成员;到 1943 年,不包括去世的利顿、弗莱和弗吉尼亚,成员最多达到 25 人;到 1964 年克莱夫去世、俱乐部彻底停止活动时,创始成员仅余伦纳德、福斯特和格兰特三人。从 1920 年至 1964 年的 45 年间,俱乐部秘密聚会约 60 次,宣读的回忆录约 125 篇,现留存约 80 篇,这些回忆录除回忆集团的战前往事以及弗吉尼亚、凡尼莎、利顿等成员的维多利亚家庭的童年生活之外,还记录了俱乐部成员的脾性和人生经历以及对逝去成员的深切缅怀。

三 实务与生活

本质上,集团是一群有智识、有特权、有创造力的杰出之士,他们坚持"行动与沉思、目的世界与手段世界的二分法"②,竭尽全力在一种这个世界上没有的氛围中身体力行他们追求的美学理想和伦理理想。集团的精神和思想根柢是摩尔的伦理学和弗莱与克莱夫的美学理论,在

---

① James M. Haule, "Introduction", in *The Bloomsbury Group Memoir Club*.
② J. W. Graham, "A Negative Note on Bergson and Virginia Woolf", in *Essays in Criticism*, No. 1 (January, 1956), pp. 70–74.

这个根柢上开花结果的是以"伦理审美主义/审美伦理学"为核心的弗吉尼亚、福斯特和利顿的文学，凡尼莎、格兰特和弗莱的绘画和装饰设计，弗吉尼亚的"现代小说"理论，福斯特的"小说面面观"和"唯有联系"论，利顿的"新传记"观，以及德斯蒙德的戏剧批评，凯恩斯的经济学理论，伦纳德的政论和社会活动；是集团成员为塑造理想的"美好生活"的文明社会在各自专业领域的个人努力和贡献，以及他们在公共事务和私人生活中的冒险和实验。

集团涉足英国现代文明的诸多方面。除绘画、装饰艺术、小说、传记之外，文学和艺术批评，书籍出版和报刊编辑，也是集团成员积极实践的重要领域。据 Donald Alexander Laing 的统计，弗莱的文章著作共计 816 篇部，其中 400 篇随笔为匿名发表；克莱夫的文章著作共计 462 篇部，其中 50 余篇随笔为匿名发表。总体上，二人的文章著作涉及三大论题：使真正的艺术腐败堕落的社会权力，对了解作为腐败堕落的解毒剂的塞尚的艺术的信念，培养英国公众批评精神的努力。[①] 但相比而言，是弗莱而非克莱夫通过聚焦于"造型艺术的"形式而非"有意义的"形式将"有意义的形式"这一论题发展成为一种多少切实可行的批评体系。"如果说罗杰·弗莱是集团的罗斯金，那么，他拒绝成为艺术内容的解释者；他更愿抛开图画指称（pictorial reference）而去教授人们如何感知一幅画作"[②]。集团混合了个体主义和美学上对细节的极致讲究，相信文学是一种高雅艺术。弗吉尼亚的随笔写作，截然不同于 F. R. 利维斯的"伟大的传统"和艾略特的高雅文化，1909 年后，弗吉尼亚才开始撰写书评。如同艾略特的文学批评，弗吉尼亚的文学批评一样雄心勃勃，尽力走中间道路（via media），在理性与情感、理智与感性、批评家个人与非个人性批评方法之间实现富有创造力的平衡。批评家的情感反应是集团美学的组成部分，弗吉尼亚文学批评中的艺术形式与弗莱、克莱夫和"有意义的形式"有关。福斯特无法"相信批评对于艺术的价值"，因为批评"使我们远离了创造性体验和作品本身的神

[①] Donald Alexander Laing, "The Published Writings of Roger Fry and Clive Bell: Checklist and Commentary", Ph. D. Dissertation, University of Toronto, 1976.

[②] Alan Palmer and Veronica Palmer, *Who's Who in Bloomsbury*, Sussex: Harvester, 1987, p. ix.

秘性";但在弗吉尼亚看来,批评和创造力之间有着至关重要的联系①。"既是《民族与雅典娜神庙》的文学主编又是'霍加斯出版社'的出版人,这使得伦纳德·伍尔夫和弗吉尼亚·伍尔夫能够出版那些大有前途的作家的作品。"②《小说面面观》的文学史开始于"布鲁姆斯伯里",伦纳德邀请福斯特为"霍加斯出版社"写作一本关于心理学与小说的书籍,这个邀约或许影响了福斯特为剑桥大学"克拉克讲座"的题目选择,这次讲座的讲稿就是后来出版的展现"'布鲁姆斯伯里'典型特征——兼收并蓄的折衷主义"的《小说面面观》③。

组成"布鲁姆斯伯里"的男男女女们的最高价值观既是美学的也是社会的。伦纳德说,"事实上,令我们烦扰的一个难题是,摩尔(和我们,他的信徒们)应该在日常生活中发挥何种作用,例如,我们应该以何种态度对待实践政治"④,如何"在'布鲁姆斯伯里'之外发现更广阔的生活"⑤。摩尔伦理学的核心地位始终不可取代,因为,"集团存在的理由从根本上讲总是与如何最好地生活和最好地奉献于所身处的社会等问题密切相关"⑥。"集团从一开始——从摩尔的《伦理学原理》开始——作为一个整体就从政治、美学和经济学的角度思考着以下的伦理学问题:什么是善?人应该如何与他人一起生活?那些组成民族和国家的人群应该如何与其他民族和国家相处?他们力图在理论上解答这些问题;而整体上,他们也相信,或者至少是希望,他们能够引发广泛的物质和社会变革,从而实现他们的乌托邦梦想:一个由和谐的、充满爱的个人关系组成的世界。"⑦

集团成员之间的联系不仅是心灵和思想上的,还有基于阶级和家族以及某种意义上基于超越阶级和家族的意志的志同道合。因此,集团内

---

① Mark Goldman, "Virginia Woolf and E. M. Forster: A Critical Dialogue".

② Leila M. J. Luedeking, "Bibliography of Works by Leonard Sidney Woolf (1880-1969)", in *Virginia Woolf Quarterly* 1, No. 1 (Fall, 1972), pp. 120-140.

③ S. P. Rosenbaum, "*Aspects of the Novel* and Literary History".

④ Leonard Woolf, *Sowing: An Autobiography of the Years, 1880-1904*, p. 149.

⑤ Alice Mayhew, "Leonard Woolf's Autobiography", in *Commonweal* 81 (November 20, 1964), pp. 299-302.

⑥ Gabrielle McIntire, "Modernism and Bloomsbury Aesthetics".

⑦ Todd P. Avery, "The Bloomsbury Group: Varieties of Ethical Experience", Ph. D. Dissertation, Indiana University, 2001, p. 26.

部的友情伦理具有广泛的社会意义，它力图延伸至圈外其他共同体和更大的社会结构，延伸至政治生活，成为一种公共良知，特别是在身份地位不平等的人之间尝试实现一种共情式的想象，建立一系列跨越阶级、党派、民族、种族、性别、宗教和地域界限的个人关系，而集团坚持的女性主义、反帝国主义、费边社会主义、国际主义等，则无一不是友情伦理的政治和公共实践。在集团文学艺术的伦理承诺之外，从政治、经济、社会到艺术普及、大众教育和文化民主化，作为公共团体，集团投身改革、踊跃行动的实践领域广阔而充满挑战。集团成立和加入各类社团组织，举办画展和装饰艺术展，创立艺术机构、艺术工场和出版社，创办和编辑思想文化刊物，承接学校和教堂等公共开放空间的壁画绘制工作，加入反战运动和女性选举权运动（撰写政论文、做政治演讲、设计宣传海报等），参与劳工阶层的成人教育。就个体成员的公共活动而言，例如，弗莱教导英格兰中西部煤田区的小学生们着装礼仪，帮助"一战"难民在法国前线开垦农田。福斯特在工人学院（Working Men's College）教授拉丁语，连续八年在剑桥的大学进修班开设有关意大利历史和文化的讲座。

　　普遍认为集团对政治不感兴趣，特别是弗吉尼亚，伦纳德称她为"自亚里士多德发明政治的定义以来最不政治之人"，而作为例外的凯恩斯和伦纳德也是以一种完全不同的方式对政治发生兴趣的。但事实上，即便是弗吉尼亚也并非住在布鲁姆斯伯里区象牙塔里病弱无力的女士，她曾在家中召开"妇女合作协会"（Woman's Cooperative Guild）的支部会议，在多个左翼党派委员会任职。"弗吉尼亚与伦纳德·伍尔夫的朋友和同仁从政治的角度很难加以界定"，他们个人的政治观是激进的，"布鲁姆斯伯里集团在社会改革问题上有很强的"参与性[1]，集团的自由主义并非一种远离政治参与的自由主义。20世纪的最初十年，自由主义的英国遭遇到劳工骚乱、爱尔兰骚乱和激荡的女性选举权运动浪潮的连续暴击。到1910—1914年，甚至出现了左右两派意图发动革命的苗头。显然，正如艺术世界和艺术表达，整个英国社会也正在变得越加混乱无序、无法控制，变得越加民主和"现代"，"后印象派画家

---

[1] Kate Flint, "Virginia Woolf and the General Strike", in *Essays in Criticism* 36, No. 4 (October, 1986), pp. 319-334.

是世界伟大反叛者们的同路人。政治上，当时唯一值得考虑的运动是女性选举权运动和社会主义运动。它们渴望剥去陈旧腐朽的形式，渴望为自己找到新的可实现的理想，从这一点上讲，它们都是后印象派"①。

"一战"期间，凯恩斯被扔进支援战争的财务工作，后又在凡尔赛被扔进一场阴谋骗局，辞职退出战胜国分赃的巴黎和会后，他撰写了《和约的经济后果》，无情批判战胜国分赃的凡尔赛条约勒令德国承担巨额战争赔款的贪婪和凶暴；伦纳德开始考察战争的起因，投身于维持和平的工作；福斯特跟随红十字会前往埃及采访受伤士兵；德斯蒙德为红十字会和海军情报部门工作。到 1920 年代，凯恩斯甚至被事务世界的吸引力深深诱惑，不再一心一意追寻个人关系。

"1930 年代的社会剧变让欧洲、包括'布鲁姆斯伯里'，都意识到社会价值观、社会习俗和政治意识形态会威胁到个体和社会的生存"，"布鲁姆斯伯里"表达出"对影响个体意识和国际生活的社会、艺术、经济和政治问题的深度关切"②。伦纳德发现，这一时期（1919—1939），"我们的生活和每一个人的生活都已经被政治渗透和掌控"③。"政治上，[伦纳德·] 伍尔夫整体性的自由人文主义是在不加质疑地接受同样整体性的、人类历史不是冲突的历史而是被永恒化的统治阶级的历史的观念中显现出来的"④。伦纳德参与"劳工运动"（Labor Movement），加入费边社，为工党工作，并与克莱夫等集团成员共同参与过英国政治史上的"人民阵线运动"（Popular Front）。他相信社会主义是解决世界难题的唯一答案，作为坚定的左派分子，他将社会主义设想为文明进程中的一次进步而非革命或与过去的断裂，认为法国大革命和"一战"有着共同的群体心理。他一方面关注宏大的历史问题，另一方面关心当下的现实事务，例如，海外的殖民地行政管理、国内的社会福利、"国际联盟"的建立，力图阻止帝国主义和纳粹主义的蔓延。伦纳

---

① Qtd. in Peter Stansky, *On or About December 1910: Early Bloomsbury and Its Intimate World*, Cambridge, Mass.: Harvard University Press, 1996, p. 7.
② Selma Meyerowitz, "*The Hogarth Letters*: Bloomsbury Writers on Art and Politics".
③ Leonard Woolf, *Downhill All the Way: An Autobiography of the Years, 1919-1939*.
④ John Coombes, "British Intellectuals and the Popular Front", in *Class, Culture, and Social Change*, ed. Frank Gloversmith, Brighton: Harvester; Atlantic Highlands, N. J.: Humanities Press, 1980, pp. 70-100.

德的政治工作和公共服务始终与集团有着密切关系,在自传的最后一卷中,他依然在讨论当年他们在"使徒社"就已经讨论过的两难困境:那些关心真理、关心是非对错、关心个人价值(朋友之间的交流是体现个人价值的典范)的人是否应该鄙视政治世界和政治行动中的妥协退让?

然而,奈杰尔·尼克尔森指出集团并非真的"对工人阶级抱有同情心",诺埃尔·安南认为集团成员喜欢自视为精英分子,迈克尔·霍尔罗伊德断定集团维护私人收入和美好生活[1]。由于他们的自由个体主义和精英主义,雷蒙·威廉斯认为,布鲁姆斯伯里人无法建构起关于他们高傲地厌恶、甚至有时"高尚地"反对的各种社会弊端的系统性的社会理论。但事实上,伦纳德同时作为高产作家的大段职业生涯是对各种激进的抑或理想主义的和平主义、国际主义、反帝国主义和社会主义的激情拥护;弗吉尼亚同伦纳德一样认为自己是社会主义者,尽管她和"布鲁姆斯伯里"都对政治和普通民众的日常斗争嗤之以他们上层阶级的鼻子——

> 希望成为"文明"未来领导者的"布鲁姆斯伯里"的艺术家和知识分子,为自己无力遏制"野蛮恶潮"而深感内疚,这股"野蛮恶潮"在1914年、西班牙内战中和"二战"时先后席卷欧洲,特别是"二战"时更是巨大灾难性的。他们承认自己的天真和失败,承认自己在政治上的无所建树和对政治的厌恶,但却在无形中抹消了他们自己在政治和社会领域实际上创立的理论、做出的斗争和取得的成就。如果说他们的理论、斗争和成就难以概括,那么,也是因为他们整个职业生涯和整个一生中提出的观点和参与的活动太过丰富。仅以伦纳德为例,尤其是受"一战"影响,他从锡兰时期忠诚的自由帝国主义者转而信奉民主社会主义,拥护反帝国主义和世界政府。自1914年起,他就毫不犹豫地将资本主义及其产物帝国主义视作战争和现代"野蛮"的两大主要肇因。同时,在《三个旧金币》中,弗吉尼亚·伍尔夫也创作出历史上最激进的反战、反帝国主义和女性主义的随笔之一。仅仅是这些成就就远远超越

---

[1] Pamela L. Caughie, "The Virginia Woolf Party", in *NOVEL: A Forum on Fiction* 23, No. 1 (Autumn, 1989), pp. 106–110.

了威廉斯等人给伍尔夫夫妇、给福斯特和给"布鲁姆斯伯里派系"其他成员贴上的狭隘的资产阶级自由主义和精英主义的标签。①

集团相信"公共世界与私人世界密不可分"②:"性异议(sexual dissidence)是集团富于创造力的智识能量和精神气质的重要来源之一"③,"一间自己的房间"的家庭理想"向外投射进公共领域",成为集团"社会和美学新秩序的基础"④;抑或反之,集团用其应对文学、艺术和社会的新方式重新发明了基于友情的个人亲密关系,改变了英国传统的日常生活模式,塑造了独特的酷儿式家庭。从某种意义上讲,"布鲁姆斯伯里"甚至不是一个从1910年至"一战"爆发前的时间段,也不是一个剑桥和海德公园门相交汇的地点,而是一种轻松随意的亲密关系,是一种标新立异的生活方式和"奇异古怪/酷儿"(queer)的行为举止。"剑桥以及后来的'布鲁姆斯伯里',是爱德华时代英国约束性风景中的性自由孤岛"⑤,"使徒社"显而易见的同性恋暗流/"爱的新方式"(New Style of Love)或利顿所称的"高级鸡奸"(Higher Sodomy)——一种超越身体层面、达到精神层面的男男爱恋,作为一种反对维多利亚时代旧道德秩序的高级伦理追求,被带进了集团。集团因"直言不讳、特别是在性问题上的直言不讳"而著名;如同在艺术领域,在性问题上,他们也同样骄傲于自己能够自主自立,骄傲于自己能够无所顾忌、无须内疚自由地进行实验和表达自我,自由地"尝试多种变异形式"⑥,既是异性恋,又是"同性恋,也是双性同体、近乎乱伦和多角滥交"⑦,表现出性别认同、性倾向和性表达的开放多元流动。一方面,伦纳德形容集团是"欢乐嬉笑/同性恋"(gay)的一群朋友;另一方面,集团并非双性同体精神的典范,而是践行这样一种生活方式

---

① Patrick Brantlinger, "'The Bloomsbury Fraction' Versus War and Empire".
② Virginia Woolf, *Three Guineas*, p. 168.
③ Madelyn Detloff and Brenda Helt, "Introduction".
④ Christopher Reed, *Bloomsbury Rooms: Modernism, Subculture, and Domesticity*, pp. 5, 15.
⑤ Ira Bruce Nadel, "Moments in the Greenwood: *Maurice* in Context", in *E. M. Forster: Centenary Revaluations*, pp. 177-190.
⑥ Virginia Woolf, "Old Bloomsbury".
⑦ Gertrude Himmelfarb, *Marriage and Morals among the Victorians*, New York: Alfred A. Knopf, 1986, p. 45.

的真实首例,"男性气质和女性气质在它的成员身上不可思议地完美融合",这种融合"首次使得排除暴力但不摒弃激情的理性占据了支配地位",因此集团反对嫉妒①。藉由酷儿性,集团"蓄意抵抗支撑西方新自由主义社会和家庭组织理想的异性恋规范的'文化可理解性逻辑'(logic of cultural intelligibility)"②,而作为酷儿关系网络的集团又紧紧黏附于家庭空间,营造出一种既相互独立又共同生活的、"不同于维多利亚时代家庭"的"家庭氛围"③。集团"先锋派运动"的自我定义与对归属感的强烈需要之间相互争斗的双重运动模式是家庭生活,"布鲁姆斯伯里"根植于家庭之中,它的绘画、装饰、传记和小说艺术大多是关于家庭的,因此,尽管作为一个团体它有助于改变英国家庭生活的本质,但它也像它所出身的家族谱系一样紧密地联系和生长在一起。从布鲁姆斯伯里区花园广场四周的排屋公寓到苏塞克斯郡草木葳蕤的乡间宅院,从三人或多人同居的"自由的爱"到开放式婚姻和无性婚姻,从饮食起居、工作社交到家居用品、室内装饰,在集团非/反规范性的保护隐私、保持独处的家庭生活价值观/"家庭现代主义"(domestic modernism)中,位于布鲁姆斯伯里区和苏塞克斯乡间的家、家庭和家屋是公共生活中面对"现代状况"(modern condition)压制的个体性和个体主义最后的避难所,生活在其中的男人、女人和孩子的个人体验和信念高于绝对真理和确定性、传统美学和社会标准、主流文化价值观、政治抽象概念等一切威权主义。

---

① Carolyn G. Heilbrun, "The Bloomsbury Group", in *Toward a Recognition of Androgyny*, New York: Alfred Knopf, 1973, pp. 115-167.
② Madelyn Detloff and Brenda Helt, "Introduction".
③ S. P. Rosenbaum. *Victorian Bloomsbury: Vol. 1: The Early Literary History of the Bloomsbury Group*, p. 4.

第四章

作为评判标准的美学伦理

布鲁姆斯伯里集团的接受史矛盾重重。斯蒂芬·斯彭德在自传《世界中的世界》(World Within World: The Autobiography of Stephen Spender, 1951)中精辟总结了人们给予集团的两种截然对立的反应:"一些人嘲讽它,而另一些人却对它顶礼膜拜、趋之若鹜:不过,我认为它是两次世界大战之间对英国品味最具建构性和创造性的影响力。"Aileen Pippett 表示"布鲁姆斯伯里"的所有负面含义都是毫无意义的:"谁是对的?是那些坚持认为'布鲁姆斯伯里圈'故意封闭自我、远离普通日常生活的人?还是那些认为它参与创造了我们这个时代的历史的人?"[①] 集团自出现之初,就不乏针锋相对、直言不讳的批评者和抨击者。从集团内部的固有差异,到友人的颇多微词,再到敌对者的强烈抨击,正是一系列或中肯或恶意的批评,考验并测定着集团的弹性和限度。在此过程中,美学伦理成为集团向内求同存异的衡量标准和圈外敌友褒贬集团的评判标准。

一 自恋与反思

很少有哪个智识团体像集团一样如此勤勉、大量而又早早开始记录他们自己的生命,某种程度上甚至可以说,集团的历史是集团成员们自己亲笔书写的。集团自我关注的凝视目光是将集团紧密联系在一起的重要纽带,由此带来的是日记、书信、回忆录、传记、自传、评论(appreciation)和肖像画数量的激增,借助文字和图像的形式,集团成员反

---

① Aileen Pippett, *The Moth and the Star: A Biography of Virginia Woolf*, Boston: Little, Brown, 1955.

复不断地记录着自己和友人在时空中印刻下的生命足迹。

集团的生命书写具有多样性：有日记（例如，从弗吉尼亚去世后出版的五卷本日记集，到利顿、伦纳德和卡灵顿的多卷本日记集，再到弗朗西丝·帕特里奇在75岁时开始陆续出版的五卷本日记集），以及与日记以复式簿记法相互关联的读书笔记、日志和编码账簿；有书信（例如，从六卷本的弗吉尼亚书信集和两卷本的弗莱书信集，到700页单卷本的利顿书信集和600页单卷本的凡尼莎书信集，到伦纳德的"霍加斯出版社"业务信函，再到薇塔分别与弗吉尼亚和丈夫哈罗德的往来信件），集团成员写信之频繁和信件内容之事无巨细，令人惊叹；还有他们为彼此撰写的详传和略传（biographical sketch）（例如，弗吉尼亚的《罗杰·弗莱传》、克莱夫的《老友们》和戴维·加尼特的《挚友》），他们各自的自传（例如，伦纳德的五卷本自传和德斯蒙德的《回忆录》），以及凡尼莎三个儿女的生命书写（例如，朱利安·贝尔的《我们没有参战：反战者们的经历》、昆汀·贝尔的《弗吉尼亚·伍尔夫传》《布鲁姆斯伯里》《布鲁姆斯伯里忆旧》和安吉莉卡·加尼特的《善意欺骗：布鲁姆斯伯里的童年时光》），当然，由于身处同一圈子，上述传记和自传事实上很难严格区分文类。集团的自我陈述可谓面面俱到，除文字外，从肖像和室景到房舍和风景，照片和绘画同样创造和记录了集团的生活方式，并且与文字具有相同的自我指涉性和互文性，例如，在凡尼莎的《回忆俱乐部》（The Memoir Club, 1943）的画面上，除前景中从左至右围坐在一起的格兰特、伦纳德、凡尼莎、戴维·加尼特、凯恩斯夫妇、麦卡锡夫妇（德斯蒙德正在宣读他的回忆录）、昆汀·贝尔和福斯特之外，后面背景的墙上挂着的正是她和格兰特早先为弗吉尼亚（格兰特，1911年）、利顿（格兰特，1913年）和弗莱（凡尼莎，约1933年）三位已去世成员画的肖像画；而在她的《安吉莉卡·加尼特与她的四个女儿》（Angelica Garnett and Her Four Daughters, 约1959年）的画面上，外孙女儿们头顶上方的墙上挂着的则是她自己之前画的风景画《普瓦希大桥》（Poissy le Pont, 约1952年）。

集团自我表述最典型的外化形式，无疑是由自称为"俱乐部的秘书和杂役"① 的莫莉于 1920 年创立的"回忆俱乐部",俱乐部绝大多数成员是"老布鲁姆斯伯里"的核心成员,到它最后一次聚会时(1956 年或 1964 年),年轻一代早已加入其中。虽然从一开始俱乐部成员就意识到"一群刚刚迈入中年的人互相朗读回忆录有些荒谬"②,但书写并朗读自己和圈中亲友生活的回忆文字——以弗吉尼亚的《老布鲁姆斯伯里》《海德公园门 22 号》、凯恩斯的《我的早期信仰》、利顿的《兰切斯特门》("Lancaster Gate")和福斯特的《为民主两呼》为代表——确实促使他们创作出了更长篇幅的传记和自传作品,例如,从直白的传统写作模式——莫莉的自传《19 世纪的童年生活》(*A Nineteenth-Century Childhood*,1924)、弗吉尼亚的《罗杰·弗莱传》和未完成的自传《往事杂记》("A Sketch of the Past")与伦纳德的五卷本自传,到嬉戏的创作实验——利顿的《维多利亚时代四名人传》《维多利亚女王》和《伊丽莎白女王与埃塞克斯伯爵》与弗吉尼亚的《奥兰多》和《狒拉西:一部传记》(*Flush: A Biography*,1933)。

集团成员不仅对待外人十分冷酷,对待自己人也非常苛刻("Keynes and the Bloomsbury Group")。集团的生命书写既是档案记录式的自我叙述,更是严厉的自反性分析和评价。集团成员之间亲密友好的"'个人关系'并不意味着不假思索的一味赞成,相反,每个人都有义务为了对方直言不讳"③。罗伊·哈罗德认为集团的部分根基并不是建立在集团成员彼此赞赏而是互相批评乃至嘲笑之上的,例如,集团"并不理解[凯恩斯]他们这位朋友身上的许多真正伟大之处"④。事实上,集团成员确实"相互嫌恶":利顿不赞同凯恩斯应征入职英国政府财政部为"一战"效力;伦纳德发现凯恩斯身上"有几分知识分子特有的任性和傲慢,正是这份任性和傲慢常常导致他做出令人惊讶的错误而悖谬的判断"⑤;凯恩斯震惊于弗吉尼亚在《三个旧金币》中激进的女性主义和

---

① S. P. Rosenbaum, *The Bloomsbury Group Memoir Club*, ed. James M. Haule, London & New York: Palgrave Macmillan, 2014, p. 54.
② S. P. Rosenbaum, *The Bloomsbury Group Memoir Club*, p. 15.
③ Peter Stansky, *On or About December 1910: Early Bloomsbury and Its Intimate World*, p. 9.
④ Roy F. Harrod, "Clive Bell on Keynes", in *Economic Journal* 67 (December, 1957), pp. 692-699.
⑤ Leonard Woolf, "Cambridge Friends and Influences".

激烈的论战性而更喜温和的《一间自己的房间》;弗吉尼亚不完全认可利顿的传记和福斯特的小说理论,嘲笑克莱夫将文明等同于戈登广场50号的一次午餐会;利顿觉得福斯特的小说乏味无趣,认为福斯特的历史知识远超他的写作水平;伦纳德指出克莱夫的《文明》有精英主义之嫌[1];克莱夫对弗莱的画作不屑一顾;利顿明言弗莱和克莱夫对马蒂斯、毕加索等后印象派画家的痴迷愚蠢至极,既不喜欢弗莱本人也不喜欢他的作品;朋友们一致认为凯恩斯缺乏审美感觉和艺术天赋,恼怒于他在《我的早期信仰》一文中转而认同传统价值观的保守意识(抨击马克思主义,并同情劳伦斯与理性相对立的直觉态度)。再有,利顿、凯恩斯、克莱夫三人与弗莱对待摩尔伦理学说的态度相反,前者信奉,后者反对;凯恩斯与伦纳德的政治立场相左,前者右倾于自由主义,后者左倾于费边社会主义。此外,除日记、书信、传记、自传、回忆录,以及难以重现的谈话和公开发表的书评中的记述和评论,"伦纳德·伍尔夫的《智慧贞洁女》,E. M. 福斯特的《霍华德庄园》和《莫里斯》,弗吉尼亚·伍尔夫的《远航》《夜与日》《雅各的房间》、特别是《海浪》中全部都有对'花浆果们'既批评又深情的虚构性再现"[2]。

尽管成员们极力为集团辩护,但也对集团内部和集团整体有过抱怨、指摘和悔悟,而迄今为止,对集团最尖锐的批评也正是来自集团内部的自我批评,虽然在圈外对手的眼中,这事实上不过是一种伪装成自我批评的自满自得。弗吉尼亚对集团的嘲讽丝毫不亚于集团的诋毁者们,她在回忆"老布鲁姆斯伯里"时说"我讨厌那些年轻剑桥学子们的装腔作势","看到萨克森和利顿坐在那里,一言不发,无动于衷,我暴怒不已";并且发现在一群男同性恋中女性虽然轻松自在但却无法表现自己。[3] 伦纳德在自传体小说《智慧贞洁女》中"表现出对他'布鲁姆斯伯里'的友人们的极度不耐烦;毫不掩饰弗吉尼亚的情感难题;讽刺姐夫克莱夫·贝尔;……整体上表现出对'布鲁姆斯伯里''多少

---

[1] Quentin Bell, *Bloomsbury*, p. 66.
[2] S. P. Rosenbaum, *The Bloomsbury Group: A Collection of Memoirs, Commentary, and Criticism*, Toronto: University of Toronto Press, 1975, p. 331.
[3] Virginia Woolf, "Old Bloomsbury".

有些尖利刺耳的谈话'的烦躁易怒"①；指出集团之所以"衰落是因为它不能容忍所有不是始终有趣的人和事。……正如人们站在摩尔剑桥的房间里支支吾吾，说不出什么既有趣又深刻且真实的话，同样，人们在布鲁姆斯伯里区也是吞吞吐吐，说不出什么既深刻且真实又有趣的话。但根据我的经验，有趣的很少能是真实或深刻的，而真实或深刻的也很难总是有趣的"②。克莱夫抱怨集团早期时"大家全都矫揉造作，单调沉闷"，"每个人都试图表达自己的个性"③。尽管福斯特与集团许多成员关系友好，并颇受赞赏，但他依然"像批评东方一样批评'布鲁姆斯伯里'"④，批评它"本质上是名门世家子弟（gentlefolks）……学术背景、独立收入、对欧洲大陆的热爱、性话题等"⑤，以及"老成世故，自视过高，常常不够率性，不够热情"⑥；他抱怨"我在那儿找不到慰藉和意气相投"⑦，"哦，贝尔夫妇，伍尔夫夫妇——确切说是弗吉尼亚，因为我确实喜欢伦纳德！如果说成为反对'布鲁姆斯伯里'的人就是不成为布鲁姆斯伯里人，那么，我是多么愿意成为它的反对者"，"他们从来没有勇气深入探究，所以人们是如此厌恶他们。转身离开他们，读读他们的书就很好，看看他们的壁画也很好，但仅此而已"⑧。德斯蒙德说，"'布鲁姆斯伯里'从来都不是我的精神之家（spiritual home）"⑨。莫莉发现集团是如此冷漠无情的一个小团体，想要抛弃它，尽管凡尼莎辩解道，"事实上，'布鲁姆斯伯里'是各色人等的杂然而聚，他们全都真的想要摆脱彼此，吸收一些新鲜血液。所以，帮帮他们，不要认为他们自满自得。我不认为他们如此不近人情。……我自己

---

① Leon Edel, "Leonard Woolf and His Wise Virgins", in *Essaying Biography: A Celebration of Leon Edel*, ed. Gloria G. Fromm, Honolulu: University of Hawaii Press, 1986, pp. 10-17.

② Leonard Woolf, "The Memoir Club", in *The Bloomsbury Group: A Collection of Memoirs and Commentary*, pp. 153-154.

③ Clive Bell, "Bloomsbury".

④ Virginia Woolf, *The Diary of Virginia Woolf*, Vol. 2, 1920-1924.

⑤ E. M. Forster, "Bloomsbury, An Early Note".

⑥ E. M. Forster, "Interview on Bloomsbury", in *The Bloomsbury Group: A Collection of Memoirs and Commentary*, pp. 80-81.

⑦ E. M. Forster, "Bloomsbury, An Early Note".

⑧ E. M. Forster, "Letters", in *The Bloomsbury Group: A Collection of Memoirs and Commentary*, pp. 81-82.

⑨ Desmond MacCarthy, "Bloomsbury, An Unfinished Memoir".

不是这种冰冷至极的人,我想你知道我——或许还有所有其他人都真的是非常有人性的"①。莉迪亚·罗珀科娃说,"'布鲁姆斯伯里'太守旧……'因为他们的道德观'"②。当然,在所有关于集团的反思中,凯恩斯的自我剖析无疑是最细致、最全面的,他几乎是以一种反悔的口吻说道,"我们没有意识到文明只是由极少数人的个性和意志形成的一层一击即碎的薄脆外壳";"我们对传统智慧和习俗约束没有敬意。正如劳伦斯的评论,正如路德维希公正地常言道,我们不敬畏任何事物、任何人";"我们是最后的乌托邦主义者,或所谓的社会向善论者,我们相信道德能够不断进步,由于道德的不断进步,人类已然是可信的、理性的和正派的,是在真理和客观标准的影响之下的","因为我们一般心灵状态的因果关系,我们误解了包括我们自己在内的人性,我们加之于它的理性导致了肤浅的判断和肤浅的感觉","我们个体的个体主义太过极端","由于没有对人性的坚实判断作为根基……我们关于生活和事件的评论聪明而有趣,但却脆弱不堪","我们过去常常通过不合理地扩展审美欣赏的领域来回避各种丰富的体验,我们将人类体验归类于审美体验,错误的分类多少导致了人类体验的贫瘠匮乏";最后是凯恩斯的经典结论——

> 因此,如果我完全忽视我们的优点——我们的魅力、我们的才智、我们的超脱,我们的感情——那么,我会把我们看作是一群水蜘蛛,在水面上优雅地一掠而过,像空气一样轻盈而理智,丝毫不触碰水下的漩涡和涌流。如果我想象我们是在劳伦斯无知、妒忌、易怒、敌意的目光的观察之下,那么,我们的这些品质该会激起他多么强烈的厌恶;我们浅薄的理性主义在火山岩的地壳上跳跃,忽视了现实和粗俗激情的价值,与自由散漫和目中无人狼狈为奸,用小聪明蒙骗像"邦尼"[戴维·加尼特]这样的老实人,用雅致的智识引诱像莫瑞尔夫人这样的奇人,是一种频繁发作的皮肤毒素。

---

① Vanessa Bell, "Letters", in *The Bloomsbury Group: A Collection of Memoirs and Commentary*, pp. 113–114.
② Harold Nicolson, *Diaries and Letters of Harold Nicolson: 1930–1939*, ed. Nigel Nicolson, New York: Athenaeum, 1966.

对于可怜的、愚笨的、善意的我们来说，以上说法都是不公正的。但这也是我为何说劳伦斯1914年说我们"完蛋了"或许有点儿说对了的原因所在。①

集团的自我批评虽然碎屑、不成体系，但却大部分切中要害，甚至给了攻击者以口实和把柄。如果说很少有哪个智识团体像集团一样沉湎于自我表述，那么，也很少有哪个智识团体像集团一样致力于自我批评。首先，坦诚直率的伦理责任促使集团对自身进行反思和剖析，同时又确保了成员不因批评而反目成仇；其次，由于集团的友情伦理包容了每一位成员的差异，因此，成员之间的相互不满在所难免且难以消弭；此外，成员对集团内部和集团整体的批责，除集团的固有局限和凯恩斯矫枉过正的"痛改前非"之外，事实上多数针对的是集团早期因成员思想和情感不成熟而引发的问题，这些问题最终随着"老布鲁姆斯伯里"的消亡而得到了修正，集团成员之间的关系愈发紧密，集团的发展愈发充满蓬勃旺盛的活力。

二 共鸣与分歧

集团引发了英国20世纪初的美学和风格革命，引起了同时代画家、作家、设计家、出版家以及演员、时尚杂志编辑的强烈共鸣。"想要理解集团从形成之初直至今天在英国智识史上的复杂作用，首先需要理解的是它与文化阶层紧密联系的智识交叉"②。作为智识贵族和智识精英的核心，集团在个人生活、职业生涯和文化贡献方面形成了相互联系和交叉的家族和社会网络。

纵向上，集团是18世纪末开始形成的智识贵族的继承人，特别是斯蒂芬姐妹兄弟、斯特雷奇兄弟姐妹、福斯特、凯恩斯、格兰特和弗莱，他们的家族谱系和智识谱系流脉深远，根系交错。横向上，到20世纪初，集团与"切尔西""肯辛顿""剑桥""牛津"等英国知识分

---

① John Maynard Keynes, "My Early Beliefs".
② Brenda R. Silver, "Intellectual Crossings and Reception", in *The Cambridge Companion to the Bloomsbury Group*, pp. 198-214.

子团体多有交集，甚至后者的许多成员常被误认为是集团成员。但相比于松散的布鲁姆斯伯里集团，上述同样以地名命名的团体更加宽泛无形，且"一战"之前，"切尔西"和"肯辛顿"的老一代知识分子已渐渐退出历史舞台，与方兴未艾的集团不可同日而语。"一战"期间，集团成员四散流落，到战争结束集团重聚之时，旧雨带来新朋，旧圈子外延伸出大量新的亲密关系，集团与同时代的重要作家、艺术家和思想家相互应和，受到年轻后辈的仰慕和追随：福斯特非常欣赏劳伦斯的作品；庞德很高兴读到利顿的反讽式传记；弗莱、克莱夫和伍尔夫夫妇对格特鲁德·斯泰因的创作颇感兴趣；集团成员无不对普鲁斯特赞赏有加；早在1920年代之前，弗莱和克莱夫就已经在欣赏和维护毕加索当年那些令人困惑不安的作品；罗素的哲学和社会批评对集团成员产生过深刻影响；伍尔夫夫妇、克莱夫、利顿和凯恩斯最早认可和赞扬艾略特的诗歌才华，欢迎和尊重艾略特，尽管后来对艾略特的诗歌有不同意见，"霍加斯出版社"依然出版了他早期包括《荒原》（*The Waste Land*, 1923）在内的许多诗歌和一些评论作品，支持着后者的诗歌创作和文学批评；弗吉尼亚和曼斯菲尔德彼此欣赏，和艾略特一样，曼斯菲尔德包括《序曲》在内的许多短篇小说也是由"霍加斯出版社"出版面世。再者，德斯蒙德曾担任费边社刊物《新政治家》的戏剧评论人兼文学主编，伦纳德曾担任费边社的殖民地事务顾问。此外，"一战"后，集团不仅大出其名，而且成为詹姆斯·斯特雷奇、玛乔丽·斯特雷奇、弗朗西斯·比勒尔、雷蒙德·莫蒂默、杰拉德·布雷南、F. L. 卢卡斯等乔治时代年轻作家的钦慕对象，集团在战争与和平问题上的立场、他们的生活方式，以及他们对文学艺术中先锋派和实验性的倡导，均令年轻人们争相效仿。到1930年代，伍尔夫夫妇、福斯特、利顿乃至凯恩斯又对奥登、克里斯托弗·伊舍伍德、斯蒂芬·斯彭德、亚瑟·韦利、约翰·莱曼等"奥登一代"作家产生了影响，促进了他们的文学创作。

整体上，集团"在朋友们的眼中……代表着宽容、才智和'耕种自己的花园'的伏尔泰式美德"①。但相比于集团内部的差异，圈外友人与集团在观点和品味上的分歧事实上更加巨大，因此，大多数圈外友人

---

① Michael Holroyd, "Bloomsbury and the Fabians".

只是某位集团成员或某几位集团成员的朋友而非整个集团的朋友。然而，尽管共鸣和惺惺相惜常常发生在个体之间，圈外友人的批评大多指向的却是整个集团；而即便是在个体之间，最初的友情也常常由于私人恩怨和观点冲突而日渐淡薄，甚至变质为怨怼和愤怒。

鲁伯特·布鲁克由于与卡·考克斯（Ka Cox）和亨利·兰姆（Henry Lamb）的情感纠葛而将怒气发泄到利顿和整个集团身上，1911年在写给朋友的信中，他表达出对斯特雷奇们"奸诈、邪恶"圈子里的"腐烂气氛"的强烈敌意[1]；直到第二年依然在抱怨"那些地方的人们有一种微妙的自甘堕落的集体氛围，虽然我发现他们作为单个的个体都非常有趣而出色"，"我唾弃他们"[2]。哈罗德·尼克尔森说，"我读了利顿与弗吉尼亚的通信，信中文字愚蠢可笑、猥亵下流、阴险狡猾，令我惊骇不已"[3]。艾略特与集团的关系矛盾而复杂，而"'布鲁姆斯伯里'对艾略特的态度则奇异地混杂了屈尊俯就和惊叹敬畏——正如《海浪》中朋友们对路易的态度一样"[4]；艾略特在宗教问题上太教条，在政治上太保守，在文学上是集团的强劲对手，强烈反对集团的一切主张，对以集团为代表的伦敦智识界大为恼火，因为后者不接纳乔伊斯。曼斯菲尔德与丈夫约翰·默里倡导参与文学艺术的党派政治，主张为生活而艺术，仇视纯粹、超脱、冷漠的思想和感觉，因而被弗莱视作敌人；作为弗吉尼亚文学上的主要女性对手，曼斯菲尔德痛斥弗吉尼亚身为现代主义作家犯了大罪，因为后者陈旧落后，不谙时势，未能考虑和发现新的表现方式与新的思想和感觉模型；"曼斯菲尔德和默里始终有一种嘉辛顿和布鲁姆斯伯里文学圈外人的感觉"，曼斯菲尔德讨厌"生活中的布鲁姆斯伯里要素"[5]，承认从内心蔑视集团是一群胆小鬼和势利之人，并用

---

[1] Rupert Brooke, *Song of Love*: *The Letters of Rupert Brooke and Noel Olivier*, ed. Pippa Harris, London: Bloomsbury, 1991, p. 176.

[2] Paul Delany, *The Neopagans*: *Friendship and Love in the Rupert Brooke Circle*, London: Macmillan, 1987, pp. 138, 154.

[3] Harold Nicolson, *Diaries and Letters*, *1945-1962*, ed. Nigel Nicolson, New York: Athenaeum, 1968.

[4] Doris Eder, "Louis Unmasked: T. S. Eliot in The Waves", in *Virginia Woolf Quarterly* 2, Nos. 1-2 (Winter-Spring, 1976), pp. 13-27.

[5] C. A. Hankin, *Katherine Mansfield and Her Confessional Stories*, New York: St. Martin's Press, 1983.

毛利语中的 *tangi* 一词贬称集团是"布鲁姆斯伯里哭丧人",说他们"恶臭难闻"。常被误认作集团成员的西特维尔姐弟与集团之间是一种好坏参半的矛盾关系,是一种"非常正式的外交关系……就像是两个既相互尊重又彼此怀疑的国家"①:伊迪丝·西特维尔说,"'布鲁姆斯伯里'那帮人都很心善,经他们勉强同意,我也能时不时地参与其中"②,而当她在《时尚》(*Vogue*)杂志上为格特鲁德·斯泰因辩护被德斯蒙德抨击为在赞美"垃圾"后③,她开始"和愚蠢的小布鲁姆斯伯里人有了很大的心结。他们以为我会很在意他们还有德斯蒙德·麦卡锡等人喜不喜欢我的诗。可事实上,我并不在意,我也没指望他们会喜欢。他们已经文明化了他们所有的直觉"④;奥斯博·西特维尔讥讽 1914—1918 年鼎盛时期的"布鲁姆斯伯里军政府"是一枝邪恶的"黑色花朵"⑤,模仿集团成员的口头语"精致文明"(exquisitely civilized)、"简直太非同凡响"(How simply too extraordinary)以及斯特雷奇式的重音奇怪的发音方式嘲笑集团成员独特的说话习惯⑥。罗素厌恶集团的同性恋,认为同性恋会断子绝孙;指责凯恩斯和利顿等人扭曲了摩尔的观点,

> 比我年轻十岁的那代人的思想基调主要是由利顿·斯特雷奇和凯恩斯设定的。十年间思想气候发生的变化如此巨大,令人惊讶。我们还是维多利亚人;他们是爱德华人。我们相信通过政治和自由讨论实现的有序进步。我们中更自信的那些人或许曾经希望成为民众的领袖,但我们中从未有人想要脱离民众。但凯恩斯和利顿一代人并不试图维持与非利士人的亲切关系。相反,他们追求的是一种

---

① John Lehmann, *A Nest of Tigers: The Sitwells in Their Times*, London: Macmillan; Boston: Little, Brown, 1968.

② Edith Sitwell, *Taken Care of: The Autobiography of Edith Sitwell*, London: Hutchinson; New York: Athenaeum, 1965.

③ Julian Symons, "Miss Edith Sitwell Have and Had and Heard", in *London Magazine* 4, No. 8 (November, 1964), pp. 50-63.

④ Edith Sitwell, *Selected Letters, 1919-1964*, eds. John Lehmann and Derek Parker, New York: Vanguard Press, 1970.

⑤ Osbert Sitwell, *Laughter in the Next Room*, Boston: Little, Brown and Company, 1948.

⑥ Osbert Sitwell, "Armistice in Bloomsbury", in *The Bloomsbury Group: A Collection of Memoirs and Commentary*, pp. 321-325.

隐退到细微含义和美好感觉中的生活,他们认为善就是一个精英小圈子内部充满激情的相互赞赏。他们冤枉 G. E. 摩尔是这套教义的创立人,并冒称是摩尔的弟子。摩尔给了道德规范应有的重视,也通过他的有机统一体学说避开了一种认为善是由一系列孤立的激情时刻构成的观点,但那些自认为是他信徒之人却忽视了他这方面的学说,将他的伦理学贬降为主张一种沉闷古板的女子学校式的多愁善感。[1]

维特根斯坦批评集团对一切的人和事都缺乏敬意。集团的价值观与韦伯夫妇、萧伯纳、H. G. 威尔斯(经萧伯纳介绍加入费边社,后退出)等费边社成员的价值观有着根本上的分歧:"政治观上……由于反对将韦伯夫妇、威尔斯等人引入歧途的苏联极权主义,伦纳德·伍尔夫和梅纳德·凯恩斯都曾激起过马克思主义者的愤怒。"[2] 在人类自由的问题上,韦伯夫妇和伦纳德的观点发生冲突,比阿特丽斯追问,让知识分子"摆脱一切束缚",还是给予普通人自由,哪一个才是社会改革家应该追求的目标?1934 年,她又在给福斯特的信中写道,"为什么不再写一本伟大的小说(可与《印度之行》相媲美)来揭示这两种人之间的冲突呢?一种人努力追求为数不多的所谓'神选人物'的高雅品味,而另一种人则致力于促进全人类的卫生和科学事业的进步"[3]。萧伯纳的剧作《伤心之家》(*Heartbreak House*, 1919)嘲笑"一战"前的集团,他们貌似"魅力四射之人,先进、公正、坦直、标新立异、民主、思想自由",实则却像一群"伤心的傻瓜"般坐在"伤心之家"里空谈,这是一个应被毁灭的阶层,"无用、危险、应被废除"[4]。视"一战"为"终结战争的战争"的威尔斯对主张和平主义的弗吉尼亚和集团的善感和敏感勃然大怒。[5] 最后,年轻一辈也并非对集团一味仰慕和追捧,1920 年

---

[1] Bertrand Russell, *The Autobiography of Bertrand Russell*, Vol. 1, 1872-1914, pp. 70-71.

[2] S. P. Rosenbaum, *Georgian Bloomsbury: The Early Literary History of the Bloomsbury Group, 1910-1914*, Vol. 3, p. 216.

[3] 转引自比阿特丽斯·韦布《凯恩斯、福斯特、伍尔夫夫妇》,S. P. 罗森鲍姆编《回荡的沉默——布鲁姆斯伯里文化圈侧影》,杜争鸣、王杨译,江苏教育出版社 2006 年版,第 47 页。

[4] Samuel Hynes, *A War Imagined: The First World War and English Culture*, London: Bodley Head, 1990, pp. 141-144.

[5] Mulk Raj Anand, "In Conversation with H. G. Wells", in *Journal of Commonwealth Literature* 18, No. 1 (1983), pp. 84-90.

代，年轻的 Alan Pryce Jone 被引见给集团时内心局促而惶恐，他发现"布鲁姆斯伯里"的谈话"'竞争强、压力大、知识面广'，这是一个'谈话、旅行和扯皮拌嘴'的世界，一个精于交谈和日渐迟暮的世界"[①]。

如果说，集团内部的异见和自省是成员相互激发、集团自我促进的重要动力，那么，来自外部的批评则在反证集团独特贡献的同时揭示了集团固有的矛盾、悖论和局限；同时，无论友人还是对手，亦是以集团的价值观为反面参照进行着自我界定。

三　贬毁与痛斥

1997 年，瑞吉娜·马勒出版《布鲁姆斯伯里"派"：掀起布鲁姆斯伯里风潮》，此时，她仿佛正站"在船头，迎向浪峰"，迎接"'布鲁姆斯伯里'最大规模的复兴"[②]。而仅仅 15 年前，在收录于《弗吉尼亚·伍尔夫与布鲁姆斯伯里：百年诞辰纪念文集》[③] 的《布鲁姆斯伯里：神话与现实》一文中，薇塔与哈罗德·尼克尔森的儿子奈杰尔·尼克尔森却哀叹道，

> 为了庆祝弗吉尼亚·伍尔夫一百周年诞辰，我得要跑到得克萨斯州来，因为在我自己、也是她的国家，没有类似的庆祝活动。今年一月，对她的纪念与对仅比她晚出生一周的詹姆斯·乔伊斯的纪念相比，不仅黯然失色，甚至完全湮没无闻。我们的文学刊物上没有像你们一样关于弗吉尼亚的纪念文章，没有广播节目，在她可以称之为她自己的许多房间外没有信徒聚会，也没有像你们一样以她名字命名、向她致敬的社团，更没有像你们一样的关于"布鲁姆斯伯里"作家的 MLA（美国现代语言学会）会议和今年夏天在西弗吉尼亚州举行的专题研讨会。事实上，就我所观察到的，英国报刊上只有一处提及她，《泰晤士报》对"布鲁姆斯伯里"发起了一次

---

① Qtd. in Geoffrey Moore, "The Significance of Bloomsbury".
② Regina Marler, "Bloomsbury's Afterlife".
③ 弗吉尼亚出生于 1882 年 1 月 25 日，得克萨斯大学人文学院于 1982 年秋季学期在 Jane Marcus 的主持下举办"弗吉尼亚·伍尔夫百年诞辰"系列讲座，因许可权问题，讲座的文字稿延搁至 1987 年方辑集出版。

凶残的攻击,但不像你们可能想象的那样,是因为他们的观点和影响、他们的书或他们的画而攻击他们,而是因为在作者看来"布鲁姆斯伯里"令人厌烦,无聊透顶。①

客观地说,1982年并非布鲁姆斯伯里集团在英国遭遇的至暗时刻,四年后,精心修复竣工的集团故居查尔斯顿农舍将正式对外开放,由此重新唤起公众对一群活跃于20世纪上半叶的传奇人物的兴趣和热情,同时也将从根本上扭转英国学界对这个"英国文明中唯一一次真正意义上的运动"的批评风向。但在此之前的70余年间,集团招致或承受的种种口诛笔伐,其名目之繁多,敌意之刻骨,打压之彻底,无不令人瞠目。

(一)

凭借自身优越的智识资本,布鲁姆斯伯里集团有力推动了20世纪初英国现代主义的发展和文化风景的革新。然而,从中上阶层出身、性关系到自由主义—社会主义、社会主义—自由主义,从倡导性别平等、推崇艺术到伦理怀疑论、世俗性,集团遭到了来自右派和左派的双重夹击;作为"少数者文化",集团在文明个体主义、反维多利亚主义、形式美学、后印象派绘画、现代文学实验、崇法文化(Francophile culture)、无神论、良心拒服兵役、女性选举权运动、同性恋、独立收入以及"无畏号战舰恶作剧"等诸多"污点"问题和事件上一直饱受争议,屡屡遭到攻击:或是被讥消为"布鲁姆斯伯里"②"阴郁的布鲁姆斯伯里(Gloomsbury,薇塔语)""火爆大热的布鲁姆斯伯里

---

① Nigel Nicolson, "Bloomsbury: The Myth and the Reality", in *Virginia Woolf and Bloomsbury: A Centenary Celebration*, pp. 7-22.

② 尽管1910年利顿最早昵称集团为Bloomby、莫莉在私信中戏称集团成员为Bloomsberries时纯粹是出于地理学上的考虑,即为了与切尔西、梅费尔(Mayfair,萨默塞特·毛姆曾寓居于此)、汉普斯特德(Hampstead,年轻作家艺术家的聚居地)等伦敦其他区域的知识分子和艺术家群体相区分,但事实上,从1920年代开始直至之后很长一段时期(至少是到1960年代,甚至一直到1980年代),新闻界和批评界都主要是将bloomsbury用作对集团的辱骂性蔑称,"从嬉笑的女人气到政治上的冷漠,无所不指":"1920年代之前,bloomsbury不过是一个加引号的、具有反讽意味的私人笑话;之后,它开始出现在报纸上,获得闪亮的独立生命,令这个圈子的初始成员大为恼火。"(Regina Marler, *Bloomsbury Pie: The Making of the Bloomsbury Boom*, pp. 11, 8)

（Boomsbury）""布鲁姆斯伯里鸡奸者（Bloomsbuggers）""摸摸团（Grope）"①和"半吊子艺术家""审美家"；或是被指责为帮派（gang）、黑帮（mafia）、宗族（clan）、公社（commune）、小圣堂（chapel）、军政府（junta）、黑恶势力（malefic cabal）、寡头集团（oligarchy）和颠覆分子（subversives）、无政府主义扰乱分子（anarchists）、道德败坏者（immoralists）；或是被厌斥为特权、排外、傲慢、冷酷、守旧、势利、武断、强势、尖刻、粗鲁、自恋、炫耀、虚伪、怯懦、褊狭、鄙俗、浅薄、轻浮、敏感、纤弱、病态、堕落、淫乱、怪异、娘娘腔、学究味、书生气，恃才傲物、自命不凡、浮夸矫饰、自我陶醉、鄙屑凡常、嗤戏严肃、隐遁花月、附庸风雅、脱离社会、不问政治、阳春白雪、孤芳自赏、党同伐异（cliqueness/groupiness）、抑古扬今②、诽尊谤圣、不敬不逊、玩世不恭、狂妄无礼、离经叛道、愤世嫉俗、游手好闲、不劳而获、贫瘠无力、乏味无趣、才智平庸、一文不值，精英主义、享乐主义③、自我中心主义、美学激进主义（aesthetic radicalism）、世界大同主义、波西米亚主义、同性恋希腊主义（Hellenism）、反普罗（anti-herd）唯智主义，以及"愚蠢、粗劣、下流、自大"④"趣味狭隘、道德放纵、无崇敬感、无爱国心、清高离群、优越傲慢"⑤"嗜'新'成瘾、随'性'所欲、造作文字、热爱大都市、排斥圈外

---

① Grope，(俚)触摸身体。鉴于集团成员非一夫一妻的多配偶倾向，讽刺作家雷格·布朗（Craig Brown）给集团起了这一绰号。然而，"按照今天的标准，集团成员事实上可能并没有那么多的身体有染——弗朗西丝·帕特里奇声称，集团并不像人们认为的那样性多于爱，而是爱多于性，但许多集团成员的同性恋、双性恋或至少是在性关系上的大度开明确实织就了一张令人着迷的情事和奸情的关系网。"（http：//www.krakowpost.com/2326/2010/09，2018-11-10）

② 集团所抑的"古"主要指维多利亚时代并非所有古代，相反，集团高度赞扬各种艺术门类的古典主义，珍视拉辛、弥尔顿、普桑、塞尚、莫扎特、简·奥斯丁等艺术家，并且随处可见成员复兴浪漫主义的迹象："显然，伍尔夫夫人有浪漫主义诗人的特质，E. M. 福斯特先生有神秘主义者的特质，而斯特雷奇先生，尽管欣赏布莱克和贝多斯，但在思想观念上却几乎是伏尔泰的同时代人。"（Raymond Mortimer, "London Letter", in *The Bloomsbury Group：A Collection of Memoirs and Commentary*, pp. 309-312）

③ 凯恩斯回忆自己和集团友人的年轻岁月时明确说道，"我们已将享乐主义扔到了窗外……"（John Maynard Keynes, "My Early Beliefs"）。

④ Virginia Woolf, "Letters".

⑤ Raymond Mortimer, "London Letter".

人"①"酸臭的自命高人一等之人""(布鲁姆斯伯里这个名字意味着)世纪末英国上流社会无精打采的生活"②"传染病""为害一二十年的祸端""为非作恶者""异教、政治邪说、阴谋""罪恶""叛国者的温床"③"那个我们全都讨厌的东西"④"像是'布鲁姆斯伯里花浆果们'曾经在英国大力支持的许多后印象派画家笔下纤弱精美的稀释物"⑤"一群过于严肃、妄自尊大的波西米亚人,……一群自命不凡、粗鲁无礼的半吊子艺术家。……他们缺乏鲜活有力的想象力,他们制定出一套限制性的艺术规则,以达到他们以虚假的审美主义取代真正的创造性才华的目的"⑥;甚或是被仇视,成为"全伦敦最憎恨的人""邪恶的恶魔"和把持文艺界和智识界、歧视和迫害新生力量的"恶毒的博学者"。经过贬毁者的多番接力攻击,特别是刘易斯、劳伦斯和利维斯夫妇三大劲敌及其追随者的咄咄相逼、频频发难,整个20世纪,庶几乎成为一部"布鲁姆斯伯里"的污名史。甚至时至今日,英国人依然在抱怨"集团成员被严重高估,同时在文化上又贻害深重,包括弗吉尼亚·伍尔夫"⑦。

1910年初和年底发生的两起"颠覆性"事件——"无畏号战舰恶作剧"和"马奈与后印象派画家"画展,将"布鲁姆斯伯里"推到了前台。这个私人属性的亲友圈开始被公众视作一个正式的团体,同时也不可避免地为自己招来了对手和敌人。

1913年3月,弗莱成立"格拉夫顿集团";同年7月,弗莱创办"欧米伽艺术工场",给集团带来了新人,给凡尼莎和格兰特带来了将后印象派美学运用于装饰艺术的机会,但也给集团带来了终生的仇雠——刘易斯,后者因"理想之家"艺术展(The Ideal Home Exhibition)的一份委托合约与弗莱发生争执,并最终与弗莱和"欧米

---

① Hermione Lee, *Virginia Woolf*, pp. 266-267.

② J. Derrick McClure, "Diversions of Bloomsbury", in *American Speech* 45, Nos. 3-4 (Fall-Winter, 1970), pp. 278-283.

③ Alan Palmer and Veronica Palmer, *Who's Who in Bloomsbury*, p. viii.

④ Clive Bell, "Bloomsbury".

⑤ Marina Vaizey, "Bloomsbury", in *Connoisseur* 179 (February, 1972), p. 147.

⑥ Michael Holroyd, *Lytton Strachey: A Critical Biography*, Vol. 1: *The Unknown Years, 1880-1910*, p. 412.

⑦ Brenda R. Silver, "Intellectual Crossings and Reception".

伽艺术工场"决裂，和另外两位年轻画家愤而出走，从此与整个集团结下一生难解的宿怨。

集团对待"一战"的态度和在"一战"期间的所作所为激起了新一轮的抨击。"一战"后，利顿、弗吉尼亚、凯恩斯等集团成员陆续成名，"咒骂随之而来，一幅闲散、势利、自得、推销自己高雅文化的食利阶层（rentier class）的讽刺漫画开始成型"①，正如福斯特在阐明维多利亚时代自由人文主义的困境时的自嘲，"分红越是优厚，思想越是崇高。我们没有意识到，我们一直在剥削我们自己国家的穷人和国外的落后种族。我们正在从我们的投资中获得超过我们应得的利润"②。

到1920年代末，集团的影响力达到巅峰，"他们的身边已聚集了一大批效仿者，德斯蒙德·麦卡锡和雷蒙德·莫蒂默负责主编的《民族》和《新政治家》的文学专栏也已在他们的掌控之下"③。然而，之后的40年，集团遭遇的将是持续不断的侧面贬毁和间或发起的正面攻击。仅仅到1930年代初，"布鲁姆斯伯里"在英国就已成为一个备受质疑的名称和概念，和他们之前捉弄的"无畏号战舰"一样成为令人瞩目的攻击目标，用以谩骂种种与集团有关或无关的个人和观点，"从嬉笑的女人气到政治上的冷漠，无所不及"④。在刘易斯的《上帝之猿》引起震动的同时，左派、反父权、高度政治化、想要挑衅前辈的年轻作家们带来了新武器，通过"支持他们认为急需紧要、强硬有力的现实主义（高压电缆塔、工业、工人、西班牙）"⑤ 拒绝和抛弃集团及其所倡导的现代主义。"二战"爆发后，由于被谴责为智识精英主义，集团的名声在四五十年代日渐衰落，摇摇欲坠。1950年代初，随着老一代重要成员的相继湮灭，恶言詈辞，甚嚣尘上，对集团的抵制升至顶点，集团的凛冬降临，大有从此一蹶不振、再难翻身之势。其中，"愤怒青年"旗帜鲜明地反击集团的精英主义，"历史上的'布鲁姆斯伯里'究竟是

---

① Hermione Lee, *Virginia Woolf*, p. 265.
② E. M. Forster, "The Challenge of Our Time", in *Two Cheers for Democracy*, pp. 67-71.
③ Noel Annan, "Bloomsbury and the Leavises", in *Virginia Woolf and Bloomsbury: A Centenary Celebration*, pp. 23-38.
④ Regina Marler, *Bloomsbury Pie: The Making of the Bloomsbury Boom*, p. 11.
⑤ Hermione Lee, *Virginia Woolf*, p. 602.

什么，甚至它究竟是否存在过，这些问题都不重要；重要的是，它已成了一个神话，一个可随手贴在一个被憎恨的世界身上的方便标签。对于新作家而言，它仅仅是一个在所有人面前承诺在交谈、艺术和生活中遵循优雅风格理想的团体；一个自由主义者和贵族巧妙混杂的团体；一个一边由牛津和剑桥一边由伦敦联合起来的国际团体"①。1954年，"愤怒青年"代表作家、英国喜剧小说家金斯利·艾米斯（Kingsley Amis）发表小说处女作兼成名作《幸运儿吉姆》（Lucky Jim），讽刺和抨击英国地方大学专业学术圈的特权和势利，以及冒牌学者的虚假和虚伪。小说中伦敦以外的红砖大学，文化依然浸润着"牛桥"和"布鲁姆斯伯里"的价值观，艺术谈话依然受到弗莱和克莱夫的影响，学生和年轻教师的培养目标依然是"布鲁姆斯伯里"的"绅士理想"。小说结尾处，主人公"幸运儿"吉姆终于离开地方大学来到伦敦，他在选择居住区域时斟酌道，"贝斯沃特、骑士桥、诺丁山门、皮米里科、贝尔格雷夫广场、瓦平、布鲁姆斯伯里。不，不去布鲁姆斯伯里"②，由此可见，主人公吉姆和作者艾米斯并不想与集团发生任何关系，集团的"朴素生活与高尚思想"对他们没有丝毫吸引力。但与《幸运儿吉姆》中地方大学深受集团影响或毒害的情形恰恰相反，根据美国著名集团研究学者彼得·斯坦斯基的记述，1950年代，他向剑桥大学国王学院申请攻读博士学位时，他在申请信中表明的对集团的研究兴趣却遭到了导师们的无情嘲笑。

  1960年代起，对集团成就的批评兴趣开始复苏。但到1982年弗吉尼亚一百周年诞辰之际，《泰晤士报》上依然有文章在恶意攻击她和集团，仅仅因为作者认为他们那群人太过讨厌。直至1990年代末，集团几经起落，但争议和贬毁一直如影随形。批评的矛头主要指向集团的阶级出身和据称的精英主义，自以为是和讽刺，无神论、党派政治和自由主义经济学，非抽象艺术、现代主义小说、艺术和文学批评，以及非核心家庭和伤风败俗的多角性关系。

---

  ① Leslie Fiedler, "Class War in British Literature", in *Esquire* 49（April, 1958），pp. 79-81.
  ② 1987年，英国著名小说家、文学批评家马尔科姆·布拉德伯里（Malcolm Bradbury）借用后一句将自己的随笔集命名为《不，不去布鲁姆斯伯里》（*No, Not Bloomsbury*）。

（二）

　　从形成之初到巅峰时期，从辉煌远逝的四五十年代到随着最后一位集团创始成员格兰特的去世、风流终被雨打风吹去的1980年代，甚至直到今天，集团都从来不缺诋毁者。其中，刘易斯、劳伦斯、利维斯夫妇，以及德米特里·米尔斯基、弗兰克·斯温纳顿等若干位杰出英国文化名人对集团负面形象的塑造和传播，可谓功不可没。

　　刘易斯自视为集团的亲密"敌人"（The Enemy），这是他在自己主编的刊物上为自己塑造的人物形象。然而，刘易斯一定想不到，到1990年代，集团会成为公众追捧的对象，成为"神圣集团"；同样，他也一定想不到，1913年的"理想之家风波"（The Ideal Home Rumpus）会成为他与"布鲁姆斯伯里"的"审美政客们"一生积怨的开始。最初，刘易斯等人"似乎很高兴与'布鲁姆斯伯里军团'认同"，成为"欧米伽艺术工场"的成员，"然而，菲茨罗伊广场的蜜月期很短暂，弗莱和刘易斯个人之间的相互反感，在之前的几次事件中已经显露，当斯潘塞·戈尔（Spencer Gore）发现弗莱偷取《每日邮报》的委托在1913年10月的'理想之家'展览上设计了一间'后印象派房间'后，二人之间的不睦终于彻底爆发为直接的正面冲突"[1]。于是，刘易斯与弗雷德里克·埃切尔斯、C.J.汉密尔顿（C.J.Hamilton）和爱德华·沃兹沃思联名写信指控"欧米伽艺术工场"的经营管理问题，公开谴责弗莱弄虚作假、无赖欺骗、侵吞佣金、侵占他们的应得利益。刘易斯与弗莱和"欧米伽艺术工场"争吵的结果是，他"收获了布鲁姆斯伯里集团强烈而持久、无疑毁掉了他日后声誉的敌对，而后者之前对他这位年轻的艺术家和作家还颇有好感"[2]。1914年，刘易斯成立与"欧米伽艺术工场"正面对立的"反叛者艺术中心"（Rebel Art Centre），实验对抗性的旋涡派绘画，出版引发争议的《爆炸》（Blast），在《爆炸》"宣言"的首页，刘易斯炮轰"大不列颠审美家"和英国

---

[1] Richard Cork, "Introduction", in *Vorticism and Its Allies*, Exhibition Catalog, London: Arts Council; Hayward Gallery, 1974, pp. 5-26.

[2] Bernard Bergonzi, "An Artist and His Armour", in *Times Literary Supplement* (London) (October 31, 1980), pp. 1215-1217.

"内心既女里女气又粗野无礼的男人们"①。1918年，刘易斯出版小说《塔尔》(Tarr)，戏仿集团和西特维尔姐弟娘娘腔的审美家—花花公子的艺术家形象；1930年，刘易斯平日时常挂在嘴边的风凉话升级为《上帝之猿》中对"精英主义、腐败堕落、毫无天分"的集团的猛烈嘲讽；1937年，刘易斯在《狂轰乱炸》中写道，集团的"世界就像是'一个乖张的老处女的下午茶会'"②。在刘易斯看来，首先，集团只是堕落的化身，在对集团的攻击中他表现出对同性恋的憎恶，并将集团等同于"娘娘腔"文化；他敏锐地察觉到集团以先锋派自居的声言与其在英国社会中的稳定地位不相一致，正确识别出集团的艺术本质与家庭生活（以及母性和母权制）之间的联系，谴责以弗吉尼亚为典型例证的集团美学整体的女性特质，否认这种特质属于先锋派，他将集团归属于过去时代的问题，从而将集团排除在文化场域中新来者和革新者的场景之外；同时，在他自己（与法西斯主义相结合）的厌女主义中，他找到了现代主义中男性主体危机之外的另一种选择，将自己定位为反对与他同时代的苍白无生气的审美家的女性化形象。再者，在刘易斯眼中，集团是"一个势利的名流俱乐部"，集团建造起"他们所居住的维多利亚腹地的文化要塞，将艺术社交化（societification），钱财而非才华是俱乐部的入会资格"③。Jeffrey Meyers认为刘易斯与弗莱的争吵"永久性地摧毁了他以艺术为生的能力"，因为，弗莱利用自己的影响力损伤了刘易斯的艺术生涯④，但事实上，弗莱不仅没有迫害刘易斯，而且在写给后者的信中说他希望"这件倒霉事不会让你疏远了我们"⑤。刘易斯与弗莱、"欧米伽艺术工场"和集团的早年冲突，抑或换言之，正如斯蒂芬·斯彭德的著名追问，"伍尔夫夫人为何要扼杀刘易斯先

---

① Mark S. Morrisson, *The Public Face of Modernism: Little magazines, Audiences, and Reception, 1905-1920*, Madison: University of Wisconsin Press, 2001, pp. ii, 123.

② Robert T. Chapman, "The 'Enemy' vs Bloomsbury", in *Adam International Review* 37 (1972), pp. 81-84.

③ Michael Holroyd, *Lytton Strachey: A Critical Biography, Vol.1: The Unknown Years, 1880-1910*, p. 413.

④ Jeffrey Meyers, *The Enemy: A Biography of Wyndham Lewis*, London: Routledge & Kegan Paul, 1980.

⑤ Quentin Bell and Stephen Chaplin, "Reply with Rejoinder", in *Apollo* 83 (January, 1966), p. 75.

生?",至少有两个方面的原因:一方面,"'布鲁姆斯伯里'的影响无处不在,于是,他的活动常常遭到忽视"①,甚至,他对弗莱及集团的讥讽和怨恨也从未被后者放在心上,到1913年8月,"理想之家风波"的首波影响对于弗莱及其集团友人而言已然平息,无须再予理会,而从1913年起的20年间,弗莱和凡尼莎的大量通信中更是只字未曾提及刘易斯,弗莱和集团已经全然忘记了曾经的争吵,但对于刘易斯而言,情形却完全不同,争吵让他付出了高昂的代价,"刘易斯在他的整个后半生都认为自己遭到了'布鲁姆斯伯里'特别是罗杰·弗莱的迫害;毕竟,想象自己是被迫害的总比认为自己是被漠视的更能让人心里舒服些,而这种痛苦不堪的不公正感也在刘易斯的朋友兼人生记录者的约翰·罗森斯坦爵士的激烈幻想中找到了共鸣"②。另一方面,刘易斯与集团的恩怨被认为是英国先锋派内部的不和,"因装饰本身而以装饰为乐事,政治上不太革命、经济上不太拮据的'布鲁姆斯伯里'无忧无虑的漫不经心,显然激怒了激进理性主义的未来的旋涡派艺术家们——特别是刘易斯和戈迪耶—布尔泽斯卡"③。因此,正如Robert Chapman所言,"即便'理想之家风波'不曾发生,刘易斯也必须制造出一个。他与'欧米伽'——那个'打着"后印象派"的幌子、附庸高雅艺术的概念'——的关系一直都不是很好,由于一份给错的委托书而爆发的公开争吵事实上是由刘易斯精巧操控和上演的"④。

"一战"期间,劳伦斯与"剑桥—布鲁姆斯伯里圈"的关系恶化为公开的正面对峙。1915年,劳伦斯在写给莫瑞尔夫人和戴维·加尼特的信中说道,与摩尔、凯恩斯和格兰特在剑桥的会面"让他痛苦、仇恨、愤怒得发狂",加尼特的朋友——格兰特、斯特雷奇兄弟、凯恩斯——让他梦到了黑色的甲壳虫,"那些令人厌恶、虫子般拥聚在一起

---

① John Rothenstein, *Modern English Painters: Sickert to Smith*, London: Eyre & Spottiswood, 1952.
② Quentin Bell, *Bloomsbury*, p. 56.
③ Anthony d'Offay, "Preface", in *The Omega Workshops: Alliance and Enmity in English Art, 1911-1920*, Exhibition Catalog, London: Anthony d'Offay Gallery, 1984, pp. 5-7.
④ Robert Chapman, "Letters and Autobiographies", in *Wyndham Leiws: A Revaluation*, ed. Jeffrey Meyers, Montreal: MiGill-Queen's University Press, 1980.

的小自我"让他感到满腔的"敌意和怒气"①。正是集团的个体主义令劳伦斯无比厌恶,他在梦中想象自己踩碎了那群"小自我"的黑色甲壳虫,甚至咒骂凯恩斯、格兰特、弗朗西斯·比勒尔等人"完蛋了"。劳伦斯对集团充满敌意的攻击具有重要意义,尽管劳伦斯和集团成员并无多少真正的接触,甚至克莱夫和利顿还曾公开反对当局对《虹》(The Rainbow)的禁毁。劳伦斯发现凯恩斯的剑桥圈子里存在着"某种隐伏性疾病",他对这种"罪恶原则"的强烈反感众所周知;之后,他又抨击"有意义的形式"的布道者们是一群手淫自慰的所谓"上帝首选之民"②。一方面,劳伦斯对任何与同性恋者的亲密接触都感到恐惧和歇斯底里③,在与凯恩斯会面之前,他就与集团在福斯特同性恋的问题上发生过小冲突,"布鲁姆斯伯里圈里同性恋的盛行让劳伦斯单方面关上了与集团关系的大门,而这种关系原本有可能在本质上对他是有益的,而在他日后陷入与官方的种种麻烦时原本也是有可能给予他支持的"④。另一方面,劳伦斯需要树立靶标以提出自己的美学观点,他对集团赞赏的现代艺术持怀疑态度,在一篇论绘画的随笔中,他嘲笑克莱夫愚蠢至极,嘲讽克莱夫和弗莱热衷于鼓吹"有意义的形式"的观点,认为"有意义的形式"和"审美体验"本质上都不过是逃避艺术中身体性力量的企图。另外,劳伦斯不仅认为集团的同性恋倾向是危险可怕的,而且他"在《英格兰,我的英格兰》(England, My England)中发现危险并强烈拒绝的乔治时代感性中的诸多组成成分——青春期延长的感觉、潜藏的战争欲望、无法强硬而坚韧地面对一个腐败的英格兰的现实——都以一种更具影响力的方式在'剑桥—布鲁姆斯伯里圈'里得到了具体呈现"⑤。然而,劳伦斯为何极力反对集团,在集团一方,却有

---

① John Maynard Keynes, "My Early Beliefs".

② D. H. Lawrence, "Introduction to these Paintings (1929)", in *Phoenix: The Posthumous Papers of D. H. Lawrence*, ed. Edward D. McDonald, London: Heinemann, 1936, pp. 551-584.

③ Paul Delany, *D. H. Lawrence's Nightmare: The Writer and His Circle in the Years of the Great War*, Hassocks: Harvester, 1979, pp. 82-86.

④ Paul Delany, *D. H. Lawrence's Nightmare: The Writer and His Circle in the Years of the Great War*, p. 225.

⑤ Kim A. Herzinger, "Extensions: Cambridge and Bloomsbury", in *D. H. Lawrence in His Time: 1908-1915*, Lewisburg: Bucknell University Press; London: Associated University Presses, 1982, pp. 172-179.

着不同的理解和解释,凯恩斯认为劳伦斯是因为缺乏经验,而加尼特则认为劳伦斯是出于妒忌,因为理性主义和玩世不恭的剑桥所代表的文明既令他局促不安,心生厌恶,又让他可望而不可即,他憎恶集团对理性的尊崇与对直觉和本能的蔑视;"我们很容易就能想象到,[我们的]污言秽语、油嘴滑舌、闪闪发亮、扬扬得意,冷落怠慢、愚钝至极,凡此种种,彻底激怒了他"①。不过,考虑到劳伦斯与集团交往时间极其短暂,二者的关系或许并不像劳伦斯言辞间表现出的那般剑拔弩张,正如 Joan Bobbitt 所认为的,"劳伦斯与'布鲁姆斯伯里'的关系并未失败,它只是未能实现,即二者事实上并未建立关系","如果他们真的相互反感,那也主要是彼此冷漠"②。

步刘易斯和劳伦斯后尘,之后的众多攻讦者给集团贴上了精英主义、冷漠无情、半吊子艺术家的标签,其中,剑桥文学批评家和文学教授 F. R. 利维斯与妻子 Q. D. 利维斯,由于"性别化"偏见,以对"剑桥—布鲁姆斯伯里精神气质"(Cambridge-Bloomsbury ethos)的"不懈攻击"强化了以上对集团的负面观点,长期影响着英国教育系统对集团特别是对弗吉尼亚的正确认知。被集团排斥在外的利维斯夫妇及其"细察派"("Scrutiny" Group)是"审美主义和智识性、特别是'布鲁姆斯伯里'不共戴天的仇敌"③,是集团人格、作品和价值观最苛刻的批评者与抹黑集团的主要势力。从 1930 年代初起,F. R. 利维斯和妻子以及他主办的影响巨大的学术刊物《细察》共同主导和掌控着英国文学的研究,给集团的文学、文化和道德批评设定了基调,而当 F. R. 利维斯 1940 年代在剑桥培养的门生弟子(例如,大部分"愤怒青年"作家正是他的智识后裔)遍布英国的教育和文化领域时,他们对集团的批评基调就成了批评标准,整整两代剑桥批评家加入到对集团价值观的批评论战之中,终于,从"二战"结束至 1960 年代,利维斯夫妇及其"细察派"成功地令集团名誉扫地,声名狼藉。F. R. 利维斯受 I. A. 理查兹及其《文学批评原理》(*Principles of Literary Criticism*, 1924)影响而提

---

① F. R. Leavis, "Keynes, Lawrence and Cambridge", in *The Common Pursuit*, pp. 255-260.
② Joan Bobbitt, "Lawrence and Bloomsbury: The Myth of a Relationship", in *Essays in Literature* 1, No. 3 (1973), pp. 31-43.
③ Frederick C. Crews, *E. M. Forster: The Perils of Humanism*, Princeton: Princeton University Press, 1962, p. 170.

出的"新的'科学'批评""恼怒于'布鲁姆斯伯里'的极端审美主义",将"令人心醉神迷的布鲁姆斯伯里圈"视作"对当时影响巨大的剑桥代表人物——亨利·西奇威克和莱斯利·斯蒂芬、梅特兰(Frederic William Maitland)和利维斯博士——所形成的伟大传统的一个不可原宥的背离"[1],力图将莱斯利及其所代表的剑桥传统从他的儿女和仰慕者的手中拯救出来。在钦慕莱斯利的利维斯夫妇眼中,集团微不足道,只是一个低级小圈子,只是"一群亲切友好的自鸣得意者聚居的庭院",这群人"自称超凡脱俗,实则不过是时尚的开创者"[2]。诺埃尔·安南明确揭示出视代表"工人阶级文化"的劳伦斯为英雄的F. R. 利维斯及其"细察派"与集团的对立冲突中内在的阶级界线:前者代表从外省文法学校而非从公学进入大学的"中下阶层的不守成规者";而后者则代表英国中上阶层中的"智识贵族"。对于利维斯们而言,头号敌人正是集团这个"占据智识界的腐败的小团体",它的"触角……已经延伸到英国智识生活的所有重要领域",特别是文学领域[3]。F. R. 利维斯拒绝将艺术与生活、美和形式与道德分离开来,在他看来,集团成员的生活和作品都缺乏一种本质上的"道德严肃性"(moral seriousness),缺乏复杂性和实质内容,虚弱而无力,因此,弗吉尼亚仅仅是英国小说伟大传统的一个注脚,唯一具有重要意义的是她在《到灯塔去》中进行的风格实验,但事实上,他并不认可弗吉尼亚的小说艺术,只是看重她在小说中以自传的形式描述了莱斯利的家庭生活;而Q. D. 利维斯对弗吉尼亚《三个旧金币》的蔑视,对《海浪》和《达洛维夫人》旁敲侧击的指责——"愚蠢、孤陋寡闻""危险的假定""恶劣的态度""自我放纵的性别敌意""社会寄生虫构想出来的生活艺术""杂志故事情境,对情境的看法体现在模仿拼贴和陈词滥调之中"——以及对集团的道德败坏、淫乱滥交、阶级盲视的抨击更是人所共知。尽管颇为赞赏利顿对"维多利亚时代名人"的解构,但F. R. 利维斯依然认为

---

[1] Michael Holroyd, *Lytton Strachey: A Critical Biography*, Vol. 1: *The Unknown Years, 1880-1910*, pp. 421-422.

[2] Silke Greskamp, "Friendship as 'A View of Life': The Bloomsbury Group and the Field of Cultural Production".

[3] Noel Annan, "Bloomsbury and the Leavises".

利顿是"布鲁姆斯伯里集团的梅菲斯特（Mephistopheles）"①，因为在他的传记中，"明晰和非真实性并举；幼稚伪装成明晰；自负安放于坚定的精致繁复感中；以及严肃与否或是否自认摆出反讽姿态的不确定性"②。F. R. 利维斯将集团简化为任何思想健全的人都会予以摈弃和鄙视的一套价值观，但事实上，集团是"英语世界中第一批现代知识分子"，他们破旧立新，"与上层阶级的生活方式决裂，建立起一种崭新的生活方式"，摈弃传统上用以对其所属阶级进行界定的众多圈套和目标，坚持进步分子内心视若珍宝的那些事业和理想——"女性性别平等、反帝国主义、和平主义，以及对权势集团和掌握大小权力者的普遍质疑"③。

此外，Angus Wilson 称集团是维多利亚时代后期的一种异端邪说，一种"不信神的常识的神秘主义"；Frank Kermode 说集团的伦理是堕落颓废的，从剑桥到伦敦，"一个腐败的精英阶层催生出一个文艺小团体"④。弗兰克·斯温纳顿批评罗素倚重事实和逻辑，他的"论辩无法令人信服"；批评利顿太过书呆子气，"一个男学究"；批评弗吉尼亚的小说"虽然很聪明很精巧，但整体上缺乏创造力"，认为弗吉尼亚的成功不过是因为借了教育上高人一等的势利之机；对克莱夫和弗莱的批评相对温和，但认为正是他们与集团的联系使他们陷入了困境⑤。尽管伍尔夫夫妇出版了多种精神分析类作品，尽管伦纳德声称理解弗洛伊德的重要性，但人们依然常常将夫妇二人描述为强烈抗拒精神分析，Jan Ellen Goldstein 认为，伍尔夫夫妇的抗拒标志着"'布鲁姆斯伯里'备受吹捧的现代主义的极限：顽固的维多利亚时代之根，和精神分析这一先锋派运动发生联系的渴望与完全接受、透彻理解精神分析的能力之间的差距"⑥。

---

① Michael Holroyd, *Lytton Strachey: A Critical Biography*, Vol.1: *The Unknown Years, 1880-1910*, p.421.
② F. R. Leavis, "Keynes, Lawrence and Cambridge".
③ Noel Annan, "Virginia Woolf Fever", in *New York Review of Books* (April 20, 1978) (https://www.nybooks.com/issues/1978/04/20/, 2018-11-10).
④ Qtd. in Alice Mayhew, "Leonard Woolf's Autobiography".
⑤ Frank Swinnerton, "Bloomsbury: Bertrand Russell, Roger Fry and Clive Bell, Lytton Strachey, Women, Virginia Woolf".
⑥ Jan Ellen Goldstein, "The Woolfs' Response to Freud: Water Spiders, Singing Canaries, and the Second Apple", in *Psychoanalytic Quarterly* 43 (1974), pp.438-476.

（三）

面对外界的围攻，集团首先诉诸的是一种最易采取的防御姿态，即极力否认集团的存在（或是声明"'布鲁姆斯伯里'已死于战争['一战']"①），而否认的背后，一方面确如伦纳德所言，"我们主要并根本上是并始终是一群朋友……我们没有想让全世界都去遵行的共同理论、体系和原则"②；而另一方面，则恰恰隐藏的是"一群朋友"深刻、强烈而巨大的集体性存在，以及对外界关于集团种种谬见（特别是将不相干的各类人等与集团有意无意联系在一起）的懊恼和愤怒。"一战"期间，弗吉尼亚常说，"布鲁姆斯伯里"已如晨雾般"消散"③。战后，她常说的是"布鲁姆斯伯里"已经死了、正在死去和彻底完了。在写于1920年代初、追忆1904—1914年往事的《老布鲁姆斯伯里》一文中，她反复写道，"（'布鲁姆斯伯里'的）第一章结束了"，"那些（星期四晚间聚会）已成往事"④。到1930年代，"布鲁姆斯伯里"已成为一个令她恼火的新闻用语、一个让她勃然大怒的辱骂词汇和一个"早已死掉的幽灵"，"喋喋不休讨论'布鲁姆斯伯里'的影响力只会做出就我所知事实上毫无根据的判断"⑤。其他成员亦是如此，每当谈到早期的集团时，都会借机哀叹集团承受的负面新闻，哀叹集团不幸因之而闻名的名字"布鲁姆斯伯里"，他们提起这个名字就像提起一个与他们相脱离、但却强加在他们身上的东西。虽然伍尔夫夫妇和贝尔夫妇均曾明确否认过集团的存在，但相比于凡尼莎对外界窥探和评论的提防、拒绝和断然回避，其他人的回应或辩护显然更为积极有力：弗吉尼亚是以牙还牙式的机智还击，她说"如果你［威廉·普洛默］和斯蒂芬

---

① Vanessa Bell, *Selected Letters*, ed. Regina Marler, New York: Pantheon Books, 1993, p. 364.
② Leonard Woolf, *Beginning Again: An Autobiography of the Years, 1911-1918*, pp. 23-25.
③ Virginia Woolf, *The Letters of Virginia Woolf, Vol. 2: The Question of Things Happening, 1912-1922*, eds. Nigel Nicolson and Joanne Trautmann, London: Hogarth Press, 1976, （VW to Ka Cox, 19 Mar 1916, 746） p. 83.
④ Virginia Woolf, "Old Bloomsbury".
⑤ Virginia Woolf, *The Letters of Virginia Woolf, Vol. 5: The Sickle Side of the Moon, 1932-1935*, eds. Nigel Nicolson and Joanne Trautmann, London: Hogarth Press, 1979, （VW to QB, 14 Oct 1933, 2806） p. 234.

[·斯彭德]坚持要讨论布鲁姆斯伯里文化圈,我就给你们也贴上'麦达维尔学派'(Maida Vale group)的标签"①;克莱夫是对集团成就的大力吹捧,当发现批评者受到误导认为集团脱离现实、集团成员"致力于扼杀或试图扼杀每一种充满生气和活力的运动于襁褓"时,他以嘲弄的语气反问道,批评者们所谓的"婴儿杀手"——

> 显然不是指罗杰·弗莱,是他将法国绘画的现代运动介绍给了英国公众;也不是指梅纳德·凯恩斯,据我所知,是他彻底改变了经济学。批评者们似乎也不可能想到是利顿·斯特雷奇,他远非反动保守,而是在妇女选举权运动还被普遍认为是一种危险的时尚时就在鼎力相助这项事业;也不可能想到是伦纳德·伍尔夫,他早在英国社会主义成为美国人称之为的圈钱勾当之前就已经加入了费边社。那么,这些"布鲁姆斯伯里"的谴责者们还能想到是谁?显然也不是弗吉尼亚·伍尔夫,她几乎是发明了一种全新的散文形式;当然,我希望,也不是那几位评论家(包括他自己),早在1920年代之前,他们就已经在欣赏和维护毕加索和T.S.艾略特当年那些令人困惑不安的作品。②

而伦纳德除了为集团被指责的无礼不敬辩解——"我们认为依然有很多事物、很多人值得我们给予'深深的尊敬和热烈的赞许':真理、美、艺术作品、某些风俗习惯、友情、爱,还有很多活着的和死去的男男女女"③——之外,更是直接用事实说话的清者自清,通过编辑出版弗吉尼亚的随笔集、日记集、书信集和撰写出版五卷本自传,他努力引导外界对集团特别是对弗吉尼亚形成正面评价。除集团成员的自我辩护之外,迈克尔·霍尔罗伊德的《利顿·斯特雷奇传》、罗伊·哈罗德的《约翰·梅纳德·凯恩斯传》和J.K.约翰斯顿的专著等都是对集团这个"基本上是虚构出的团体"的负面神话的"反阐释",为集团正名。

---

① Stephen Spender, "Bloomsbury in the Thirties", in *The Bloomsbury Group: A Collection of Memoirs and Commentary*, pp. 392-402.
② Clive Bell, "Bloomsbury".
③ Leonard Woolf, "Cambridge Friends and Influences".

集团因何遭到围攻，无疑有着多重原因。最表层的原因显然是因为集团组织松散且交友广泛，难以界定和确定，外界很难判断究竟谁是集团成员，对手却可随意将各种与集团不可能有关系之人硬塞给集团；同时，勉强使用的名称"布鲁姆斯伯里"一方面太过笼统，忽视了集团内部的差异性，另一方面又被滥用，涵盖了根本不属于集团的外部差异性，甚至是刘易斯、劳伦斯和利维斯夫妇等人的对立性；再者，集团常被误认为有共同的团体态度和团体精神，有统一的党派路线（party line），任何一位成员的任何观点都能代表整个集团，但事实上，以弗吉尼亚为例，James Hafley 认为，她是集团的中心，但却与其他大部分成员鲜有共同之处。她只是一位沉默不语的参与者和女主人，"在智识层面上与'布鲁姆斯伯里'并不一致；……她对问题的处理方式和解决办法都完全是她自己的，而非来自她在社交层面上作为其中心的那个团体"[①]。由于以上原因，集团成了英国人人皆可辱骂的攻击对象，时常遭到误伤。例如，1926 年，罗伊·坎贝尔的妻子玛丽与薇塔的情事几乎毁掉他的婚姻，于是，愤怒的坎贝尔为报复于 1931 年创作了叙事诗《乔治时代：讽刺幻想诗》，在书中猛烈攻击尼克尔森夫妇和他们的集团友人，并特意在书籍护封上的推介词中写道，该书精彩地讽刺了"一个由众人一面的文学业余爱好者和互捧臭脚者组成的庞大而模糊的团体，这个团体一般称之为'布鲁姆斯伯里'，他们几乎控制了整个国家的文学报刊"。

除表层原因之外，集团树敌颇多的深层原因主要是恐同和阶级仇恨。刘易斯、劳伦斯（以及罗素）等人对集团同性恋的厌恶，如前所述，不言而喻。再者，克莱夫将集团的诋毁者称作"纵犬袭击布鲁姆斯伯里者"（Bloomsbury baiters），异曲同工的是，Christopher Reed 将对集团的诋毁称作"痛打布鲁姆斯伯里"（Bloomsbury Bashing），即，集团在现代主义美学和政治中的中心地位同时遭到了来自（主要是英国的）"马克思主义学者"和（主要是美国的）"女性主义学者"两方的"强烈否认"，前者给"同性恋贴上邪恶的标记——颓废而柔弱的资产阶级"，后者则是与"异性恋特权"结盟，"拒绝承认同性恋作为鲜活

---

① James Hafley, *The Glass Roof: Virginia Woolf as Novelist*, Berkeley, CA: University of California Press, 1954.

生命体验的全部复杂性，仅是利用同性恋表明对女性的压迫"①。

在英美智识阶层、特别是英国智识阶层的接受语境中，争论的核心是阶级，抑或文化阶层，集团批评史上反复出现的"智识阶层"和"精英主义"等术语构成了集团在文化大舞台上的另一重接受背景。"'布鲁姆斯伯里'在知识分子中引发的文化冲突，不仅说明'布鲁姆斯伯里'被认为带有鲜明的阶级色彩，而且也说明意识形态改变了对集团意义和价值的解读"②。集团与对手的观念对立中常常掺杂私人恩怨，而私人恩怨的背后则是名门世家子弟与乔伊斯、劳伦斯、刘易斯等"野孩子们"（gamindom）之间不可和解的龃龉嫌隙。由于阶级身份不同，例如，在集团一方看来，弗莱犯的最大错误不过是理解错了留言的意思③，而在刘易斯那里却成了一生的磨难和诅咒；再例如，弗吉尼亚之所以不愿承认《尤利西斯》是一部杰作，对其颇有敌意，虽然部分原因在于她对书中性行为描写的厌恶，但更重要的原因应该是"她的三重情感反应：主题、阶级上的势利、个人和同行相争的嫉妒"④；又例如，1950年代，在"愤怒青年"发起的"阶级之战"中，集团成为"一个被憎恨的世界的方便标签"；甚至在并不太关注阶级问题的美国，有"美国的布鲁姆斯伯里"之称的"纽约知识分子"在对集团和1950年代后集团在英美两国的复兴进行解读和批评时，也都明显表现出对他们与智识贵族或欧洲食利阶层概念之间关系的深深焦虑。然而，"一个普遍的谬见是，认为'布鲁姆斯伯里花浆果们'有钱又有闲"⑤，英国对集团的接受一方面沉迷于假定和断定集团享有阶级特权（尽管集团成员大多出身中上阶层，但他们个人的收入却常常被过度夸大），另一方面致力于弱化和淡化集团"对提供了这种特权的阶级制度的道德和美学基础——

---

① Christopher Reed, "Bloomsbury Bashing: Homophobia and the Politics of Criticism in the Eighties", in *Queer Bloomsbury*, pp. 36-63.
② Brenda R. Silver, "Intellectual Crossings and Reception".
③ Quentin Bell and Stephen Chaplin, "The Ideal Home Rumpus", in *Apollo* 80 (October, 1964), pp. 284-291.
④ Suzanne Henig, "Ulysses in Bloomsbury", in *James Joyce Quarterly* 10 (1973), pp. 203-208.
⑤ Mary Blume, "That Amazing Bloomsbury Group", in *Vogue* 172 (October, 1982), pp. 188, 197.

尽管是以一种嬉戏和戏仿的方式——进行系统性拆除的努力程度"[1]。

此外,处于智识网络或智识影响中心的是刊物和社团,集团被认为控制了媒体,控制了报刊。集团不仅自己评论和展出自己,而且随着"霍加斯出版社"的建立,集团甚至开始"自产自销"。"到1920年代末,他们[集团]已被仿效者包围,德斯蒙德·麦卡锡和雷蒙德·莫蒂默负责主编的《民族》和《新政治家》的文学专栏也已在他们的掌控之下。"[2] 德斯蒙德、莫蒂默以及弗莱和伦纳德控制了评论什么和由谁评论,控制了展出什么和何时何地展出,集团在智识界行使的权力超过了集团自身的大小。以 F. R. 利维斯为代表的批评家们悲痛于这群才智如此浅薄的男男女女不配手握如此巨大的权力,抱怨"剑桥—布鲁姆斯伯里圈"或"剑桥—布鲁姆斯伯里精神气质"早在英国政治帝国终结的几十年前就已经摧毁了英国智识帝国的精华。再者,反智识主义怀疑和鄙夷集团的智识信念和智识实践。由于英国人厌恶知识分子,英国没有智识团体传统,且英国知识分子缺乏革命性,"智识的"或"知识分子"等术语本身就很容易授人以柄。一般而言,肯定集团对艺术、文化和道德产生正面积极影响的评论家称其为"知识分子";而贬毁集团、强调集团负面影响的评论者则称其为"浅薄涉猎者"或"审美家"。又则,集团对文明和"美丽新世界"(brave new world)的憧憬太过自信和热情;集团先是反叛权威,后又作为权威被反叛,集团与维多利亚时代先辈和"一战"后年轻作家、艺术家之间"影响的焦虑"的代际战争,也都是集团遭到忌恨和被污名化的重要原因。

最后,集团之所以背负污名,外界的围攻并非唯一的推力,集团自身也难辞其咎,并非绝然无辜,因为,包围着一个人或一个团体的蔑视和怀疑,不仅是他自己创造出来的,而且始终是他自己的他我[3]。"……集团在人际交往方面存在局限性,他们高人一等、优人一等的态度,他们对圈外人缺乏人类的同情心。"[4] "它排外,拉帮结派。在它眼

---

[1] George Piggford, "Camp Sites: Forster and the Biographies of Queer Bloomsbury", in *Queer Bloomsbury*, pp. 64-88.

[2] Noel Annan, "Bloomsbury and the Leavises".

[3] Adam Phillips, *On flirtation*, London: Faber and Faber, 1994, p. 149.

[4] P. Michel-Michot, "Bloomsbury Revisited: Carrington's Letters", in *Revue des Langues Vivantes* 38, No. 4 (1972), pp. 421-437.

里，外面的人都是朽木不可雕。"① 1950年代，《弗吉尼亚·伍尔夫与利顿·斯特雷奇书信集》、戴维·加尼特的回忆录《丛林之花》和克莱夫的回忆录《老友们》相继出版，因"以取笑他人为乐事"，一时间恶评如潮，引发伦纳德所说的"反布鲁姆斯伯里主义"②。其中，弗吉尼亚身上有着集团的典型缺点，"高傲势利、高雅斯文，以及刘易斯刻薄地称之为'偷窥生活'的［写作］方式"③。

集团尽管毁誉参半，但却始终令人难以忽视，正如福斯特所言，"迄今为止，还不曾有任何一种文明或是任何一种力图实现文明的尝试能够成为'布鲁姆斯伯里'的继任者"④。作为联通维多利亚时代与现代的桥梁，和开明贵族传统的最后一搏，"一个如此杰出的知识分子群体能够聚集在大学体系之外的伦敦"⑤，以严肃、奉献和创新的立场，迎对"1910年12月左右""人性、人际关系（human relations）、宗教、行为、政治、文学"发生的一系列变化⑥；以英国上层阶级现代化和自由化的普遍嬗变中的先行者的姿态，迎来英国文化体制史上一个时代的辉煌落幕。

---

① Noel Annan, *Leslie Stephen: The Godless Victorian*, New York: Random House, 1984.
② Juliette Huxley, "Ottoline", in *Adam International Review* 38 (1973), pp. 92–93.
③ Stephen Spender, "A Certificate of Sanity".
④ E. M. Forster, "Letters".
⑤ Robert Skidelsky, *John Maynard Keynes, Vol. 1: Hopes Betrayed, 1883–1920*, New York: Viking, 1983, p. 248.
⑥ Virginia Woolf, *Mr. Bennett and Mrs. Brown*, London: Hogarth Press, 1924, pp. 4–5.

结　语

"美丽新世界"："布鲁姆斯伯里"的遗产

1960年代初，集团突然闯入公众想象，由一个边缘的学术研究领域转向一种大众市场现象。集团一众大人物已成为传记作家、历史学家和电影制作人青睐的主要表现对象。到1968年，由于大量传记、自传、回忆录、日记、信件及遗书的出版和流行，集团在英美两国已然成为引人瞩目而又富有争议的存在。

过去半个多世纪，集团成员共同的影响力，已成为常谈常新的"老生常谈"（ad nauseum）。毋庸置疑，"布鲁姆斯伯里"，既是历史，又是神话和隐喻。"当年，'布鲁姆斯伯里'就对'神志正常和精神失常的人'都有着同样催眠般的巨大吸引力。"[1] 一个多世纪后，我们依然对它顶礼膜拜，致敬它展现给我们的"美丽新世界"，一个专注和热衷于爱、美以及真理的世界。从一个戏称甚至恶称到一种文化偶像，从"（外界所谓的'布鲁姆斯伯里'从未以外界所给予它的形式存在过，因为'布鲁姆斯伯里'过去和现在都是用来称呼——通常是用来辱骂——）一个主要是想象出来的、有着主要是想象出来的目标和特征的群体（a group of persons）"[2] 到一种辽阔而深刻的文化现象，"我们对布鲁姆斯伯里集团及其司祭们持久的迷恋，部分源于我们的艳羡，对他们的魅力和冲力、他们的阶级地位、他们一边享受优渥生活一边拥有半波西米亚式自由的艳羡"；同时，"正是因为我们专注而努力地阅读、

---

[1] Valerie Shaw, "The Secret Companion", in *Critical Quarterly* 20, No. 1 (Spring, 1978), pp. 70–77.

[2] Leonard Woolf, *Beginning Again: An Autobiography of the Years, 1911–1918*, p. 21.

思索和审视现代性",“布鲁姆斯伯里"才拥有了"迷人的魅惑光晕"①。

集团的美学伦理在大众文化领域延续了集团的生命力。"自 1960 年代以来，集团在女性主义和酷儿研究领域引发了学者对他们的生活方式而非出版物和艺术的兴趣。"② 对爱和友情的信念、对美和艺术的热爱以及反传统、反道德的新型个人关系和日常生活方式，是集团作为有机整体而非组成部分简单相加留给后世最大和最宝贵的遗产。这份遗产在 20 世纪初是反维多利亚主义的先锋，到 21 世纪初依然以前卫的姿态引领着时尚的潮流。

布鲁姆斯伯里人放荡不羁爱自由的性爱和波西米亚理想令电视制作人深深着迷。这群早在"摇摆 60 年代"（The Swinging Sixties）之前半个世纪就信奉"自由的爱"的激进艺术家，如同美国作家 Dorothy Parker 的机智妙语，"住着四方边，画着圆圈圈，谈着三角恋"（lived in squares, painted in circles and loved in triangles）。于是，在 2015 年 BBC 推出的三集历史古装剧《冲出牢笼》中，不出所料，手持摄影机的后印象派镜头里，文学、艺术、沙龙、精美的室内装饰、无尽的欢愉性爱和臭名昭著地错综复杂的人伦关系，浪漫而古雅地一一展现，一群荒唐无端的漂亮人儿生活在一个荒诞不经的金色世界之中。剧中的布鲁姆斯伯里人无畏而真实，相比之下，今天的我们怯懦而浅陋；暴露的镜头显然有伤风化，但与布鲁姆斯伯里人的真实经历相比，又似乎还远远不够大胆。

恰如弗吉尼亚提出的"花岗岩与彩虹"论，真正的"布鲁姆斯伯里"，一面是平实的生活，踏实的思考和创作；一面是激荡的性爱，激扬的反叛和创新。有过生老病死，有过风流韵事，有过苟且偷情，但也手持调色板潜心细细描画过查尔斯顿农舍里一个个美丽的灯罩；有过惊世骇俗的艺术革新，有过大逆不道的出格言行，但也悠悠然地买房置地、生儿育女、穿衣吃饭、谈笑游乐，落入过十丈红尘的静好和安稳。

---

① Jennifer Wicke, "Coterie Consumption: Bloomsbury, Keynes, and Modernism as Marketing", in *Marketing Modernisms: Self-Promotion, Canonization, Rereading*, eds. Kevin J. H. Dettmar and Stephen Watt, Ann Arbor: University of Michigan Press, 1996, pp. 109-132.

② Julie Taddeo, *Lytton Strachey and the Search for Modern Sexual Identity: The Last Eminent Victorian*, New York: Routledge, 2002, p. 2.

不过，在今天大众文化的想象中，集团的遗产已被情欲化和唯美化：他们挣脱维多利亚时代的压制和束缚，创造出一种新存在，构建出一个新社会，没有清规戒律，只有激情燃烧；他们将生活融入艺术，又将艺术融入生活，对他们而言，生活本身就是一件艺术品，除了成为真正的艺术家，其他的一切都苍白无意义。

关注布鲁姆斯伯里人张扬尽兴的私人生活或性生活而非他们在小说、传记、绘画、经济学、艺术批评等领域充满活力和开创性的活动和贡献，将集团缩减为集团成员的私人生活，缩减为他们"在性生活上的英勇无畏和纠葛不清"，无疑总是令集团研究者和真正的布鲁姆斯伯里迷颇为恼怒。但事实上，"布鲁姆斯伯里"作为一个整体常常被人记住的又确实是他们在性关系和性生活上的实验和尝试：凡尼莎与克莱夫结婚并育有二子，克莱夫与弗吉尼亚若有似无地调过情，弗吉尼亚与伦纳德结婚但又与薇塔浪漫过；凡尼莎先是撩上过弗莱，后又与格兰格同居生活并育有一女，格兰特则与利顿、凯恩斯和阿德里安都上过床。

布鲁姆斯伯里人无论如何不曾料想，公众对集团重新燃起的强烈兴趣将关注点投向了他们激进但却私密的生活方式。"大概是由于'布鲁姆斯伯里'对讲真话充满热情，一些还在世的成员才会允许人们大肆挖掘那些关于他们的古老的流言蜚语和胡言乱语"①。凭借对集团活跃的反传统、非规范性关系的坦诚描述，迈克尔·霍尔罗伊德的两卷本《利顿·斯特雷奇传》炸碎了长久以来存在的、认为集团囿于高超才智和贵族品味的刻板印象。随后，福斯特正面描写男同性恋情节、延搁半个多世纪的小说《莫里斯》，昆汀·贝尔揭露姨母童年被性虐待和女同性恋倾向的《弗吉尼亚·伍尔夫传》等与集团相关的一系列重要作品相继面世，性开始成为集团传记和集团参考文献中一个密不可分的组成部分。在他们的生活和作品中，集团灵活而富有创造性的家庭生活形式和崭新而具有实验性的亲密关系模式均赢得了一片赞誉之声，被视作摆脱了维多利亚时代家庭和价值观的束缚，预示着他们自己的现代主义的到来。

集团总是能激发起人们强烈的情感，怀旧、钦慕、妒忌、迷恋、厌恶和反感的混杂情绪推动了"布鲁姆斯伯里风潮"（Bloomsbury boom）。

---

① Alan Pryce-James, "World of Lytton Strachey", in *Commonweal* 88 (May 10, 1968), pp. 231-234.

深陷在集团最黑暗的梦魇里，劳伦斯和刘易斯不会想到，1986—1992年，莫谦特—艾佛利电影公司将先后改编福斯特的《看得见风景的房间》（1986）、《莫里斯》（1987）、《霍华德庄园》（1992）等多部小说；不会想到，1994年澳大利亚悉尼的同性恋狂欢游行将无所顾忌地精心重现莎莉·波特（Sally Potter）主演的电影《奥兰多》中的同性情爱场景；不会想到，1995年英国演员乔纳森·普雷斯（Jonathan Pryce）将因在《卡灵顿》（Carrington, 1995）中扮演利顿一角摘得戛纳电影节影帝桂冠；不会想到，仅在1995—1998年的三年间就将出版四本弗吉尼亚的长篇新传记；更不会想到，自1986年修复完成对公众开放到1990年代中期，凡尼莎与格兰特的故居查尔斯顿农舍每年将吸引游客达15000人次——2010年的统计数字是21000人次，最新数字是35000人次。

集团成员离经叛道的个人生活的戏剧性魅力意味着他们常常是虚构化描写的上佳素材：以1990年代以来的创作为例，多数聚焦于弗吉尼亚，以小说为主，如迈克尔·坎宁安（Michael Cunningham）致敬《达洛维夫人》的《时时刻刻》（The Hours, 1998）、西格丽德·努涅斯（Sigrid Nunez）的《米兹：布鲁姆斯伯里绒猴》（Mitz: The Marmoset of Bloomsbury, 1998）、扎迪·史密斯（Zadie Smith）翻新《霍华德庄园》的《论美》（On Beauty, 2005）、吉莉安·弗里曼（Gillian Freeman）的《但是，我们没人住在布鲁姆斯伯里》（But Nobody Lives in Bloomsbury, 2006）、苏珊·塞勒（Susan Seller）的《凡尼莎与弗吉尼亚》（2008年出版，2010年改编为戏剧）、斯蒂芬妮·巴伦（Stephanie Barron）的《白园：一部关于弗吉尼亚·伍尔夫的小说》（The White Garden: A Novel of Virginia Woolf, 2009）、克莱尔·摩根的（Clare Morgan）的《一本献给所有人而又不献给任何人的书》（A Book for All and None, 2011）和普利亚·帕玛（Priya Parmar）的《凡尼莎与妹妹》（2015）；其次是戏剧和电影，如根据迈克尔·坎宁安小说改编的2003年奥斯卡获奖影片《时时刻刻》、韦恩·麦格雷戈（Wayne McGregor）的芭蕾舞剧《伍尔夫作品》（Woolf Works, 2015）、艾琳·阿特金斯（Eileen Atkins）1992年同名戏剧的电影版《薇塔与弗吉尼亚》（2018），以及集团成员友人和情人的名人传记片，例如，审视艾略特与妻子薇薇安问题重重的婚姻关系的《汤姆与薇薇》(*Tom & Viv*, 1994, 改编自 1984 年的同名戏剧), 与审视利顿与卡灵顿问题重重的恋人关系的《卡灵顿》, 于是, "'布鲁姆斯伯里'的边界又扩展了, 演职人员名单也随之大幅扩大"①, 创造出了"新布鲁姆斯伯里闲话"(Neo-Bloomsbury gossip)。

以上种种, 均是"布鲁姆斯伯里风潮"或"布鲁姆斯伯里热潮"(Bloomsbury cult) 的产品。"布鲁姆斯伯里风潮"已成为一个公司和企业、一个行业和产业, 它生产的产品被贴上了"布鲁姆斯伯里牌"(Brand Bloomsbury) 的商标, 刺激着"布鲁姆斯伯里迷们"(Bloomsbury aficionados) 的消费欲。"广播、展览、新闻报道、研讨会、明信片、学术论文、唇枪舌剑的'读者来信'、夜读听语的《海浪》、首个印有弗吉尼亚·伍尔夫头像的茶杯、首届卡灵顿艺术展", 凡此种种, 犹如昙花一现, 但却点燃了人们对"布鲁姆斯伯里风潮"强烈的情感。瑞吉娜·马勒追问,"布鲁姆斯伯里"是如何从一个私底下的玩笑话演变成一种大众文化现象的?布鲁姆斯伯里集团为何总能激发起"强烈的情感"?欣欣向荣的"布鲁姆斯伯里产业"/"布鲁姆斯伯里文化产业"(Bloomsbury Culture Industry) 又是如何点燃了这些激情?她认为这场风潮始于 1970 年代初期, 始于最先将"布鲁姆斯伯里"与"布鲁姆斯伯里产业"结合起来的伦纳德, 随着一些集团成员被重塑为女性主义和同性恋的代表人物, 随着一系列既披露集团秘密同时又赋予集团以神秘感的文章著作的面世, 这场风潮一直延续至今,"布鲁姆斯伯里'淘金热'已经挖出了这么多的零零碎碎", 但读者一定依然没有看够②。

集团的文化影响力部分是由于"其宣传者清晰的视野及其成员在相扶相助中取得的成就"; 部分是由于"其相对的经济独立及其扶持提挈的权力"③,"既彼此声援又各自独立, 是它的特点之一"④。集团真正的

---

① Jenny Rees, "What's New in the Bloomsbury Industry?", in *Sunday Times Magazine* (London) (February 3, 1974), pp. 58-61.

② Rosemary Dinnage, "Away from the Agonies", in *Times Literary Supplement* (London) (April 18, 1980), p. 435.

③ Robert Skidelsky, *John Maynard Keynes*, Vol. 1: Hopes Betrayed, 1883-1920, New York: Viking, 1983.

④ Minta Jones, "Duncan Grant and His World", in *Connoisseur* 157 (December, 1964), p. 260.

重要性"在于它鼓励和激励了其成员在各自领域的工作,就福斯特而言,显然,福斯特小说创作的高产与其说是因为他与整个布鲁姆斯伯里圈的关系,不如说是因为他在布鲁姆斯伯里圈里的关系"①。雷蒙·威廉斯认为,集团"重要的历史意义"与集团的"文化、智识和艺术贡献"使其成为先行者,他们的态度后来先是被"受过高等教育的职业阶层"接受,后又广播至整个社会②,例如,"如果说弗吉尼亚与英美两国妇女运动的兴起紧密相关,那么,利顿就是一个指向标,指明1960年代末以来对同性恋越来越多的关注和文化接受"③;"评论者们不再会惊愕于……'布鲁姆斯伯里'的不端行为。《利顿·斯特雷奇传》之后不再有处女童男"④。

然而,早在1972年,Miron Grindea就指出,人们获得的关于集团的信息"照亮了人们关于集团常常是扭曲的印象,但这束光也同样加深和勾勒出了人们印象中的那些阴影部分"⑤。彼得·斯坦斯基认为,集团的成就是重新发现集团生活的依据。将集团维系在一起的不仅仅是感觉还有观点,使集团得以成型的不仅仅是激情还有信念,在集团创造力和勤奋、友情和性癖好非同寻常结合的复杂编织中,这些观念和信念得到了具体表达。集团更接近于一种现代运动而非一种传统流派,尽管两者用于界定集团都并不十分准确。"集团有时自我定义为一种与各种文化机构和其他先锋派运动相对立的先锋派运动;它也欢欣于变革和实验"⑥,遵循并"以公认并不完美的方式"践行着"超脱凡俗、追求真理和其他绝对价值的剑桥理想"⑦。智识自由是集团的密码口令,集团的"智性坦率和思想自由,在1910年后的25年间,是影响英国品味最强大的力量","同时,只要将高深的辩论和诚实正直联系在一起,'布

---

① Christopher Gillie, *A Preface to E. M. Forster*, London and New York: Longmans, 1983.
② Raymond Williams, "The Bloomsbury Fraction".
③ Brenda R. Silver, "Intellectual Crossings and Reception".
④ Mark Hussey, *Virginia Woolf A to Z*, New York: Facts On File, 1995, p. 238.
⑤ "The Stuff of Which Legends are Made", in *Adam International Review* 37 (1972), pp. 2-14.
⑥ S. P. Rosenbaum, *Victorian Bloomsbury: Vol. 1: The Early Literary History of the Bloomsbury Group*, pp. 3-4.
⑦ Roy F. Harrod, *The Life of John Maynard Keynes*.

鲁姆斯伯里'的精神就继续存在着"①。因此,与生机勃勃的"布鲁姆斯伯里产业"相对,或许,对布鲁姆斯伯里集团最明智的描述依然是,"它是这个世纪 [20世纪] 前25年享有声望的文化舆论圈子"②。

戴维·加尼特说,如果没有集团的影响,"英国的文学、艺术乃至政治今天都将是另外一副模样"③。然而,集团的意义远不止于此,由于弗吉尼亚、福斯特、凯恩斯、弗莱、利顿、伦纳德等集团成员的个人才赋和魅力,集团成员之间的相互联系和作用,集团整体的志趣、思索、追求和理想,集团与"剑桥使徒社""新异教徒"(Neo-Pagens)、"1914年人物"(The Men of 1914)、旋涡派、"坎登镇集团"(Camden Town Group)、"伦敦集团"(London Group)④、"细察派""淡墨会"(Inklings)、"奥登一代"、费边社、马娄戏剧社(Marlowe Dramatic Society)以及莫瑞尔夫人的沙龙/"嘉辛顿圈"(Garsington circles)等其他本土知识分子群体,与法国的后印象派、野兽派和立体派,意大利的未来派,佳吉列夫的俄罗斯芭蕾舞团,中国的新月派和京派,美国的"哈莱姆文艺复兴运动"和"纽约知识分子"等域外文化团体的渊源、汇流、契合和差异,以及集团1960年代后在现代大众文化中的复兴和一直延续至今、引领时尚的"布鲁姆斯伯里风潮",时至今日,作为英国20世纪上半叶最重要的一种亚文化,集团已成为文学史、艺术史、思想史、社会史和文化史研究的一个大题目。从"一个时代的胆大妄为成为下一个时代的陈词滥调"⑤,从被错误地"正解"为诋毁与嘲讽对象成为"被正确地误解为神话"⑥ 与传奇,集团并未完全过时,亦非仅是令人迷醉狂喜的情事、妙思或壮举,揭开集团"真实"和"真相"的严肃批评,远未结束。

---

① Nevile Wallis, "The Bloomsbury Air", in *Spectator* 213 (November 13, 1964), p.637.
② Christopher Gillie, *A Preface to E. M. Forster*.
③ David Garnett, *The Flowers of the Forest*, London: Chatto & Windus, 1955, p.101.
④ "伦敦集团",以瓦尔特·席格为首的英国画家团体,成立于1913年11月。成员包括由席格的追随者们组成的坎登镇集团、与刘易斯有关的旋涡派,以及"欧米伽艺术工场"的分离分子(secessionists)。
⑤ Quentin Bell, *Bloomsbury*, p.85.
⑥ 引自华莱士·史蒂文斯(Wallace Stevens)的诗《利顿·斯特雷奇,也,进了天堂》("Lytton Strachey, Also, Enters into Heaven", 1935)中的一句——"如被正确误解/一个反对社会的人成了神话"(One man opposing a society / If properly misunderstood becomes a myth)。

附 录

布鲁姆斯伯里集团年表

1866　罗杰·弗莱出生。
1877　德斯蒙德·麦卡锡出生。
1879　E. M. 福斯特出生。
　　　凡尼莎·斯蒂芬出生。
1880　利顿·斯特雷奇出生。
　　　索比·斯蒂芬出生。
　　　萨克森·西德尼-特纳出生。
　　　伦纳德·伍尔夫出生。
1881　克莱夫·贝尔出生。
1882　弗吉尼亚·斯蒂芬出生。
　　　玛丽·沃尔-考尼什（Mary Warre-Cornish）出生。
1883　J. M. 凯恩斯出生。
　　　阿德里安·斯蒂芬出生。
1885　邓肯·格兰特出生。
　　　罗杰·弗莱入读剑桥大学国王学院。
1888　罗杰·弗莱获得自然科学专业一级荣誉毕业证书，并决定学习绘画。
1892　罗杰·弗莱在巴黎学习绘画。
　　　戴维·加尼特出生。
1893　朵拉·卡灵顿出生。
1894　罗杰·弗莱多次在剑桥为大学进修班做主要关于意大利艺术的演讲。
　　　德斯蒙德·麦卡锡入读剑桥大学三一学院。

1895　茱莉亚·斯蒂芬夫人去世。

弗吉尼亚·斯蒂芬第一次精神崩溃。

1896　罗杰·弗莱与海伦·孔姆（Helen Coombe）结婚。

1897　E. M. 福斯特入读国王学院。

德斯蒙德·麦卡锡从三一学院毕业。

弗吉尼亚·伍尔夫在伦敦国王学院旁听希腊语和历史课程。

1899　罗杰·弗莱出版《乔凡尼·贝利尼》。

克莱夫·贝尔、索比·斯蒂芬、利顿·斯特雷奇、伦纳德·伍尔夫和萨克森·西德尼-特纳同年入读三一学院，并共同成立读书俱乐部"子夜社"。

1900　罗杰·弗莱多次在剑桥为大学进修班做艺术演讲。

1901　罗杰·弗莱担任《雅典娜神殿》的艺术评论人。

凡尼莎·斯蒂芬入读英国皇家学院。

E. M. 福斯特从剑桥大学毕业，在意大利和希腊游历，开始创作《看得见风景的房间》。

1902　邓肯·格兰在威斯敏斯特艺术学院旁听课程。

伦纳德·伍尔夫、利顿·斯特雷奇和萨克森·西德尼-特纳入选"剑桥使徒社"（之前入选的成员有罗杰·弗莱、德斯蒙德·麦卡锡和 E. M. 福斯特）。

克莱夫·贝尔从剑桥大学毕业后在伦敦研究历史。

阿德里安·斯蒂芬入读三一学院。

J. M. 凯恩斯入读国王学院。

弗吉尼亚·斯蒂芬开始跟随家庭教师学习希腊语。

1903　G. E. 摩尔出版《伦理学原理》。

罗杰·弗莱首次举办画展。

德斯蒙德·麦卡锡为《演说家》周刊撰写批评文章。

J. M. 凯恩斯入选"剑桥使徒社"。

E. M. 福斯特发表第一篇短篇小说。

1904　弗吉尼亚·斯蒂芬发表第一篇书评。

莱斯利·斯蒂芬去世，斯蒂芬姐妹兄弟四人迁居布鲁姆斯伯里区戈登广场46号。

E. M. 福斯特在德国做冯·阿尼姆伯爵夫人（Countess von Arnim）的孩子们的家庭教师。

克莱夫·贝尔在巴黎研究历史。

伦纳德·伍尔夫从剑桥大学毕业，参加公务员考试，以锡兰政府文职部门见习官员的身份乘船前往锡兰。

萨克森·西德尼-特纳从剑桥大学毕业，入职英国政府遗产税局。

利顿·斯特雷奇做博士学位论文。

弗吉尼亚·斯蒂芬第二次精神崩溃。

1905　克莱夫·贝尔、伦纳德·伍尔夫、利顿·斯特雷奇和萨克森·西德尼-特纳共同匿名出版《欧佛洛绪涅：诗集》。

罗杰·弗莱编辑《约书亚·雷诺兹爵士论说文集》。

E. M. 福斯特出版《天使惧于涉足的地方》。

阿德里安·斯蒂芬从三一学院毕业。

弗吉尼亚·斯蒂芬在伦敦莫利学院（Morley College）授课。

索比·斯蒂芬开始在戈登广场为朋友们举行"星期四晚间聚会"。

凡尼莎·斯蒂芬成立与艺术有关的"星期五俱乐部"。

利顿·斯特雷奇从剑桥大学毕业。

J. M. 凯恩斯参加剑桥大学数学荣誉学位考试，名列前茅，荣获第十二名（Twelfth Wrangler）。

1906　克莱夫·贝尔攻读法律。

德斯蒙德·麦卡锡与玛丽·沃尔-考尼什结婚。

罗杰·弗莱受聘美国纽约大都会博物馆绘画部主任。

邓肯·格兰特在巴黎学习艺术。

J. M. 凯恩斯入职英国政府印度事务部。

索比·斯蒂芬死于伤寒症。

1907　E. M. 福斯特出版《最漫长的旅程》。

德斯蒙德·麦卡锡出版《宫廷戏剧（1904—1907）：评论与批评》。

凡尼莎·斯蒂芬与克莱夫·贝尔结婚。

邓肯·格兰特在伦敦大学学院斯莱德美术学院（Slade School of Fine Art）完成一个学期学业后继续在巴黎学习艺术。

弗吉尼亚与阿德里安·斯蒂芬姐弟迁居菲茨罗伊广场29号；恢复"星期四晚间聚会"。

弗吉尼亚·斯蒂芬开始创作第一部小说。

罗杰·弗莱辞去大都会博物馆绘画部主任一职，转任该馆欧洲艺术顾问。

德斯蒙德·麦卡锡担任《新季刊》主编（至1910年）。

利顿·斯特雷奇开始为《旁观者》撰写每周评论（至1909年）。

贝尔夫妇、弗吉尼亚与阿德里安·斯蒂芬姐弟、利顿·斯特雷奇、萨克森·西德尼-特纳开始在戈登广场46号举行"剧本阅读会"（断断续续直至1914年停止活动）。

1908　E. M. 福斯特出版《看得见风景的房间》。

朱利安·贝尔出生。

伦纳德·伍尔夫担任锡兰汉班托特县政府助理代理。

J. M. 凯恩斯从英国政府文职部门离职。

1909　罗杰·弗莱发表《论美学》。

利顿·斯特雷奇向弗吉尼亚·斯蒂芬求婚。

邓肯·格兰特迁居菲茨罗伊广场29号。

罗杰·弗莱担任《伯灵顿杂志》主编。

莫瑞尔夫人开始参加菲茨罗伊广场的"星期四晚间聚会"。

J. M. 凯恩斯入选国王学院研究员。

1910　E. M. 福斯特出版《霍华德庄园》。

2月，弗吉尼亚·斯蒂芬、阿德里安·斯蒂芬和邓肯·格兰特参与"无畏号战舰恶作剧"事件。

罗杰·弗莱结识邓肯·格兰特和贝尔夫妇；多次在"星期五俱乐部"做演说；被J. P. 摩根从大都会博物馆解职。

海伦·弗莱因精神病无法医治被送进精神病院（1937年去世）。

弗吉尼亚·斯蒂芬参与妇女选举权运动的志愿工作。

利顿·斯特雷奇与莫瑞尔夫人结识。

昆汀·贝尔出生。

罗杰·弗莱在格拉夫顿画廊举办第一届后印象派画展，德斯蒙德·麦卡锡担任秘书（展期为当年 11 月至次年 1 月）。

1911　E. M. 福斯特出版《短篇小说集：天国公共马车及其他》。

弗吉尼亚·斯蒂芬在苏塞克斯郡的弗勒村租到一所房子。

罗杰·弗莱谢绝泰特美术馆馆长职位；开始在斯莱德美术学院任教。

伦纳德·伍尔夫从锡兰返回英国。

J. M. 凯恩斯担任剑桥大学经济学讲师。

弗吉尼亚与阿德里安·斯蒂芬姐弟迁居布伦斯威克广场 38 号，与伦纳德·伍尔夫、J. M. 凯恩斯和邓肯·格兰特合住。

凡尼莎·贝尔与罗杰·弗莱发生恋情。

1912　利顿·斯特雷奇出版《法国文学的里程碑》。

E. M. 福斯特在印度旅行。

J. M. 凯恩斯担任《经济学刊》主编（至 1945 年）。

伦纳德·伍尔夫从殖民地公共服务机构辞职。

弗吉尼亚·斯蒂芬与伦纳德·伍尔夫结婚；婚后先住在伦敦的克利福德律师学院区（Clifford's Inn），从法国、西班牙和意大利旅行回来后住在苏塞克斯郡的阿什汉姆屋。

罗杰·弗莱举办第二届后印象派画展，伦纳德·伍尔夫担任秘书（展期为当年 11 月至次年 2 月）。

1913　弗吉尼亚·伍尔夫创作完成《远航》。

伦纳德·伍尔夫出版《丛林村庄》。

J. M. 凯恩斯出版《印度的货币与金融》。

E. M. 福斯特从印度返回英国，开始创作《印度之行》和《莫里斯》。

萨克森·西德尼-特纳入职英国政府财政部。

伦纳德·伍尔夫开始为《新政治家》撰写评论和研究"合作社运动"。

凡尼莎·贝尔与邓肯·格兰特相爱。

德斯蒙德·麦卡锡担任《新政治家》的戏剧评论人。

罗杰·弗莱和邓肯·格兰特共同创立和管理"欧米伽艺术工场"，与温德汉姆·刘易斯发生争执。

弗吉尼亚·伍尔夫再次精神崩溃，企图自杀。

"小说俱乐部"存在约一年时间。

1914　克莱夫·贝尔出版《艺术》。

伦纳德·伍尔夫出版《智慧贞洁女》。

阿德里安·斯蒂芬与卡琳·科斯特洛（Karin Costelloe）结婚。

德斯蒙德·麦卡锡加入红十字会，在法国为"一战"效力（至1915年）。

J. M. 凯恩斯入职英国政府财政部。

伍尔夫夫妇从克利福德律师学院区迁居萨里郡的里士满。

克莱夫·贝尔与玛丽·哈钦森开始婚外恋关系（至1927年）。

1915　克莱夫·贝尔出版《立即和平》（伦敦市长随即下令予以销毁）。

弗吉尼亚·伍尔夫出版《远航》。

E. M. 福斯特跟随红十字会在埃及亚历山大港为"一战"效力（至1918年）。

伍尔夫夫妇迁居里士满的霍加斯屋。

朵拉·卡灵顿与利顿·斯特雷奇和集团结识。

1916　伦纳德·伍尔夫出版《国际政府：两份报告》。

利顿·斯特雷奇提出的良心拒服兵役的要求被否决，但还是因身体健康原因而被豁免服役。

伦纳德·伍尔夫因身体健康原因免服兵役。

克莱夫·贝尔在莫瑞尔夫人嘉辛顿庄园的农场务农以替代服役。

凡尼莎·贝尔及其两个儿子与邓肯·格兰特和戴维·加尼特迁居萨福克郡的威瑟特屋，以便邓肯·格兰特和戴维·加尼特能够在农场从事替代性服务；之后同年，再次迁居苏塞克斯郡弗勒村的查尔斯顿农舍，从此，贝尔一家与邓肯·格兰特长期定居于此。

J. M. 凯恩斯和朋友们住进戈登广场46号，从此，该住所成为 J. M. 凯恩斯在伦敦的家。

1917　伦纳德·伍尔夫出版《君士坦丁堡的未来》。

克莱夫·贝尔出版《致友人》。

伍尔夫夫妇购得一台印刷机；创立"霍加斯出版社"，首本出版物《弗吉尼亚·伍尔夫与伦纳德·伍尔夫创作并印刷的两则故事》。

伦纳德·伍尔夫编辑《永久和平的框架》；成立"1917俱乐部"；担任工党"帝国与国际问题顾问委员会"秘书长达20余年。

弗吉尼亚·伍尔夫开始定期写日记。

利顿·斯特雷奇与朵拉·卡灵顿在伯克郡蒂德马什的米尔屋开始同居生活。

1918　利顿·斯特雷奇出版《维多利亚时代四名人传》。

克莱夫·贝尔出版《粗制滥造》。

玛丽·麦卡锡出版《桥墩与乐队》。

伦纳德·伍尔夫出版《合作社与工业的未来》。

伦纳德·伍尔夫担任《国际评论》主编。

"霍加斯出版社"出版凯瑟琳·曼斯菲尔德的《序曲》。

在罗杰·弗莱和邓肯·格兰特的建议下，J. M. 凯恩斯说服英国财政部出资从巴黎德加艺术收藏拍卖会上购得多件艺术珍品。

凡尼莎·贝尔与邓肯·格兰特的女儿安吉莉卡·贝尔出生。

1919　弗吉尼亚·伍尔夫出版《夜与日》。

"霍加斯出版社"出版弗吉尼亚·伍尔夫的《邱园记事》和 T. S. 艾略特的《诗集》，但未能出版詹姆斯·乔伊斯前一年交付给出版社的《尤利西斯》。

J. M. 凯恩斯作为英国财政部首席代表出席巴黎和会；6月辞职，开始在查尔斯顿撰写《和约的经济后果》，该书于年底出版。

贝尔夫妇、伍尔夫夫妇、J. M. 凯恩斯、罗杰·弗莱和邓肯·格兰特与毕加索、德朗、斯特拉文斯基、马辛、安塞美、尼任斯基以及莉迪亚·罗珀科娃等随佳吉列夫的俄罗斯芭蕾舞团访问伦敦的艺术人士结识。

伍尔夫夫妇从阿什汉姆屋迁居苏塞克斯郡罗德梅尔的僧舍。

克莱夫·贝尔在巴黎与德朗、布拉克、杜诺耶·德·塞冈扎克、毕加索、科克托等人结为好友。

老斯特雷奇夫人与女儿们迁居戈登广场51号。

弗朗西斯·比勒尔与戴维·加尼特合开一家书店。

1920　罗杰·弗莱出版《视觉与设计》。

伦纳德·伍尔夫出版《经济帝国主义》和《非洲的帝国与商业》。

"霍加斯出版社"出版S.S.科特里昂斯基与伦纳德·伍尔夫合译的马克西姆·高尔基的《回忆托尔斯泰》,以及E.M.福斯特的《塞壬的故事》。

伦纳德·伍尔夫连续三个月为《民族》撰写有关外交事务领导人物的文章。

"欧米伽艺术工场"关闭。

"回忆俱乐部"首度聚会。

邓肯·格兰特在伦敦举行首次个人画展。

德斯蒙德·麦卡锡担任《新政治家》的文学主编(至1927年),开始以笔名"和善的老鹰"发表评论。

E.M.福斯特担任伦敦《每日先驱报》的文学主编,为期一年。

1921　克莱夫·贝尔出版《诗集》。

弗吉尼亚·伍尔夫出版《星期一或星期二》。

利顿·斯特雷奇出版《维多利亚女王传》。

罗杰·弗莱出版《十二幅原创木版画》。

伦纳德·伍尔夫出版《东方故事》和《社会主义与合作社》。

J.M.凯恩斯出版《概率论》。

E.M.福斯特在印度担任德瓦斯省土邦主的临时秘书。

弗吉尼亚·伍尔夫卧病四个月。

朵拉·卡灵顿与拉尔夫·帕特里奇结婚。

1922　克莱夫·贝尔出版《自塞尚以来的绘画》。

利顿·斯特雷奇出版《书籍与人物：法国与英国》。

E. M. 福斯特出版《亚历山大港：历史与指南》。

弗吉尼亚·伍尔夫出版《雅各的房间》。

J. M. 凯恩斯出版《和约修订本（和约的经济后果续篇）》。

凡尼莎·贝尔与邓肯·格兰特为 J. M. 凯恩斯在国王学院的住所绘制室内装饰。

伦纳德·伍尔夫作为大学联合选区的工党候选人参选议员，惜败。

1923　克莱夫·贝尔出版《论英国的自由》；同时创作《女巫山的传说，或，巫女王的天堂》，由凡尼莎·贝尔和邓肯·格兰特绘制插图，"霍加斯出版社"出版。

罗杰·弗莱出版《邓肯·格兰特》和《卡斯提尔古国拾萃》。

E. M. 福斯特出版诗集《灯塔与城堡》。

J. M. 凯恩斯出版《货币改革论》。

"霍加斯出版社"出版 T. S. 艾略特的《荒原》。

弗吉尼亚·伍尔夫以茱莉亚·玛格丽特·卡梅伦为原型的《淡水：一部喜剧》上演；1935年经修改后再次上演。

伦纳德·伍尔夫编辑《合作社：费边社文集》。

J. M. 凯恩斯担任《民族与雅典娜神庙》的董事会主席；伦纳德·伍尔夫担任该周刊的文学主编（至1930年）。

戴维·加尼特出版《太太变狐狸》。

1924　E. M. 福斯特出版《印度之行》。

玛丽·麦卡锡出版《19世纪的童年时光》。

弗吉尼亚·伍尔夫出版《贝内特先生与布朗夫人》。

罗杰·弗莱出版《艺术家与精神分析》。

"霍加斯出版社"出版弗洛伊德的《论文选集》，开始出版"精神分析文库"；并开始出版"霍加斯随笔"丛书。

利顿·斯特雷奇、朵拉·卡灵顿与拉尔夫·帕特里奇迁居伯克郡的汉姆斯珀雷屋。

伍尔夫夫妇（和"霍加斯出版社"）迁至布鲁姆斯伯里区塔维斯托克广场 52 号。

戴维·加尼特出版《动物园里的男人》。

1925　弗吉尼亚·伍尔夫出版《普通读者》和《达洛维夫人》。

伦纳德·伍尔夫出版《恐惧与政治：一场动物园里的辩论》。

J. M. 凯恩斯出版《丘吉尔先生的经济后果》和《俄罗斯一瞥》。

E. M. 福斯特出版《论匿名》/《无签名论》。

利顿·斯特雷奇的剧作《天之骄子》（创作于 1912 年）上演；在剑桥大学做关于诗人蒲伯的讲座。

J. M. 凯恩斯与莉迪亚·罗珀科娃结婚；访问俄罗斯；回国后租下查尔斯顿附近的蒂尔顿屋，从此，该屋成为凯恩斯夫妇的乡间住所。

弗吉尼亚·伍尔夫卧病三个月。

弗吉尼亚·伍尔夫与薇塔·萨克维尔-韦斯特结为好友。

1926　罗杰·弗莱出版《变形》和《艺术与商业》。

罗杰·弗莱与弗吉尼亚·伍尔夫共同作序的《茱莉亚·玛格丽特·卡梅伦，维多利亚时代名士名媛摄影集》由"霍加斯出版社"出版。

阿德里安与卡琳·斯蒂芬夫妇获医学学士学位，成为精神分析师。

戴维·加尼特出版《水手归来》。

1927　弗吉尼亚·伍尔夫出版《到灯塔去》。

克莱夫·贝尔出版《19 世纪绘画的里程碑》。

伦纳德·伍尔夫出版《文集：文学、历史、政治等》和《寻找高雅之士》。

E. M. 福斯特在剑桥大学做"克拉克讲座"，几次讲座内容汇编为《小说面面观》出版；成为国王学院研究员。

罗杰·弗莱出版《弗兰德艺术》和《塞尚》；翻译夏尔·莫隆（Charles Mauron）的《艺术与文学中美的本质》；在剑桥大学王后学

堂（Queen's Hall）做关于弗兰德艺术的讲座，成为国王学院名誉研究员。

"霍加斯文学讲座"系列丛书开始出版。

朱利安·贝尔入读国王学院。

戴维·加尼特出版《她必须离开!》。

1928 克莱夫·贝尔出版《文明与普鲁斯特》。

伦纳德·伍尔夫出版《帝国主义与文明》。

E. M. 福斯特出版《短篇小说集：永恒的瞬间及其他》。

弗吉尼亚·伍尔夫出版《奥兰多：一部传记》。

利顿·斯特雷奇出版《伊丽莎白女王与埃塞克斯伯爵：一部悲剧性的历史》。

德斯蒙德·麦卡锡接替埃德蒙·高斯（Sir Edmund Gosse）担任《星期日泰晤士报》的文学高级评论人；同时担任《生活与文学》主编（至1938年）。

贝尔夫妇与邓肯·格兰特定期、伍尔夫夫妇和罗杰·弗莱偶尔开始在马赛附近卡西斯城的牧羊女小屋居住（至1938年）。

老斯特雷奇夫人去世。

1929 弗吉尼亚·伍尔夫出版《一间自己的房间》。

邓肯·格兰特举办个人绘画回顾展（1901—1929）。

德斯蒙德·麦卡锡在剑桥大学"克拉克讲座"做关于拜伦的讲座。

1930 玛丽·麦卡锡出版《论文集：驳菲兹杰拉德及其他》。

罗杰·弗莱出版《亨利·马蒂斯》。

J. M. 凯恩斯出版两卷本《货币论》。

凡尼莎·贝尔在伦敦举办个人画展。

伦纳德·伍尔夫协助创立《政治季刊》，并自第二年起担任主编（至1959年）。

"霍加斯每日手册"（The Hogarth Day to Day Pamphlets）系列丛书开始出版。

1931 弗吉尼亚·伍尔夫出版《海浪》。

克莱夫·贝尔出版《法国绘画简介》。

德斯蒙德·麦卡锡出版《肖像画》。

伦纳德·伍尔夫出版《洪水之后》第一卷。

利顿·斯特雷奇出版《微型肖像画》。

J. M. 凯恩斯出版《劝服文集》。

E. M. 福斯特出版《给马丹·布兰查德的一封信》（"霍加斯书信"系列的第一封信）。

罗杰·弗莱举办个人绘画回顾展。

约翰·莱曼加入"霍加斯出版社"（1932年离开）。

1932　弗吉尼亚·伍尔夫出版《普通读者》第二辑和《给青年诗人的一封信》。

德斯蒙德·麦卡锡出版《批评》。

罗杰·弗莱出版《法国艺术的特征》和《绘画与雕塑艺术》。

利顿·斯特雷奇去世；朵拉·卡灵顿自杀身亡。

罗杰·弗莱在王后学堂做讲座。

凡尼莎·贝尔与邓肯·格兰特在伦敦合办新画画展。

"霍加斯出版社"开始出版"新签名"（New Signatures）系列丛书。

1933　罗杰·弗莱出版《作为学术研究的艺术史》。

J. M. 凯恩斯出版《传记文集》。

伦纳德·伍尔夫出版《智慧之人阻止战争的方式》。

弗吉尼亚·伍尔夫出版《狒拉西：一部传记》。

利顿·斯特雷奇出版《人物与评论》。

罗杰·弗莱受聘为剑桥大学"斯莱德讲席"教授。

克莱夫·贝尔担任《新政治家》的艺术评论人（至1943年）。

1934　克莱夫·贝尔出版《欣赏绘画：在国家美术馆和其他地方的沉思》。

E. M. 福斯特出版《高尔斯华绥·洛斯·狄金森》。

罗杰·弗莱出版《关于英国绘画的思考》。

弗吉尼亚·伍尔夫出版《瓦尔特·席格：一次谈话》。

罗杰·弗莱去世。

凡尼莎·贝尔举办个人画展。

1935　德斯蒙德·麦卡锡出版《经验》。

伦纳德·伍尔夫出版《嘎，嘎！》。

凡尼莎·贝尔与邓肯·格兰特为"玛丽女王号"做内部装饰，但完成的作品随后被否决撤换。

J. M. 凯恩斯协助建立"剑桥艺术剧院"。

1936　J. M. 凯恩斯出版《就业、利息和货币通论》。

E. M. 福斯特出版《阿宾哲收获集》。

玛丽·麦卡锡出版《残疾：六篇研究》。

伦纳德·伍尔夫出版《国际联盟与阿比西尼亚》。

阿德里安·斯蒂芬出版《"无畏号战舰"恶作剧》。

罗杰·弗莱翻译、夏尔·莫隆评论的斯特芳·马拉美的《诗集》出版。

弗吉尼亚·伍尔夫卧病两个月。

1937　弗吉尼亚·伍尔夫出版《岁月》。

玛丽·麦卡锡出版《节日及其他》。

德斯蒙德·麦卡锡在剑桥大学"莱斯利·斯蒂芬讲座"做关于莱斯利·斯蒂芬的讲座。

凡尼莎·贝尔举办个人画展。

邓肯·格兰特举办个人画展。

朱利安·贝尔在西班牙牺牲。

J. M. 凯恩斯病重。

1938　弗吉尼亚·伍尔夫出版《三个旧金币》。

克莱夫·贝尔出版《战争贩子》。

E. M. 福斯特的《英格兰的乐土：一部露天历史剧》上演。

昆汀·贝尔编辑出版朱利安·贝尔的《随笔、诗歌与书信》。

利顿·斯特雷奇与罗杰·富尔福德合编出版八卷本《格雷维尔回忆录，1814—1860年》。

约翰·莱曼收购弗吉尼亚·伍尔夫在"霍加斯出版社"的

股份，以总经理和合伙人的身份重回出版社。

伦纳德·伍尔夫被任命为行政事务仲裁法庭仲裁员（共任职17年）。

J. M. 凯恩斯在"回忆俱乐部"演说《我的早期信仰》。

1939　伦纳德·伍尔夫出版《门口的野蛮人》［《洪水之后》（第二卷）］和《旅馆》。

E. M. 福斯特出版《我的信仰》。

罗杰·弗莱出版《最后的讲座》。

伍尔夫夫妇和"霍加斯出版社"迁至梅克伦伯格广场 37 号。

安吉莉卡 21 岁生日，"布鲁姆斯伯里集团最后的聚会"。

1940　弗吉尼亚·伍尔夫出版《罗杰·弗莱传》。

德斯蒙德·麦卡锡出版《戏剧》。

伦纳德·伍尔夫出版《为了和平的战争》。

位于梅克伦伯格广场 37 号的"霍加斯出版社"遭到轰炸，迁至赫特福德郡。

E. M. 福斯特在整个对印作战期间定期在 BBC 做广播。

1941　弗吉尼亚·伍尔夫自溺身亡。

弗吉尼亚·伍尔夫的《幕间》出版。

凡尼莎·贝尔举办个人画展。

1942　E. M. 福斯特出版《弗吉尼亚·伍尔夫》。

弗吉尼亚·伍尔夫的《飞蛾之死》出版。

安吉莉卡·贝尔与戴维·加尼特结婚。

J. M. 凯恩斯担任"音乐与艺术促进委员会"主席（1945 年更名为"大不列颠艺术委员会"）；受封贵族爵位。

1943　弗吉尼亚·伍尔夫的《短篇小说集：闹鬼的房子及其他》出版。

凡尼莎·贝尔、邓肯·格兰特和昆汀·贝尔共同完成苏塞克斯郡弗勒村附近的贝里克教区教堂的装饰壁画。

1944　J. M. 凯恩斯出席布雷顿森林（Bretton Woods）国际会议。

1945　E. M. 福斯特入选国王学院荣誉研究员；母亲去世后一直住在国王学院。

J. M. 凯恩斯的《艺术委员会：政策与希望》在 BBC 播出。

邓肯·格兰特举办个人画展。

J. M. 凯恩斯赴美国为英国洽谈一笔贷款。

1946　J. M. 凯恩斯被授予功勋章，但在正式颁授勋章前去世。

约翰·莱曼提出收购"霍加斯出版社"，但伦纳德·伍尔夫却将出版社转售给查图与温都斯书局（Chatto & Windus）。

1947　E. M. 福斯特出版《故事集》。

弗吉尼亚·伍尔夫的《瞬间集》出版。

1948　阿德里安·斯蒂芬去世。

1949　J. M. 凯恩斯的《两篇回忆录》出版。

1950　弗吉尼亚·伍尔夫的《船长临终时》出版。

1951　德斯蒙德·麦卡锡出版《萧》。

E. M. 福斯特出版《为民主两呼》；为本雅明·布里顿（Benjamin Britten）的歌剧《比利·巴德》创作歌词。

德斯蒙德·麦卡锡受封爵士称号。

1952　德斯蒙德·麦卡锡去世。

德斯蒙德·麦卡锡的《人性》和《回忆》出版。

伦纳德·伍尔夫出版《政治学原理》（《洪水之后》第三卷）。

伦纳德·伍尔夫编辑的弗吉尼亚·伍尔夫的《一位作家的日记》出版。

E. M. 福斯特出版《提毗山》。

玛丽·麦卡锡去世。

戴维·加尼特出版《金色回音》。

1954　德斯蒙德·麦卡锡的《剧院》出版。

1955　戴维·加尼特出版《爱情面面观》和《丛林之花》。

1956　克莱夫·贝尔出版《老友们：私人回忆》。

E. M. 福斯特出版《玛丽安·桑顿：一部家族传记》。

弗吉尼亚·伍尔夫与利顿·斯特雷奇的《书信集》出版。

凡尼莎·贝尔举办个人画展。

"回忆俱乐部"最后一次聚会。

1957　邓肯·格兰特举办个人画展。
1958　弗吉尼亚·伍尔夫的《花岗岩与彩虹》出版。
　　　邓肯·格兰特为林肯大教堂里的罗素小教堂绘制室内装饰。
1959　邓肯·格兰特在泰特美术馆举办个人绘画回顾展。
1960　伦纳德·伍尔夫出版《自传：播种，1880—1904 年》；重访锡兰。
1961　伦纳德·伍尔夫出版《自传：成长，1904—1911 年》。
　　　凡尼莎·贝尔去世；凡尼莎·贝尔纪念画展。
1962　伦纳德·伍尔夫出版《锡兰日记：1908—1911 年》。
　　　萨克森·西德尼-特纳去世。
　　　戴维·加尼特出版《熟悉的面孔》。
1964　伦纳德·伍尔夫出版《自传：重新开始，1911—1918 年》。
　　　利顿·斯特雷奇的《旁观者随笔》出版。
　　　"邓肯·格兰特与他的世界"个人画展。
　　　"艺术委员会"举办凡尼莎·贝尔纪念画展。
　　　克莱夫·贝尔去世。
1965　弗吉尼亚·伍尔夫的《现代作家》出版。
1967　伦纳德·伍尔夫出版《自传：江河日下，1919—1939 年》。
1969　伦纳德·伍尔夫出版《自传：旅途胜过到达的终点，1939—1969 年》。
　　　"艺术委员会"举办邓肯·格兰特的肖像个人画展。
　　　E.M. 福斯特被授予功勋章。
　　　伦纳德·伍尔夫去世。
1970　E.M. 福斯特去世。
　　　戴维·加尼特编辑的朵拉·卡灵顿的《书信与日记选集》出版。
1971　E.M. 福斯特的《莫里斯》和《文集：恩培多克勒旅馆及其他》出版。
　　　《利顿·斯特雷奇写利顿·斯特雷奇：一幅自画像》出版。
1972　罗杰·弗莱的两卷本《书信集》出版。
　　　E.M. 福斯特的《短篇小说集：来生及其他》出版。

利顿·斯特雷奇的《论文集：真正有趣的问题及其他》出版。

邓肯·格兰特举办水彩画与素描个人画展。

1973　弗吉尼亚·伍尔夫的《达洛维夫人的宴会：超短镜头片段》出版。

1975　《弗吉尼亚·伍尔夫书信集》开始出版（至1980年共出六卷）。

1976　弗吉尼亚·伍尔夫的《存在的瞬间》出版（1985出版增订本）。

1977　《弗吉尼亚·伍尔夫日记集》开始出版（至1984年共出五卷）。

弗吉尼亚·伍尔夫的《书与画像》出版。

1978　邓肯·格兰特去世。

E. M. 福斯特的《摘录簿》（*Commonplace Book*）摹本出版，转写本于1985年出版。

1979　戴维·加尼特出版《挚友》。

1980　E. M. 福斯特的《小说集：北极之夏及其他》出版。

1981　戴维·加尼特和莉迪亚·凯恩斯去世。

1983　《E. M. 福斯特书信选集》开始出版（至1985年共出两卷）。

1985　《弗吉尼亚·伍尔夫短篇小说全集》出版（1989年出版增订本）。

1986　《弗吉尼亚·伍尔夫随笔集》开始出版（至2011年共出六卷）。

1989　《伦纳德·伍尔夫书信集》出版。

1990　《弗吉尼亚·伍尔夫早年日记》出版。

1993　《凡尼莎·贝尔书信选集》出版。

参考文献

Major Works by Bloomsbury

Bell, Clive.*An Account of French Painting*. London: Chatto & Windus, 1931.

——. *Art*. London: Chatto & Windus, 1914.

——. *Civilization*: *An Essay*. London: Chatto & Windus, 1928.

——. *Civilization and Old Friends*. Chicago: University of Chicago Press, 1973.

——. *Enjoying Pictures*: *Meditations in the National Gallery and Elsewhere*. London: Chatto & Windus, 1934.

——. *Ad Familiares*. London: Pelican Press, 1917.

——. *The French Impressionists in Full Colour*. London: Phaidon Press, 1952.

——. *Landmarks in Nineteenth Century Painting*. London: Chatto & Windus, 1927.

——. *The Legend of Monte Della Sibilla, or Le Paradis de la Reine Sibille*. Richmond, Surrey: Leonard & Virginia Woolf at the Hogarth Press, 1923.

——. *Marcel Proust*. London: Leonard & Virginia Woolf at the Hogarth Press, 1928.

——. *Modern French Paintings*: *The Cone Collection*. Baltimore: Johns Hopkins Press, 1951.

——. *Old Friends*: *Personal Recollections*. London: Chatto & Windus, 1956.

——. *On British Freedom*. London: Chatto & Windus, 1923.

——. *Peace at Once*. Manchester & London: National Labour Press, 1915.

——. *Poems*. Richmond, Surrey: Leonard & Virginia Woolf at the Hogarth

Press, 1921.

———. *Pot-Boilers*. London: Chatto & Windus, 1918.

———. *Since Cézanne*. London: Chatto and Windus, 1922.

———. *Victor Pasmore*. Harmondsworth, U. K. : Penguin Books, 1945.

———. *Warmongers*. London: Peace Pledge Union, 1938.

Bell, Julian. *Chaffinches*. Cambridge: W. Heffner, 1929.

———. *We Did Not Fight*. London: Cobden-Sanderson, 1935.

———. *Winter Movement and Other Poems*. London: Chatto & Windus, 1930.

———. *Work for the Winter*. London: Hogarth Press, 1936.

Bell, Quentin. *Bloomsbury*. London: Weidenfeld & Nicolson, 1968.

———. *Bloomsbury Recalled*. New York: Columbia University Press, 1995 (First published in the United Kingdom under the title "Elders and Betters" by John Murray [publishers] Ltd.)

———. *Charleston: Past and Present*. London: Hogarth Press, 1987.

———. *On Human Finery*. London: Hogarth Press, 1947.

———. *Roger Fry: An Inaugural Lecture*. Leeds: Leeds University Press, 1964.

———. *Ruskin: A Monograph*. Edinburgh: Oliver & Boyd, 1963.

———. *The Schools of Design*. London: Routledge & Kegan Paul, 1963.

———. *The True Story of Cinderella*. London: Faber & Faber, 1957.

———. *Victorian Artists*. Cambridge, Mass. : Harvard University Press, 1967.

———. *Virginia Woolf: A Biography: Vol. 1, Virginia Stephen, 1882-1912; Vol. 2, Mrs. Woolf, 1912-1941*. London: Hogarth Press, 1972.

———ed. *Julian Bell: Essays, Poems and Letters*. London: Hogarth Press, 1938.

———with Virginia Nicholson. *Charleston: A Bloomsbury House and Garden*. New York: Henry Holt, 1997.

———with Philip Troutman. *Vision and Design: The Life Work and Influence of Roger Fry: 1866-1934*. London: Arts Council of Great Britain, 1966.

Forster, E. M. *Abinger Harvest*. London: Edward Arnold, 1936.

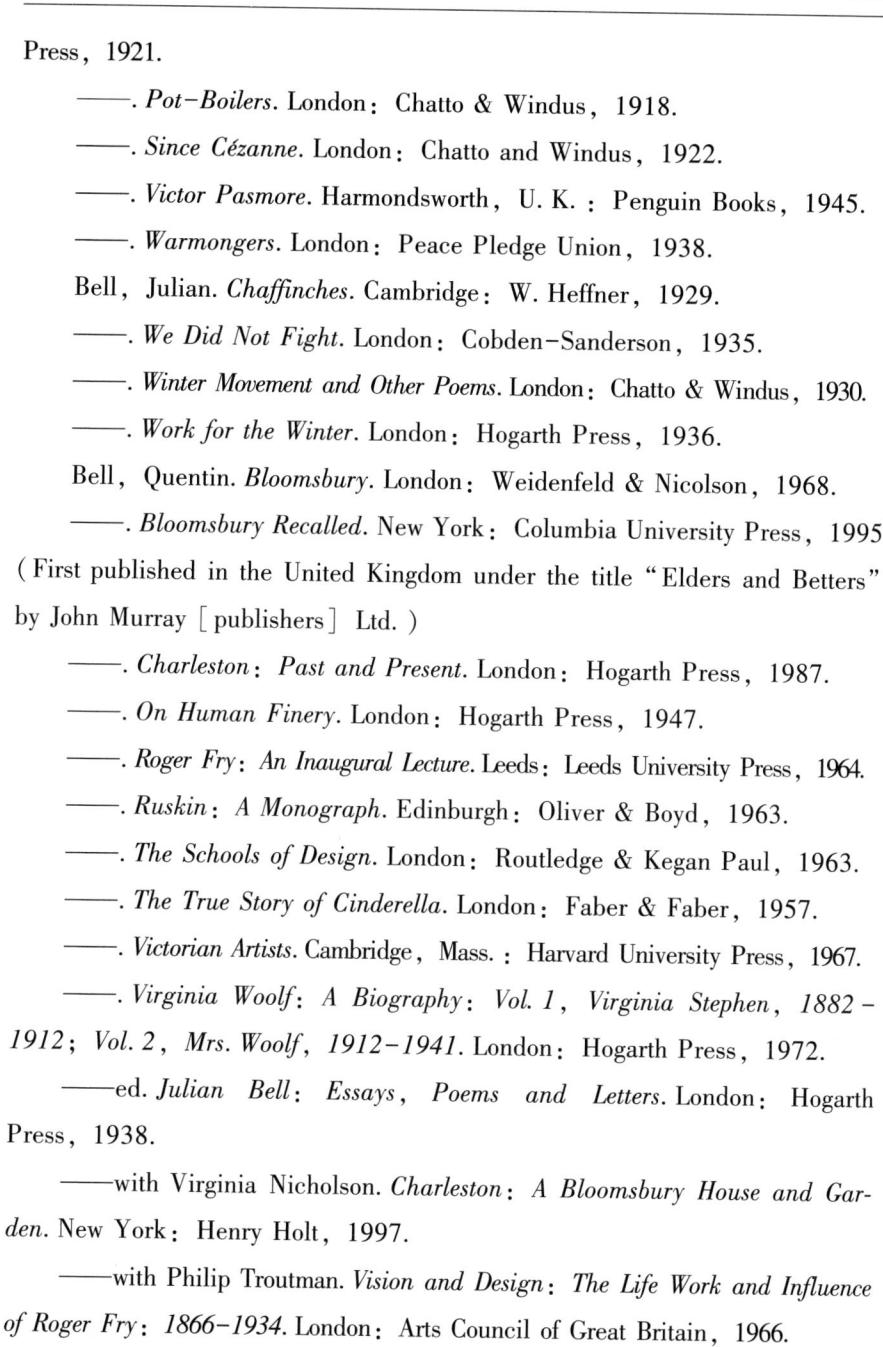

———. *Albergo Empedocle and Other Writings*. New York: Liveright, 1971.

———. *Alexandria: A History and a Guide*. Alexandria: Whitehead Morris

Ltd. , 1922.

——. *Anonymity*: *An Enquiry*. London: Leonard & Virginia Woolf at the Hogarth Press, 1925.

——. *Aspects of the Novel*. London: Harcourt, Inc. , 1927.

——. *Battersea Rise*. New York: Harcourt, Brace & World, 1955.

——. *Billy Budd*: *Opera in Four Acts. Libretto by E. M. Forster and Eric Crozier*. London: Boosey & Hawkes Ltd. , 1951.

——. *The Celestial Omnibus and Other Stories*. London: Sidgwick & Jackson, 1911.

——. *The Collected Tales of E.M.Forster*. New York: Alfred A. Knopf, 1947.

——. *Desmond MacCarthy*. Stanford Dingley: Mill House Press, 1952.

——. *The Development of English Prose between 1918 and 1939*. Galsgow: Jackson, Son & Co. , 1945.

——. *England's Pleasant Land*, *a Pageant Play*. London: Langley & Sons Ltd. , 1938.

——. *The Eternal Moment and Other Stories*. London: Sidgwick & Jackson, 1928.

——. *Goldsworthy Lowes Dickinson*. London: Edward Arnold, 1934.

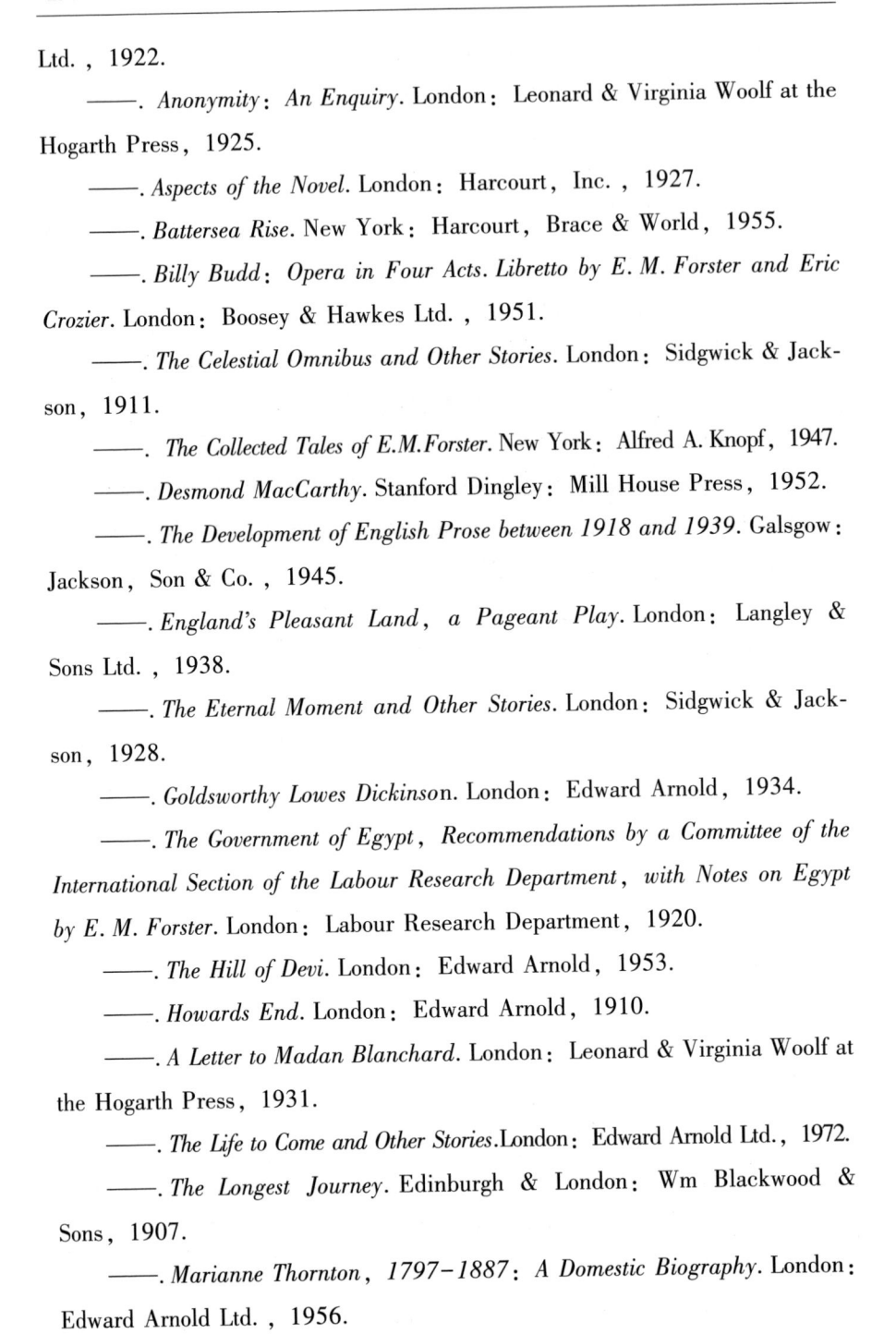

——. *The Government of Egypt*, *Recommendations by a Committee of the International Section of the Labour Research Department*, *with Notes on Egypt by E. M. Forster*. London: Labour Research Department, 1920.

——. *The Hill of Devi*. London: Edward Arnold, 1953.

——. *Howards End*. London: Edward Arnold, 1910.

——. *A Letter to Madan Blanchard*. London: Leonard & Virginia Woolf at the Hogarth Press, 1931.

——. *The Life to Come and Other Stories*.London: Edward Arnold Ltd., 1972.

——. *The Longest Journey*. Edinburgh & London: Wm Blackwood & Sons, 1907.

——. *Marianne Thornton*, *1797–1887*: *A Domestic Biography*. London: Edward Arnold Ltd. , 1956.

——. *Maurice*. London: Edward Arnold Ltd. , 1971.

——. *Nordic Twilight*. London: Macmillan, 1940.

——. *Pageant of Abinger, in Aid of the Parish Church Preservation Fund*. Dorking: Printed by A. A. Tanner & Son, 1934.

——. *A Passage to India*. London: Edward Arnold & Co., 1924.

——. *Pharos and Pharillon*. Richmond, Surrey: Leonard & Virginia Woolf at the Hogarth Press, 1923.

——. *A Room with a View*. London: Edward Arnold, 1908.

——. *Sinclair Lewis Interprets America*. Cambridge, Mass.: Harvard Press, 1932.

——. *The Story of the Siren*. Richmond, Surrey: Leonard & Virginia Woolf at the Hogarth Press, 1920.

——. *Two Cheers for Democracy*. London: Edward Arnold & Co., 1951.

——. *A View without a Room*. New York: Albonodcani Press, 1973.

——. *Virginia Woolf: The Rede Lecture*. Cambridge: Cambridge University Press, 1942.

——. *What I Believe*. London: Hogarth Press, 1939. It was first published in *Nation* on July 16, 1938. Hogarth Press republished it for general sale in 1939.

——. *Where Angels Fear to Tread*. Edinburgh & London: Wm Blackwood & Sons, 1905.

Fry, Roger. *Architectural Heresies of a Painter*. London: Chatto & Windus, 1921.

——. *Art and Commerce*. London: Leonard & Virginia Woolf at the Hogarth Press, 1926.

——. *Art-History as an Academic Study*. Cambridge: Cambridge University Press, 1933.

——. *The Arts of Painting and Sculpture*. London: V. Gollancz, 1932.

——. *The Artist and Psycho-Analysis*. London: Leonard & Virginia Woolf at the Hogarth Press, 1924.

——. *Cézanne: A Study of His Development*. London: Leonard & Virginia Woolf at the Hogarth Press, 1927.

──. *Characteristics of French Art*. London: Chatto & Windus, 1932.

──. *Duncan Grant*. Richmond, Surrey: Leonard & Virginia Woolf at the Hogarth Press, 1923.

──. *Flemish Art*: *A Critical Survey*. London: Chatto & Windus, 1927.

──. *Florentine Painting before 1500*. London: Burlington Fine Arts Club, 1919.

──. *French, Flemish and British Art*. London: Coward, 1951.

──. *Giovanni Bellini*. London: Unicorn, 1899.

──. *Henri Matisse*. Paris: Editions des Chroniques du jour, 1930.

──. *Last Lectures*. Cambridge: Cambridge University Press, 1939.

──. *Lectures on Royal Academy Exhibitions*. London: Chatto & Windus, 1951.

──. *Reflections on British Painting*. London: Faber & Faber, 1934.

──. *A Sampler of Castile*. Richmond, Surrey: Leonard & Virginia Woolf at the Hogarth Press, 1923.

──. *Transformations*: *Critical and Speculative Essays on Art*. London: Chatto & Windus, 1926.

──. *Twelve Original Woodcuts*. Richmond, Surrey: Leonard & Virginia Woolf at the Hogarth Press, 1921.

──. *Vision and Design*. London: Chatto & Windus, 1920.

──. *Woodcuts*. London: Hogarth Press, 1923.

──with J. T. Sheppard. *Goldsworthy Lowes Dickinson*: *A Memoir*, by Fry and J. T. Sheppard. Cambridge: Privately printed, 1933.

Garnett, David. *A Man in the Zoo*. London: Chatto & Windus, 1924.

──. *Aspects of Love*. London: Chatto & Windus, 1955.

──. *Beany-Eye*. London: Chatto & Windus, 1935.

──. *Dope Darling*. London: T. Werner, Laurie Co., 1919.

──. *The Familiar Faces* (Vol. III of his Autobiography). London: Chatto & Windus, 1962.

──. *First "Hippy" Revolution*. Cerillo, N. M.: San Marcos Press, 1975.

──. *The Flowers of the Forest* (Vol. II of his Autobiography). London:

Chatto & Windus, 1955.

——. *The Golden Echo* (Vol. I of his Autobiography). London: Chatto & Windus, 1953.

——. *Go She Must!* London: Chatto & Windus, 1927.

——. *The Grasshoppers Come.* London: Chatto & Windus, 1931.

——. *Lady into Fox.* London: Chatto & Windus, 1923.

——. *A Net for Venus.* London: Longman's, Green & Co., 1959.

——. *No Love.* London: Chatto & Windus, 1929.

——. *The Old Dovecote and Other Stories.* London: Mathews & Marrot, 1928.

——. *Pocahontas: Or, the Nonpareil of Virginia.* London: Chatto & Windus, 1933.

——. *A Rabbit in the Air.* London: Chatto & Windus, 1932.

——. *The Sailor's Return.* London: Chatto & Windus, 1925.

——. *A Shot in the Dark.* London: Longman's Green & Co., 1958.

——. *A Terrible Day.* London: Wm Jackson Ltd., 1932.

——. *Two by Two: A Story of Survival.* London: Longman's Green & Co., 1963.

——. *Ulterior Motives.* New York: Harcourt, Brace & World, 1966.

——. *War in the Air: September 1939 to May 1941.* London: Chatto & Windus, 1941.

Keynes, John Maynard. *The Economic Consequences of Mr. Churchill.* London: Leonard & Virginia Woolf at the Hogarth Press, 1925; republished as *The Economic Consequences of Sterling Parity.* New York: Harcourt, Brace, 1925.

——. *The Economic Consequences of the Peace.* London: Macmillan, 1919.

——. *The End of Laissez-Faire.* London: Leonard & Virginia Woolf at the Hogarth Press, 1926.

——. *Essays in Biography.* London: Macmillan, 1933.

——. *Essays in Persuasion.* London: Macmillan, 1931.

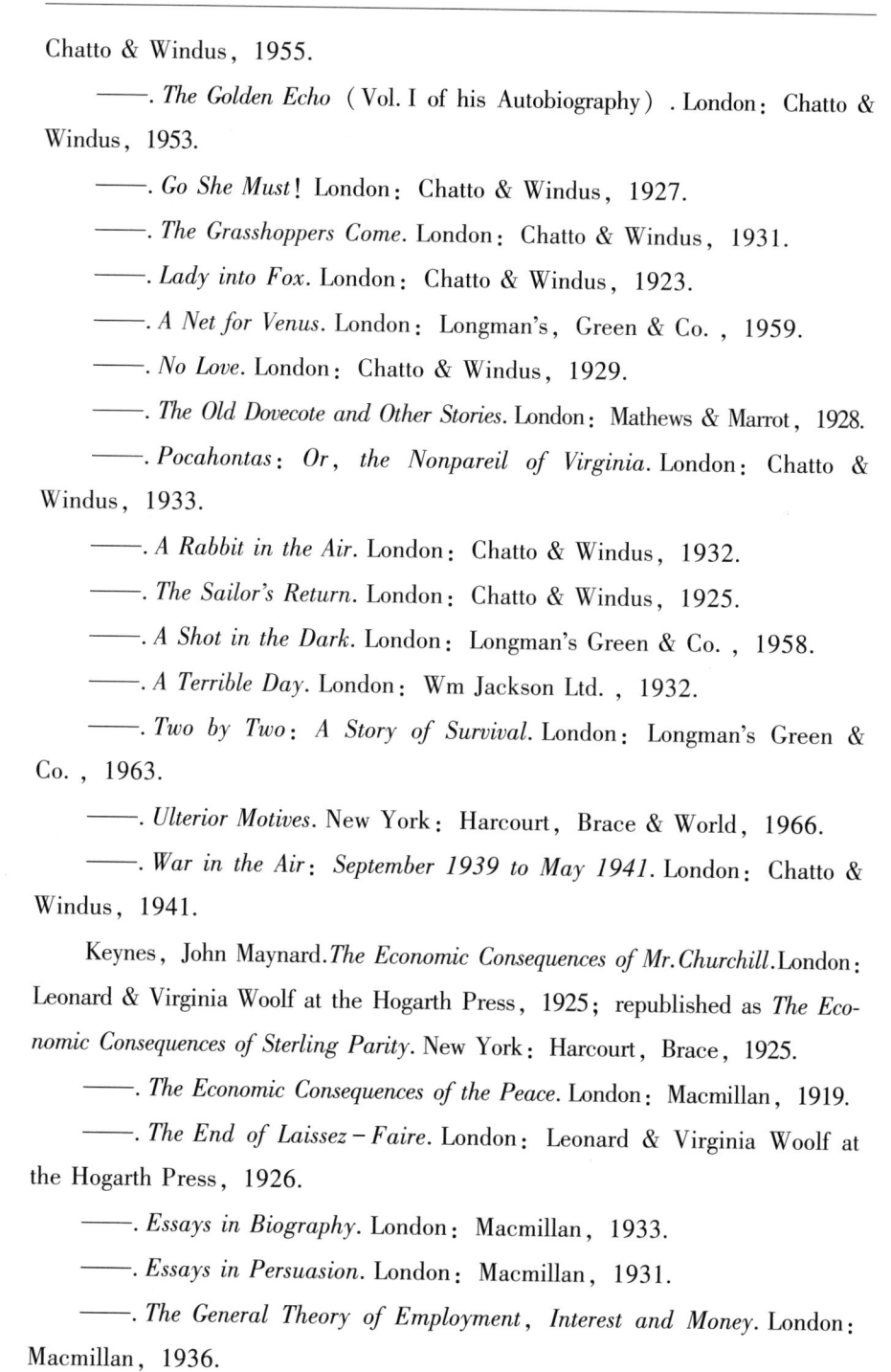

——. *The General Theory of Employment, Interest and Money.* London: Macmillan, 1936.

——. *How to Pay for the War.* London: Macmillan, 1940.

——. *Indian Currency and Finance*. London: Macmillan, 1913.

——. *Laissez-Faire and Communism*.New York: New Republic, Inc. , 1926.

——. *The Means to Prosperity*. London: Macmillan, 1933.

——. *A Revision of the Treaty*, *Being a Sequel to* The Economic Consequences of the Peace. London: Macmillan, 1922.

——. *A Short View of Russia*. London: Leonard & Virginia Woolf at the Hogarth Press, 1925.

——. *A Tract on Monetary Reform*. London: Macmillan, 1923

——. *A Treatise on Money*, 2 vols. London: Macmillan, 1930.

——. *A Treatise on Probability*. London: Macmillan, 1921.

——. *Two Memoirs*: *Dr. Melchior*, *a Defeated Enemy and My Early Beliefs*. London: Rupert Hart-Davis, 1949.

——ed. *Journal of the Royal Economic Society* (quarterly) . 1911-1944.

MacCarthy, Desmond. *The Court Theatre*, *1904-1907*: *A Commentary and Criticism*. London: A. N. Bullen, 1907.

——. *Criticisms*. London: Putnam, 1932.

——. *Drama*. London: Heinemann, 1940.

——. *Experience*. New York: Books for Libraries, 1935.

——. *Humanities*. London: MacGibbon & Kee, 1953.

——. *Leslie Stephen*. Cambridge: Cambridge University Press, 1937.

——. *Memories*. London: MacGibbon & Kee, 1953.

——. *Portraits*. London: Putnam, 1931.

——. *Remnants*. London: Constable, 1918.

——. *Shaw*. London: MacGibbon & Kee, 1951.

——. *Theatre*. London: MacGibbon & Kee, 1954.

——. *William Somerset Maugham*, "*The English Maupassant*": *An Appreciation*. London: Heinemann, 1934.

MacCarthy, Mary. *The Festival*. London & New York: Longman's, Green & Co. , 1937.

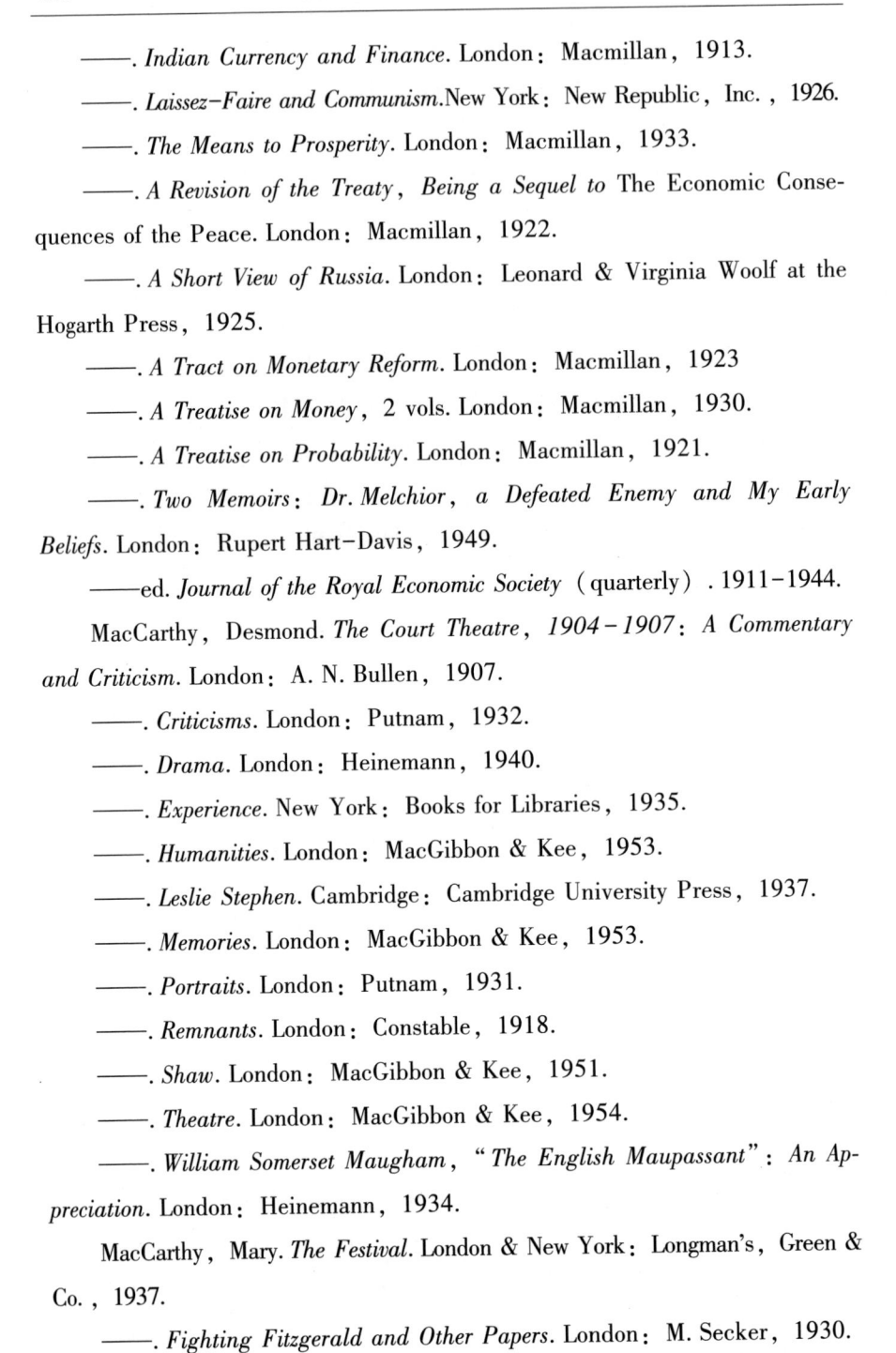

——. *Fighting Fitzgerald and Other Papers*. London: M. Secker, 1930.

——. *Handicaps*: *Six Studies*. London & New York: Longman's, Green &

Co. , 1936.

———. *A Nineteenth-Century Childhood*. London: Heinemann, 1924.

Strachey, Lytton. *Biographical Essays*. London: Chatto & Windus, 1948.

———. *Books and Characters: French and English*. London: Chatto & Windus, 1922.

———. *Characters and Commentaries*, ed. James Strachey. London: Chatto & Windus, 1933.

———. *Elizabeth and Essex: A Tragic History*. London: Chatto & Windus, 1928.

———. *Eminent Victorians: Cardinal Manning, Florence Nightingale, Dr. Arnold, General Gordon*. London: Chatto & Windus, 1918.

———. *Ermyntrude and Esmeralda: An Entertainment*, ed. Michael Holroyd. London: Blond, 1969.

———. *Landmarks in French Literature*. London: Williams & Norgate, 1912.

———. *Literary Essays*. London: Chatto & Windus, 1948.

———. *Lytton Strachey by Himself*. London: Heinemann, 1971.

———. *Pope: The Leslie Stephen Lecture for 1925*. Cambridge: Cambridge University Press, 1925.

———. *Portraits in Miniature and Other Essays*. London: Chatto & Windus, 1931.

———. *Queen Victoria*. London: Chatto & Windus, 1921.

———. *The Really Interesting Question and Other Papers*, ed. Paul Levy. London: Weidenfeld & Nicolson, 1972.

———. *Spectatorial Essays*, ed. James Strachey. London: Chatto & Windus, 1964.

———eds. with Roger Fulford. *The Greville Memoirs, 1814 – 1860*. London: Macmillan & Co. , 1938.

Woolf, Leonard. *After the Deluge: A Study in Communal Psychology, Vol. 1*. London: Hogarth Press, 1931.

———. *After the Deluge: A Study in Communal Psychology, Vol. 2*. London: Hogarth Press, 1939.

———. *Barbarians at the Gate*. London: Victor Gollancz Ltd. , 1939.

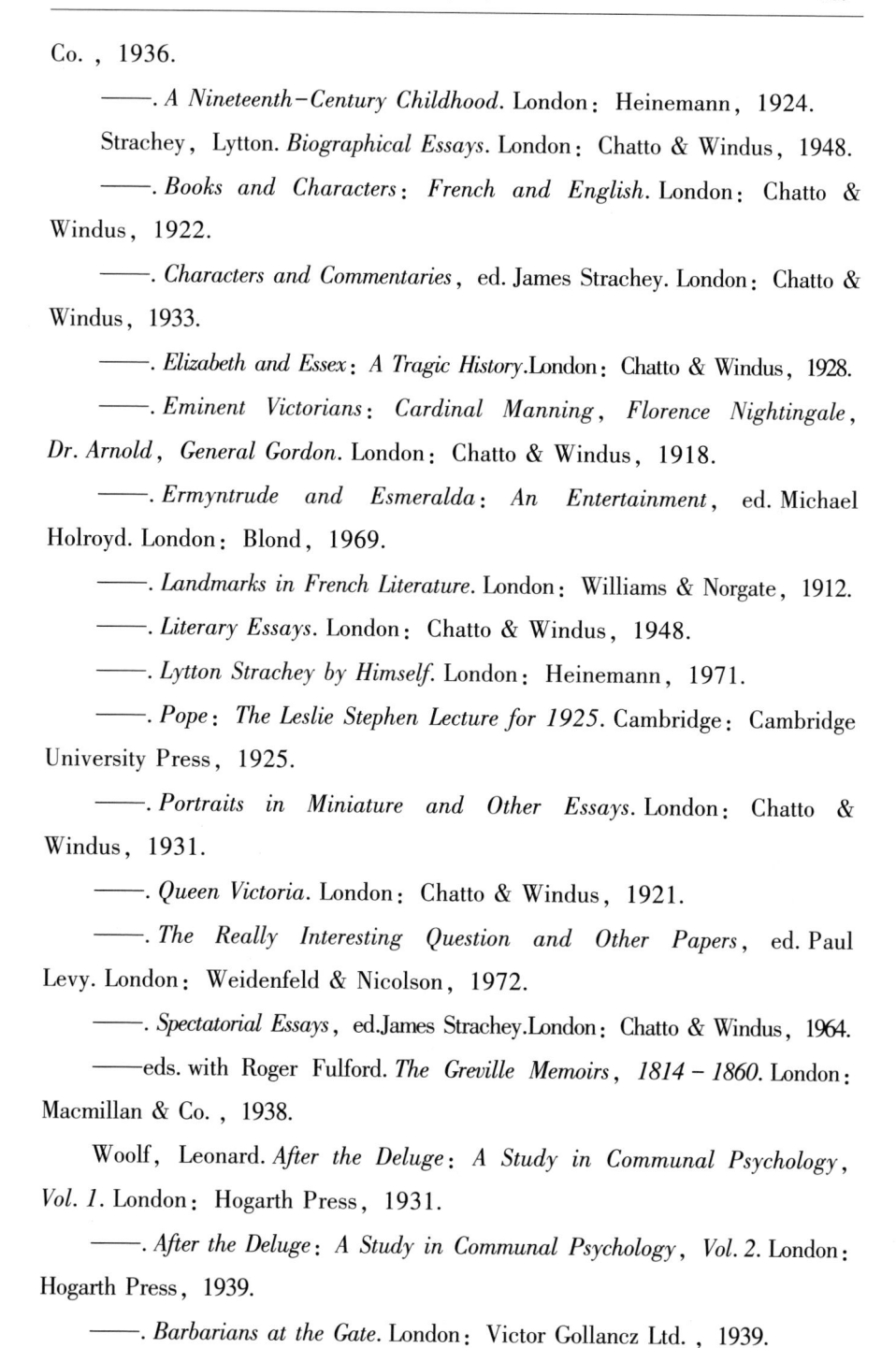

———. *Barbarians Within and Without*. New York: Harcourt, Brace, 1939.

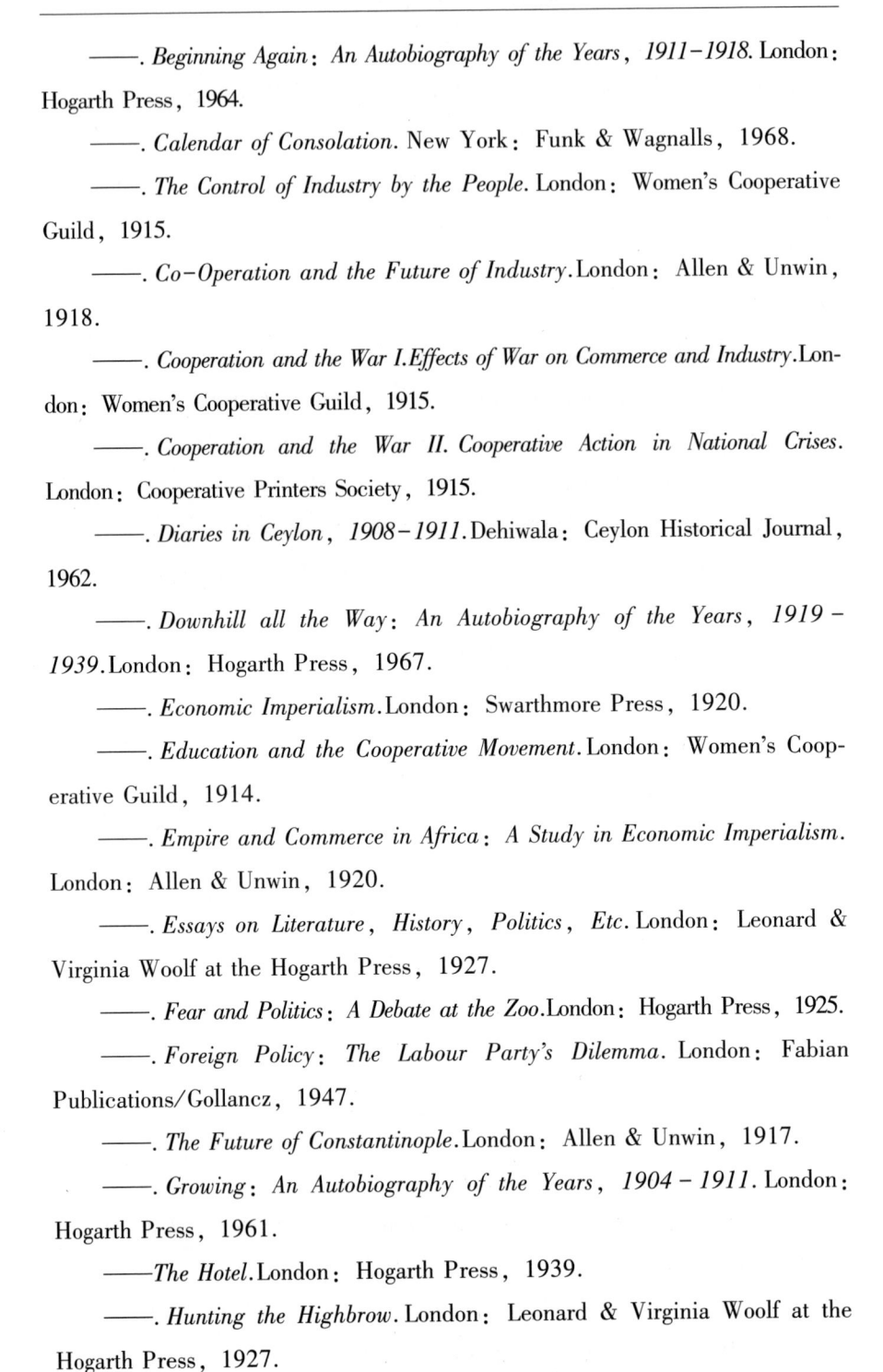

——. *Beginning Again: An Autobiography of the Years, 1911-1918*. London: Hogarth Press, 1964.

——. *Calendar of Consolation*. New York: Funk & Wagnalls, 1968.

——. *The Control of Industry by the People*. London: Women's Cooperative Guild, 1915.

——. *Co-Operation and the Future of Industry*. London: Allen & Unwin, 1918.

——. *Cooperation and the War I.Effects of War on Commerce and Industry*. London: Women's Cooperative Guild, 1915.

——. *Cooperation and the War II. Cooperative Action in National Crises*. London: Cooperative Printers Society, 1915.

——. *Diaries in Ceylon, 1908-1911*. Dehiwala: Ceylon Historical Journal, 1962.

——. *Downhill all the Way: An Autobiography of the Years, 1919-1939*. London: Hogarth Press, 1967.

——. *Economic Imperialism*. London: Swarthmore Press, 1920.

——. *Education and the Cooperative Movement*. London: Women's Cooperative Guild, 1914.

——. *Empire and Commerce in Africa: A Study in Economic Imperialism*. London: Allen & Unwin, 1920.

——. *Essays on Literature, History, Politics, Etc*. London: Leonard & Virginia Woolf at the Hogarth Press, 1927.

——. *Fear and Politics: A Debate at the Zoo*. London: Hogarth Press, 1925.

——. *Foreign Policy: The Labour Party's Dilemma*. London: Fabian Publications/Gollancz, 1947.

——. *The Future of Constantinople*. London: Allen & Unwin, 1917.

——. *Growing: An Autobiography of the Years, 1904-1911*. London: Hogarth Press, 1961.

——*The Hotel*. London: Hogarth Press, 1939.

——. *Hunting the Highbrow*. London: Leonard & Virginia Woolf at the Hogarth Press, 1927.

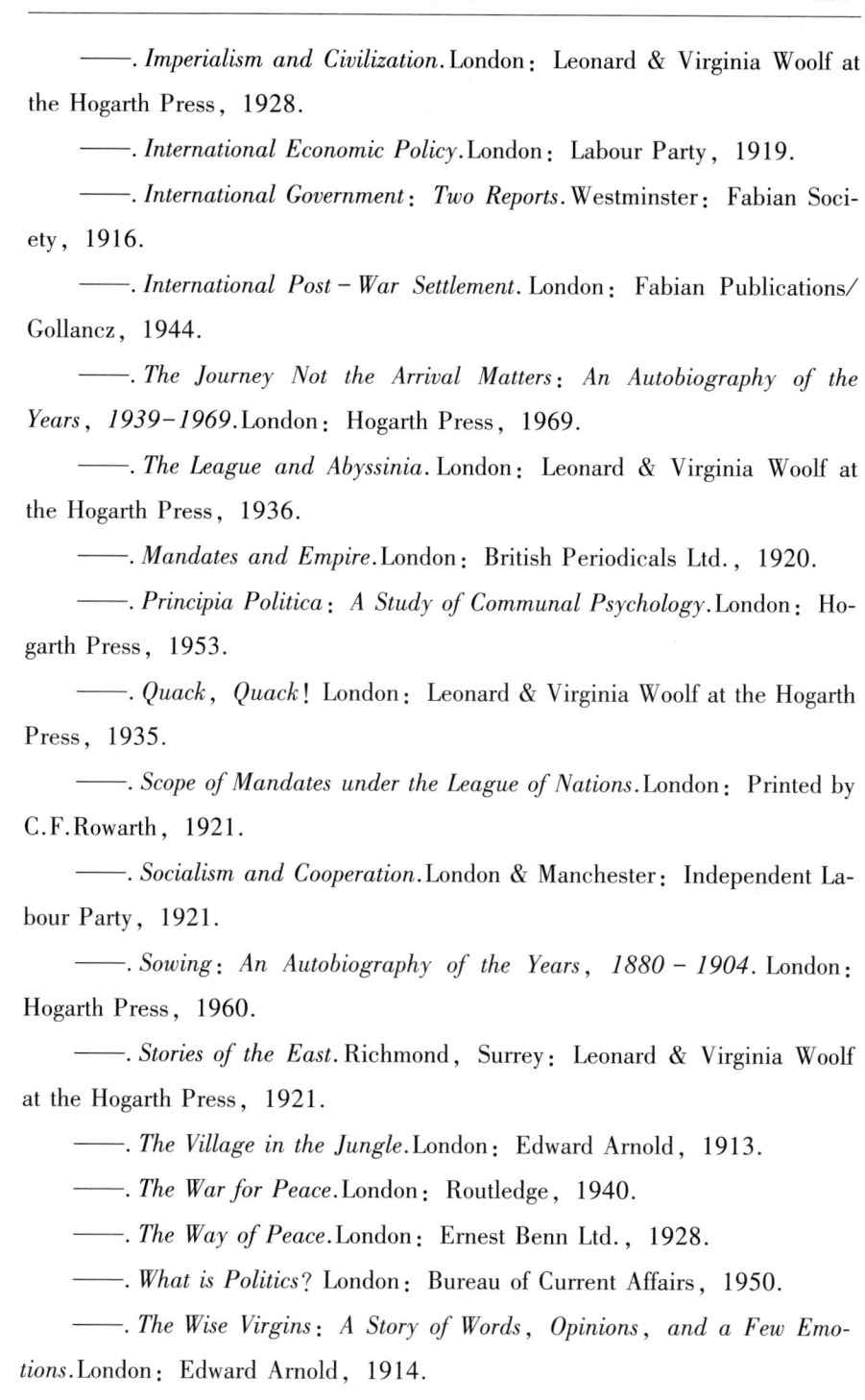

——. *Imperialism and Civilization.* London: Leonard & Virginia Woolf at the Hogarth Press, 1928.

——. *International Economic Policy.* London: Labour Party, 1919.

——. *International Government: Two Reports.* Westminster: Fabian Society, 1916.

——. *International Post-War Settlement.* London: Fabian Publications/Gollancz, 1944.

——. *The Journey Not the Arrival Matters: An Autobiography of the Years, 1939-1969.* London: Hogarth Press, 1969.

——. *The League and Abyssinia.* London: Leonard & Virginia Woolf at the Hogarth Press, 1936.

——. *Mandates and Empire.* London: British Periodicals Ltd., 1920.

——. *Principia Politica: A Study of Communal Psychology.* London: Hogarth Press, 1953.

——. *Quack, Quack!* London: Leonard & Virginia Woolf at the Hogarth Press, 1935.

——. *Scope of Mandates under the League of Nations.* London: Printed by C.F.Rowarth, 1921.

——. *Socialism and Cooperation.* London & Manchester: Independent Labour Party, 1921.

——. *Sowing: An Autobiography of the Years, 1880-1904.* London: Hogarth Press, 1960.

——. *Stories of the East.* Richmond, Surrey: Leonard & Virginia Woolf at the Hogarth Press, 1921.

——. *The Village in the Jungle.* London: Edward Arnold, 1913.

——. *The War for Peace.* London: Routledge, 1940.

——. *The Way of Peace.* London: Ernest Benn Ltd., 1928.

——. *What is Politics?* London: Bureau of Current Affairs, 1950.

——. *The Wise Virgins: A Story of Words, Opinions, and a Few Emotions.* London: Edward Arnold, 1914.

——. With Virginia Woolf. *Two Stories Written and Printed by Virginia*

Woolf and L. S. Woolf. Richmond, Surrey: Leonard & Virginia Woolf at the Hogarth Press, 1917.

Woolf, Virginia. *Beau Brummell*. New York: Remington & Hooper, 1930.

——. *Between the Acts*. London: Hogarth Press, 1941.

——. *Books and Portraits*, ed. Mary Lyon. London: Hogarth Press, 1977.

——. *The Captain's Deathbed and Other Essays*, ed. Leonard Woolf. London: Hogarth Press, 1950.

——. *A Cockney's Farming Experience and the Experiences of a Pater-familias*, ed. Suzanne Henig. San Diego, Calif.: San Diego State University Press, 1972.

——. *The Common Reader*. First Series. London: Leonard & Virginia Woolf at the Hogarth Press, 1925.

——. *The Common Reader*. Second Series. London: Leonard & Virginia Woolf at the Hogarth Press, 1932.

——. *Contemporary Writers*. London: Hogarth Press, 1965.

——. *The Death of the Moth and Other Essays*, ed. Leonard Woolf. London: Hogarth Press, 1942.

——. *Flush: A Biography*. London: Leonard & Virginia Woolf at the Hogarth Press, 1933.

——. *Freshwater: A Comedy*, ed. and with a Preface by Lucio P. Ruotolo. London: Hogarth Press, 1976.

——. *Granite and Rainbow: Essays*, ed. Leonard Woolf. London: Hogarth House, 1958.

——. *A Haunted House and Other Short Stories*. London: Hogarth Press, 1943 (Actually printed January 31, 1944).

——. *Hours in a Library*. New York: Harcourt, Brace, 1957.

——. *Jacob's Room*. Richmond, Surrey: Leonard & Virginia Woolf at the Hogarth Press, 1922.

——. *Kew Gardens*. Richmond, Surrey: Leonard & Virginia Woolf at the Hogarth Press, 1919.

——. *A Letter to a Young Poet*. London: Leonard & Virginia Woolf at the

Hogarth Press, 1932.

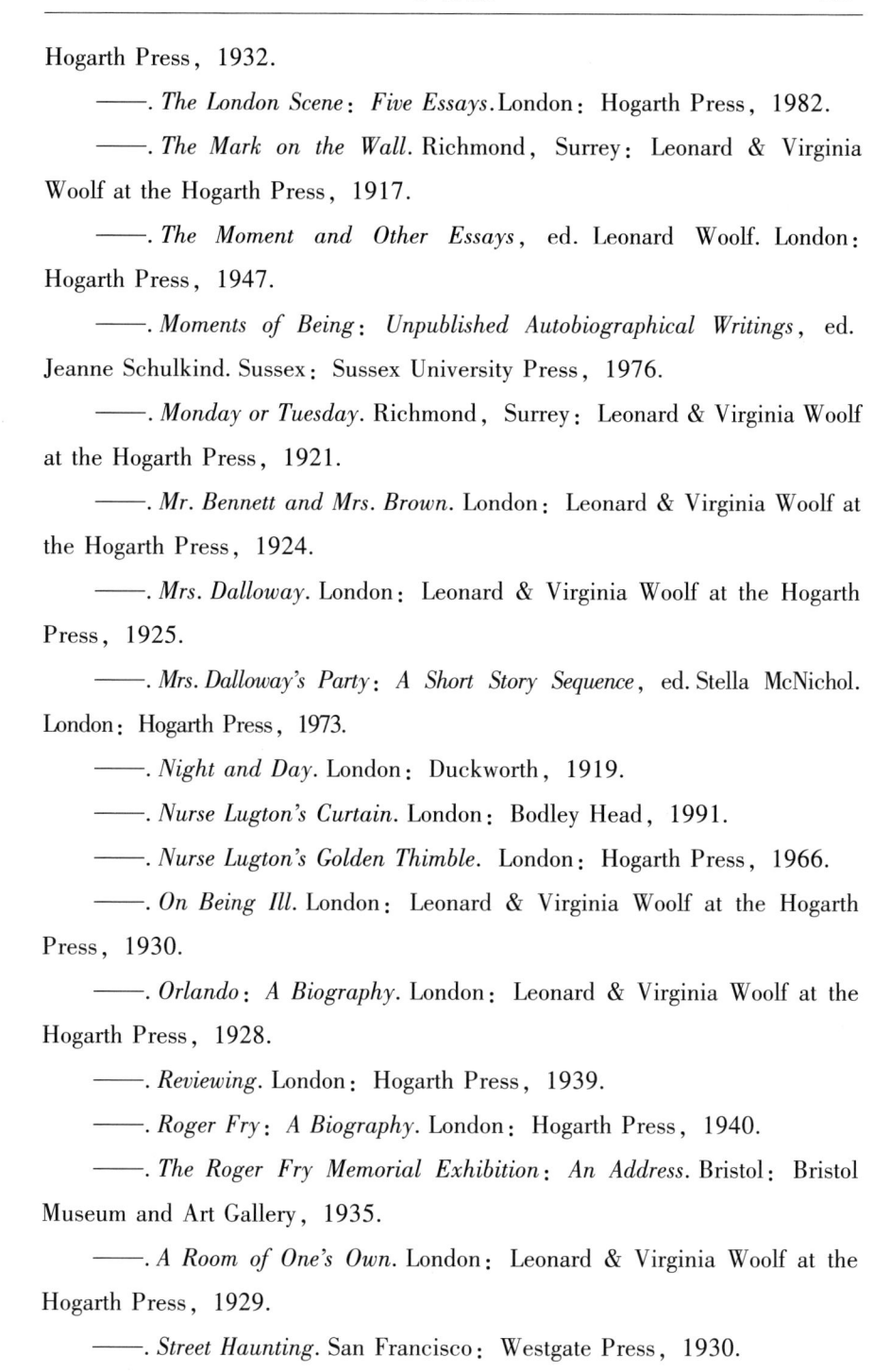

——. *The London Scene: Five Essays*.London: Hogarth Press, 1982.

——. *The Mark on the Wall*. Richmond, Surrey: Leonard & Virginia Woolf at the Hogarth Press, 1917.

——. *The Moment and Other Essays*, ed. Leonard Woolf. London: Hogarth Press, 1947.

——. *Moments of Being: Unpublished Autobiographical Writings*, ed. Jeanne Schulkind. Sussex: Sussex University Press, 1976.

——. *Monday or Tuesday*. Richmond, Surrey: Leonard & Virginia Woolf at the Hogarth Press, 1921.

——. *Mr. Bennett and Mrs. Brown*. London: Leonard & Virginia Woolf at the Hogarth Press, 1924.

——. *Mrs. Dalloway*. London: Leonard & Virginia Woolf at the Hogarth Press, 1925.

——. *Mrs. Dalloway's Party: A Short Story Sequence*, ed. Stella McNichol. London: Hogarth Press, 1973.

——. *Night and Day*. London: Duckworth, 1919.

——. *Nurse Lugton's Curtain*. London: Bodley Head, 1991.

——. *Nurse Lugton's Golden Thimble*. London: Hogarth Press, 1966.

——. *On Being Ill*. London: Leonard & Virginia Woolf at the Hogarth Press, 1930.

——. *Orlando: A Biography*. London: Leonard & Virginia Woolf at the Hogarth Press, 1928.

——. *Reviewing*. London: Hogarth Press, 1939.

——. *Roger Fry: A Biography*. London: Hogarth Press, 1940.

——. *The Roger Fry Memorial Exhibition: An Address*. Bristol: Bristol Museum and Art Gallery, 1935.

——. *A Room of One's Own*. London: Leonard & Virginia Woolf at the Hogarth Press, 1929.

——. *Street Haunting*. San Francisco: Westgate Press, 1930.

——. *Three Guineas*. London: Hogarth Press, 1938.

——. *To the Lighthouse*. London: Leonard & Virginia Woolf at the Hogarth Press, 1927.

——. *Two Stories*. Richmond, Surrey: Leonard & Virginia Woolf at the Hogarth Press, 1917.

——. *The Voyage Out*. London: Duckworth, 1915.

——. *Walter Sickert: A Conversation*. London: Leonard & Virginia Woolf at the Hogarth Press, 1934.

——. *The Waves*. London: Leonard & Virginia Woolf at the Hogarth Press, 1931.

——. *The Widow and the Parrot*. London: Hogarth Press, 1988.

——. *The Years*. London: Leonard & Virginia Woolf at the Hogarth Press, 1937.

——. withLeonard Woolf. *Two Stories Written and Printed by Virginia Woolf and L. S. Woolf*. Richmond, Surrey: Leonard & Virginia Woolf at the Hogarth Press, 1917.

——trans. with S. S. Koteliansky. Biryhkov, Paul. *Tolstoi's Love Letters*. Richmond, Surrey: Leonard & Virginia Woolf at the Hogarth Press, 1923.

——trans. with S. S. Koteliansky. Dostoevksy, F. M. *Stavrogin's Confession*. Richmond, Surrey: Leonard & Virginia Woolf at the Hogarth Press, 1923.

——trans. with S. S. Koteliansky. Spiridonov, Vasili. *Autobiography of Countess Sophie Tolstoi*. Richmond, Surrey: Leonard & Virginia Woolf at the Hogarth Press, 1922.

Criticism

Books

Allen, Peter. *The Cambridge Apostles: The Early Years*. Cambridge: Cambridge University Press, 1978.

Anand, Mulk Raj. *Conversations in Bloomsbury*. London: Wildwood House, 1981.

Anscombe, Isabelle. *Omega and After: Bloomsbury and the Decorative Arts*. London: Thames & Hudson, 1981.

Antor, Heinz. *The Bloomsbury Group: Its Philosophy, Aesthetics, and Literary Achievement.* Heidelberg: C.Winter, 1986.

Arnold, Anthea. *Charleston Saved, 1979-1989.* London: Robert Hale, 2010.

Ashton, Rosemary. *Victorian Bloomsbury.* New Haven, C.T. and London: Yale University Press, 2012.

Atkin, Jonathan. *A War of Individuals: Bloomsbury Attitudes to the Great War.* Manchester and New York: Manchester University Press, 2002.

Avery, Todd Paul. *Close & Affectionate Friends: Desmond and Molly MacCarthy and the Bloomsbury Group.* Bloomington, Ind.: Lilly Library, Indiana University Libraries, 1999.

Banfield, Ann. *The Phantom Table: Woolf, Fry, Russell, and the Epistemology of Modernism.* Cambridge: Cambridge University Press, 2000.

Battershill, Claire. *Modernist Lives: Biography and Autobiography at Leonard and Virginia Woolf's Hogarth Press.* London: Bloomsbury Academic, 2018.

Bell, Quentin. *Bloomsbury Recalled.* New York: Columbia University Press, 1995. (First published in the United Kingdom under the title Elders and Betters, by John Murray [publishers] Ltd.)

——. *Elders and Betters.* London: J.Murray, 1995.

——. *Bloomsbury.* London: Weidenfeld & Nicolson, 1968.

Bell, Quentin, Angelica Garnett, Henrietta Garnett, and Richard Shone. *Charleston: Past and Present.* London: Hogarth Press, 1987.

Bell, Quentin, Virginia Nicholson, and Alen MacWeeney. *Charleston: A Bloomsbury House & Garden.* London: Frances Lincoln, 1997.

Bishop, Edward L., ed. *Dictionary of Literary Biography: Documentary Series: An Illustrated Chronicle: Vol. 10, The Bloomsbury Group.* Detroit, Mich.: Gale Research, 1992.

Bloch, Michael and Susan Fox. *Bloomsbury Stud: The Life of Stephen "Tommy" Tomlin.* London: M.A.B. 2020.

Boyd, Elizabeth French. *Bloomsbury Heritage: Their Mothers and Their Aunts.* London: Hamilton, 1976.

Bradshaw, Tony. *A Bloomsbury Canvas: Reflections on the Bloomsbury*

Group. Aldershot: Lund Humphries, 2001.

———. *The Bloomsbury Artists: Prints and Book Design*. Aldershot: Scolar Press, 1999.

Brookfield, Frances Mary. *The Cambridge "Apostles"*. New York: Charles Scribner's Sons, 1907.

Caine, Barbara. *Bombay to Bloomsbury: A Biography of the Strachey Family*. Oxford: Oxford University Press, 2005.

Caws, Mary Ann. *Women of Bloomsbury: Virginia, Vanessa and Carrington*. New York and London: Routledge, 1990.

Caws, Mary Ann and Sarah Bird Wright. *Bloomsbury and France: Art and Friends*. New York and Oxford: Oxford University Press, 2000.

Chapman, Wayne K. and Janet M. Manson, eds. *Women in the Milieu of Leonard and Virginia Woolf: Peace, Politics, and Education*. New York: Pace University Press, 1998.

Collins, Judith. *The Omega Workshops*. Chicago: University of Chicago Press, 1984.

Copley, Antony R. H. *A Spiritual Bloomsbury: Hinduism and Homosexuality in the Lives and Writings of Edward Carpenter, E. M. Forster, and Christopher Isherwood*. Lanham, M.D. and Oxford: Lexington Books, 2006.

Coss, Melinda. *Bloomsbury Needlepoint: From the Tapestries at Charleston Farmhouse; with Charts of Designs by Duncan Grant, Vanessa Bell, and Roger Fry*. London: Ebury Press, 1992.

Crabtree, Derek and A. P. Thirlwall, eds. *Keynes and the Bloomsbury Group: The Fourth Keynes Seminar*. University of Kent at Canterbury, 1978. London: Macmillan, 1980.

Cribb, Tim. *Bloomsbury & British Theatre: The Marlowe Story*. Cambridge: Salt Publishing, 2007.

Curtis, Anthony. *Virginia Woolf: Bloomsbury and Beyond*. London: H. Books, 2006.

D'Aquila, Ulysses L. *Bloomsbury and Modernism*. New York; Bern; Frankfurt am Mein; Paris: Lang, 1989.

Deacon, Richard. *The Cambridge Apostles: A History of Cambridge University's Élite Intellectual Secret Society*.London: R.Royce, 1985.

Dean, Frank.*Strike While the Iron Is Hot: Frank Dean's Life as a Blacksmith and Farrier in Rodmell*, ed.Susan Rowland.Lewes: S.Rowland, 1994.

Diment, Galya. *A Russian Jew of Bloomsbury: The Life and Times of Samuel Koteliansky*. Montréal, Québec and London: McGill - Queen's University Press, 2011.

Dowling, David. *Bloomsbury Aesthetics and the Novels of Forster and Woolf*.London: Macmillan, 1985.

Edel, Leon.*Bloomsbury: A House of Lions*.London: Hogarth Press, 1979.

Froula, Christine. *Virginia Woolf and the Bloomsbury Avant - Garde: War, Civilization, Modernity*.New York: Columbia University Press, 2005.

Gadd, David.*Loving Friends: A Portrait of Bloomsbury*. London: The Hogarth Press Ltd., 1974.

Garnett, Angelica.*The Unspoken Truth*.London: Chatto & Windus, 2010.

——.*The Eternal Moment: Essays and a Short Story*. Orono, Maine: Puckerbrush Press, 1998.

——.*Deceived with Kindness: A Bloomsbury Childhood*.London: Chatto & Windus, 1984.

Garnett, David. *Great Friends: Portraits of Seventeen Writers*. London: Macmillan, 1979.

Gerstein, Alexandra.*Beyond Bloomsbury: Designs of the Omega Workshops, 1913-19*.London: Cortauld Gallery in association with Fontanka, 2009.

Gordon, Elizabeth Sarah Willson. *Woolf's - head Publishing: The Highlights and New Lights of the Hogarth Press*.Edmonton: University of Alberta Libraries, 2009.

Green, Nancy E.and Christopher Reed, eds.*A Room of Their Own: The Bloomsbury Artists in American Collections*.Ithaca, N.Y.: Herbert F.Johnson Museum of Art; Distributed by Cornell University Press, 2008.

Greenwood, Jeremy.*Omega Cuts: Woodcuts and Linocuts by Artists Associated with the Omega Workshops and the Hogarth Press*.Woodbridge, Suffolk:

Wood Lea Press, 1998.

Hall, Sarah M. *Bedside, Bathtub and Armchair Companion to Virginia Woolf and Bloomsbury*. London: Continuum, 2007.

Hancock, Nuala. *Charleston and Monk's House: The Intimate House Museums of Virginia Woolf and Vanessa Bell*. Edinburgh: Edinburgh University Press, 2012.

Helt, Brenda and Madelyn Detloff, eds. *Queer Bloomsbury*. Oxford: Oxford University Press; Edinburgh: Edinburgh University Press, 2016.

Hignett, Sean. *Brett: From Bloomsbury to New Mexico: A Biography*. London: Hodder and Stoughton, 1984.

Hitchmough, Wendy. *The Bloomsbury Look*. New Haven: Yale University Press, 2020.

Holroyd, Michael. *Lytton Strachey and the Bloomsbury Group: His Work, Their Influence*. Harmondsworth: Penguin, 1971.

Humm, Maggie. *Snapshots of Bloomsbury: The Private Lives of Virginia Woolf and Vanessa Bell*. New Brunswick, N.J.: Rutgers University Press, 2006.

Johnstone, J.K. (John Keith). *The Bloomsbury Group: A Study of E.M. Forster, Lytton Strachey, Virginia Woolf, and Their Circle*. London: Secker & Warburg, 1954.

Jolliffe, John. *Woolf at the Door: Duckworth: 100 Years of Bloomsbury Behavior*. London: Duckworth, 1998.

Kennedy, Richard. *A Boy at the Hogarth Press*. London: Heinemann; New York: Aeolian Press, 1972.

Knights, Sarah. *Bloomsbury's Outsider: A Life of David Garnett*. London: Bloomsbury Reader, 2005.

Laurence, Patricia Ondek. *Lily Briscoe's Chinese Eyes: Bloomsbury, Modernism, and China*. Columbia: University of South Carolina Press, 2003.

Lee, Hugh and Michael Holroyd. *A Cézanne in the Hedge and Other Memories of Charleston and Bloomsbury*. Chicago: University of Chicago Press, 1992.

Leventhal, Fred and Peter Stansky. *Leonard Woolf: Bloomsbury Socialist*.

Oxford: Oxford University Press, 2019.

Licence, Amy. *Living in Squares, Loving in Triangles: The Lives and Loves of Virginia Woolf and the Bloomsbury Group.* Stroud, Gloucestershire: Amberley, 2015.

Light, Alison. *Mrs. Woolf and the Servants: An Intimate History of Domestic Life in Bloomsbury.* London: Fig Tree, 2007.

Lubenow, William C. *The Cambridge Apostles, 1820-1914: Liberalism, Imagination, and Friendship in British Intellectual and Professional Life.* Cambridge: Cambridge University Press, 1998.

MacCarthy, Desmond. *Memories.* London: MacGibbon & Kee, 1953.

MacKay, Stewart. *The Angel of Charleston: Grace Higgens, Housekeeper to the Bloomsbury Group.* London: The British Library, 2013.

Mackrell, Judith. *Bloomsbury Ballerina: Lydia Lopokova, Imperial Dancer and Mrs. John Maynard Keynes.* London: Weidenfeld & Nicolson, 2008.

MacWeeney, Alen and Sue Allison. *Bloomsbury Reflections.* London: Ryan, 1990.

Marcus, Jane, ed. *Virginia Woolf and Bloomsbury: A Centenary Celebration.* London: The Macmillan Press Ltd., 1987.

Markert, Lawrence Wayne. *The Bloomsbury Group: A Reference Guide.* Boston: G.K. Hall, 1990.

Marler, Regina. *Bloomsbury Pie: The Making of the Bloomsbury Boom.* London: Virago; New York: Henry Holt, 1997.

Marsh, Jan. *Bloomsbury Women: Distinct Figures in Life and Art.* London: Pavilion, 1995.

Martin, Todd, ed. *Katherine Mansfield and the Bloomsbury Group.* London: Bloomsbury, 2017.

Mini, Piero V. *Keynes, Bloomsbury and* The General Theory. London: Macmillan, 1990.

Moore, Judy. *The Bloomsbury Trail in Sussex.* Seaford, East Sussex: S.B. Publications, 1995.

Mortimer, Raymond. *The Bloomsbury Group: Clive Bell, Virginia Woolf,*

Lytton Strachey.Designed by Robert S.Josephy and printed by the L.P.White Company, New York City, N.Y., 1929.

Naylor, Gillian, ed.*Bloomsbury*: *The Artists*, *Authors*, *and Designers by Themselves*.London: Macdonald/Orbis, 1990; *Bloomsbury*: *Its Artists*, *Authors*, *and Designers*.Boston: Bulfinch Press/Little, Brown, 1990.

Nicholson, Virginia. *Among the Bohemians*: *Experiments in Living*, *1900-1939*.London: Viking, 2002.

Palmer, Alan and Veronica Palmer.*Who's Who in Bloomsbury*.Sussex: Harvester Press, 1987.

Partridge, Frances.*Memories*.London: Gollancz, 1981; Republished as *Love in Bloomsbury*: *Memories*.Boston: Little, Brown, 1981.

Pearce, Brian Louis. *Virginia Woolf and the Bloomsbury Group in Twickenham*.Twickenham: Borough of Twickenham Local History Society, 2007.

Pearce, Joseph.*Bloomsbury and Beyond*: *The Friends and Enemies of Roy Campbell*.London: Harper Collins, 2001.

Potts, Gina and Lisa Shahriari, eds.*Virginia Woolf's Bloomsbury*: *Vol. 1*, *Aesthetic Theory and Literary Practice*; Lisa Shahriari and Gina Potts, eds. *Virginia Woolf's Bloomsbury*: *Vol.2*, *International Influence and Politics*.London: Palgrave Macmillan, 2010.

Potts, Gina and Lisa Shahriari, eds. *Back to Bloomsbury*: *Selected Papers from the Fourteenth Annual International Conference on Virginia Woolf*. *The Institute of English Studies*, *University of London*, *Bloomsbury*, *June 2004*.Bakersfield: California State University, 2008.

Rantavaara, Irma.*Virginia Woolf and Bloomsbury*.Helsinki: Suomalaisen Tiedeakatemia, 1953.

Rawlinson, Zsuzsa.*The Sphinx of Bloomsbury*: *The Literary Essays and Biographies of Lytton Strachey*.Budapest: Akadémiai Kiadó, 2006.

Reed, Christopher. *Bloomsbury Rooms*: *Modernism*, *Subculture*, *and Domesticity*.New Haven, C.T.and London: Yale University Press, 2004.

Regan, Tom.*Bloomsbury's Prophet*: *G.E.Moore and the Development of His Moral Philosophy*.Philadelphia: Temple University Press, 1986.

Rhein, Donna Elizabeth.*The Handprinted Books of Leonard and Virginia Woolf at the Hogarth Press, 1917-1932.*Ann Arbor, Mich.: UMI Research Press, 1985.

Richards, David A.J.*The Rise of Gay Rights and the Fall of the British Empire: Liberal Resistance and the Bloomsbury Group.*Cambridge: Cambridge University Press, 2013.

Richardson, Elizabeth P. *A Bloomsbury Iconography.* Winchester: St. Paul's Bibliographies, 1989.

Robbins, Rae Gallant.*The Bloomsbury Group: A Selective Bibliography.*Kenmore, Wash.: Price Guide Publishers, 1978.

Rolls, Jans Ondaatje.*The Bloomsbury Cookbook: Recipes for Life, Love and Art.*London: Thames & Hudson, 2014.

Rosenbaum, S.P. (Stanford Patrick).*The Bloomsbury Group Memoir Club*, ed.James M.Haule.London & New York: Palgrave Macmillan, 2014.

——. *Georgian Bloomsbury: Vol. 3: The Early Literary History of the Bloomsbury Group, 1910-1914.*London & New York: Palgrave Macmillan, 2003.

——.*Aspects of Bloomsbury: Studies in Modern English Literary and Intellectual History.*London: Macmillan; New York: St.Martin's Press, 1998.

——.*Edwardian Bloomsbury: Vol.2: The Early Literary History of the Bloomsbury Group.*London: Macmillan, 1994.

——.*Victorian Bloomsbury: Vol.1: The Early Literary History of the Bloomsbury Group.*London: Palgrave Macmillan, 1987.

——ed.*The Bloomsbury Group: A Collection of Memoirs and Commentary.* Rev.Ed.Toronto and London: University of Toronto Press, 1995.

——ed.*A Bloomsbury Group Reader.*Oxford: Blackwell, 1993.

——ed.*The Bloomsbury Group: A Collection of Memoirs, Commentary, and Criticism.*Toronto: University of Toronto Press, 1975.

Rosner, Victoria, ed. *The Cambridge Companion to the Bloomsbury Group.*Cambridge: Cambridge University Press, 2014.

Ross, Stephen and Derek Ryan, eds.*The Handbook to the Bloomsbury Group.*London: Bloomsbury Academic, 2018.

Royal Pavilion, Art Gallery, and Museums.*Radical Bloomsbury: The Art of Duncan Grant & Vanessa Bell, 1905-1925*.Brighton: Royal Pavilion & Museums, Brighton & Hove, 2011.

Shone, Richard.*The Art of Bloomsbury: Roger Fry, Vanessa Bell, and Duncan Grant*, with essays by James Beechey and Richard Morphet. Princeton, N.J.: Princeton University Press, 1999.

——.*Bloomsbury Portraits: Vanessa Bell, Duncan Grant, and Their Circle*.London: Phaidon Press; New York: E.P.Dutton, 1976.

Southworth, Helen.*Leonard and Virginia Woolf, the Hogarth Press and the Networks of Modernism*.Edinburgh: Edinburgh University Press, 2010.

Spalding, Frances. *Vanessa Bell: Portrait of the Bloomsbury Artist*. London: Tauris Parke Paperbacks, 2016.

——.*The Bloomsbury Group*.London: National Portrait Gallery, 1997.

Stansky, Peter.*On or About December 1910: Early Bloomsbury and Its Intimate World*.Cambridge, Mass.: Harvard University Press, 1996.

Stansky, Peter and William Miller Abrahams.*Julian Bell: From Bloomsbury to the Spanish Civil War*.Oxford: Oxford University Press; Stanford, Calif.: Stanford University Press, 2012.

Stephen, Adrian.*The "Dreadnought" Hoax*.London: Leonard & Virginia Woolf at the Hogarth Press, 1936.

Taylor, David.*The Remarkable Lushington Family: Reformers, Pre-Raphaelites, Positivists, and the Bloomsbury Group*.Lanham: Lexington Books, 2020.

Todd, Pamela.*Bloomsbury at Home*.London: Pavilion, 1999.

Turnbaugh, Douglas Blair.*Duncan Grant and the Bloomsbury Group: An Illustrated Biography*.Secaucus, N.J.: Lyle Stuart, 1987.

Twitchell, Beverly H.*Cézanne and Formalism in Bloomsbury*.Ann Arbor, Mich.: UMI Research Press, 1987.

Willis, John H., Jr.*Leonard and Virginia Woolf as Publishers: The Hogarth Press, 1917-41*.Charlottesville & London: University Press of Virginia, 1992.

Wilson, Jean Moorcroft.*Virginia Woolf's London: A Guide to Bloomsbury *and Beyond.*London: I.B.Tauris Parke, 2000.

Wolfe, Jesse.*Bloomsbury, Modernism and the Reinvention of Intimacy.* Cambridge: Cambridge University Press, 2011.

Woolmer, Howard J.and Mary E.Gaither.*A Checklist of the Hogarth Press, 1917-1946.*Rev.and Enl.Ed.Winchester: St Paul's Bibliographies, 1986.

——.*A Checklist of the Hogarth Press, 1917-1938.* London: Hogarth Press, 1976.

Wright, E.H., ed.*Bloomsbury Influences: Papers from the Bloomsbury Adaptations Conference.*Bath Spa University, 5-6 May 2011.Newcastle upon Tyne: Cambridge Scholars Publishing, 2014.

Zoob, Caroline and Caroline Arber.*Virginia Woolf's Garden: The Story of the Garden at Monk's House.*London: Jacqui Small, 2013.

Selected Ph.D.Dissertations (Mostly from 1985)

Avery, Todd Paul."The Bloomsbury Group: Varieties of Ethical Experience".Indiana University, 2001.

Baizer, Mary Martha."The Bloomsbury Chekhov (Russia, England)". Washington University in St.Louis, 1985.

Berkowitz, Elizabeth Sarah."Bloomsbury's Byzantium and the Writing of Modern Art".City University of New York, 2018.

Carroll, Llana."Notions of Friendship in the Bloomsbury Group: G.E. Moore, D.H.Lawrence, E.M.Forster, and Virginia Woolf". University of Pittsburgh, 2009.

Davison, Leslie."A Case for Modernism: Tracing Freud in Bloomsbury". The University of North Carolina at Chapel Hill, 2011.

Fewster, Anna."Bloomsbury Books: Materiality, Domesticity, and the Politics of the Marked Page".University of Sussex, 2009.

Gerzina, Gretchen Holbrook."Carrington: Another Look at Bloomsbury". Stanford University, 1984.

Harrison, William Maglauchlin. "Sexuality and Textuality: Writers of Leonard and Virginia Woolf's Hogarth Press, 1917-1945".University of Delaware, 1998.

Hood, Eugene M., Jr."Bloomsbury Literature and Painting: Aesthetic Correspondences of Art Theory and Form in Selected Works of Vanessa Bell, Duncan Grant, and Virginia Woolf".Ohio University, 1989.

Ito, Yuko."Spaces and Territories: Reconstructing Ideas of 'Home' and 'the Exotic' in the Work of the Bloomsbury Group". University of Sussex, 2006.

Johnstone, J.K."The Philosophic Background and Works of Art of the Group Known as 'Bloomsbury' ".University of Leeds, 1952.

Keane, Alice Davis." 'Full of Experiments and Reforms': Bloomsbury's Literature and Economics".University of Michigan, 2014.

Lim, Wan Hui Eva."Private and Common Ground: The Work of Ling Shuhua and Virginia Woolf in the Late 1930s".National University of Singapore, 2016.

Maddock, David."A Clear Vision: How Bloomsbury Helped to Shape an Anglo-American Formalist Orthodoxy between 1910 and 1936".University of Leicester, 2017.

Nelson-McDermott, Catherine Ann."Pictures of a Floating World: Relocating Bloomsbury".University of Alberta, 1997.

Pollock, Marvin R."British Pacifism during the First World War: The Cambridge-Bloomsbury Contribution".Ann Arbor, MI: 1972.

Potter, Caroline Louise."Julian Bell and the Decline of the Bloomsbury Group, c.1928-1941".University of Cambridge, 2015.

Ratliff, Margaret Clare."The Correspondence of Mary Hutchinson: A New Look at Bloomsbury, Eliot and Huxley".The University of Texas at Austin, 1991.

Reed, Christopher."Re-imagining Domesticity: The Bloomsbury Artists and the Victorian Avant-garde (Volumes I and II) ".Yale University, 1991.

Totah, Michele F."Consciousness versus Authority: A Study of the Critical Debate between the Bloomsbury Group and 'The Men of 1914', 1910-1930".University of Oxford, 1984.

Wight, Quintin."Webb and Woolf: A Study of the Social and Political Relationships between Beatrice Webb and the Bloomsbury Group, with particular reference to Leonard and Virginia Woolf".Concordia University, 1973.

Wolfe, Jesse."Bloomsbury and the Crisis of Intimacy".The University of Wisconsin-Madison, 2004.

Wright, Patricia."Eminent Post-Victorians, the Bloomsbury Circle and the Visual Arts".University of Victoria, 1979.

Yoss, Michael."Raymond Mortimer, a Bloomsbury Voice".University of Oxford, 1997.

Zelchow, Bernard. "The Aesthetics and Social Ethics: A Study of the Bloomsbury Group".Harvard University, 1965.

Zhang, Wenying."Bloomsbury Group and Crescent School: Contact and Comparison".University of Minnesota, 2001.

"The Bloomsbury Heritage Series" (83 titles) by Cecil Woolf Publishers

Allen, Judith. *Walking in the Footsteps of Michel de Montaigne*. No. 63.2012.

Anderson, Gwen. *Ethel Smyth: The Burning Rose: A Brief Biography*. No.17.1997.

Avery, Todd Paul.*Saxon Sydney-Turner: The Ghost of Bloomsbury.* No. 73.2015.

——.*Desmond and Molly MacCarthy: Bloomsberries.*No.59.2010.

Bell, Clive.*Roger Fry: Anecdotes, for the Use of a Future Biographer, Illustrating Certain Peculiarities of the Late Roger Fry*, edited and introduced by Diane F.Gillespie.No.14.1997.

Benzel, Catherine A.*Charleston: A Voice in the House.*No.18.1998.

Caws, Mary Ann.*How Vita Matters.*No.61.2011.

——.*Carrington and Lytton: Alone Together.*No.6.1994.

——.*Bloosmbury in Cassis.*No.4.1994.

Chapman, Wayne and Janet Manson.*Leonard and Virginia Woolf Working Together and the Hitherto Unpublished Manuscript "In'l Re'ns"*.No.15.1997.

Cox, Suellen.*Mistress of the Brush and Madonna of Bloomsbury*, *the Art of Vanessa Bell*: *A Biographical Sketch and Comprehensive Annotated Bibliography of Writings on Vanessa Bell*.No.75.2015.

Crapoulet, Emilie.*Virginia Woolf*: *A Musical Life*.No.50.2008.

Curtis, Vanessa. *Stella and Virginia*: *An Unfinished Sisterhood*. No.30.2001.

Czarnecki, Kristin.*Virginia Woolf*, *Authorship and Legacy*: *Unravelling "Nurse Lugton's Curtain"*.No.69.2013.

Dell, Marion.*Peering through the Escallonia*: *Virginia Woolf*, *Talland House and St.Ives*.No.23.1999.

Forster, E.M.*The Feminine Note in Literature*, edited and introduced by George Piggford.No.28.2001.

Gardner, Diana. *The Rodmell Papers*: *Reminiscences of Virginia and Leonard Woolf by a Sussex Neighbour*, introduced by Claire Gardner. No.52.2008.

Goldman, Jane. "*With You in the Hebrides*": *Virginia Woolf and Scotland*.No.70.2013.

Gregg, Catherine.*Virginia Woolf and "Dress Mania"*: "*The Eternal and Insoluble Question of Clothes*".No.57.2010.

Hancock, Nuala.*Gardens in the Work of Virginia Woolf*.No.41.2005.

Hansen, Carol. *The Life and Death of Asham*: *Leonard and Virginia Woolf's Haunted House*.No.26.2000.

Hollis, Catherine W.*Leslie Stephen as Mountaineer*: "*Where Does Mont Blanc End*, *and Where Do I Begin?*".No.56.2010.

Hussey, Mark. "*I'd Make It Penal*", *the Rural Preservation Movement in Virginia Woolf's* Between the Acts.No.62.2011.

Isaac, Alan.*Virginia Woolf*, *the Uncommon Bookbinder*.No.27.2000.

Jakubowicz, Karina. *Garsington Manor and the Bloomsbury Group*. No.77.2016.

Kopley, Emily.*Virginia Woolf and the Thirties Poets*.No.60.2011.

Laurence, Patricia.*Julian Bell*: *The Violent Pacifist*.No.46.2006.

——.*Virginia Woolf and the East*.No.10.1995.

Lello, John.*Roger Fry, Apostle of Good Taste, and Venice*, illustrated by Sandra Lello.No.44.2006.

——.*The Bloomsbury Group in Venice*, illustrated by Sandra Lello. No.29.2001.

Levenback, Karen.*Virginia Woolf, Melian Stawell and Bloomsbury*.No.83.2017.

Lowe, Alice.*Virginia Woolf as Memoirist*:"*I am Made and Remade Continually*".No.74.2015.

——.*Beyond the Icon*:*Virginia Woolf in Contemporary Fiction*.No.58.2010.

——.*Versions of Julia*:*Five Biographical Constructions of Julia Stephen*.No.42.2005.

Luckhurst, Nicola and Martine Ravache.*Virginia Woolf in Camera*.No.31.2001.

——.*Bloomsbury in* Vogue.No.19.1998.

Maggio, Paula.*Virginia Woolf, Vanessa Bell and the Great War, Seeing Peace through an Open Window*:*Art, Domesticity and the Great War*.No.78.2016.

——.*The Best of Blogging Woolf, Five Years On*.No.64.2012.

——.*Reading the Skies in Virginia Woolf*:*Woolf on Weather in Her Essays, Her Diaries and Three of Her Novels*.No.54.2009.

Marcus, Jane.*Woolf, Cambridge and* A Room of One's Own. No.11.1995.

Miletic-Vejzovic, Laila.*A Library of One's Own*:*The Library of Leonard and Virginia Woolf*.No.16.1997.

Neale, Philip.*Ham Spray*:*Lytton and Carrington's Country Retreat*.No.38.2004.

Newman, Hilary.*Virginia Woolf and Rebecca West*.No.81.2017.

——.*Virginia Woolf and Dorothy Richardson*:*Contemporary Writers*.No.79.2016.

——. "Eternally in yr Debt": The Personal and Professional Relationship between Virginia Woolf and Elizabeth Robins. No.72.2015.

——. Bella Woolf, Leonard Woolf and Ceylon, introduced by Cecil Woolf. No.67.2012.

——. Anne Thackeray Ritchie: Her Influence on the Work of Virginia Woolf. No.49.2008.

——. James Kenneth Stephen: Virginia Woolf's Tragic Cousin. No.47.2008.

——. Laura Stephen: A Memoir. No.45.2006.

——. Virginia Woolf and Katherine Mansfield: A Creative Rivalry. No. 35.2004.

——. Death in the Life and Novels of Virginia Woolf. No.32.2002.

Neverow, Vara S. Septimus Smith, Modernist and War Poet: A Closer Reading. No.76.2015.

Ockerstrom, Lolly. Virginia Woolf and the Spanish Civil War: Texts, Contexts and Women's Narratives. No.66.2012.

Phillips, Sarah Latham. Virginia Woolf as a "Cubist Writer". No.68.2012.

Porter, David H. The Omega Workshops and the Hogarth Press: An Artful Fugue. No.53.2008.

——. Virginia Woolf and the Hogarth Press: "Riding a Great Horse". No.37.2004.

——. Woolf and Logan Pearsall Smith: "An Exquisitely Flattering Duet". No.34.2002.

Raby, Alastair. Virginia Woolf's Wise and Witty Quaker Aunt. No.33.2002.

Reed, Christopher. Roger Fry's Durbins: A House and Its Meanings. No.24.1999.

Richardson, Susan. Virginia Woolf and Sylvia Plath—Two of Me Now: A Poetic Drama. No.25.2000.

Rosenbaum, S.P. Conversations with Julian Fry. No.43.2005.

Rubenstein, Roberta. Reminiscences of Leonard Woolf. No.40.2004.

Scott, Bonnie Kime. Natural Connections: Virginia Woolf and Katherine Mansfield. No.71.2015.

Shannon, Drew Patrick.*How Should One Read a Marriage?: Private Writings, Public Readings, and Leonard and Virginia Woolf*.No.55.2009.

Shaw, John.*The Quest for Luriana: The Story of a Bloomsbury Poem*.No.48.2008.

Singleton, Julie.*A History of Monks House and Village of Rodmell, Sussex Home of Leonard and Virginia Woolf*.No.51.2008.

Stansky, Peter.*William Morris and Bloomsbury*.No.13.1997.

Steele, E.*Virginia Woolf and Companions: A Feminist Document: A Play*.No.12.1996.

Strachey, Lytton.*A Son of Heaven: A Tragic Melodrama*, edited by George Simson.No.39.2004.

Tatham, Michael.*Dora Carrington: Fact into Fiction*.No.36.2004.

Tranter, Rachel.*Vanessa Bell, a Life of Painting*.No.21.1998.

Twinn, Frances.*Leslie Stephen and His Sunday Tramps*.No.80.2016.

Willis, Abigail.*Bloomsbury Ceramics*.No.7.1995.

Wilson, Jean Moorcroft.*Virginia Woolf and Anti-Semitism*.No.8.1995.

——.*Virginia Woolf's War Trilogy: Anticipating "Three Guineas"*.No.5.1994.

Wilson, Jean Moorcroft.*Leonard Woolf: Pivot or Outsider of Bloomsbury*.No.3.1994.

Woolf, Cecil.*The Other Boy at the Hogarth Press: Virginia and Leonard Woolf as I Remember Them*.No.82.2017.

Woolf, Leonard.*Monarchy: An Hitherto Unpublished Manuscript*, edited by W.K.Chapman.No.22.1999.

Woolf, Virginia.*Virginia Woolf's Likes and Dislikes*, collected and edited with an Introduction and Notes by Paula Maggio.No.65.2012.

——.*Roger Fry: A Series of Impressions*.No.2.1994.

——.*A Cockney's Farming Experiences*.No.1.1994.

Wright, S.B.*Staying at Monk's House: Echoes of the Woolfs*.No.9.1995.

Yoss, Michael.*Raymond Mortimer: A Bloomsbury Voice*.No.20.1998.

后　记

　　拙作付梓之际，照例该为它写篇后记。
　　书稿完成已有两载，时间足够宽裕，中间虽多次小修，但并无关碍，无论如何，都不应将一篇区区小文一拖再拖，拖成急就章。两年来，夙夜思之，每每提笔，欲言又止，终不成篇。心中似有犹未尽道的万语千言，奈何纸短思纷乱，反不知从何说起；又仿佛已尽数言表心中所有，再无余字长语，唯留一纸空白默然相视。但倘真如此，便是有头无尾，少了收笔的气势和圆满，也就缺了传神写照阿睹中，缺了丽莉·布里斯科苦心孤诣的"幻象"成真。思量再三，恐来日难免自责抱憾，愧对一路走来相伴、相逢、相交错的人事景物，故不揣言词浅陋，文不及意，意不及奥理和深情，记述二三，寄怀、寄思、寄感念。
　　由伍尔夫走进布鲁姆斯伯里，几乎是每一位伍尔夫研究者必然的际遇；于我，更是一份莫大的荣幸，是天赐的机缘，也是必经的修炼。从最初与布鲁姆斯伯里相遇，惊艳于它，倾心于它，勉力于它，如拉特鲁布女士般为它承受"胜利的欢欣、失败的耻辱、狂喜、绝望"，直到今天终于一笔笔描摹出它走在美中、走在友情和艺术中的样子，已是匆匆十载年华促。岁月流逝，画眉深浅，它如今的样子是我甘苦自知的十年磨一剑，是我十年学术人生念兹在兹的只如初见。遥想当年，伦敦中央，正是群星闪耀时，风流人物神交宴集，游于林下，或飘忽俊佚，言无端涯；或雄健深沉，结言端直。然庸常如我，读懂伍尔夫，已是万难，更遑论读懂整个布鲁姆斯伯里，便是拿出毕生的壮心和勇力，辨其门径，亦难窥其堂奥。加之，舍先前较为熟稔的作品解析和理论阐发，转求于生疏而不擅的史料爬梳，实为难上加难。因愚钝而无能为力，更因懈怠而未能尽力，它如今样貌中的种种缺憾必将长久地令我羞愧难当、懊悔不已。

套用当今的学术行话，布鲁姆斯伯里是一项"未竟的事业"，它雄富矿藏更深广的地层还有待更充分、更精准、更强有力的勘测和凿掘。布鲁姆斯伯里是英国的，但也是中国的和世界的；布鲁姆斯伯里是现代的，但也是当代的和恒久的。现代性是延续至今的状况，现代主义是真正全球性的运动。作为伦敦这一现代主义重镇的重中之重，布鲁姆斯伯里在地理平面和历史轴线上遇到和发生了种种跨国性和跨时代性的位移，故而交织出文化、思想、实践交流的繁复网络。面对这个网络，物质文化研究、印刷文化研究、跨文化研究、媒介研究、共同体研究、公共领域研究、日常生活研究，以及新世界文学、译介学等新的研究视域和范式，正强势来袭，风头日劲。

感谢国家社科基金的立项和资助，它是我开启并坚持完成这项艰巨的学术工程的信心和力量之源。感谢国家留学基金委和我的工作单位山西大学的留学资助，它们是我2018年牛津大学和2017年哥伦比亚大学两度浮海壮游的远航之舟。感谢外国语学院"山西大学外国语言文学研究文库"的出版资助，它是拙作得以面世的慷慨之举。感谢亲友师长的全心付出，他们是我的"个人关系"和"个人感情"，是布鲁姆斯伯里无比珍视的爱和"唯有联系"。诸般助力，成此一书，寸衷衔感，罄楮难宣。

2022，岁在壬寅，山西大学跻身国家"双一流"建设高校之列，又喜迎百廿华诞。何其有幸，躬逢其盛。谨奉拙作以为薄礼，祝福母校春发其华，秋收其实，薪火相传，弦歌不辍！

愿群星永远闪耀，致布鲁姆斯伯里，致母校，致文学，致人类一切不朽的事业！

是为记。